Armed with Skillets

by Nowaki Fukamidori

戦場のコックたち

深緑野分

東京創元社

目次

プロローグ　7
第一章　ノルマンディー降下作戦　19
第二章　軍隊は胃袋で行進する　81
第三章　ミソサザイと鷲　142
第四章　幽霊たち　209
第五章　戦いの終わり　270
エピローグ　334

ノルマンディー
0
20km
シェルブール
コタンタン半島
"ユタ・ビーチ"
セーヌ湾
サント=マリー=デュ=モン
"オマハ・ビーチ"
イースヴィル
アンゴヴィル=オ=プラン
カランタン
サン=ロー
アムステルダム
アルンヘム
オランダ
ネイメーヘン
ベルリン
ドーバー海峡
アイントホーフェン
ベルギー
ドイツ
ドレスデン
アルデンヌ
バストーニュ
パリ
ニュルンベルク
旧チェコスロバキア
ルクセンブルク
アルザス
ベルヒテスガーデン
フランス
スイス
旧オーストリア
0
400km
イタリア

戦場のコックたち

登場人物

合衆国陸軍　第一〇一空挺師団第五〇六パラシュート歩兵連隊　第三大隊G中隊隊員

ティモシー（ティム）・コール……管理部付きコック。五等特技兵。ルイジアナ出身の食いしん坊。通称〝キッド〟
エドワード（エド）・グリーンバーグ……同。三等特技兵でG中隊コックのリーダー。冷静かつ怜悧だが味音痴。通称〝メガネ〟
ディエゴ・オルテガ……同。五等特技兵。陽気なお調子者。プエルトリコ系
スパーク……衛生兵。五等特技兵。小柄で横柄
ブライアン……同。大柄で繊細
ライナス……機関銃兵、射手。金髪碧眼の美男
ワインバーガー……通信兵。作家志望の読書家
ダンヒル……G中隊に転属してきた負傷兵
マッキントッシュ（マック）……軍曹。めかし屋
スミス……一等兵
ヘンドリクセン……ティムと同じ分隊の古参兵
アンディ……機関銃兵、装弾手
マルティニ……狙撃手
フォッシュ……新米の補充兵

ジョスト…………衛生兵。第一小隊所属
アレン…………第二分隊長。先任軍曹
ミハイロフ…………副中隊長。中尉
ウォーカー…………中隊長。大尉

*

オハラ…………第四二六空挺補給大隊の補給兵。気さくな赤毛ののっぽ
ロス…………工兵部隊大尉
ビーヴァー…………工兵部隊軍曹
ホワイト…………憲兵隊中尉
ウィリアムズ…………二等兵。輸送大隊の運転手
ダニロ・アンドリッチ教授…………陸軍需品科補給部隊、研究開発局少佐。通称〝ドクター・ブロッコリー〟
テレーズ・ジャクスン…………婦人飛行部隊《WASP》の副操縦士
ヨランド…………イースヴィル在住の元教師
ヤンセン夫妻…………オランダのおもちゃ屋経営者
ロッテ…………ヤンセン夫妻の娘
テオ…………ロッテの弟

プロローグ

人生の楽しみは何かと問われたら、僕は迷わず「食べることだ」と答えるだろう。

子供の頃からレシピ帖を眺めるのが好きだった。風邪をひいて寝込んだ日や、とりわけ空腹がつらい日、友達にからかわれて泣かされた日には、よく開いた。

台所の戸棚にしまってあるレシピ帖を引っ張り出して部屋に持ち込み、毛布とシーツの間に潜《もぐ》り込む。ところどころに油や肉汁のしみがついている古いノートをめくっていると、なぜかほっとして胃のあたりが温かくなり、いい心地でぐっすり眠ることができた。

僕は一九二五年に、アメリカ合衆国の南部、ルイジアナ州の田舎町で生まれた。物心つく頃にはじまった世界恐慌のせいで、どこの家の子供もみんなお腹を空かせていた。

アルバムから剝がれなくなった白黒の家族写真には、体よりもひと回り小さい窮屈な服を着て、半ズボンからぽっこりと膝が飛び出した僕が映っている。寝癖でくしゃくしゃの頭は、虱《しらみ》のせいで、いつだってかゆかった。

勉強は苦手で、そこそこ大きくなるまで文字も読めなかったが、家にあるレシピ帖は絵や図がほとんどだったから、眺めるだけでもあらかた理解できた。この食材はどんな香りがするのか、完成した料理はどんな味になるのかと、想像を巡らせるのは楽しかった。

家にあるレシピ帖のほとんどは、同居していた父方の祖母が自《みずか》らしたためたものだ。

祖母はひょろりと背が高く、しょっちゅう前屈みになって料理をしているせいで、肩甲骨のあたりがゆがんでいた。静脈《じょうみゃく》が浮き出た手は、玉ねぎや潰したにんにく、ローズマリーのにおいがする。後ろでシニョンに結い上げた髪は淡い象牙色《ぞうげ》、皺《しわ》だらけの顔に化粧をすることはほとんどなく、たまの来客が訪れてきた日だけ白粉《おしろい》をはたく程度で、たいていは台所にいて何かをこしらえていた。

暇な時間ができると、祖母は玄関先のポーチにあるロッキングチェアに座ってゆらゆら揺れながら、アイスティーを片手にのんびり外を眺めた。舗装された道路を丸っこい形のフォード車が走り、緑の茂みは湿気に潤《うるお》い、隣の家の二階からジャズが流れてくる。トランペットとドラムのはずむ音色に指先でリズムを取る祖母を、玄関の網戸越しに観察していると、僕の視線に気づいた彼女は振り向き、決まってこう言うのだ。

「ティモシー、明日は何が食べたい?」

祖母は他の家族と違って僕をティムと呼ばない。それは十九世紀後半のイギリスに生まれた経歴のせいだと、母は言っていた。イギリスの上流階級では略称を使わないのだとか。だが祖母は労働者階級の出身で、母の説が正しいかどうかはわからない。

さる紳士の屋敷でキッチンメイドとして働き、コック長の見様見真似で料理の腕を上げたというその実力は、十九歳で祖父に見初《みそ》められ新天地アメリカに移り住んだ後、惣菜作りの名人として発揮された。祖父が開業した我らが家族の店、〈コールの親切雑貨店〉の一番の売れ筋は、靴紐でもミントキャンディやハーシーのチョコ・バーでもなく、店先のワゴンで量り売りする祖母お手製の惣菜だった。

手作りのマヨネーズと甘酸《あまず》っぱいピクルスを使ったデビルド・エッグ、フライドアップルに、スコーンやヨークシャー・プディング、コールドミートと川魚のフライ。惣菜をこんもりと積んだワゴンは、近所の住民だけでなく、ぴかぴかの自家用車に乗り込んだ旅行者の目にもとまり、我らが〈コールの親切雑貨店〉は、勢力を伸ばすチェーン店に負けず生き残ることができた。イギリスのオールドスタイルな料理からアメリカ南部の家庭料理、その他創作料理の数々を記したレシピ帖のノートブックは、十数冊に及んだ。

しかし大恐慌による貧しい時代が到来すると、店を一度たたまざるを得なくなった。

どこの誰でも、裕福だった実業家でさえゴミ箱を覗きこみ、めぼしいものはないかと漁《あさ》るのが当たり前の日課となった。家を失った人が壊れた車に寝泊まりし、職業紹介所の前には長い長い列ができた。解雇を申し渡された黒人の使用人たちが、北部の集落を目指して歩くさまを何度も見た。

店をたたんで家業を失った父は、職業紹介所で何日も何週間も待たされた後、やっと自動車の部品工場で働き口を見つけた。母は近くの牧場で乳搾《ちちしぼ》りを、三歳年上の姉シンシアは飼葉やりを手伝い、当時六歳になっていた僕は新聞配達をした。小さなピーナッツ・バター・サンドをポケットにつっこみ、印刷したてでインクのにおいがする新聞を脇に抱え、家々を回って何マイルも歩き、月に五ドルのお駄賃をもらった。祖母はまだ幼い妹ケイティをあやしながら、配給で手に入れたくず肉や乾燥食品、そこらに生えていたタンポポなどの野草を使って、毎日の食事をこしらえた。一方祖父は、老人仲間との会合に出ることが多くなった。

ある夏の大嵐の午後、祖母が止めるのも聞かず、祖父はどしゃぶりの外に飛び出して、州知事の後援会に出かけていった。僕らが夕食を食べていると、顔を真っ赤にした祖父が帰ってきて、「我らの州だけは景気も近く回復するだろう」と興奮して息巻いた。けれど僕らは一日中働きどおしで疲れていたし、今は目の前の料理を食べることに集中したかった。自分の期待に反してしんと静まりかえる食卓に祖父は、怒りにまかせて胡椒《こしょう》の壺をひっくり返した。「政治なんかより食べ物を大切にして」とたしなめる祖母に、祖父は「料理しか能がないくせに口答えするな」と激しく罵《ののし》ったが、途中でろれつが回らなくなったかと思うと、椅子から転げ落ちた。肺炎に罹《かか》り、ひどい高熱を出していたのだ。そして看病の甲斐なく、三日も経たないうちに死んだ。

それから間もなくして一九三三年、フランクリン・ルーズベルトが大統領に就任してから、少しずつゆっくりと景気は上向きはじめ、赤身の肉が食卓に並ぶことも増えていった。父が奮起して店を再開し、〈コールの親切雑貨店〉の看板を僕と姉妹とで新しく作り直した。

祖母はたくさんの料理をこしらえてワゴンに並べた。お気に入りのベニイ・グッドマンのレコードに針を落とし、ロッキングチェアに腰掛けて客が来るのを待つ。軽やかなクラリネットとドラムのスウィングが流れると、惣菜目当ての客が戻ってきた。

しかし欧州をはじめとする他の国々は混乱が続いていた。恐慌のせいで失業者が爆発的に増え、世界はどんどんきな臭くなっていった。

ソヴィエトが誕生してから各地でどっと増えた共産主義者と、対抗する極右の愛国主義者が、互いに過激な思想をぶつけて罵り合うこともしばしばだった。一九一八年に終わった大戦の後始末で国境が変わり、小さな規模の国が独立したこと、そして四人にひとりが失業している現状は、移民たちが増えすぎたせいとして、あちこちで民族問題も生まれていた。とりわけ、大戦の敗戦国であるドイツは領土の一部を失い多額の賠償金《ばいしょうきん》を抱え、農耕地の激減と大量の失業者に苦しんでいた。

ドイツ国民の不満の声を追い風にして、やがて「国家社会主義ドイツ労働者党」という舌を嚙みそうなほど長い名前の極右党が台頭した。世間はいつしかその党を〝ナチス〟と呼ぶようになった。

ちょび髭を生やした小柄な男、アドルフ・ヒトラーがまくしたてるドイツ語がラジオを通して聞こえはじめた時、不穏な気配を感じ取った人も少なからずいたけれど、僕の両親も含めて、そこまで深刻な問題とは考えてなかった。

「奴は領土を取り返したいらしいな」「条約を無視して軍備も整えているってさ」「あんなのはただの宣伝だよ、こけおどしに決まってる」「イギリスやフランスが何とかしてくれるはずだ」

ファシズムを提唱したイタリアのムッソリーニはアフリカのエチオピアに侵攻、スペインでは内戦が起こり、オーストリアはドイツに併合された。極東では日中戦争を続ける日本が、アジア進駐の正当性を主張している。

それでも普通の人々は、戦争は回避できると思っていた。条約があるし、前の大戦で散々ひどい目を見たのはたかだか二十年前なのだ。さすがに繰り返さないだろう。ラジオの作り物のドラマを聞いて火星人が襲ってくると本気で思い込むほどの心配性でなければ、全面戦争への不安など、あったとしても無視をしていた。

合衆国でも、人々の中には「ヒトラーはドイツ経済を回復させている。いい政治家じゃないか」とナチス党に賛同する者や、「ユダヤ人を世界から追い出してくれるんだろ？　俺はヒトラーを支持するね。うちの会社はユダ公のせいで潰れたんだ」と、大声で主張する奴もいた。しかしいずれにせよ、たまに議論が巻き起こっても、「まあ、合衆国は関係ないさ」と誰かが肩をすくめれば、それでおしまいだった。

　国家元首同士の緊張した会談や駆け引きがそこかしこで行われ、再びヨーロッパに戦乱が訪れる危険は回避された、と伝えられた。

　だが一九三九年の九月一日、黒い鉤十字《ハーケン・クロイツ》を掲げたナチス・ドイツ軍が、ポーランドに侵攻した。即座にイギリスとフランスを中心とする連合軍がドイツに宣戦布告したものの、ドイツ軍の猛攻にフランスが降伏し、ナチス支配下の傀儡《かいらい》政権が誕生した。これに呼応するようにイタリアと日本がドイツと同盟を組み、二度目の世界大戦の構図ができあがった。

　いざ開戦してみると枢軸《すうじく》国は武力で連合軍を圧倒し、イギリスは激しい空爆に晒され、ヨーロッパのほとんどの国が、あっという間に侵略されていった。そして四一年十二月、日本軍がハワイの真珠湾に停泊中だったアメリカ戦艦を爆撃した。

その日、僕は近所の友達と連れだってバーのピンボール盤で遊んでいた。ラジオで真面目な声のアナウンサーが何か言っていたが、僕らはゲームに夢中で聞いていなかった。コカコーラをひと口飲むと、カウンターの奥にいたマスターがラジオをぷつんと切って立ち上がった。バーはしんと静まりかえった。

「合衆国が参戦したってよ」

　年が明けて一九四二年、軍の志願兵を募る告知が出た時、僕はもうすぐ十七歳になるところだった。

　募兵ポスターは役所の掲示板だけでなく町のそこかしこに貼られ、商店やバーの壁でもアメリカ国旗の帽子をかぶり白髪を跳ね上がらせたアンクル・サムが、人さし指を突きつけていた。もちろん僕らの店、〈コールの親切雑貨店〉でも。

　若い男たちはポスターに群がった。つるんでいる仲間とぼそぼそ相談したり、小突き合ったり、あるいは真剣な眼差しでポスターを見つめたり。でも共通している空気は同じだった。

　ついにこの時が来たのだという、紛らわしようのない恐れだ。

　アメリカはヨーロッパと違い、本国が攻撃されたわけではなかったし、他国の都合にふりまわされるべきではないと主張する声も根強い。聞こえてくるニュースや、子供たちの遊びがドイツ兵や日本兵をやっつける戦争ごっこに変わったこと、原材料不足のせいで店の品揃えが変わったのを見て、外の世界がだいぶひどいことになっているようだと感じるけど、いまひとつ現実感がなかった。

　けれど戦局が激しくなれば、職業軍人や志願兵では足りなくなり、望もうと望むまいと徴兵されることになるかもしれない。そして悪いことに、枢軸国の軍、特に強大な工業国であるドイツの軍隊は、相当に手ごわいという。元々豊かな工業国だし、最新鋭の戦車に銃器、優秀な兵士たち、総統ヒトラーへの忠誠心と結束力がある。他民族を隷属させ、ゲルマン民族が支配する大帝国を築こうとしているナチスは、キリスト教さえ見下し、『きよしこの夜』で歌われる救いの御子の名でさえヒトラーに変えられているそうだ。

　僕は家族が寝静まった真夜中に起きて、そっと部屋を抜け出し、居間のラジオをつけた。自分の意思でニュース番組にチャンネルを合わせたのは、生まれてはじめてだった。

　アナウンサーが静かな低い声で、たった三つの中立国を除く東西ヨーロッパが、今はもう枢軸国勢力下にあるのだと話した。サックスとクラリネットの間奏に続いて、「合衆国軍は勇敢な若者を募集しています。自由と正義のために闘おう！　軍は衣食住と給与、ボーナスの保証付きです」とコマーシャルの音声が流れて、僕はスイッチを切った。靴下を履いていなかったので、つま先がとても冷えていた。

　愛国心がないわけではなかった。イタリアや北アフリカ、東アジアではすでに大勢のアメリカ兵が戦っていたし、協力してやりたいとは思う。入隊を決めた奴の中には、独裁者の野望を挫いて世界を救うのは俺だ、と息巻いたり、正義感や名誉欲に駆り立てられた奴もいた。もっと粗野なタイプはただ暴れたくて兵役に就いた。「ドイツ人《クラウツ》に日本人《ジャップ》めが！」と敵国をなじる、騒がしい奴に出くわすことも少なくなかった。

　しかし多くの若者にとって、志願に心を動かされる一番の理由は、金だった。

　回復の兆《きざ》しが見えてきたとはいえ、完全な経済回復まではほど遠く、飢えへの恐れもまだ消えない。でも兵隊になれば安定した給料が得られるし、もし自分が戦死したとしても、家族にはいくらかの見舞金が振り込まれる。それにどっちみち兵隊に入るなら、徴兵されるよりも自分で手を挙げる志願兵の方が、ボーナスが五十ドル多く出てお得なのだ。

　そして自動車整備工のせがれや、秀才で知られていたあのもやしっ子が志願したなどと聞くと、流れに乗り遅れないうちに早く行かなければという雰囲気が、町の男たちの間に漂った。バーや街角やガソリン・スタンドで顔見知りと会い、二、三言葉を交わすと、どうしてもこの話題になってしまう。たとえばこんな具合に。

「お前は行かないのかよ？　早くしないと奴らのケツを蹴っとばす前に戦争が終わっちまうぞ」

「勇敢な行いを尊敬するかって？　ふん、どうだか。死に急ぐ奴の気が知れないね。えっ、あいつは志願したのか？　そうか……弱ったな」

　ともあれ、恋人や家族に見送られ、あるいは誰からも見送られずにたったひとりで、小さなナップザックを担ぎ、基地行きのバスに乗り込む若者の姿は、日に日に増えていった。ラジオをつければどの番組も戦局に触れ、「これは君の戦争　これは僕の戦争　みんなの戦争　勝利をつかみ取れ」と歌う軽快な曲が流れてくる。

　僕が志願を決めたのは、同じ年、一九四二年の晩春のことだった。

「ここにサインしてほしいんだ」

　親に同意書を見せると、案の定、家族はこぞって反対した。父がせっかく跡継ぎとしてお前に店の仕事を教えたのにと渋れば、母はひたすら命の心配をする。姉のシンシアは「いい格好がしたいだけ」と笑って、三歳年下の妹ケイティはひと言「馬鹿」と罵るなり、お下げを揺らして二階の寝室に駆け込んでしまった。

「戦争は悲惨だって？　そんなのちょっと想像力があれば理解できるさ。銃弾が飛び交う中を突っ走ったり、どこかしら怪我をしたり、戦友が目の前で死んだりするんだろ？　でもそれってちょっとかっこいいよな？」

　いつしか地元の友達とそう言い合うようになっていた僕は、半分むきになって「これは他人事じゃない、僕らの戦争なんだ」と、いつか聞いた台詞を拝借して訴えた。

　話し合いは決着がつかず、結局、祖母が決定を下すことになった。祖父が肺炎で亡くなって以来、家族会議の議長は祖母と決まっていた。

祖母は僕を台所に呼ぶと、何も言わずにお湯を沸かし、紅茶を淹れた。そして僕と同じ淡い茶色の瞳で、じっとこちらを見つめた。怯《ひる》んじゃダメだ、先手を打たないと。

「祖母《ばあ》ちゃん、僕は行くよ。大丈夫、ちゃんと帰ってくるって約束する。もう子供じゃないんだ――父さんの背だってとっくに抜いてるし」

実際、体格には恵まれていた。横幅と筋肉はまださほどでないけれど、身長は同じ年頃の連中よりあった。鍛えればかなりいい兵士になるだろう。僕はすっかり行くつもりになっていた。家族の元を離れ、野郎どもと同じ釜の飯を食い、無二の親友を作り、きついトレーニングに耐え、戦場に立って敵をやっつけ、英雄としてチヤホヤされる。そんな自分の姿を想像して。

冒険だ。本物の冒険ができるのだ。それに比べれば、大好きなレシピ帖も、食べ物の優しいにおいが残るおなじみの台所も、所詮ままごとに過ぎない。ちっとも惜しくなかった。

祖母は僕の瞳をしばらく見つめると、「こっちへおいで」と手招きした。言われるままに近寄ると、ふいに抱きすくめられた。ハーブの優しいにおいがした。

「行きなさい。ただし死んではならないよ。使命を全うしたら、必ず帰っておいで」

それで僕の従軍は決まった。

祖母のレシピ帖から一冊、お守り代わりに持ち出して、列車に乗った。


しかし、てっきりすぐに戦場へ送られるのかと思いきや、そうはならなかった。

配属先のジョージア州トコア基地で、僕は空挺小銃兵として訓練を開始した。雑誌の『ライフ』誌に載っていたパラシュート部隊に入れたと知って興奮したのは、最初の頃だけだ。毎日課せられるきつい訓練に音を上げて脱落する者も少なくなかった。

雲梯《うんてい》にスクワット、一日に何マイルも走り、近くのカラヒー山までランニングして、夜中も叩き起こされて行軍をする。きつい体力トレーニングをこなし、射撃の演習、武器を担いで匍匐《ほふく》前進、銃剣突撃、格闘の演習に明け暮れた。座学の時間は別の意味で拷問で、襲いかかる眠気と闘いつつ机に向かわなければならなかった。地図の読み方からはじまった戦争の学問は、手信号だけで連携がとれるまで訓練を重ねた。

パンツに靴下、洗面器だって支給される軍用品を使う。野戦服のくすんだオリーブ色や枯草色はすぐに見飽きて、鮮やかな色のズボンや、ぱりっと糊のきいた白いシャツが恋しくなった。

朝起きると、夜が来るなんて永遠にあり得ないと感じるのに、一日はあっけなく終わり、一週間、一ヶ月、半年となると矢のように早く過ぎた。

いつになったら戦場に出られるのだろうと仲間たちとぼやき合うのもしばしばだった。たまの休暇で基地のドーナツ・スタンドに寄って、油っこいドーナツとコーヒーを口の中で混ぜ合わせながら、ラジオから聞こえてくる音楽に耳を傾けた。とりわけ祖母が好きだったベニイ・グッドマンのクラリネットが聞こえてくると、故郷の湿った緑が目に浮かび、家族を想わずにはいられなくなった。

そんなある日、コック兵を増員するとかで、希望者を募る張り紙が基地内の掲示板に貼られた。

僕はふと足を止めた。実のところ、軍隊生活は思っていたのと違っていた。自分はどうも軍人に向いていないらしい。射撃も上手くないし、足だって平均より遅い。仲間としゃべれば図体ばかりでかい子供と笑われて、〝キッド〟とあだ名される始末だ。

そんな僕でも、もしかしたらコックならできるんじゃないかと思った。何しろ僕は祖母の孫で、レシピを子守歌代わりにして育ったのだから。

けれどなかなか決心がつかない。自他共に認める食いしん坊だから、家族や近所の人はきっと口を揃えて「絶対コックになるべきだ」と勧めるだろう。でも軍隊内におけるコックへの評価を一度でも耳にしたら、率先してやりたくはなくなってしまった。

基地で出される料理はたいてい不味《まず》かったし、量もしょっちゅうばらつく。厨房《ちゅうぼう》の仕事などは面倒で些末《さまつ》なものであり、実際、芋の皮むきや皿洗いは、軍規違反者や成績不良者の罰とされていた。

自然とコックは一般兵から軽んじられ、嫌われるようになった。コックだけではなく、後方支援の任務についている特技兵は似たような扱いをされた。彼らは〝落伍者〟に過ぎないと思われていた。

とはいえ、ここにいるのは実戦経験のない奴らばかりだから、優劣なんてまだ学校の成績みたいなものだ。それでも、レードルを片手に持った白いエプロン姿のコックが、特技兵というだけで階級は伍長クラスになり、給料も少し多く支払われるとあらば、怒りたくもなる。日頃の演習疲れや上官に対する不満が燻《くすぶ》る若い男たちにとって、格好の捌《は》け口になっていたのだろう。「志願しておいて〝ママ〟の真似か、この女々《めめ》しい飯炊き野郎」

嘲笑を聞くたびにちくりと胸が痛んだ。だが、僕は蔑《さげす》まれるコックたちに祖母を重ね合わせて同情しつつも、一緒になって陰口をたたいていた。からかわれるのが怖かったのだ。

もやもやした迷いを心に抱えていた僕は、ある特技兵と出会った。

そいつは僕と同じ十八歳くらいで、色白の痩せた顔に丸いメガネをかけ、ほとんど笑わない。需品科の研究室から、僕らのG中隊に配属されたコックだそうだ。

名前はエドワード・グリーンバーグという。背丈は平均くらいだが、僕よりは低く、軍人の割には細身だ。黒髪に黒い瞳、眉は上向きにきりりと弧を描き、額が四角く秀でている。尖った顎と薄い唇はたいてい引き締まっていて、緩んだところをほとんど見たことがない。あまりの鉄仮面ぶりに怒っているのかと思いきや、元々感情が表に出にくい質《たち》らしい。

はじめ、仲間たちは彼を馬鹿にした。メガネをかけているし、いつも軍服から食べ物のにおいが漂ってくるからだ。しかし、彼が来てから食事や糧食《レーション》の過不足がなくなり、料理のリクエストが採用されるようになると、少しずつ陰口は消えていった。

僕自身、彼を尊敬しはじめていた。寝坊した罰として、厨房手伝いのK　P《キッチンポリス》にされたある日のこと、山と盛られた芋にうんざりしつつ皮むきをしていたら、エドワード・グリーンバーグが手伝ってくれた。自分の仕事分は終わったからと言って、手際よく皮をむいていく。他のコックは面倒な雑用を押しつけてくるし、人に任せて自分は休んでしまう奴もいる。自分たちを蔑む一般兵に対しての鬱憤《うっぷん》晴らしだったのかもしれない。

しかし彼は、そういった振る舞いをしなかった。

数日後、エドワード・グリーンバーグから声をかけられた。

「お前は食べるのが好きか？」

僕の食べっぷりを見てそう感じたらしい。質問の意図がわからなかったけれど、僕は素直に認めた。レシピを見るのも食べるのも大好きだと。すると彼は珍しく口許を綻ばせた。

「コックにならないか？　俺は味付けに興味がなくてな……レシピに従えばある程度こなせるが、応用がきかない。お前みたいな食いしん坊がいてくれると、助かるんだが」

有能な男から頼られて、嫌な気持ちになるわけがなかった。

夜、兵舎の簡易ベッドの上で祖母に手紙を書いた。僕もコックになろうと考えていること。数日後、届いた返事はとても明快なものだった。

「あなたが想像しているよりもずっと難しい仕事よ。でもやりがいはあるわ。料理だって、闘いの重要なポイント。私も若い頃、そういう気持ちで食事を作ったことがあるもの」

同封されていたのは一枚の写真だった。頭に三角巾をかぶった女性たちが、煉瓦《れんが》の壁の前に立って大鍋をたくさん並べ、群がる人々に食事を与えている場面だ。配膳台の一番手前に、まだ三十歳くらいの祖母がいた。裏に〝一九一七年三月セントラル・パークの難民支援キャンプにて〟と書かれている。先の大戦の頃だ。僕はふいに、祖父が亡くなる直前、祖母に「料理人のお前にはわかるまい」と言い放った時のことを思い出して、コックをみくびる仲間たちと重ね合わせた。

僕は覚悟を決めた。そして需品学校のあるバージニア州フォート・リーで二ヶ月間の錬成訓練の後、はじめて階級章を得て、無印の二等兵から五等特技兵に昇級した。給料が少し増えたものの隊内の立場に変化はなく、相変わらず〝キッド〟呼ばわりだ。

僕らの任務は、隊員に糧食《レーション》を配り、食材と時間と場所に余裕があるときは調理をし、食中毒にならないよう衛生指導しつつ、仲間たちの胃袋を管理すること。コックと言っても僕は中隊管理部付きだから、戦闘となれば銃を取り、普通の兵と一緒に前線で戦う。

気の合う仲間もできた。プエルトリコ系で、背こそ低いが厳《いか》つい体つきの陽気なディエゴ・オルテガと、そしてあのエドワード・グリーンバーグ。

特に僕はエドと親しくなれた。エドは頭の回転が速く、いつだって公平で頼りになり、僕をキッドとは呼ばずティムと呼んでくれる。

そして入隊から合計二年に及ぶ訓練を経て、一九四四年の初夏、Dデイ、ついに僕らの初陣が決まった。

合衆国陸軍、第一〇一空挺師団第五〇六パラシュート歩兵連隊、第三大隊G中隊の管理部付きコック、ティモシー・コール五等特技兵。

これが僕だった。

第一章　ノルマンディー降下作戦

夜空は曇《くも》っていたが、少しずつ途切れはじめた雲間から月がのぞき、あたりを照らしはじめた。暗い空を飛ぶC47輸送機〝スカイ・トレイン〟の隊列が、風を切り、黒くさざめくドーバー海峡を間もなく抜けようとしていた。

一九四四年六月六日の真夜中、窓から外を見ると、何フィートも離れていないすぐ近くに、濃いオリーブ色をした同じ巨体が飛んでいた。胴体後部と両翼の付け根には白黒のストライプ模様がある。C47だけでも千二百機を超え、後続には、物資輸送機やグライダー、そしてイギリス軍とカナダ軍もいるはずだ。もし誰かが空を見上げたなら、次々と飛んでくる無数の飛行機の大群に、目をひんむいてひっくり返っちまうだろう。

僕もパラシュート兵のひとりとして、C47の暗い機内に乗り込んでいた。ぶんぶん唸るエンジン音が腹に響く。中は元々貨物室なのでちゃんとした座席がなく、二十四名の乗員はみんな、両壁に打ちつけた細いベンチに尻を乗っけていた。完全武装で体が膨れあがっているせいで、身じろぎさえも難しい。

窓からかすかな月明かりが差し込んで手元を照らす。分厚い手袋で動きにくい指を曲げ伸ばしして、合図用に支給されたブリキのおもちゃ、クリケットをいじくった。長方形の小さなクリケットを指で挟み、閉じたり開いたりすると、カチカチとよく鳴る。

イギリスの空軍基地を出発して、かれこれ二時間あまりが過ぎていた。生あくびが出たついでに舌を動かして歯の後ろを掃除する。出発前に飲んだ酔い止め薬の後味がすこぶる悪くて、かえって吐きそうだった。

歯の隙間に残っていた錠剤のかけらを飲み込んで顔を上げると、向かいのベンチに座っていたディエゴ・オルテガと目が合った。大きな口をひん曲げてものすごい形相をしている。ディエゴはヘルメットを額まで押し上げると、声を出さずに口の動きだけで「ケツのスコップを外してくれ、キッド」と伝えてきた。

だから言ったのに。奴は装備を増やしすぎて、最後に残った携帯スコップを仕方なく尻に装着してしまったのだ。一応僕は「座り心地が最悪になると思うけど」と忠告したけれど、こいつは聞かなかった。

同じコック兵として一年間ディエゴと過ごしてわかったことは、少々、いやかなり調子に乗りやすい馬鹿だということだ。出発前に仲間のアンディとバリカンを当て合い、モヒカンに刈り上げ、これで敵を威嚇《いかく》するんだ、などと笑っていた。でもヘルメットをかぶったら何にも意味がない。一緒にいると楽しいし、気はいい奴なんだが。

この機には需品科の兵士の他、主計兵や補給兵、一部の衛生兵、そして僕らコック兵の、G中隊管理部所属の特技兵ばかりが乗っている。全員顔が黒っぽくてまだら模様なのは、亜麻仁油《あまにゆ》とココアパウダーを混ぜたものが塗りたくってあるからだ。

あまり会話がはずまないのは緊張のせいなのか、それとも轟《とどろ》くエンジン音に、しゃべってもどうせ体力の無駄使いにしかならないとわかっているせいなのか。たぶん両方だろう。

いよいよ本番だ。僕は大きく息を吸って、ゆっくり吐いた。唾液は粘ついて、鉛っぽい嫌な臭いがする。

機体が大きく揺れてほんのわずかの間だけ体がふっと軽くなり、足の裏から胃のあたりまでが吊り上がったかと思うと、今度は急に重力がぐっとかかった。耳鳴りがひどい。前の方で誰かがバランスを崩して床に転げ、まるでひっくり返った亀のように手足をばたつかせている。先頭のマッコーリーだろう。隣の奴が助け起こしてやって、ようやく立ち上がった。マッコーリーは最近配属された四人目のコックで、気弱で頼りない。けれど今は僕だって転んだらああなるに違いなかった。装備が重すぎて自力では立てないのだ。

僕らはみんな、空挺戦闘服と呼ばれるくすんだ茶色の軍服を着ていた。オリーブ色の肌着の上に同じ色のシャツ、肩に叫ぶ鷲《スクリーミング・イーグルス》の師団徽章をつけた尻が隠れる丈の枯葉色のジャケット。ジャケットの上から、腰のあたりを挿弾子《クリップ》ベルトで締め、肩にはストラップをかけている。ズボンは関節の曲げ伸ばしがしやすいようにゆとりがあり、裾は編み上げブーツの中へたくし込んだ。ジャケットもズボンもたくさんポケットがついていて、ベルトにはライフルの挿弾子《クリップ》を入れた挿弾子《クリップ》ポケットがずらっと並んでいた。布地には化学兵器対策だとかで薬品が染みこませてある。

軍服だけではもちろん戦場には出られない。その上、僕ら空挺兵は時速一二四マイル（二〇〇キロメートル）で飛んでいる輸送機からひとりずつ飛び降りるから、孤立しても生き延びられるよう、指定装備だけでも数が多かった。メイン・パラシュートのパックを背負ってストラップを固定し、首には黄色い救命胴衣をかけ、胸には予備のパラシュートを抱えている。

更にライフルを脇の下に装着して、胸には手榴弾、ピストルはホルスターに、足のレッグバッグにはナイフとホーキンス地雷をしまい込む。水筒や糧食《レーション》が三食分、懐中電灯、ロープ、時計、地図、雨よけのポンチョなどを詰め込んだ雑嚢《ざつのう》や携行袋、穴掘り用のTボーンスコップを、股間や腰からぶら下げた。銃弾はありったけ、爆薬の信管も忘れずに。

そこに加えて僕は、小鍋ふたつと小さなフライパン、携帯ガスコンロをふたつ、別のナップザックに詰め込んだ。大量のマッチ箱とコンソメ粉末、塩と胡椒《こしょう》の小瓶、残しておいたパン、技術教範のレシピに調理用のナイフ。そしてお守り代わりの祖母のレシピ帖も。

上官は「無駄なものは持って行くな」と散々言っていたけれど、誰も聞きやしなかった。雑嚢を開けば、グラビア雑誌やトランプカード、野球のボール、家族や恋人だけじゃなくペットの犬猫の写真などなどが出てくる。

まるで飾りつけすぎたクリスマス・ツリーのような僕らの姿に、輸送機のパイロットたちは顔を青くした。重量制限すれすれ、もしかしたらいくらか重すぎたかもしれない。

ともあれ、名前を挙げるだけでうんざりするほど様々な物を持って行くために、全身を使った。ヘルメットまでも収納スペースになる。救急キットの小箱は壁を這うヤモリのように、テープで前頭部に貼り付けた。

フル装備で当然だ。だってこれから僕らは、敵国ドイツ支配下のフランス本土へ奇襲をかけるのだから。

「そろそろピクニックの開始時刻だ。昨日の延期で気が緩んじまった奴は、俺がケツを撃ってやるからな」

後ろで軍曹が笑いながら大声で士気を鼓舞する。

「Dデイ」と呼ばれてきた作戦決行日は、確かに昨日だったのだが、天候不良を理由に今日へ持ち越されたのだ。それが吉と出るか凶と出るか、誰にもわからなかった。

降下口のライトが赤く光った。一番前に座っていた管理部長が立ち上がって、エンジン音に負けない大声で最終確認をする。

「いいかお前たち。我々はたった今から、ナチスドイツによって封鎖されたヨーロッパに飛び込む。目標はフランス・ノルマンディー地方に位置する、コタンタン半島。この進軍は我々が死ぬか、ヒトラーの首を取るまでは止まらないだろう」

機体が小刻みに振動し、落ち着くのを待って管理部長は続けた。

「だが本作戦における我々の第一任務は、G中隊のための補給物資の確保、司令部と救護所の設置支援、そして隊員たちの食事管理である。特技兵の実力を発揮する最高の機会だ。支援の心を重んじ、自己中心的な名誉欲にとらわれるな。もし仲間とはぐれたら、先に降下した先遣隊《せんけん》による標識灯《ビーコン》を目印に、まずは合流地点に向かえ。いいな？」

「イエス、サー！」

「我らのモットーを忘れるな。勝利を支えよ《サポーティング・ヴィクトリー》！」

「サポーティング・ヴィクトリー！」

「起立、整列しろ！　フックを持て！」

僕らはがに股で立ち上がると真ん中に集まり、向かいの奴らと互い違いに列を作って、メイン・パラシュートの曳索《えいさく》のフックを右手に掲げた。頭の上には繋留索という細いロープがぴんと張られている。あれにフックをかけて順番に進み、そのまま降下口から飛び降りる。すると曳索が引っ張られてパラシュートが開く仕組みになっているのだ。

「繋留索にフックをかけろ！」

号令に従って一斉にフックをかける金属音が鳴り響く。そして最後尾の軍曹のがなり声が響いた。

「点呼！」

通常の点呼とは逆で、最後尾から順にはじまる。後ろの奴が前の奴のパラシュートを確認しながら番号を叫び、先頭のマッコーリーが裏返った声で「1、オーケー！」と叫ぶと、降下口が開いた。

たちまち強風が貨物室に流れ込んで、これほどの重装備にもかかわらず、倒れないよう足を踏ん張らなければならなかった。さっきから上がりっぱなしの心拍数が一層激しくなって、顎を締めていないと歯の根が合わない。大丈夫だ、落ち着け、訓練どおりにやれば大丈夫だ。きっと無事に着地できる。のどがカラカラで唇を舌で舐めた。

C47はエンジン音を轟かせながら雲間を降下し、内臓が吊り上げられる感覚がした。降下ランプの合図はまだ赤しか点いていない。

「すげえ数の船だな……何千隻あるんだよ？」

僕の後ろに並んでいる衛生兵のスパークが呟くので、僕も窓の下をのぞいてみた。黒々とした虚ろで不気味な海に、おびただしい数の艦船が浮かんでいた。暗い水平線まで切れ間なしに続く艦隊、そのすべてが、僕らと同じ方向へ航跡を引いている。宙に浮かんだ阻塞《そさい》気球がおぼろ月の光を受けて銀色に光った。その先にあるのはフランスの沿岸だ。

兵や武器を詰め込んだ大量の船と輸送機が、海と空に結集し、ひとつの目標へ向かっていた。

「どんな作戦なんだ、いったい」

ぞわりと肌が粟立《あわだ》った――これから何かとんでもないことが起きようとしている。幼い頃、満天の星に圧倒された時もこんな気持ちがした。人ではない、大いなる意志の気配。神の巨大な御手が海の縁から現れても、不思議じゃない気さえする。

この暗い海と陸と空、世界そのものをチェス盤にして、無数の駒が動かされていく。そして他でもない僕自身が、駒のひとつなのだ。

「死の陰の谷を行くときも、わたしは災いを恐れない。主が共におられる」

誰かが聖書の詩篇の一節を唱えたその途端、目の前で光が炸裂した。

あちこちで轟音が響く。地面からたくさんの光が猛スピードで上昇したかと思うと一気に膨らみ、すぐ近くで破裂した。敵の対空砲火だ。輸送機はついにフランスの上空へ着き、真下には大地が広がっている。

「敵襲だ！　降下許可を！」

「まだだ！　まだ降下地点じゃない。今飛べばとんでもない場所に落ちるぞ！」

上官と操縦兵の怒号が飛び交う最中、激しい砲撃はなおも続き、機体が大きく上下する。窓の外を一直線に飛んできた曳光弾《えいこう》が、横を飛んでいたC47機に着弾して爆発した。真っ逆さまにきりもみ降下する機体から兵士たちが落ちていくが、パラシュートや戦闘服に火が燃え移っていた。僕は目を背《そむ》けた。

こちらの機体も激しく振動し、悲鳴が上がる。開いた降下口から猛烈な雲霞《うんか》が一気に流れ込み、全員もみくちゃにされた。息をしたくとも風が強すぎて呼吸ができない。誰かが吐き、僕の胃袋の中身ものど元までせり上がって、手袋を口に当てた。畜生、酔い止め薬なんて気休めだ。早く降ろしてくれ。早く、早く！

再び大きく揺れた拍子によろけて、膝を突いてしまった。握ったままだった小さなクリケットが転がって、慌てて手を伸ばす。しまった、装備が重すぎて立ち上がれない！　今降下のサインが点いたら、僕のところで詰まってしまう。

「このままじゃ全員丸焼けだ！　降下はまだですか！」

いやいやちょっと待ってくれ、こっちはまだ立てないんだ。四つん這いになったまま、拾いあげたクリケットをポケットにしまうことさえできずにいると、目の前に分厚い手袋に覆われた手が現れた。

「ティム、大丈夫か」

僕をあだ名で呼ばないのはあいつだけだ。ヘルメットで重たい頭をなんとか上げると、思ったとおり、前に立っていたエドワード・グリーンバーグが手を伸べてくれていた。黒々とした瞳が曳光弾の光を受けて暗く輝いている。眉間に皺《しわ》を寄せているのは、いつもはかけているメガネを外しているせいかもしれない。

「悪い。ありがとう」

差し出された手にしがみついて、ふらつきながら立ち上がる。こいつを見るといつも、鉛筆の尖った先端や、万年筆のペン先を思い出す。きっと輪郭がしゅっとしていて顎が細いせいだ。エドは小さく頷くと、拳骨で僕の胸にくくりつけた予備のパラシュートの袋を軽く叩いた。

「クリケットはしまっておけよ。失くすとことだぞ」

「わかってるって、でも手袋が厚すぎてポケットのホックが……」

言い終わらないうちに、ひときわ大きな砲撃の光が炸裂し、降下口の緑のランプが点いた。降下の合図だ。

「行くぞ！　俺の後に続け！」

管理部長が叫び、降下口から外へと躍り出た。窓に頬を押しつけて少尉の姿を追うと、雲にまみれながらもパラシュートの白い花が開くのが見えた。しかし先頭のマッコーリーは涙声でわめきながらなかなか飛ぼうとしない。

「無理です！　スピードが速すぎます！」

「早く行け！　行けったら畜生！」

　仲間たちの怒号に押され、哀れなマッコーリーは絶叫と共に闇に吸い込まれていった。「ゴー！　ゴー！」みんなも続いて空へと舞い落ちる。僕もヘルメットの顎当てを直し、乾いた舌で唾を飲み下す。でもマッコーリーの言うとおりだ。輸送機は訓練とは比べものにならない、狂ったような猛スピードで飛んでいた。いつもの〝のろま鳥《グーニー・バード》〟ぶりはどこへ消えた？　パイロットが雲と対空砲火に怯《ひる》んでパニックを起こしているに違いない。

　エドが飛び、ついに僕の番になった。冷や汗がどっと噴き出す。降下口のレールから一歩先は、真っ暗な大地が口を開けている。曳光弾が次々飛んで目の前をかすめた。

「さっさとしろよ、キッド！」

　真後ろの衛生兵、スパークに背中を押された。はずみで足が滑って宙へと飛び出し、あっという間に重力に引っ張られる。僕は思わず叫んだ――「お前の左腕の赤十字は飾りかよ！」

　自動曳索の紐が伸びきり、ブツンと切れた感触が肩に伝わる。なんとか背筋をまっすぐにして体勢をたてなおすと、パラシュートが開いた。体が吊り上がり、股間に通したレッグストラップがぐっと食い込んでイチモツを締め上げ、激痛が脳天まで突き抜けた。ふとふくらはぎあたりが軽くなって下を見ると、足に巻いたレッグバッグが落下し、暗闇に吸い込まれて消えた。せっかく地雷とナイフを入れておいたのに！

　高射砲や機銃弾のまばゆい光が、下から容赦なく向かってくる。直撃を食らった輸送機が爆音と共に火を噴き、真っ二つに折れて落ちていく。そんな弾幕の只中をふらふらとパラシュート遊泳している僕は、ただひたすら当たらないよう祈るしかない。

「ああ、僕は馬鹿だ、馬鹿だ、馬鹿だ」

　呟きながら武器袋のストラップを外し、先に落とす。やがて大地が近づいて灌木《かんぼく》らしき影がぐんぐん迫り、避けきれず無様に突っ込んだ。細い小枝があちこちに刺さって痛い。しかも開いたパラシュートが引っかかって、上手く起き上がれなかった。胸元の留め具も外れず、急いでブーツの横にくくっておいたナイフを抜いてハーネスを断ち切る。その途端に灌木の枝が折れて、勢いあまって地面に放り出され、夜露まみれの草に顔を突っ込む羽目になった。

　はずみで顎当てが外れてヘルメットが転がる。腕を伸ばして摑み取ると、近くで機銃の乾いた音がした。慌てて茂みに体を寄せて息を殺す。ヘルメットをかぶり直して、枝に引っかかったままのパラシュートをたぐり寄せて丸め、葉の下に隠した。

　ライフルの肩掛け帯《スリング》を下ろし、引き金に指をかけながら闇に目をこらす。あたりは木々がまばらに生えていて、灌木の列は前から後ろまで、三〇フィート（約九メートル）ほどの長さがある。ここはどこだろう？

（訓練どおりにやれ、訓練どおりに）

　狂ったように打つ心臓をなだめながら自分に言い聞かせるけど、さっきから聞こえてくる銃声や爆音が気になって集中できない。先に落としておいた武器袋を手探りで見つけ、予備のホーキンス地雷や手榴弾を取り出した。みんなはどこだろう？　仲間の気配は感じられなかった。僕は飛び降りるときに一瞬躊躇《ちゅうちょ》してしまったことを後悔した。降下は少しでも足を止めたらそれだけ距離が離れてしまうのに。空を仰ぐと、一直線に閃《ひらめ》く高射砲の瞬《また》きが、まるで打ち上げ花火のように見えた。

（集合場所は確かどこかの村の……サント＝マリー……なんだっけ）

　左の腰にくくりつけておいた小さいバッグから地図を取り出すけれど、こう暗くては細かな字が見えない。月も雲に隠れ、対空砲火の瞬きを頼りに目をこらす。

「標識灯《ビーコン》はどこだ？」

　砂盤の模型を使って説明された作戦では、僕らよりも先に飛び立った先遣の降下地標示部隊が、標識灯《ビーコン》の目印をつけておいてくれる、という話だった。でもそれらしきものは見当たらない。その時、すぐ近くで男の大声が聞こえた。

「Alarm!　Fallschirmjäger!」

「Macht das Feuer an!　Schießt, wenn ihr sie seht!」

　英語でもないし、故郷でケイジャン（ルイジアナ州に移住したフランス系カナダ人とその子孫）がしゃべっていた言葉と語感が違うから、フランス語でもないとわかる。それならばドイツ語だ。音を立てないように潜んでいると、突然熱気を感じ、あたりが明るくなった。茂みの隙間から向こうを覗いてみる――三フィートほど離れた場所にある家が、火の粉を上げて燃えていた。ドイツ兵らしい複数の人影が見える。走って行く兵士にわめき声で指示を出しているのは上官だろう。たいまつで火を点けていた兵士は、残り火を家に放り込むと空を見上げた。

「Der Feind muss sich irgendwo hier verstecken. Macht mehr Licht!」

あの家が空き家ならいいけれど。目をこらすと、家の戸口に民間人が倒れているのが見えた。住人かもしれない。果たして息があるだろうか？　しかし僕ひとりで助けに行くのは自殺行為だ。悩んでいるうちに、開いたドアから猛る炎の舌が民間人の服を舐め、あっという間に全身を燃やしてしまった。

とにかく急いでここから離れて、誰でもいいから味方を見つけないと。

僕は音を立てないようにそっと地図を畳んで雑嚢に押し込み、ライフルを抱えて灌木の列から離れた。草むらを匍匐《ほふく》前進する。数フィート進んだところで、突然木の葉がこすれ合うガサッという音がして息が止まったが、何のことはない、野ネズミが茂みから顔を出しただけだった。どっと冷や汗が流れ、心臓が口から飛び出そうなほど早く打った。野ネズミは鼻をひくひくと動かすと危険を察知したのか、僕の顔の前を横切って木の根の下に潜《もぐ》り込んでしまった。僕はもう一度上体を起こして先へ進んだ。

灌木の並びから細い木立がまばらに生える草むらを通過し、やがて幹の太い木々が鬱蒼《うっそう》と茂った林へと前進して、体を隠せる場所が増えた。匍匐をやめて立ち上がり、腰を曲げたまま素早く移動する。その時、ぐにゃりと不気味に柔らかい何かを踏みつけた。慌てて飛び退《の》くと、兵士が倒れていた。

「悪い、大丈夫か？」

声をかけてみてはっとした。うつぶせになった兵士の左向きの横顔、その目は見開かれたままぴくりとも動かない。左肩には僕らと同じ、第一〇一空挺師団の徽章、くちばしを大きく開けた〝叫ぶ鷲《スクリーミング・イーグルス》〟が縫い付けてあった。階級章はないので二等兵だろう。

ライフルの銃口を使って転がしてみると、仰向けになった兵士の上半身は真っ黒に焦げ、顔の右半分は吹っ飛んでなくなっていた。知ってる顔ではない。右腕もちぎれかかっていたが、わずかに残った指はそれでも、四角くて重そうな布袋の持ち手を放してはいなかった。体の脇には倒れた三脚がある。死臭を嗅ぎつけた蠅が、虚ろに濁《にご》った眼球に留まった。

急にみぞおちがぐっとせり上がり、堪《こら》えきれずに吐いた。いったん催すと止められないもので、苦い胃液が出てくるまで四つん這いになって吐き続けた。

その時、後ろの方でカチリとクリック音がした。しまった、合図だ！　僕は手のひらを開いた――まったく気がつかなかったけど、握っていたはずのクリケットがいつの間にかなくなっている。輸送機の中にいるとき、カチカチ鳴らして気を紛らわせていたせいだ。早く合図を返さないと、味方なのに撃たれる！

「フラッシュ」

合い言葉だ！

「サ、サンダー！」

「シッ、でかい声を出すな」

後ろの茂みから現れたのは、銀縁のメガネをかけたエドだった。唇に指を当て、こっちに来いと手招きしている。僕は中腰のまま彼の元へ駆けた。勢いあまって、ヘルメットとヘルメットがぶつかりそうになる。

「うわっ、ごめん」

「落ち着け」

小声で注意するエドの後ろには、お調子者のディエゴもいた。ほっとしてふたりを抱きしめたい衝動に駆られたけれど、ディエゴは太い眉を嫌そうにしかめ、体を引く。

「きったねえなあ、ゲロつけたままこっち来んな」

そういえば今しがた吐いたばかりだった。口の周りを手袋でぬぐいながら何か言い返してやろうとすると、エドが茂みの向こうを指した。黒い瞳に曳光弾の光が映っている。

「あそこで倒れている奴はどうした？」

「わからない。さっき見つけたんだけど、もう死んでる。か、顔が半分なかった。僕らの仲間だけど、四角くて重そうな袋を持ってた。あと三脚も」

「それはきっと標識灯《ビーコン》の袋だろう。先遣の降着誘導兵に違いない」

エドはそう言ってふっと溜息をひとつ吐くと、僕らの背中を軽く叩いた。

「行こう。ぐずぐずしていると俺たちもああなる」

ライフルを構え木立や茂みの陰を伝いながら、先頭のエドに続き縦隊となって進む。振り向くと、大きな目を油断なく動かしてあたりを警戒しているディエゴがいる。小柄だけどずんぐりした体つきは、荷物で膨れあがっているせいもあり、森へ宝探しに来たガニ股のドワーフみたいだった。

僕らは予定よりもずいぶん南西に流れて降下したらしい。道に迷いながら集合地点のサント＝マリー＝デュ＝モン近郊に到着した頃には、すっかり夜が明けて白んでいた。腕時計を確認すると五時を回っている。いくら夜通しの行軍訓練に慣れていても、重い装備と、パラシュートで飛び降りた時の打ち身であちこちが痛くて、もうへとへとだ。

サント＝マリー＝デュ＝モンの村は、すでにドイツ軍から解放されていた。広場の隅っこに兵士の遺体が並べられている……アメリカ兵、イギリス兵、カナダ兵。民間人の亡骸《なきがら》もあった。向かいには簡易救護所のテントが張られ、軍医から治療を受けている負傷兵が悲鳴を上げている。生々しい血痕が残る石畳を歩くたびに、転がった薬莢《やっきょう》を踏んで、じゃり、と耳障りな音がした。

「なんだ、これしか来てねえのかよ？」

ディエゴが両手を大きく広げる。確かに、先に到着していた仲間は少なかった。もう降下から二時間あまりが経っているのに、視界の範囲では百人くらいしか確認できない。ひとまず救命胴衣やパラシュートなど、もう必要がない装具を外し、需品科に預けて体を軽くした。

街角では帽子をかぶった地元の人らしき年寄りと、どこかの部隊の下士官たちが固まって話し込んでいる。G中隊は、管理部の面々はどこにいるだろうか？　コック兵仲間であるマッコーリーの姿も見えない。

「マッコーリーはどうしたのかな」

「びびって隠れてんじゃねえの？　ママが恋しくなって帰っちまったのかもな」

ディエゴは鼻をほじりながら言うと、ジャケットの裾に指をなすりつけた。一ヶ月前に別の部隊から急遽《きゆうきよ》異動してきたマッコーリーと、僕ら三人は、まださほど打ち解けていない。それでも一応仲間だし、降下直前にずいぶんわめいていたから、無事かどうか気になった。

村を歩きながら、ヘルメットを脱いで蒸れた頭を空気に晒す。広場からほど近い教会の壁は銃弾で穴だらけ、脇にはドイツ兵の死体が山と積まれ、瓦礫《がれき》もそこかしこにあった。

潮の香りを含んだ六月の風が吹き抜ける。町並みは地味で田舎らしく、無口で素朴な老人の佇まいを思い出させた。灰色の壁の家々に、淡い色の眠たげな朝日が差し込む。同じフランスでも、噂に聞くパリの華やかなイメージとはだいぶ違った。ネオンサインもなければ、往来の明るい喧噪も、酒場の前でたむろする若者もいない。

家畜小屋には痩せた乳牛がいたが、その傍《かたわ》らの仔牛は死んでいた。向かいの家の玄関ではみすぼらしい犬がよだれを垂らしている。ぼうっと眺めていると、赤いペチュニアが咲くベランダの窓が少し開いて、中から老婦人の小さな顔が見えた。しかし僕と目が合うなり、すぐに隠れてしまった。

G中隊の第二分隊長アレン先任軍曹とは、家並みから少し離れた空き地で会えた。戦闘時における僕の上官で、訓練の時から頼れる人だった。

「ああ、三人とも来たか。管理部の連中はどうした?」

アレン先任軍曹は太く短い指で、黒々とした立派なもみあげを掻いた。背こそさほど高くはないが、胴や首回りの筋肉がずんぐり盛り上がって、体つきはたくましい。どことなく猟師っぽい風貌で、合衆国北部の青空と雄大な森林を背景に、ヘラジカの角を両手で掲げてにかっと笑ったところを写真に撮ったら、すぐさま観光局から電話がかかってくるに違いない。でも、本人の故郷はアイダホなのだそうだ。広々とした畑にトラクター、じゃがいもをたんまり盛ったかごを抱えた、赤いネルシャツ姿の農民――それはそれで似合う。

「いえ、はぐれてしまったようでまだ会えていません」

「みんなそうさ、どの機もパイロットがパニックになって、変なところに降下させたんだ。だが隊員を待つ時間はない。集まった奴からどんどん作戦に向かってる。お前たちにも仕事があるぞ。準備はできてるだろう?」

「イエス、サー。何をしますか?」

アレン先任軍曹に命じられた仕事は、ここより南西にある村に、野戦炊事所を作ることだった。村の名前はイースヴィルといい、長い間ドイツ兵が駐留していたが、夜中のうちに合衆国の部隊によって解放されたのだそうだ。

「第五〇一連隊がイースヴィルのドイツ兵を一掃して、安全が確保されたようでな。野戦病院の設置場所は地主の館《シャトー》、中庭に調理場を作れとの命令だ」

「中庭に野戦調理器《フィールド・レンジ》を？　館《シャトー》の台所は使えないんですか？」

「水が止まってるんだそうだ。それに館《シャトー》の主がなかなか頑固で、使わせないと言って聞かない。でもまあ、需品科の給水部隊もそろそろ到着する頃だから、水はなんとかなるだろ」

「了解しました。ですがこれは大隊付きコックの仕事では？」

「さてね、どこをほっつき歩いているんだかまだ合流できていない。だが司令部は腹ぺこで我慢ができないんだと。協力してやれ」

野戦調理器《フィールド・レンジ》のワゴンや使用する工具などの諸々は、この道の先にある前進補給所のテントに届いているらしい。僕らは分隊長に敬礼すると、砂利だらけの道を進んだ。

前進補給所といっても、トラックが一台やっと通れるくらいの、狭い砂利道から下った空き地に、テントを張ってテーブルを置いただけの、ごく簡素な野戦拠点だった。

テントの布にピンで留めた〝四二六補給部〟と書き殴った紙が、はたはたと揺れている。トラックが通り過ぎるたびに煽り風を食らって、そのうちちぎれて飛んでいきそうだ。補給品用の繊維板でできた箱が積んであるが、たった数十個程度しかない。裏の空き地で輸送部隊がトラックから荷下ろしと仕分けの作業をはじめている。その途中で箱がひとつ転がり、ディエゴが手を貸すことになった。

僕とエドとでテントの中を覗くと、数人の補給兵が慣れない様子で右往左往していた。みんな初陣だもんなと思いつつ、誰に声をかけたものか迷っていると、奥のテーブルにひとり、伝票とにらめっこしている補給兵が目についた。見事なオレンジ色の赤毛頭だ。

「五〇六連隊第三大隊のコック兵だが、野戦厨房《ちゅうぼう》を運べと命令を受けて来た」

エドが声をかけると、ひょろっと背の高い補給兵はこちらを振り向き、耳に挟んでおいた鉛筆を取って赤毛頭を掻きながらやってきた。

「第三大隊？　中隊はどこだ？」

「G中隊。エドワード・グリーンバーグ三等特技兵」

軍隊の仕組み――とりわけ名称は複雑だ。中へ入ってしばらくすれば簡単に理解できるが、はじめのうちは僕も、師団だの連隊だの大隊だの、訳がわからなかった。基本的に師団、連隊、大隊、中隊、小隊、分隊の順に規模が小さくなる。でもこう喩えると少しわかりやすいかもしれない。

たとえば、合衆国陸軍をひとつの国だとするとこんな感じだ。国には〝何とか軍〟とか〝何とか軍団〟といった名前の州がたくさんある。その中の第七軍団州に注目してみよう。第七軍団州に近寄ってみると、いくつもの細かい市が集まっているのがわかる。そのひとつが僕らの第一〇一空挺師団市だ。

第一〇一空挺師団市にもいろいろな町がある。第五〇一歩兵連隊町とか、第八一空挺高射砲大隊町とか、第三二六衛生中隊町とか。部隊名は、数字と、部隊の任務を表す単語が組み合わさっている場合が多い。ちなみに行政機関に相当するものは、州、市、町とそれぞれにあり、おのおの「連隊司令部」とか「大隊司令部」などという名前がつく。

さてこのたとえ話に従うと、僕の住んでいる町は、第五〇六歩兵連隊町となる。

この町にはたくさんの学校がある。対戦車砲中隊学校や火砲中隊学校などの専門学校に加え、歩兵学校が三つ。それが第一、第二、第三大隊という学校だ。

僕は第三大隊学校の生徒だ。クラスはG、H、Iの歩兵中隊三個と需品中隊一個の、併せて四つ。

G中隊の授業は基本的に、戦闘だ。二百名近いクラス内は役割を細分化するために、第一、第二、第三ライフル小隊と、火器小隊の四つの列に席が分かれている。ライフル小隊は文字どおりライフルを主な武器として使う機動兵で、機関銃や迫撃砲といった火力を使うのが火器小隊だ。そして小隊は更に分隊という班に分割される。分隊の人員はたいてい一ダース、十二名だ。

担任の教師は中隊長で、将校が各学科の教師、教師の指示を直接僕らに伝える下士官は班長たちとすると、わかりやすいかもしれない。ちなみにあの猟師風の上官、アレン先任軍曹は、第二分隊のリーダーだ。

僕の席は第二ライフル小隊の列で、第二分隊班となる。そして給食当番の顔も持つ。基本的には戦闘をするけど、食事の時間には給食当番の仕事をして、管理部という委員会の命令が最優先になる。委員会に所属するには訓練時に必要な資格を取らなければならないため、たいてい「特技兵」の階級に昇進する。病人や怪我人を保健室に連れて行ってくれる保健委員、すなわち衛生兵も特技兵だ。戦闘には参加するけれど、衛生兵は護身以外で武器を使用することを、国際法で禁じられている。

つまりこうなる。僕は合衆国陸軍国の第七軍団州、第一〇一空挺師団市の第五〇六連隊町に住んで、第三大隊学校に通うG中隊クラスの一員であり、第二ライフル小隊の第二分隊班の席に座っている。そして給食当番だ。

「僕もG中隊だ。ティモシー・コール、五等特技兵」

名乗ると、赤毛の補給兵は鉛筆を耳の間に挟み直し、握手をした。肌が白っぽくて鼻の頭と頬にそばかすが散っている。年齢はたぶん二十歳そこそこだろう。

「俺は第四二六空挺補給大隊のオハラだ。野戦調理器《フィールド・レンジ》は表にあるよ。それからついでに、病院用の缶詰も届けてやってほしい」

赤毛の補給兵、オハラが指さした先には、大きな十字マークがスタンプされた木箱が三箱あった。

「少ないけど、ないよりましだろ？　悪いけどトラックが足りないから足で頼む」

オハラは鉛筆を小刻みに振って、手元のクリップボードを苛立たしげに叩いた。

「もうさ、全然予定どおりじゃないんだよ、あちこち滞《とどこお》っちまって。到着した奴からすぐ戦闘に駆り出されるだろ？　人が足らないのなんの。まあこっちはどうせ後方支援だから、後回しでも仕方ないんだけど」

「つまり補給品が充足するまでは時間がかかる？」

エドが尋ねると、オハラはひょいと肩をすくめた。

「グライダーで輸送された分はそろそろ届くと思うぜ。でもでかいのはわかんないなあ。ほら、海じゃ上陸作戦の真っ最中だろ？　でも通信部の話じゃ、〝オマハ・ビーチ〟側がかなり苦戦してるってさ。あいつらが浜を開けてくれなきゃ車輌部隊も来られないし。糧食《レーション》を節約するように計算した方がいいかもよ。ところで君らはどこに落とされたんだ？」

気さくな性格らしく、オハラはぺらぺらとよくしゃべる。そこに、左腕に赤十字の腕章をつけた衛生兵たちがテントの前を通りかかった。手にはモスグリーンの布製バッグを引きずっている。空挺コンテナというやたらと横に長いバッグで、五、六歳の子供ならゆうに寝そべられそうなほど大きい。

「イースヴィルならちょうどいい、奴らについて行きなよ。救護所に向かうはずだから」

「ずいぶん遅い出発じゃないか。救護所が空っぽってことはないよね」

「もちろん、先に到着している衛生兵はいるよ。あいつらは行方不明の空挺コンテナを捜してて、遅れただけだから。でもあのＡ－５タイプはいいぜ。丈夫な帆布でできているから、ちょっとやそっとの荷重や擦《こす》れくらいどうってことないんだ」

いっそうおしゃべりに熱がこもりはじめたオハラに、僕はちょっと笑ってしまった。

「詳しいね」

「ああ、実家が布問屋なんだ。何か入用なものがあったらうちに注文をどうぞ。上質な麻と南部から届いた綿、ちなみに帆布はオリジナルだ。ニューイングランドの〈オハラズ・ドライグッド・ストア〉。電話でも電報でも注文は……」

「なるほどよくわかったよ、ありがとう。じゃあそろそろ行くから」

このままだと日が暮れるまでしゃべり倒しそうなオハラを遮って、僕らはテントの裏手に向かった。

「そこの荷車を使ってくれ、イースヴィルから調達したやつだ。もし持ち主に返せって言われても断って、こっちに戻してくれよな。数が足りないんだから。いいかい、道はあの衛生兵たちに……」

「わかったわかった」

手を振ってやっと、オハラはクリップボードに向き直って仕事に戻った。

ヘルメットをかぶり直してテント裏に回る。確かに荷車が置いてあったが軍用のカートではなく、いかにも農民が畑仕事で使いそうな、大きくて古びた木製の三輪車だ。

エドと手分けしてずっしり重い糧食《レーション》の箱を三個積み、バランスを崩さないよう気をつけながら荷車を押した。左の取っ手がぐらついて使いにくい。

「あとは野戦調理器《フィールド・レンジ》とタンクだね。ディエゴはどこだ？」

ひょいと首を上げて捜すと、ディエゴのずんぐりした後ろ姿を、積み重ねられた箱の陰に見つけた。長身の金髪男となにやらしゃべっているようだ。近づいてから、そいつが同じＧ中隊の機関銃兵ライナス・ヴァレンタインだとわかった。

ライナスは、性格の善し悪しを知るほど親しい仲ではないが、金髪碧眼《へきがん》でハリウッド俳優も顔負けの美男子なので、忘れようにも忘れられない人物だった。線の細いタイプではなく、いわゆる理想的な兵士に一番近い容姿で、そのうち徴兵ポスターにでも採用されるんじゃないかと僕は思っている。歳は僕よりも二つ三つ上で、どちらかというと角張った顔に愛嬌のある緑の瞳、がっしりとした首と肩はたくましい。イギリスの基地にいた時、ドーナツ・スタンドで働いていた若い女性が、あの体つきに加えて優しげな瞳と柔らかそうな唇が最高にキュートなんだと言っていた。よくわからない。

近づいていく僕らに、ライナスはひょいと片手を挙げた。

「よう、キッドとメガネ」キッドは僕で、メガネはエドのことだ。「いいところに来た」

「いいところ?」

すでに途中まで話を聞いたらしいディエゴは興味津津で体を乗り出している。ライナスはにやつきながら胸のあたりで両の手のひらを上に向け、何もない空中をゆさゆさと持ち上げるような仕草をしてみせた。まるで自分にラナ・ターナー並みのおっぱいがあって、抱えて揺さぶっているみたいに。

「何? 巨乳の美人でもいたか?」

「残念ながら外れだ、童貞。予備のパラシュートさ」

「は?」

「予備のパラシュートだよ。訳あって集めているんだ。あればあるほどいい。まだ持っていたら俺にくれないか?」

「さっき需品科の奴らに返しちゃったけど」

そう答えたものの、僕は戸惑っていた。パラシュートなんて集めてどうするんだ? 話がよく見えない。

隣のエドも訝《いぶか》しそうに腕を組んで、ライナスに言う。

「パラシュートは貴重品だぞ。勝手に横流しするのはまずいんじゃないか?」

「訳ありだって言ったろ? 別に悪事を働こうってんじゃないんだ。ただし上官殿には内緒にしといてくれ。ディエゴにも話したが、もし俺に回してくれたら代わりにいいもんをやる」

「もしかして、ワインか?」

酒に目がないディエゴが興奮気味に鼻の穴を膨らませてにじり寄り、さすがにライナスも一歩下がった。

「残念だがワインじゃない。でも酒だ。とっておきの……上質なシードルだぞ」ライナスはフランス語っぽい発音で言った「それもひとりひと瓶くれてやる」

「シードル？　ああ、アップルサイダーか。どこで手に入れたんだ、そんなもの」

「俺は乗ったぜ」ディエゴが頷く。「アルコールならサイダーでもなんでもいいよ。さっき予備をまだ持ってる奴を見たんだ。それを手に入れたら、取り分をくれるか？」

「もちろんだとも。君は話がわかる奴だ、ディエゴ」

ライナスは白い歯を見せ、さわやかとしか表現のしようがない笑みで、ディエゴと握手をした。その時、補給所のテントの向こうから、ライナスを呼ぶ声が聞こえた。G中隊司令部の幕僚たちだ。

「やれやれ、人使いが荒いぜまったく。やっと合流できたってのに」

ぶつぶつ呟きながら僕の肩を叩いた。

「その荷車、左の持ち手が壊れかけてるだろ？　押す時に気をつけろよ。なるべく左に負担をかけないようにな」

そう言って、ライナスはこちらを見ている上官のところへ歩いて行った。


僕らはさっきの衛生兵たちの後に続いて、イースヴィルへ向かった。エドが衛生兵と協力しながら車輪付きの野戦調理器《フィールド・レンジ》を運び、ディエゴがライフルを構えて警戒しながら進む。ライナスの助言に従って、荷車を右に傾けながら押してやると、転がすのがいくらか楽になった。


イースヴィルまでの道はある程度制圧されていて、危険らしい危険には遭わなかった。それでも散発的に銃声や爆発音が聞こえたし、空気は火薬と血のにおいがする。

砂利道の脇に広がる草地では、墓所登録の需品科兵たちが、アメリカ兵もイギリス兵もドイツ兵もごちゃまぜになった遺体を仕分けて、山を積み直していた。道の向こうから、頭に両手を乗せて降伏のポーズをしているドイツ兵たちが大勢、合衆国陸軍第八二空挺師団の徽章《きしょう》をつけた兵士に銃を突きつけられながら歩いてくる。通りすがりざま、ディエゴが「ケツにキスしろナチ野郎」と中指を突き立ててしまった。射すくめるようなドイツ兵のひとりと目が合ってしまった。射すくめるような青い瞳に思わず目を逸らす。

日焼けして黄ばんだ道沿いには、古びた柵を張り巡らせた放牧地や、壊れかけた四阿《あずまや》があった。更に先へ進むと、緑の葉を茂らせた林檎《りんご》の木が並び、小さくておんぼろの酒造所が建っていた。腰の曲がった老人がぼうっと空を仰いでいる。そういえば、フランスに降り立ってこのかた、地元の若い男を見ていない。

そのうち、ふと視界の隅に、ぐちゃぐちゃにひしゃげた鉄塊が飛び込んできた。足を止めたディエゴにつられて僕も眺める。鉄塊は元々飛行機の形をしていたらしいと気づいたのは、翼の形をした大きな鉄の板が、草むらに突き刺さっているのが見えたからだった。

「グライダーだ。ひどいな」

周囲には一般兵や下士官が集まり、顔中を煤《すす》だらけにして中から何か箱のようなものや負傷者を運び出していた。野良着姿の老人や女性も交ざって手伝っているが、やはり若い男は見当たらない。

「若い奴らはどこへ行ったんだ？」

大柄な下士官が、衛生兵に黒っぽい妙な形のものを手渡している。何だろう、と目をこらしてみると、それはブーツを履いたままの人間の足だった。僕とディエゴは慌てて、先を行く衛生兵たちを追いかけた。

気を紛らわせるために、ライナスがなぜ予備のパラシュートを集めているのか考えた。けれどあまりいい答えは浮かばなかった。売り払うというのがいちばん簡単だけど、あんなものが金になるだろうか？　そもそも降下作戦は終了した上に、こんな辺鄙《へんぴ》な地域で、誰にどうやってパラシュートを売るつもりかわからなかった。

「もしかしたら、極秘の任務で使うとか」

秘密裏に進行中の作戦があって、それに必要なのかも。ライナスは上官に妙に気に入られているから、僕らは知らなくても奴は情報を得ている、なんてことも大いにありそうだ。

「何ぐちゃぐちゃ言ってんだよ。気持ち悪《わり》いな」

「うわっ」

突然、ディエゴの浅黒い顔がぬっと視界に入ってきて、心臓が飛び出すかと思った。

「びっくりさせるなよな。いやさ、ライナスがなんでパラシュート集めてるのか不思議じゃないか？」

「ちっとも。お前、そんなこと考えてたのかよ？　ほら、もう着いたぞ」

イースヴィルはサント＝マリー＝デュ＝モンよりも

ぐっと小規模な集落で、ぽつぽつと民家がある他は、痩せた乳牛と雌鳥《めんどり》を放っている農地があるくらいだった。静かで、廃屋が多い。中心部に密集した民家には、いくらかひと気があった。

オレンジ色の薔薇《ばら》が咲いた生け垣の裏手に、こぢんまりとした家屋が建っていて、ドアの周りには雑草を踏んだ跡が残っている。薄暗い窓を覗くと、中にはワインセラーのような棚が並んでいた。もう少しよく見ようと近づいた時、ブーツの底で何か丸いものを踏んだ。割れた酒瓶だった。地面は濡れていなかったけれど、瓶底にはまだ酒が蒸発しないで残っている。ごく最近、誰かが落としたもののようだ。

その隣の民家の軒先には洗濯物が干してあった。戦場であるはずなのに、目の前ではためく洗濯物の日常感が妙にちぐはぐで、僕はちょっとだけ足を止めて物干しロープを眺めた。すると家から慌てた様子の若い女性が出てきて、素早く洗濯物を取り込むと、ドアをぴしゃりと閉じた。

野戦病院となった館《シャトー》は、集落から続く砂利道を更に進んだ先の、緑豊かな場所に建っていた。周辺の素朴な印象とは不釣り合いなほど、とても大きな石造りの建物だった。高さはさほどないが横幅が広く、窓がたくさんあって、外から見ただけでも部屋数の多さがわかる。臙脂《えんじ》色の瓦屋根と古い石壁が、いかにも年代物らしい風格を醸し出していたけれど、敷地には赤十字マーク入りのテントがあちこちに張られていたので、せっかくの雰囲気も台無しだった。

衛生兵たちと別れ、僕ら三人は野戦調理器《フィールド・レンジ》設置のために中庭へ回った。どこもかしこも負傷兵と赤十字マークの救護車でいっぱいだったが、ここはひっそりとしている。需品科の給水車がぽつんとひとつあるきりだ。

今到着したばかりだという需品科の兵士と協力しながら、レンジを組み立てていると、同じ中隊の衛生兵ブライアンが、赤十字マークのヘルメットを押し上げつつ、小走りにやってきた。体は僕よりも大きいけれど、ぬぼーとした雰囲気で、どこか大木を思わせる。丈が短く袖口と腰がゴムですぼまったカーキ色のジャケットに、上から衛生兵特有のホルター付きサスペンダーをつけていた。

「三人とも、無事でよかった。水はまだかな」

「使うか？　今タンクに溜めるところだけど、あとでパイプを繋ぐよ」

そう答えつつブライアンを見てぎょっとした。手が震えている上に血まみれだ。でも本人の血ではないだろう、顔色は悪いけれど、痛がっている様子はない。

「井戸まで行く時間がなくて……傷口を洗おうにも洗えないんだ。少し分けてもらえる？」

「もちろん、もちろん、すぐやるよ」

慌てて背負っていた雑嚢を下ろし、畳んでおいた帆布の袋を出して広げる。耐水性に優れているのでバケツにも使えるのだ。ひとまず四杯分の水を汲んで、僕とブライアンで運ぶことにする。館《シャトー》に入った途端、むせかえるような血のにおいがして咳き込んだ。

廊下も部屋も、石の床にじかに負傷兵が寝かされて、手当に追われる衛生兵たちで混乱している。軍医が大声で指示を出し、片足がちぎれかかった兵士が悲鳴を上げて、傷ついた馬のように体をひねって暴れるのを、民間人の女性がふたりがかりで押さえている。「モルヒネが足りない！　持ってこい！」などの怒号があちこちから飛び交う。その隣では、腹から内臓が出たまま放置されている兵士が、しきりに両目を瞬かせていた。

「……こんなところ、本当に勘弁してほしいよ」

ブライアンが苦しげに呟く。彼は体こそ大きいが、仲間うちでもとりわけ温厚な性格で、教官からは軍人向きではないと評されていた。それで非戦闘員の衛生兵になったが、今の様子では衛生兵すら辞めた方がいい気がする。そのうち、包帯を巻きながら貧血を起こすんじゃないか？

その時、廊下の向こうから聞き覚えのある声がした。

「おいブライアン！　さっさとしろよ、のろま！」

この図々しくて乱暴な口調、間違いない。急いで声がした部屋に入ると、小柄な衛生兵が負傷兵の頭に手を当てていた。左頬にべっとりと血がついている。降下の時に僕を後ろから突き落とした張本人、スパークだ。白地に赤十字の腕章がこれほど似合わない衛生兵もなかなかいないと思う。入隊規定ぎりぎりの低身長のくせに、態度は誰よりもでかかった。年齢は確か僕よりひとつ上で、二十歳のはずだ。

「ぼさっとしてんなよキッド。縫合するからここ押さえてろ」

「えっ、僕が？」

後ろを振り返ると、ブライアンが仰向けで伸びている。帆布袋がふたつひっくり返って、せっかく汲んできた水がもったいない。

仕方なくスパークの横にしゃがんだものの、何をしたらいいかわからない。目の前の負傷兵は丸めた毛布に背中を預け、上半身を起こした体勢にされ、額をガーゼで押さえられていた。ガーゼはすでに赤く染まり、スパークの袖口にも血が滴っている。当の負傷兵自身は、怪我の度合がわからないのか、薄茶色の瞳を動かして不安そうにこちらを見た。スパークが鋭く舌打ちをする。

「いいからさっさとこのクソを押さえろって。強く」

おっかなびっくりガーゼに手を当てると、スパークは肩から提げた赤十字バッグを漁《あさ》り、ハサミと縫合針と包帯を取り出した。その間、僕は指の間から溢れてくる血の生温かさに気が遠くなりそうだった。

「放していいぞ。次はこっち」

押しつけられた血漿《けっしょう》の瓶を腕に抱え、傷口を縫っているところを見ないように顔を背ける。負傷兵は少し呻いただけで作業は手早く終わり、僕が横目でちらりと窺《うかが》った時にはもう、包帯をきつく巻いて留めた後だった。

スパークは指についた血で包帯に大きく〝M〟と、モルヒネを打ったことを示すマークを書いて、汚れた手をズボンでぬぐい立ち上がった。負傷兵をまたぎつつ部屋を横切る――何をするのかと思ったら、床に伸びたままのブライアンを思い切り蹴っ飛ばした。

中庭に戻ると、野戦調理器《フィールド・レンジ》の組み立てが終わったところだった。伸びた煙突と四角いオーブン部分は、いつ見ても蒸気機関車を思い出す。溝を掘ってドラム缶を載せた洗い場も完成していた。駆け寄って作業の残りを手伝い、四隅にポールを立てて雨と日除けのテントを張る。

一段落ついて、改めて野戦調理器《フィールド・レンジ》を眺めた。訓練で使い慣れたM一九三七型の野戦オーブンレンジと同型で、調理台の高さは僕の腰くらいまである。オーブンレンジ部分にはいくつか蓋がついていて、前面を引くと、中が二段式のオーブンになっている。これはグリル用で、炒め物などを作るときは上面の覆いを取り、そこに専用のバットをはめ、フライパン代わりにする。大量調理にはもってこいだ。

火力はガソリンを燃料とするバーナーだ。需品科が運んできたガソリン缶にバーナーのチューブを取り付け、レンジの下に設置し、着火すればすぐに使える。簡単だ。あっという間にブリキの煙突から煙がもくもくと湧き出る。

いつの間にかほどけていたブーツの紐を結び直し、ふと顔を上げると、どこからともなく現れたエプロン姿の女性たちが、中庭に集まっていた。ビア樽のように丸い体の中年女性や、痩せぎすの老婦人、どうやらこのあたりに住んでいる民間人のようだ。袖を引っ張られ、話しかけられたけれど、申し訳ないがフランス語はさっぱりわからない。彼女たちの身振り手振りで、どうやらレンジの仕組みが気になるらしいのはわかったけれど、どう説明したものか。

ただ、おばさんたちは一様に晴れやかな表情をしていて、僕らを歓迎してくれているのはわかった。彼女たちは皺くちゃだけど、でっぱった頬骨や顎はつやつやと光沢があり、もいでから時間が経った林檎を連想した。これまでつれないフランス人しか見てこなかった僕の胸に、たちまち親近感が湧いた。

おばさんたちの中に、まだ十代後半か二十歳そこそこの若い女性がふたり、交ざっていた。ひとりは淡い茶色の髪と瞳、ひとりは黒々とした豊かな髪の持ち主で、どちらも襟ぐりが開いた花柄のワンピースを着ている。淡い茶色の髪をした女性の方は、さっき洗濯物を慌てて取り込んでいた人だ。

「はい、桃の缶詰と、こっちはオレンジジュース。こいつはチキンの濃縮スープだ。ほらほら遠慮しないで」

鼻の下を伸ばしきったディエゴが、若い女性の手に次々と缶詰を渡していく。たぶん浮かれているんだろう、いつにも増して声がはずんでいる。

「それは病院用のだぞ」

「いいだろ？　少しくらい。ケチんなよシャイロック」

渋るエドに軽口をたたいて、ディエゴは投げキスを女性たちに送った。ふたりはくすくすと笑い合いながら受け取ると、中庭の隅に生えた木立の陰へ入った。

「残念だけど、あのふたりは先約があるの」

ぎょっとして振り返ると、四十歳くらいの女性がおかしそうに笑っていた。美しい顔立ちの女性で、肌に浮かぶしみや皺さえも上品に見える。

「黒髪の子は、この館《シャトー》の娘さんよ。彼女たち、そりゃあもう浮かれているの。あなた方が来たことで、じきに兵役に取られた婚約者たちが北イタリアから帰ってくるだろうって」

フランス語らしいアクセントは残るものの、女性は流暢《りゅうちょう》な英語で話す。ドイツの支配下に置かれたフランスは、一九四〇年からこれまで四年間、ナチスの傀儡《かいらい》政権下にあった。フランス軍に徴兵されたとは、すなわちドイツ側の兵士として闘うことを意味する。けれど僕ら連合軍がフランスに上陸した今、彼らは帰ってこられると言いたいのだろう。

「特に館《シャトー》の娘さんはね、お父様も相手の男性を目にかけてらして、戦争さえなければすぐにでも結婚するところだったの。あの子たちだけじゃない、村中の年頃の娘が喜んでいるし、強制労働に取られた若い女の子たちも戻ってきたら、ほっとするでしょうね」

しかし女性はふっと寂しげに声を落とす。

「でも、ぬか喜びにならなければいいけれど」

「英語がお上手ですね」

「ええ、戦争がはじまるまでは教師をしていたの。私はヨランド」

「グリーンバーグ三等特技兵です」

エドが紳士的に会釈《えしゃく》をすると、ヨランドさんはふわりと優しげな微笑みを浮かべ、握手を求めた。そして握り返したエドの手に、もう片方の手も重ねる。

「そう、いいことね、やっぱりもう終わるんだわ。よかった」

「何です？　マダム」

「いいえ、何でもないの。ただ……これまでこの国では、あなた方にとってとてもつらいことが起きていたから。アメリカにも伝わっているのでしょう？」

エドはユダヤ系だ、きっとそのことを言っているのだろう。ちらりと顔を窺ったが、彼はいつもどおり、感情の読めない冷静な表情を変えていなかった。

「そちらのおふたりは？」

「僕はコール五等特技兵です。あっちはオルテガ五等特技兵」

「みなさん、負傷兵の治療を？」

「いいえ、全員コックです」

「まあ、そうなの。じゃああの鉄の怪物は、もしかしてキッチンみたいなものかしら？」

「ええ、動くかまどですよ」

するとヨランドさんはぱっと表情を明るくさせて、フランス語で女性たちに集合をかけた。そして清潔そうなストライプ・シャツの袖をまくりながら言った。

「私たちもお料理を手伝うわ。みんな得意なのよ。だから兵隊さんは薪割《まき》りをよろしくね。台所にじゃがいもの袋があるから、取ってきてくれる？」

「えっ、でも台所は使えないと」

「〝台所は〟ね。ご主人にとって、亡くなった奥様の思い出の場所だから、そっとしておいてほしいだけなの。でも中の食材を使うのはおとがめなしだから。さ、お願い」

台所は北側の一階に、洗濯室と隣り合っていた。ヘルメットを脱いで入ってみると、しんと冷たい空気が頭皮を撫でた。かつてはきっと、ここで使用人が忙しく働いていたに違いない。僕の祖母もイギリス時代はこういう感じの厨房にいたのだろうか、と想像を巡らせた。「料理長が厳しくてね、小さな汚れひとつあるだけで叩かれたものだよ」昔語りをする祖母の声が聞こえてきそうだ。

その時、ふいに疑問が湧いた。

「あれ？」

隣にいたエドが、黒い瞳でじっとこっちを見つめる。別に大した疑問じゃなかったので、ちょっとしどろもどろになった。

「いや、どうしてここの主人は僕らに館《シャトー》を貸してくれたのかなって。さっきも見てきたけど、野戦病院なんて血ですごく汚れるだろ？　台所を貸し渋るくらいなら余計にさ」

エドは尖った細い顎に手を当てつつ、僕の思いつきにも真剣に答えてくれる。

「俺も親切心では貸してないと思うよ。金か何かで取引したんだろう」

じゃがいもの袋は台所の隅にあったけれど、ほとんど干涸《ひか》らびていた。「このくらいなら大丈夫だ」と言うエドを信用して運び出し、今度は薪小屋に向かう。太ったおばさんたちが血で汚れた衣類を洗濯している前を横切り、両手いっぱいに薪を抱えた。

中庭に戻ると、小さな門から初老の紳士が杖をつきながら入ってきた。髪はふさふさしていたけれど、まるで九十歳の老人のように足がふらついている。体が強ばって思うように動かせないようだ。よろめくたび、後ろに控える禿頭の男性が支えようとするが、初老の紳士は嚙みつくような表情で拒絶する。

「Papa!」

木陰から、さっきの若い女性の、主の娘だという黒髪の方が飛び出してきて、初老の紳士に駆け寄り頰にキスをした。なるほど、あれがこの館《シャトー》の主ってわけだ。紳士は厳しい表情を一変させ、愛おしげに微笑んで娘の頬を撫でた。

その後僕らは、忙しさで手が空かない衛生兵の代わりに、自分で食事が摂れる負傷兵用の療養食を作った。缶入りのチキン・ブロスを大鍋に移して温め、ベイクドポテトをオーブンから取り出す。

「どうだ？」

味見の際、エドはいつものように、レードルで掬《すく》ったスープを僕に手渡してきた。はじめてコックに誘ってくれた時から変わらず、エドは料理の味自体に興味を持っていない。ひと口啜《すす》ってみると、どこか輪郭がぼんやりしている。

「塩をあとふた匙追加かな」

衛生兵からの報告に従って、飲食可能な負傷兵分のスープを皿によそう。その後で、手伝ってくれた女性たちの分の食事も用意した。湯気の立つベイクドポテトを大皿に盛ると、たちまち中庭は賑やかな会食場と化した。英語が達者なヨランドさんも、ほっこり焼き上がったポテトの端をつまんで、美味しそうに食べてくれている。

ようやく仕事を終えて荷車を押して再びサント＝マリー＝デュ＝モンへ戻った頃には、とっぷりと日が暮れてすっかり暗くなっていた。

中隊の仲間たちは朝よりもずっと人数が増えている。夕食に温かい飯でも作ってやりたいところだが、生憎《あいにく》野戦調理器《フィールド・レンジ》は僕らの手で野戦病院と司令部用に回してしまったので、各自適当にKレーションを食べることになった。

Kレーションというのは、ミネソタ大学のキーズ博士が空挺兵のために開発した小型の携帯食だ。長方形の外箱のデザインは、ストライプ、星のマークと、そして不思議な曲線模様の三種類、ひと目で朝食、昼食、夕食がわかるようになっている。一セットにつき、ビスケットや肉類の缶詰、チョコレートやキャラメル、角砂糖、ブイヨン、水に味をつけるための粉末などが、まるでランチボックスのように詰まっていた。ちなみに朝昼夜で微妙に組み合わせが違う。

一日の食事が全部Kレーションであっても、栄養価に問題はないよう計算されている。技能訓練の担当教官だった、通称ドクター・ブロッコリー――髪型がブロッコリーそっくりなのだ――も惚れ込む品だ。何しろ、三食分で三九〇〇キロカロリーは摂取できるはずだし、木製スプーンや煙草、トイレットペーパーまでついているのだから。

G中隊の隊員に列を作らせて、ひとりずつ糧食《レーション》を配った。そのついでにひとりひとりの顔を見て、誰が無事で、誰が行方不明なのかを確かめた。相変わらずマッコーリーの姿は見当たらない。僕の隣ではディエゴが、夕食用の箱を片手に、スペイン語訛《なま》りで呼び込みみたいな口上を繰り出している。

「さあさあみんな集まれ、滋養強壮Kレーションを配ってやるからな。何たってKレーションのKはノックト・アップのK（実際は開発者アンセル・キーズの頭文字に由来する）、間違ってもてめえのお粗末な缶切《ジョン・ウェイン》りを突っ込んで弁当箱を孕《はら》ませるなよ」

誰かが赤ん坊の泣き真似をして、どっと湧いた。隊員とディエゴの軽口のたたき合いはいつものことだ。ディエゴはあまり調理の腕が良くないし、エドのように管理能力に長けているわけでもなく采配も振るえないが、配膳の際に場を明るくしてくれる。

襟ぐりに指を入れて首を掻きつつふと列の外を見ると、葉を茂らせた木立の下にライナスがいた。他の隊員から、カーキ色をした枕サイズの袋を受け取り、シードルの瓶と交換している。手動開閉用の赤いハンドコックがついているから、予備のパラシュートに違いない。まだ集めていたのか？　ライナスは受け取ったばかりのパラシュートを大きめの麻袋に入れ、ぎゅうぎゅうと押し込んだ。中には同じモスグリーンの袋が詰まっている。あんなに大量に集めてどうするつもりなんだろう？

顔を上げたライナスと目が合った。奴は長い腕をさっと挙げて、なぜか僕を手招きしている。来いってことか？　仕方なく、エドとディエゴに任せて仕事から脱ける。

「やるよ、コック」

そう言って奴は何か放り投げた。慌てて腕を伸ばし、地面に落ちる寸前でキャッチした。それは十数本の細長いにんじんとサヤインゲンを紐でまとめた野菜の束だった。

「こんなものどこで？」

「さっき、あの通りの家に住んでいる婆さんからもらったんだ。スープにでもしろよ」

ライナスが顎でしゃくったのは、ベランダに赤いペチュニアが咲いている家だった。あの婆さん、朝に僕が見かけた時はすぐ隠れたのに。

「ありがとう」

「俺の手にかかればこんなのちょろいさ。コールドクリームひと瓶ですんなり」

ライナスは愛嬌たっぷりに片目をつぶり、肩に引っかけていたナップザックを開いて中を見せてきた。女性用のスカーフ、ビーフシチューの缶詰、香水がふた瓶、ブリキのおもちゃ、アメリカ製のコンドームまである。戦闘には無用の長物ばかりだ。こいつ馬鹿なんじゃないか。しかし奴はわかってないなと笑う。

「いいかキッド、物々交換は取引の基本だ。見ろ、この世界を。生きるか死ぬかの状況じゃ、金なんかよりもすぐに使える物資が必要なんだよ。俺を補給部に入れてくれればもっと取引はスムーズにいくだろうね」

「補給兵になりたいのか？　でも調達は奴らの仕事じゃないだろ」

そもそも軍は現地調達を許可してないのだから、本職が大手を振ってできるわけないじゃないか。するとライナスは両目をぐるっと回して、

「言葉のあやだよ、キッド。ともかく俺は機関銃を撃つより裏方の方が向いてんだ。頃合いを見て転属願を出す」

と冗談か本気かわからないことを抜かす。気弱なブライアンやマッコーリーの言い分ならわかるが、ライナスは有能な戦闘員だし、機関銃兵としても優秀な射手なのだ。

「冗談だと思ってるだろ。本気だよ。一応伝手《つて》はある」

ライナスは白い歯を覗かせてにやりと笑うと、荷物を担いで僕に背を向けた。予備のパラシュートでぱんぱんに膨らんだ麻袋が揺れる。

「なあ、そんなに予備のパラシュートを集めてどうするんだ？」

「そりゃあ……」ライナスは立ち止まりかけて、「いや、やめた」と肩をすくめた。

「はあ？　どうして？」

「気分転換の娯楽を提供してやるよ。俺がなんでこんなことしてるのか考えてみろ。ほらティム坊や、保護者が呼んでるぞ」

「ティム、早く戻ってこい！」

エドの声に振り返ると、ふたりのコックは群がる兵

士たちの対応に追われ、まるで飢えたライオンに囲まれた飼育係みたいになっていた。

「保護者じゃないし……って、あれ？」

文句を口にしかけて向き直ると、ライナスの背中が薄闇に消えていくところだった。


夜の帳《とばり》が下りて町は濃紺の闇に包まれた。夜間灯火管制のために明かりが灯らず、星がよく見える。浜に揚陸した運搬車輛や戦車が半日以上かけてやっと合流しはじめ、石造りの素朴な家並みの間を、無骨な車体が無灯火で走り抜けた。

寝床として確保できた民家は少なく、空いた車輛が宿舎代わりに使われた。僕らコック三人は、事務兵が用意してくれた一台の小型トラックを広場の隅に停めて荷台に潜り込んだ。後から、救護所の手伝いから戻ってきた衛生兵のスパークとブライアンが毛布を配りに来て、そのまま居座った。さっき失神したブライアンだが、血色は戻ってきているようだ。

ガスランプを灯し、光が漏れないようしっかりと幌《ほろ》の幕を閉める。

戦場に降り立ってはじめての夜が終わろうとしていたが、爆発音や銃声はまだ止まなかった。僕らがいない間に町で戦闘が起き、砲兵部隊から数人死者が出てしまったという。今は捕虜を取る余裕がないとして、ドイツ兵は降伏した者も含めて射殺された。出撃前に上層部から命じられていたことだ――イースヴィルへ向かう途中にすれ違ったドイツ兵たちがどうなったか、僕が知ることはなかった。

戦況も少しずつ耳に入りはじめていた。

海からのノルマンディー上陸作戦は辛くも成功、連合軍はここコタンタン半島への進軍を果たした。輸送機の窓から見えた、あのおびただしい数の船影を思い出す。

合衆国の歩兵師団たちはふたつの海岸に分かれて上陸した。暗号名〝ユタ・ビーチ〟に揚がった面々は、僕らの降下地点と距離が近く、予定よりやや遅れたものの、無事合流できた。ただし、もう一方の海岸、暗号名〝オマハ・ビーチ〟側の連中はわからない。かなりの犠牲が出たという話も聞こえてきたが、まだ噂でしかなかった。

ともあれ、明日からは本格的な進軍が開始されるだろう。

敵のドイツ軍は海岸線や側道に、多くの砲塁や砲台、掩蔽壕《バンカー》を備えている。しかも平地にまで水を流し込んだ。こちらの戦車や車輛の侵入を阻み、特定の土手道を通らざるを得なくして、狙い撃ちにする作戦だろう。だが先ほど、掩蔽壕《バンカー》に備えられていた大砲を、連合軍が制圧したと情報が入った。同じ連隊の奴らも功績を挙げた。第二大隊のＥ中隊が少数で砲塁を攻略したらしい。コタンタン半島の戦闘はこちらが優勢というわけだ。

「敵はこっちの作戦をまったく警戒していなかったのかな？」

「ラッキーじゃんか。もし昨日決行していたら、こうならなかったかもだろ？」

荷台に寝そべったディエゴは短い脚を組むと、飛び出し気味の両目を細め、美味《うま》そうに煙草を吸った。頭頂部の黒い髪に白い煙が絡まる。

「神のご加護だね」

「気象部と情報工作部のおかげだろ」

そう言ってエドも煙草に火を点ける。噂では、今朝の作戦目標地点を誤魔化すために、イギリスのまったく関係のない基地に張りぼての戦車やタンカーを用意したらしい。すっかりリラックスして上機嫌のディエゴとは反対に、スパークは苛立っているらしく、チューインガムを噛みながら唾を吐いた。

「くだらねえな、神のご加護なんざ。死人が多すぎだ。空挺兵だけでも今日一日で二百人以上死んでる。海から上陸した歩兵部隊のも併せてみろ。とんでもねえ数になるぞ」

「おいナイチンゲール、主の御業《みわざ》を否定すんな」

「うるせえメキシコ野郎。ウルヴァートン大隊長（第五〇六連隊第三大隊長。サン＝コーム＝デュ＝モンで戦死）の悲惨な死体について聞かせてやろうか？　ナチョス色のゲロを吐くぞ」

「メキシコじゃねえ、プエルトリコだ。ボリクア、ニューヨリカンだからな」

「へえ、それで？」

口の悪い者同士が睨み合う。ディエゴは今にも唸り声を上げて飛びかかりそうだったが、スパークはくちゃくちゃガムを噛みながら、小さい目を更に細め、ディエゴをただ見据えている。焦げ茶色の髪と逆三角形の顔の輪郭が相俟《あいま》って、スパークの風貌はどこかイタチっぽい。その隣のブライアンはというと、長い足を抱きかかえ、体積をできるだけ小さくしようと努力していた。

一方でエドは淡々と作業を続けている。携帯コンロを出して折りたたみ式の受け手と脚を開くと、首から認識票《ドッグ・タグ》のチェーンを取り、一緒にぶら下げていたP－38缶切りで缶詰を開けた。

缶の中身は、野菜と肉をどろどろに煮込んだ得体の知れないシチューで、茶色い液体の上に白い脂がごってりと付着している。それでも自然と唾が湧いてくるから不思議だ。エドは蓋を荷台の隅に捨てると、缶ごとコンロに載せて直火にかけた。

僕も自分の分をエドに渡してあるが、温まるまで待ちきれなくてビスケットをかじった。とにかく腹が減った。食べ物のにおいに、ディエゴとスパークも戦意を喪失したらしい。ディエゴはあくびをしながら刈り上げの側頭部を掻き、スパークはガムを幌の外へ捨て、衛生兵バッグの中身を整理しはじめた。

「あ、そうだ。ライナスからこれをもらったんだった」

ポケットからにんじんとサヤインゲンの束を取ってエドに投げる。エドは上手くキャッチすると、眉をきゅっとしかめた。

「どうしたんだ、こんなもの」

「物々交換で地元の婆さんからもらったんだってさ」

「ライナスって、軽機関銃分隊のライナス・ヴァレンタインか？」

「そうだよ、スパーク」

「俺、あいつ苦手なんだよなあ。笑顔が気持ち悪い」

「何で？　いい奴じゃん、俺にサイダーくれたし」

ディエゴはバッグからシードルの瓶を出して掲げて見せびらかした。

「フランスのサイダーも結構美味いのな。色が薄いし、ちょっとばかり味が上品すぎるけど。まあクリスマスのシナモンは合わねえだろうなあ」

「度数は強いの？」

「いい感じにきつくて気持ちいいぜ。あいつを嫌うんならこいつも飲めないってわけさ。可哀想なスパーク」

「別にいらねえよ。ビールならまだしも」

アメリカでは、酒といえばビールかウイスキー、ちょっと気取ったところでワインがよく飲まれている。林檎酒《サイダー》といえばハロウィンやクリスマスの時に飲むもので、なんとなく家族団《だん》らんのイメージがあった。ただ酔いつぶれたい若者にはあまり歓迎されない類の酒だと思う。

「ねえ、昼間も考えてたんだけど、あのパラシュートは、何に使うんだろうね？　みんなはどう思う？」

怪訝《けげん》な顔をしたスパークとブライアンは、ライナスの奇行を知らないらしい。そこで僕は説明してやった。ライナスが予備のパラシュートを集めていたこと、譲《ゆず》ってくれた奴にはシードルを礼として渡していること、それから、どうしてこんなことをしているのか訊いてもはぐらかされたこと。

「別に理由なんかどうだっていいじゃん。キッドは考えすぎなんだよ」

ディエゴがビスケットを口に詰め込んだまましゃべるので、粉がぼろぼろこぼれる。空っぽ頭のお前にはわかんないだけだよ、と奴の肩を拳骨で殴ってやった。

スパークはラッキーストライクを一本咥《くわ》え、マッチを擦って火を点けた。頬をすぼめてしかめ面《つら》し、ひどく不味《まず》そうに吸う。

「知らねえけど、売りさばいて金儲けしようってんじゃねえの？」

「えっ、売れるの？」

「だって絹製だろ、あれ。軽くて丈夫だからって」

すると、黙々と缶を順番に温め続けていたエドが口を開いた。

「いや、最近はナイロン製も交じってる。実際のところ、ナイロンの方がパラシュートには向いてるんだ。湿気に強いしな」

「そうなの？　みんな詳しいね」

「別に詳しくない、星条旗新聞にも書いてあっただろ。絹を生産しているアジアとの交易が途絶えたから、本国でも入手困難なんだ。少し前まで完全絹製だったのが、ある時期からはナイロン製に切り替わっているはず。そして俺たちに配給されたパラシュートは生産年が交ざっているんだよ。誰がどっちを持っているかはわからない」

そういえば戦争がはじまる前後に、母が愚痴をこぼしていたのを思い出した。絹製のストッキングの価格がべらぼうに高くなり、手に入らなくなったと。姉のシンシアは代替品のナイロン製の方が丈夫だし安いからいいじゃないかと反駁《はんばく》したが、正直僕の目には絹と化学繊維の違いなんかわからなかったし、興味もなく、どちらでもよかった。

「ナイロンは高く売れないんだよね？　売るとしたら、絹をどうやって見分けるんだろう」

疑問を口にしてみると、エド以外の三人は肩をすくめたが、エドだけは、湯気でメガネを曇らせ煮えたミート&ベジタブルシチューの缶を火から下ろしつつ、僕に答えてくれた。

「ライナス本人は悪事を働くわけじゃないと言っていたしな。何が目的か、まあ気になるのは気になる」

「でしょ？　だってあんなに大量に集めているしさ。もしかして、僕らの知らない極秘作戦に使うんじゃないかな」

　すると、シードルをラッパ飲みしていたディエゴが盛大に吹き出した。咄嗟《とっさ》にブライアンが飛沫《しぶき》を避ける。

「なんだそのガキっぽい発想は。まさに〝キッド〟だな。どうしてライナスが極秘作戦に関われるんだよ。あいつだって俺らと同じ、末端の兵士だろ」

　言い終えるとディエゴはついでにげっぷをした。エドなら味方してくれるだろうと思ったのに、彼も僕の意見には反対で「もし作戦が実際にあるのなら、一般兵に打ち明けて上官には黙っていてくれと頼むのはおかしくないか？」だそうだ。

「じゃあ他にあるのかよ」

「パラシュートそのものが何かの役に立つって考え方が有力じゃないか？」

「布とか？」

「紐かも」

「まあ普通に考えたら布だろうな。絹でもナイロンでもお構いなしに集めているみたいだから、白い布ならなんでもいいのかもしれない。ほら、冷めるから食えよ」

　湯気の立つ缶をみんなそれぞれ取って、スプーンを突っ込んで食べる。美味しくはないが、温かいものが胃袋に入ると気分がよくなるものだ。エドはブリキの小鍋にコーヒーの粉末を入れ、水筒の水を注いでいる。

「ブライアン、お前も缶を出してくれ」

　大柄な衛生兵、ブライアンだけはまだKレーションの箱を開けていない。膝をぎゅっと抱きかかえたまま力のない笑みを浮かべ、首を振る。

「いいんだ、いらない。腹減ってないんだ」

「……食べないともたないぞ」

　コーヒーの鍋を火にかけながら、いつもは無表情なエドが珍しく渋い顔をしている。それでもブライアンは首を振って食べなかった。それどころか、糧食《レーション》の中のキャラメルを丸のまま僕にくれた。

僕は肉の細切れを噛みながら、パラシュートについて改めて考えてみた。今朝の降下ではそれどころじゃなかったけれど、実は空を落ちていくパラシュートってなかなかきれいなんだ。波間を泳ぐ呑気なクラゲのように、白い傘をめいっぱい膨らませて、日の光を浴びながらふわふわと舞う。それが何百個、何千個と一斉に落ちてくるのだ。

　降下しながら一度、見上げたことがある。日差しが透けた傘は美しく、とても戦場で使われる道具には思えなかった。迷彩柄のパラシュートも開発されているらしいけれど、僕は断然白い方が好きだ。

　でも、と考える。あの生地の利用方法が他に思いつかない。耳の裏を掻きながら考えていると、ブライアンが間延びした声で会話に加わった。

「アップルサイダーかあ、俺ももらいたいな」

「酒より飯を食いなよ、すきっ腹だと酔うし。それにパラシュートはもうないんでしょ？」

　僕が言うと、ディエゴがシチューをかきこんでまたげっぷをした。

「まだ持ってそうな奴に当たれば？　ほら、マッコーリーとかさ、用心のためとか言ってとっておきそうじゃん」

　そうだ、マッコーリーはもう到着しただろうか？　G中隊のコック兵であいつだけがまだ合流できていない。するとスパークが飯から顔も上げずに言った。

「マッコーリーなら死んだぞ」

「えっ」

　はずみでスプーンが手から落ちた。寝転がっていたディエゴも体を起こす。

「降下した後でさ。あいつ、パニックになって味方を撃とうとしたんだ。暗くて誰が誰だかわからなかったんだろう。その弾は外れたけれど、あいつ自身は敵と間違えられて蜂の巣だ。まあ仕方がねえな」

　僕らは何も言えなくなってしまった。落ちたスプーンを取ろうとして、自分で自分の手が震えていることに気づく。

　猛スピードで飛ぶC47の降下口で叫んでいた、哀れで気弱なマッコーリー。異動してからまだ一ヶ月、友達も多くなかった。僕自身、同じコックとはいえあいつと言葉を交わしたのは、ほんの数えるほどしかない。それでも悲しかったし、ショックだった。遺体はきっともうどこかへ運ばれてしまっただろうし、形見になるものも残されていないだろう。

ビスケットとシチューを食べ終わった僕らは、ほとんど口をきかず、泥を薄めたみたいなコーヒーを啜った。スパークとブライアンはこれからまたイースヴィルの野戦病院に戻ると言って、身支度をはじめた。

その時、エドがぽつりと呟いた。

「シードルはパラシュートひとつにつき一本、交換にきた全員に配られる。ライナスはそれだけたくさんのシードルをどうやって用意したんだ？」

僕はぎょっとした。仲間が死んだっていうのに、一体何を言い出すんだ？　僕だけじゃない、荷台にいる全員がエドに注目している。しかし彼はお構いなしに続けた。

「話を聞いた限りでは、酒瓶を数十本は持っているはずだ。ライナスはどこから持ち込んだんだ？」

「あっ」

確かにそうだ。降下時は重装備だった——いくら私物を詰め込む奴がいるとはいえ、いくらなんでも数十本の酒瓶を持って降下はできない。ディエゴが手持ち無沙汰そうに転がしているシードルの空き瓶は、普通のワインボトルと同じくらいの大きさだ。

ディエゴは、シードルを隠そうとでもしているかのように腹に抱きかかえ、落ち着かなそうに尻をもぞつかせると、唇の端を引きつらせて笑った。

「おいおいおい、勘弁してくれよ。ライナスのことなんてどうでもいいじゃねえか」

「気が紛れるだろ」

コーヒーの湯気でエドのメガネが白く曇り、まるで昆虫の眼みたいだった。ただでさえ表情がわかりにくいのに、もっと読みづらくなる。

でも、エドの言い分には共感できた。これ以上、マッコーリーのことを考えてはいけないのだ、きっと。

今更ながら思い出す。火だるまになりながら降下した空挺兵、任務を終えないまま命を落とした誘導兵、救護所でただ死を待つ負傷兵。無我夢中で走り抜けたから気がつかなかったけど、僕自身がそうなっていてもおかしくなかった。今生きているのは、たまたま当たりクジを引かなかっただけなのだ。次に抜くクジは無地か、それとも赤玉つきか？　尻のあたりがぞわっと総毛立って、震えた。

訓練中に教官が言っていたとおり、死を覚悟しなければならないのだ、きっと。何のために？　国のために？　自由のために？　ずっと考えないようにしていたけど、出発前に書いた遺言がちらちらと頭に浮かんでしまう――ああ、クソ。

「エドに賛成だ。何でもいいから気を紛らわせよう」

僕はそう宣言して、狭い荷台の中を這ってエドの隣まで移動し、本格的にライナスの行為について考えることに決めた。スパークは付き合いきれないと溜息をついてブライアンと一緒に出て行ったが、ディエゴは結局残った。荷台の汚い床に再び寝そべって、ブーツの踵で壁を蹴っている。

「どこから手に入れたのか、ねえ……補給品で支給されたんじゃねえの？」

「それはないと思うよ。だって軍は兵の飲酒を認めていないから、物資に酒が含まれることはない。覚えてるでしょ？　座学でも教わったじゃないか」

もちろん、こっそり酒を持ってきた兵士は大勢いる。でも軍としては規律のために、たとえ建前であっても、飲酒を許可はしていない。まあ確かに僕らアメリカの若者は、酒が入るとすこぶる酔って羽目を外しすぎてしまうから、不満は残っても納得はできた。

「となると、現地調達か」

荷台の壁にもたれかかったエドに、僕は頷きかける。実はシードルについて知っていることがあるのだ。

「シードルはこのあたり、ノルマンディのコタンタン半島の名産なんだって。何回かうちの雑貨店にも入荷したことがあるからさ、知ってるんだ。特に歩兵師団が海から上陸したあたりは、名の知れた大きな林檎園と酒造所がある。それに、イースヴィルへ向かう途中でも林檎の木と小さな酒造所は見かけたし」

「詳しいな、キッドのくせに。すげえじゃん」

〝キッドのくせに〟とは聞き捨てならないが、褒め言葉はありがたく頂戴しておく。

「雑貨屋の息子をなめるなよ」

本当のところはすごくも何ともない。まだ十二、三歳だった頃、僕は「南部のサイダーとどう違うのか飲み比べればわかるかもしれない」という素晴らしいアイデアを思いつき、レジの下に隠れて飲んだ。ほんのひと口ふた口でぐでんぐでんに酔っ払ったところを祖母に見つかり、こっぴどく叱られた。楽しかった気分も最悪に変わり、トイレへ直行。その後ベッドで汗と一緒にアルコールを出し切ったあとで、フランスのシードルについて祖母から教わったのだ。ちなみに僕はこの苦い経験のおかげで今も酒が飲めない。

「そうか、このあたりの名産品なんだな」

「うん。気候が葡萄《ぶどう》の栽培に向かないんだって」

「つまりライナスは現地の何者かと交渉して、シードルを手に入れたということになるな」

現地というと、ここサント＝マリー＝デュ＝モンだろうか。集合地点だし、大きな貯蔵庫くらいはありそうだ。するとと寝そべっていたディエゴが片手を挙げた。

「ちょっと待った。そりゃおかしいぜ」

「何で?」

「だってさ、お前らの言うとおりに地元民からサイダーをもらったとするぜ?　だが一体何と交換したんだ?」

「そりゃあ……わかんないけど、ライナスは色々持ってたぞ。コールドクリームとか」

ライナスのナップザックの中には、大量のがらくたが入っていた。それに奴は物々交換が上手いんだと自慢していたから、地元民と交渉して酒をもらうことくらいはできたはずだ。そう説明したけれど、ディエゴはもっと首を振る。

「だからさ、せっかくもらったサイダーをどうして予備のパラシュートと交換したのかってことだよ。たとえば、ライナスがどうしても酒が飲みたくて、シードルをもらうとする。そしたら、パラシュートを持ってきた奴に酒を配っちまうなんておかしいだろ?　ちなみにライナスはザルだぜ。俺だったらもったいなくってそんなことしないね」

酒好きのディエゴはそうだろう。でも言い分はわかった。脳みそまで筋肉でできているような男だと思っていたら、意外に鋭くて少し見直す。

「つまりシードルは、兵士を惹きつけるためのにんじんか。予備のパラシュートには別の交換目的がある」

まず何らかの目的があって、ライナスは予備のパラシュートを探しはじめた。そこで仲間からパラシュートを回収するために、どこかで手に入れたシードルを使った——シードルは駄馬を走らせるためにぶらさげるにんじんというわけだ。エドは右手を顎に当てて中指の爪を嚙む。黒々とした瞳は宙を睨んでいる。

「ティム、イースヴィルもシードルの産地なのか?」

イースヴィルの話を振られて、僕はちょっと不意を突かれた。ライナスがシードルを手に入れたのは、サント＝マリー＝デュ＝モンだと思っていたから。

「さあ……どうだろう。ああでも、そういえば貯蔵庫はあったよ。中を覗いたらワインセラーみたいな棚がたくさんあって、外の茂みには割れた瓶が転がっていた。底の方に少し残っていたから、最近割ってしまったんだろうね」

その隣の民家で洗濯物が揺れ、若い女性が慌てて取り込んでいた光景を思い出す。

エドはショルダーバッグから地図を出して広げた。今、僕らがいるサント＝マリー＝デュ＝モンから、細い道が南西の村イースヴィルまで続いている。他に町や集落らしいものは見当たらない。

「降下は目標からかなりずれた。ライナスも風に流されて、イースヴィル近郊に降りたとしたら、サント＝マリー＝デュ＝モンに来る前にイースヴィルに寄ったとしても不思議じゃない。それに補給所で俺たちと会った時、呼び出しに対して『人使いが荒い、やっとこっちに着いたのに』みたいな愚痴《ぐち》を吐いていた」

「第五〇一連隊がイースヴィルを解放したんだっけ？　ライナスもそこに参加してたってこと？」

「そうだ。みんなばらばらになってしまったから、部隊に関係なく、居合わせた人員を掻き集めて作戦を実行したと聞いているだろ？」

でもどうしてエドがそこに拘《こだわ》るのかわからない。イースヴィルでもサント＝マリー＝デュ＝モンでも同じじゃないのか？

「シードルを手に入れた場所がそんなに重要なのか？」

「ああ、重要だ。俺の想像が正しければつじつまが合う」

まったくわからないけれど、エドがそう言うのなら仕方がない。

「……本人に訊いてみよう」

しかし腰を浮かしかけた僕の袖を、ディエゴが摑んできた。

「待て待て、待てって。俺の頭は全然ついていけてないぜ」

「僕もだよ」

「ああそうかよ。じゃなくて、あいつはここでシードルとパラシュートを交換しているんだぞ？　俺が交換に行ったとき、奴の後ろには瓶がたんまりあったぜ」

「それがどうした？」

「つまりさ、どうやってイースヴィルから大量の酒瓶を運んだんだ？　降下の後でいったん装備を外したんならわかるけど、降下直後のフル装備を担いだまま、ひとりであの道を戻ってくるのは不可能だろ。仲間を引き込んでる様子もないし」

そこではっと気づいた。あの荷車だ！

「荷車を使ったんだよ！　補給所から病院用の缶詰を運んだ、ごつい三輪車さ。ライナスは左の取っ手が壊れかかっているから気をつけろって、注意してくれたんだ。で、そのとおりだった。補給兵にはイースヴィルの村人から借りたって聞いてたのに、どうしてあいつが知っているのか不思議だったんだ」

「じゃあライナスがイースヴィルにいたのはほぼ確定だな。ライナスを捜そう」

エドは幌をまくりあげて荷台から飛び降り、僕も後に続く。ディエゴは声だけで追いかけてきた。

「おおい、明日にしろよ！　俺は先に寝るからな！」

明日って、朝になったら進撃がはじまっちまうだろ。僕は内心ディエゴに茶々を入れながら、雑嚢のストラップを持ち上げて背負い直した。これが今生最後の暇つぶしにならないことを祈って。

夜の野営地を歩きながら、たくさんの兵士たちとすれ違った。煙草をくゆらせたり、真剣に戦況を話し合ったりしながら、いつ招集がかかって終わるとも知れない休息時間を過ごしている。G中隊の顔見知りを見つけたので、ライナスが所属している軽機関銃分隊のトラックの場所を訊き、案内どおりに砂利道を進むと、小さな酪農場のそばに目当てのトラックがあった。

幌を上げてみると、中の機関銃分隊の奴らが一斉にこっちを向いて、ちょっと面食らった。ポーカーでもやっていたのか、荷台の真ん中にトランプの山ができている。だがライナスはいなかった。

「どうした、コックがふたりして」

「夜食でも届けに来てくれたんじゃないか？　デザートはアイスクリームか、キッド？」

「お祖母《ばあ》ちゃんに教わったレシピでな」

くすくすと忍び笑いがさざ波みたいに広がる。同じ中隊でも、小隊が違うとあまり交流がなくなる。コックというだけで馬鹿にされるのは訓練からずっと続いていたけど、慣れなかったし、慣れたくもなかった。これ以上からかうのなら一発ぶん殴ってやろうと拳を握りしめると、エドがすっと前に出た。

「ライナスはどこにいる？」

すると連中は真顔に戻って、「いや、知らねえな」と答えた。

「さっきそこの道を歩いて行くのを見たけどな。膨れた帆布袋をふたつも担いでさ」

機関銃分隊の奴らと別れ、空を仰ぐとほんの少し星が瞬いていた。たちのぼる煙で霞《かす》み、あまりよくは見えない。

ライナスを捜して道なりに進んでいるうちに、補給所まで出てしまった。あの赤毛の補給兵オハラはいなかったが、僕が使った荷車は戻した時のまま、ハシバミの茂みの陰に置いてあった。補給兵たちの数は午前中よりもずっと増え、停まった輸送車の荷台から箱を下ろしている。真っ暗闇で作業する姿に、僕は墓場で蠢《うごめ》く墓掘人を重ねた。

このまま行くとイースヴィルに着いてしまう。補給部隊のひとりを捕まえて、ライナスを見かけなかったかと尋ねてみた。

「ああ、長身のハンサムね。ヘルメットをかぶっていたから髪色まではわからなかったけど、来たよ。でかい袋をふたつ提げてさ、うちのオハラと出かけたけど」

「オハラとだって？」

「ああ、ふたりで倉庫へ向かったよ」

僕は訳がわからず隣のエドを見た。しかしなぜか彼は驚くどころか、納得したように頷いている。

「倉庫はどこにある？」

「そこの平地を左に向かって突っ切れ」補給兵はテントの裏を指した。空になった繊維板製の箱が無数に転がっている。「楡《にれ》の木立が茂ってるのが見えるか？　裏側の民家を倉庫にしているんだ。道はないから足下に気をつけろよ」

ライフルの肩掛け帯《スリング》を背負い直し、夜露に濡れはじめた草むらに入った。時折小枝を踏み、アザミか何かのトゲにズボンの生地を引っかかれながら、平地を進む。

楡並木に到着すると、裏手で立ち話をしている憲兵に出くわした。白文字でＭＰとスタンプされたヘルメットをかぶり、故郷の警察官と同じように、談笑の合間にも油断ない目つきであちこちに視線を配っている。僕は警察官も憲兵も苦手だ。もし見咎《みとが》められたら任務があるふりをしよう、できるだけ背筋を伸ばして脇を通り抜ける。

「なあ、ティム。どうしてライナスは憲兵に捕まらなかったんだと思う?」

「え?」

僕は憲兵の視線が気になってそれどころではなかったが、エドは続ける。

「予備とはいえ、パラシュートは軍の備品だ。ひとつならまだしも、大量に集めたら問題になるだろうな。営倉行きか減俸にでもなりそうなもんだが、どうして憲兵は動かなかった?」

「それは……上官には黙っていろって口止めしてたからじゃないか?」

「違うな。ライナスと俺たちは特別親しくない。それなのに無防備なほど気安く頼んできた。俺たちの口の堅さは問題にしていなかったからだ。しかも交換条件が酒だろう? 噂は流れて、遅かれ早かれ憲兵の耳にも入ってしまう」

「ライナスがずぼらだったからじゃないの?」

「いや、あいつはなかなか頭がいい。そんなミスはしないはずだ」

エドは歩きながらまた右手を口許にやって、中指の爪をかじりはじめた。さっきもやっていたけれど、この癖が出るのは、何かを考えている時に限るようだ。

倉庫として接収された民家は素朴だが頑丈そうな石造りで、大きく開け放った玄関をアメリカ兵が出たり入ったりしていた。黄色い光が漏れる戸口の階段の隅に、家の主らしい初老の男が座って煙草をふかしている。忙しなく往復するブーツに踏みつぶされそうだが、焦点の合わない目はただ宙を眺め、心ここにあらずだ。

花模様の壁紙を貼った玄関から入って民家の中を捜してみたけれど、ライナスとオハラはいなかった。夜空の月はずいぶん傾いている。そろそろ休まないとまずい。もう引き返そうと切り出しかけたその時、エドが肘鉄砲で僕の背中を鋭くつついた。

「あそこを見ろ。誰かいる」

庭に生える木々の陰になってわかりづらいが、確かに光の筋が暗がりに浮かんでいる。近づいてみるとなんだか妙な臭いがした。喩えるなら髪の毛が焦げたような臭いだ。姉のシンシアが髪にコテを当てすぎた後の、家の洗面所がふっと脳裏に浮かんだ。

光の筋は、庭の裏手の小さな納屋から漏れていた。ぼろぼろに錆《さ》びた鉄扉の隙間から、少しだけ中が窺える。へばりついて片目を押し当てて覗くと、ライナスと赤毛の補給兵オハラがいた。シーツでもたたんでいるのか白い布を床一面に広げている。ドアノブをひねってみたけれど鍵がかかっているようで開かない。隣にいたエドと顔を見合わせると、彼は拳をごんごんとぶつけて鉄扉をノックした。

「おい、ライナス。グリーンバーグだ。そこにいるんだろ。話がある」

ややあって光の筋がゆらりと揺らぎ、鍵の開く音、続いて鉄扉がわずかに開いて、隙間からライナスの緑の瞳が現れた。

「誰かと思ったらメガネにキッド。コックがふたり揃って何か用かい？」

いつものように愛想良く笑っているつもりなのかもしれないが、扉を完全に開けずちらちら僕らの背後を確認して、かなり警戒している様子だった。

「訊きたいことがあってさ。お前、イースヴィルには行った？」

僕が尋ねるとライナスは怪訝そうに眉をひそめたが、頷いた。

「ああ、行ったよ。というか、俺の降着地点がイースヴィルの近くだったんだ。仲間とはぐれちまうし、仕方がないから偶然出くわした五〇一連隊の奴らと合流して、ケツにくっついていった。答えになったか？　キッド」

するとエドが一歩前に出て、扉の隙間にブーツのつま先を押し込んだ。

「ライナス、ウェディングドレスはできあがりそうか？」

「えっ？」

声を上げたのはライナスじゃなくて僕だ。ウェディングドレスだって？　エドは変になってしまったのだろうか？――いつもの無表情が崩れ、かすかに微笑んでいる。反対にライナスの口許からは笑みが消えていた。

「……ウェディングドレスだって？　ここは戦場だぞ。どこで結婚式をやるんだ？」

ライナスはぶっきらぼうに答え、ドアを閉めようとする。早く謝ってこの話は忘れた方がいい。けれどエドは怯まない。

「とぼけなくていい。君がイースヴィルでした取引についてはわかっているんだ。別にいいじゃないか、任務なんだから」

「任務だって?」

「そう。あの野戦病院を設置した館《シャトー》は、ライナスが交渉を請け負って接収したんだ」

　野戦病院の設置に、ライナスが関わっていただって?　呆然としている僕をよそに、エドは話し続ける。

「君は今朝イースヴィル近郊に降りたあと、五〇一連隊と合流して解放作戦に参加した。その後で交渉役を命じられたんじゃないか?　おそらく師団司令部にでも。これほど大手を振って軍の備品を集めているのに、君が憲兵に睨まれなかったのは任務だからだ。事前に連絡があったんじゃないか?」

　確かに師団司令部の命令とあっては憲兵は口出しできない。ライナスは厚ぼったい唇を結んだままエドを睨みつけている。

「当主は大事な館《シャトー》を、どこの馬の骨とも知れないアメリカ軍に使わせたくないと、かなりごねたんだろう。妻との思い出を理由に台所を使わせないところからも、なかなか強情で、意志の強い男だとわかる」

　エドは半分開いた鉄扉に肩をもたれさせ、両腕を組んだ。

「だが軍としてはどうしても野戦病院をここに設置したかった……水道は止まっているが井戸があるし、広い道や中庭から負傷兵の搬入もしやすい。何より、これほど大きな家屋は近隣にない。どうして選ばれたのかはわからないが、ライナス、君がその交渉にあたり、最終的にパラシュートと引き替えに、承諾させたんじゃないのか?」

　ライナスは黙って聞いているが、エドの説明があってもなお、僕の頭の中はとっ散らかっていた。

「パラシュートが交換条件って、全然わかんないよ。館《シャトー》の主はパラシュート蒐集家とか?」

「まさか。ティム、お前も覚えてるだろう?　ヨランドさんが言っていたことを。館《シャトー》の主の娘は結婚間近だったんだ」

「あっ」

　ヨランドさんの話を思い出した。僕ら連合軍がドイツを追い払えば、徴兵された若い男たちが戻ってきて結婚式を挙げられる、という話を。

「パラシュートの生地は染色に向かない。けれど元々白さが求められるものならば、何の問題もないだろう。生地は絹だし、縫製さえできればウェディングドレスにぴったりな素材だろうな」

「でも、絹くらいあるんじゃないの？　あんなに立派な館《シャトー》を持ってるんだし」

「おそらく、進駐していたドイツ軍に徴発され、失われたんだろう。特に親衛隊《SS》は支配下の住民から金目のものを略奪するから」

僕に説明すると、再びエドはライナスに向き直った。

「しかし主は体調を崩しているようだった。あの歩き方から見て、きっとそれなりに重い病気だろう。戦争が終結して布地の流通が戻るまで、今後何年かかるかわからない。たとえフランスが解放されようと、原産国がある太平洋で戦争をやっている限りは入手できないだろう。館《シャトー》の主にはそれを待てるだけの時間の余裕がなかった」

イースヴィルでの光景を思い出す。中庭にやってきた初老の紳士は、付き人らしき男にはきつく当たっていたのに、娘には愛おしげに頬を緩ませて接していた。愛娘の晴れ姿のためなら、大事な館《シャトー》をアメリカ人に開放してもいいと思ったのだろう。

そこまで一気に考えを述べると、エドは痩せた頬を掻きながら小首を傾げた。

「引っかかったのは、パラシュートの数の多さとシードルだ。あの当主の娘は細い体型をしているから、布地は一枚か二枚あれば充分のはず。それからシードルはいったい誰から手に入れたんだ？　パラシュートと引き替えに館《シャトー》を貸してやるんだから、主にはシードルをライナスに与える理由がない。けど壊れかけた荷車に積んで運んだとわかって、ぴんときた。あの荷車は野良仕事に使われるものだ。イースヴィルにいる年頃の娘は、何も当主の娘だけじゃない。彼女たちの親にも頼まれたんだろう？　うちにもウェディングドレス用に生地をくれと言って、礼にシードルを持たせた。物々交換に馴れているライナスだ、これを報酬としてぶら下げ、たくさんのパラシュートを集めることにしたんだろう」

遠くの空が明滅した。あの下で銃撃戦が起こっているらしい。けれど僕らの誰もが、戦闘なんて気にしていなかった。エドは手のひらをライナスに向けると、「どうぞ」と促《うなが》した。

「……わかったわかった、ご明察だよ、まったく」

ついにライナスが折れた。深々と溜息をつくと、緑の瞳でじろりと僕を睨んだ。

「キッド、クイズはひとりで解くもんだぞ」

「何だそれ、聞いてないし」

「お前のアホっぽい解答でひと笑いしようと思ったんだがねえ。あーあ、まあいっか。入れよ。言っておくが、上官に内緒ってのは変わらないからな。頼むぜ」

ようやく鉄扉が開き室内へ通された僕は、息を飲んだ。白くて光沢のある布が床一面に広がり、柔かく重なったひだはまるでゆるく泡立てた生クリームの海みたいだった。狭い部屋の隅には、オリーブ色の外袋やハーネスがまとめて積み上げられている。

「これ、全部集めたの？」

「そうだ。骨が折れたよ」

真ん中には赤毛の補給兵、オハラがあぐらをかいていて、こっちに向かって手を振った。

ライナスはしゃがむと足下の布を持ち、僕に触らせた。生地は薄く柔らかな光沢があり、そっと摑んだだけでは手をすり抜けてしまうほど、するするとなめらかだった。

「ドレープが寄ったところ、ケーキみたいだよね。生クリームをごってり飾ったさ」

パラシュートをウェディングドレスに、とエドが言ったときは彼の頭を疑ったが、こうして見ると、確かに美しいドレスが仕立てられるだろうと思える。いつまでも布地を触っていると、ライナスに奪われてしまった。

「もうおしまい、お前の手の汚れが付いちまうからな」

「ケチだな」

「馬鹿、任務だから当然だろ。さっきお前の相棒が見抜いたばかりだろうが。館《シャトー》の主はそりゃあもう小うるさいんだから」

ライナスは降下後の出来事について語ったが、内容はさっきエドが披露した推理とほとんど同じだった。

「俺が交渉人に選ばれたのは、幕僚どもの世話をちょいちょい見てやっていたからだ。特に、ある大尉とは懇意でね。訓練中は酒から避妊具、女の手配をしたこともある。そいつがイースヴィルの解放作戦にいて、俺を推薦したんだよ。だが、主をひと目見てこれは無理もないなと思った。クソがつくほどの頑固親父で、歴史ある美しい館《シャトー》をアメ公の血で汚すなんてとんでもないって怒る始末さ。幕僚どもは『ドイツ兵を追い出せたのは誰のおかげだ』とわめいて癇癪《かんしゃく》を起こすし、まあどいつもこいつも困ったもんだ」

話をしながらめいめい適当なところに座り、ライナスは煙草に火を点けた。

「ところが館《シャトー》の主が、俺の持っていたパラシュートに気づいて態度を和らげた。こいつが絹製だと気づいたんだ」

「絹製だと気づいた？　すごいな、僕には全然区別つかないけど」

「田舎町とはいえでかい館《シャトー》の主だからな、目がきくんだろう。だがそこが問題でね、ナイロン製じゃ許さないときた。さっきのメガネの推理はほとんど合っているが、パラシュートをできるだけ多く集めた理由には付け足しがある。一番の理由は、ナイロンに紛れた絹を探し出すためなんだ。確かに他の村娘の分もあるが、それを入れたって六枚程度用意できれば済む。とりあえず大見得切って条件を呑んだが、これがまったく区別できないんだ。ほとほと困っていたところに、こいつと会った」

そう言ってライナスは、親指でオハラを指さした。

「キッドもこいつに会ったとき、ひどいおしゃべり攻撃を食らわなかったか？　まあそのおかげで、実家が布問屋だってわかったんだが」

「うん、よくしゃべる奴だなって思った」

当のオハラは不満げに両腕を広げているけど、事実だからしょうがない。家業の話は僕もはじめて会ったときに聞いた。あの場にはエドもいたから、もしかしてそこまでわかっていたのだろうか？　横顔をちらっと窺うと、彼はいつもの生真面目な表情に戻り、特に驚いた様子もない。

「じゃあ、ふたりはここで生地を選《よ》り分けていたってこと？」

僕の質問にオハラが答えた。

「そのとおり。誰がナイロン製を持ち、誰が絹を持っているのかわからないから、とにかくできるだけたくさん集めてくれってライナスに頼んだんだ。それを俺がここで仕分けるわけ。まったくの素人には難しいかもしれないけれど、少し知識があれば目利きじゃなくても違いはわかる。見た目でもわかりにくいときは、端っこをマッチで燃やすんだ。本物の絹であればゆっくりと燃えて、髪の毛を燃したような臭いがする」

「こいつには運搬用の荷車と、シードル二本で手伝ってもらった」

「壊れかけていたけどね。とにかくまあ、みんなのおかげで絹はなんとかなりそうだよ。後は村のおばさんたちが、ウェディングドレスに仕立ててくれるだろう」

「婚約者が無事に帰ってくるのを祈っておけ、だな」

なるほど、これで謎は解けたってわけだ。ライナスは僕らの背中を押し、「さあ、もう寝る時間だ。行った行った」と追い出そうとする。そうだ、最後にひとつだけ訊きたいことがあった。

「ねえライナス、ただで交渉してないんだろう？　お前のことだから、幕僚に交換条件を持ち出すくらいしたんじゃないの？」

ライナスとはトコア基地ではじまった訓練からの付き合いだけど、これまではそこまで親しく話をせず、こいつがどんな奴かよく知らなかった。でも今は、どうやらライナスの体には商人の血が、それもかなり濃い血が流れているらしいとわかった。その上、交渉相手にはったりをかませるほど図太くもある。そんな男がただで交渉役を引き受けるとは思えない。

もちろん軍隊は階級社会で、上官の命令は絶対だ。逆らった場合、ことによると軍法会議にかけられ、最悪の場合は反逆罪に問われて処刑だってあり得る。

それでもこいつなら何かふっかけている気がしてならなかった。

ライナスはにやりと不敵な笑みを浮かべ、僕の肩をぽんと叩き、耳打ちしてきた。

「メガネの能力が伝染《うつ》ったか？　意外と鋭いじゃないか、キッド。前に言っただろ？　俺は戦闘じゃなくて後方、補給兵になりたいんだって」

「……もしかして異動を申し込んだの？」

「ご名答。この交渉はな、記録上では大尉殿の功績になるんだ。だから公にできない……俺は大尉の命令でパラシュートを集めているだけっていう設定なのさ」

「上官に言うなってのはそういうこと？」

「ああ。上の人間にはお得意様がちょっとばかり多くてね。ま、つまりだ。異動も時間の問題なのさ」

ライナスは片目を器用につぶって完璧なウインクをした。男が相手であっても躊躇《ためら》いなくこういう仕草ができてしまう点も含めて、やはりライナスはハリウッド俳優みたいだ。

「じゃあな、とにかく早く戻って寝ろ。腹冷やすなよ、キッド」

「馬鹿にすんのもいい加減にしろよ」

言い返すと同時に鉄扉が閉まり、僕とエドだけが暗い裏庭に残った。来た道を戻りながら、エドがどこか晴れやかな声で言った。

「ティムは正しかったな」

「え？　どこが？」

「〝極秘任務〟だったじゃないか、ライナスがやっていたことは。ディエゴに会ったら、俺が正しかったって自慢してやれよ」

歩きながら、エドは僕のふくらはぎあたりを軽く蹴ってきた。そう言われれば確かにちょこっとはかすったかもしれない。でも、僕が考えていたのはこんなに込み入った話じゃなく、もっと単純な、映画みたいなストーリーだった。見破ったエドの方がよっぽど……けれど、悔しいから口には出さず、間もなく雲の陰に隠れようとする月を仰いだ。


まばゆい日光が雲間から差し込んで、反射的に目を細めた。

その瞬間、高らかに鳴っていた銃声が止み、僕は民家の陰から飛び出して、道の反対側へ走った。ライフルを構え、重い装備をガチャガチャ鳴らして突進する。風を切る乾いた音がしたかと思うと、背後で爆音が炸裂し、背中に何か当たった。衝撃で前につんのめりそうになりながらも、踏ん張って次の一歩を出す。陽光に土煙が舞い上がった。

振り返りたい、でも振り返ったらダメだ。走り続ける僕を追いかけるようにして、刺すような鋭い音と飛び散った石つぶてが跳ね、ブーツをはじく。

「早く来い、キッド！」

手招きしていた仲間に引っ張られるようにして、茂みの中へ飛び込む。そこにはG中隊第二小隊第二分隊の仲間がいて、それぞれライフルやトンプソン短機関銃を構えている。ひとりは分隊長のアレン先任軍曹、ひとりは一等兵のスミス、そして通信機を背負った通信兵ワインバーガーだった。

鬱蒼と茂る灌木に身を隠しつつ、こっそり顔を上げて確かめると、さっきまで隠れていた民家の壁が崩落し、無残な白い瓦礫の山と化していた。僕は隣でライフルを構えているワインバーガーを小突いた。

「なあ、背中怪我してないかな？」

「何ともなってないですって」

僕より年下のワインバーガーは町に向けてライフルを撃ちながら、こちらを見もしないで軽くあしらった。一発撃つたび熱い薬莢がはじけて地面に転がる。仕方がないので自分で自分の背中に手を回してまさぐってみたが、特に出血らしい濡れはなく、痛みもない。ほっと安堵したそばから比較的近い距離で爆発が起こり、誰かの絶叫が響き渡った。大柄で血気盛んなスミスが、町に向かって中指を立ててひどい罵詈雑言を吐いた。

ここに来るまでの道はのどかで、牛が草を食《は》んでいてもおかしくない、牧歌的な風景が広がっていた。しかし村に入ってみて様相は一変した。日差しに照らされた家々の、素朴な石壁や敷石道は、弾痕で穴だらけ、村中が皮膚病に罹《かか》ったようだった。

T字路の角にある二階建ての民家に、ドイツ兵が潜んでいる。早く倒さなければならないが、地面に這いつくばっている僕らから見ると、庭の高い木立が邪魔になって射程が取りづらかった。窓から機関銃が撃たれ、目の前の道を掃射して土埃が巻き上がる。続いて再び乾いた音が遠くから近づいてきて、すぐそばの薔薇の木を破壊した。砕けた木片が飛び散り、顔を庇《かば》う。町と道との境にある茂みから仲間たちの頭が見え、ライフルを撃って相手を威嚇する。

「あの家を潰さないと進めない」

アレン先任軍曹は呟きながら、向かいの茂みに潜む仲間と手信号を送り合う。その間に、迫撃砲分隊が砲弾を撃つが、やはり庭の木の梢が邪魔になって上手く当たらない。

「ダメか。キッド、手榴弾はあるか？」

「イエス、サー。たっぷりと」

「右壁の一部が崩落しているのが見えるか？　あいつらが敵を引きつける隙にここを出て右の茂みから迂回し、塀沿いに近づくぞ。崩れた壁から手榴弾を投げ込むんだ」

降下から一夜が明けた今日、六月七日、僕はG中隊の戦闘員としてアンゴヴィル＝オ＝プラン攻略作戦に加わっていた。

第一〇一空挺師団の当面の目標は、降下地点から南西に進んだ内陸にある大きな街、カランタンを攻略し、まだ合流できていない〝オマハ・ビーチ〟側の上陸部隊と合流、連携をとることだった。僕らは初日の疲労も癒えぬまま朝早く叩き起こされ、将校たちからどやされながら隊列に加わった。

サント＝マリー＝デュ＝モンからはじまった僕たち第五〇六連隊の隊列は、幅広の大きな道を南西に向かって歩いた。途中でヴィエルヴィルという町を第二大隊が制圧するのを支援し、後からやってきた歩兵部隊に管理を任せ、先へ進軍を続けた。

　この先にはサン＝コーム＝デュ＝モンという町がある。予定していた計画では、そこを攻略した後、ドゥーヴ川を渡り、今日中に目標地点カランタンに達するはずだった。

　だから本来では、ここアンゴヴィル＝オ＝プランに寄る予定はなかった。

　しかしある情報がもたらされた――この町の教会に、ふたりのアメリカ軍衛生兵と多数の負傷兵が取り残されているという。そこで急遽、僕ら第三大隊が隊列から抜けて救出に向かうことになったのだ。第三大隊は昨日、リーダーである大隊長を早々に失ってしまったが、早くも替わった次の指揮官が着任している。

　カランタンの奪取は、現地点での最重要任務だ。攻略作戦も遅滞が許されないので、第五〇六連隊は、ヴィエルヴィルの戦いでやや消耗した第二大隊を補助隊に回し、第一大隊を先頭として、今も計画どおりに先へ進んでいるはずだ。早くここの決着をつけて、後を追いかけなければ。

　アンゴヴィル＝オ＝プランはごく小さな村で、道なりに見るとヴィエルヴィルの隣村だが、平地を突っ切りさえすればイースヴィルにも近い。教会に取り残された多数の負傷者の情報を、連隊司令部にもたらした衛生大隊の中尉は、汗みずくになってこの平地を走ってきたのだろう。

　問題の教会はもう目と鼻の先だ。ここからでも尖った屋根が見える。しかしこのT字路が敵の射程に入っている限り、たどり着けないのだ。

　はじめての実戦で僕は妙な興奮状態だった。スミスがライフルのハンドルを引いて新しい挿弾子《クリップ》を装塡している。僕はショルダー・ストラップから手榴弾を外し、鼻の穴を大きく広げて息をしながら待機した。

「おいへなちょこコック、ちびんなよ」

「うるさい、スミス」

　あの家の崩れた壁からここまで、目測で一六〇フィート（約五〇メートル）前後はありそうだ。手榴弾のピンに指を引っかけ、向かいに潜む仲間による威嚇射撃の音を聞きながら、相手の弾切れを待つ。ドイツ兵からの機銃音が止んだその時、

「行くぞ！」

　アレン先任軍曹がライフルを構えて駆け出し、続い

て僕もその背中を追う。後ろからスミスの足音が聞こえる。ヘルメットはぐらつくし装備は腰にまとわりつき、自分の呼吸は競走馬みたいに荒くなっていた。

　この小さいパイナップルみたいな形の手榴弾は、安全ピンを外してからだいたい四、五秒で爆発する。かといって早く投げすぎては起爆前に投げ返されてこちらが危ない。残り七〇フィート（約二〇メートル）を切ったところで手榴弾のピンを抜いた。

　塀を跳び越え、崩壊した壁に突進し、思い切り手榴弾を投げた。そのまま壁に体当たりして地面に伏せる。ほぼ同時に鈍《にぶ》い爆発音とともに壁が揺れ、埃やガラス片が横からも上からも舞った。粉塵をもろに吸い込んで咳が出る。

　直後にアレン先任軍曹とスミスが建物内部へ突っ込み、正面からも仲間が援護射撃をしながら駆けてきた。

　やがて銃声が静まり、上体を起こすと、負傷したらしいドイツ兵がひとり、壊れたドアから現れた。足を引きずり体を傾げ、今にも膝からくずおれそうだ。どうしたらいいのかわからなくて壁にへばりついたまま見送っていると、鋭い銃声と共に、ドイツ兵の後頭部と額の両方から血が細く噴き出し、前のめりに倒れた。二階の窓から銃口が覗いている。仲間が制圧したのだ。

「やれやれ、先が思いやられますね」

　振り返ると、いつの間にか通信兵のワインバーガーが隣にいて、通信機の受話器を耳と肩で挟んでいた。全然気がつかなかった。もしこいつがドイツ兵だったら、僕は死んでいたかもしれない。

　ヘルメットを押し上げて溜息をつく。太陽が傾き、あたりは黄金色に染まっていた。


　アンゴヴィル＝オ＝プランを占拠していたドイツ部隊が降伏したのは、翌日の八日、夜が明けてからだった。上陸した装甲車が到着し、絶大な火力で援護してくれたおかげだ。連隊長はこの村に連隊司令部を置くことを決め、手頃な民家を接収すると、無線機やテーブル、タイプライターなどが次々と運び込まれた。

　戦闘を終えた村には、銃声や砲撃音の代わりに人の声と車のエンジン音が響き、濃いオリーブ色の軍服を着た兵士や将校たちが忙しなく行き交った。美しく咲いた薔薇の垣根は車輛通行の邪魔になるので伐採され、燃やされた。

「ちっ、この腕時計壊れてやがる。使えねえ死体め」

数人の仲間たちがドイツ兵の遺品漁りをはじめた。先頭に立っているのは、わざわざ持参したらしい星条旗をマントのようにまとったスミスだ。

　僕は軽い嫌悪感を彼らに抱きつつ、民家の庭で昼食の糧食《レーション》を食べた。棲みついているらしい白猫にビスケットをやっていると、向かいの開けた空き地で、Ｇ中隊のリーダー、ウォーカー中隊長がドイツ兵捕虜たちの所持品検査をしているのが見えた。

　ウォーカー中隊長はひょろりと背が高く、無口で、あまり感情を表に出さない人だった。階級は大尉、年齢はまだ二十代半ばと若い。髪は栗色、額が少々後退ぎみだ。指揮官として悪くはないが、良くもない。どちらかというと上層部に忠実で、部下の士気を鼓舞するより、命令をいかにこなすかに心を砕くタイプの上官だった。中隊内で何か問題が起きると、元々垂れ気味の眉を更に下げて、泣き出すんじゃないかとはらはらしてしまうような困った顔をする。本当に泣くところを見た奴はいないが。

　所持品検査を受けている捕虜たちはおとなしく、素直に従っていた。両手を頭に置き、上着のポケットをまさぐられるのを黙って許している。ウォーカー中隊長の後ろにはミハイロフ中尉と憲兵隊の軍曹が控えていた。ミハイロフ中尉の手元で短機関銃が光り、僕は唾を飲み込んだ。いつあのサブマシンガンが火を噴いて、ドイツ兵の体に風穴を開けても不思議ではない。輸送路や収容施設が確保できないうちは、捕虜を取るなと命じられているからだ。国際法なんて綺麗事は、自分のケツが拭けるようになってから言え、というわけだろう……正直気分は良くないが、何か言える立場でもない。

「ティム、人手が足りないんだ。来てくれ」

　呼ばれて振り返ると、庭柵をまたいでこちらに向かってくるエドがいた。エドの後に従い、着いたのは例の教会だった。

　正面の壁は砲撃を食らったらしく崩れているが、全体的にはさほど損傷がない。Ｔの字を逆さまにしたような形の建物で、無骨な石造りではあるが、故郷の派手な教会と比べるとかなりこぢんまりした印象を受けた。中央塔の屋根は台形で、まるでコウモリのような三角形の耳が両脇についている。その先端にカラスが留まり、日の照り返しで羽が灰色に見えた。

　教会の外に救護車が二台止まっていて、負傷兵を乗せるとすぐさま走り出した。正面の庭へ一歩入ると、包帯を巻かれ、血漿の瓶とチューブで繋がれた兵士たちが、地面に敷いたシーツらしき白い布の上に寝かされている。そのそばを、担架に乗せられた負傷兵が教会の戸口から次々と運び出されていく。

礼拝堂は血と消毒液の臭いに満ちていた。袖口で鼻を覆い、あたりを見回す。整然と並べられた木のベンチだけでなく、通路にまで負傷者が横たえられていた。正面が祭壇、両壁の小さな窓はステンドグラスで、淡く色づいた光が穏やかに差し込んでいる。ベンチで深い眠りについている負傷兵の、ところどころに赤がにじむ包帯に、柔らかな黄色や緑の光が映っていた。

ここにいるのはアメリカ兵だけではなく、民間人も、そしてドイツ兵までもが、治療を受けていた。

「どうして敵まで？」

エドに話しかけたつもりだったけれど、彼はさっさと奥へ行ってしまった。代わりに答えたのは、僕のすぐ横で小さな女の子の傷を看ていた衛生兵だった。

「最初は仲間だけを受け入れていたんだよ。でもドイツの士官に頼まれたんだ」

衛生兵は背が低く、上からプレスをかけたかのように顔の縦幅が短くて、ほとんど真四角の輪郭をした青年だった。たぶん年齢は僕とそう変わらないはずだ。

「でも奴らを捕虜にできるのか？　だって……」

せっかく助けたところで、余計なお荷物として殺されるかも、とのど元まで出かかった言葉を呑み込んだ。けれど相手にはしっかり伝わったらしい。

「捕虜収容所の用意は整ったって聞いたけどな」

彼はひとつ息を吐いて立ち上がると、握手を求めてきた。こびりついた血はすっかり乾いている。握り返すと、がさついた、でも柔らかい感触が伝わってきた。

「手伝ってもらって悪いね」

「いや……君がここに残っていた衛生兵？」

「そうだ。大変だったよ、外は銃撃戦と砲弾戦だろ？　ここも焼かれるかもしれないって肝が冷えたね。さすがに疲れたけど、もう少しがんばらないと」

手を放しながら、スパークがここにいたらこいつに何て言うだろう、と考えた。毒舌家のスパークのことだから、敵兵に医療品を使うなんて無駄のきわみだと一蹴するかもしれない。それに僕自身、もしここにいたらきっと敵を見捨てただろう。

衛生兵は再びしゃがんで女の子の治療にあたる。女の子は五、六歳くらいで、側頭部に大きな包帯をあてがわれていた。細い足をぶらぶら横に揺らしながら、頭の包帯を巻き直していく衛生兵の腹のあたりを見ている。

「え？」

「ふたり死んだ」

「ふたり死んだよ。アメリカ人がひとり、ドイツ人がひとり。ドイツ人は昨日、夜のうちにここから出て裏口で死んでいた。室内があそこまで暗くなければ気づけたはずなのに……きっと味方のところへ戻ろうとしたんだろうね」

　彼は「兵」という言葉を使わない。目の下にはクマがあり、唇はがさがさだ。息も生臭い。のどが渇いているんじゃないか？　ベルトのホルダーから水筒を外して差し出す。彼は飲み口に唇をつけ、喉仏をぐびりと上下させた。

「僕らが治療した人数は八十人近い。だから死者は少ないかもしれないけど、でも実のところ、死んだ奴の顔も覚えていないいんだ。ひどく忙しかったから、誰を看て、誰を看ていないのか……ちゃんとした治療ができていたのか、自信がないんだよ」

　衛生兵は袖で口許をぬぐい、「ありがとう」と呟いて水筒をこちらに戻した。何か気のきいた励ましでもすべきところなのに、思い浮かばない。

「おい、ティム！　ちょっと来てくれ」

「ごめん、呼ばれちゃったから……」

　僕は逃げるように離れ、祭壇の前で手招きしているエドのところへ走った。

　一緒に教会で治療にあたっていたふたり目の衛生兵が、エドと共に負傷兵の運び出しを行っていた。通路で横たわる人を器用に避けて歩きながら、すぐに手術を行うべき患者と、後回しでもいい患者、見た目はたいしたことないがすぐに軍医に診せるべき患者、などそれぞれ仕分けている。

「あれ……誰かここにいた患者を動かしたか？」

　彼は血のついたベンチを指さした。その下の石床にも、血だまりが広範囲に広がっている。エドはひたと視線を据え、「いや」と首を振った。「来たばかりでわからない」

「そうだよな、すまない。きっと誰かが外へ運んだんだろう。よし、じゃあ担架を持ってくれ。外の衛生兵に会ったら、こいつはイギリス行きだと伝えてほしい」

昨日のうちに、フランスからイギリスへ輸送機が飛べるようになっていた。海から上陸した航空輸送大隊の連中が、応急滑走路鋼板という、クッキーの丸形を抜き取ったあとの生地を思わせる、穴だらけの特殊な板を敷いて、臨時の滑走路を作ったのだ。これで重度の負傷兵を、イギリスの清潔で設備の整った病院へ搬送できるようになった。

夕方、僕らは久々に調理をした。野戦調理器《フィールド・レンジ》がここアンゴヴィル＝オ＝プランにも届き、農場に鉄製のオーブンがずらりと並んでいる。

配給された食糧はチキン・ブロスの缶、馬鹿みたいに大量の玉ねぎとじゃがいも、エバミルクとジャンケットの箱、何かの脂、小麦粉缶、スパイスセット、細切れピーマンの缶、コンビーフ、ショートニング、豆。パン作り専門の部隊、製パン中隊から運ばれてきた食パンもある。

「メニューはコンビーフ・ハッシュと豆煮、じゃがいものスープ、食パンだな」

みんなが嫌がる厨房手伝いＫ　Ｐ《キッチンポリス》には、一昨日の夜に僕らをからかった火器小隊の面々を任命した。仕返しはこういう時にしておかないと。

オーブンレンジの下におがくずを詰めてマッチで火を点け、バーナーをはめ込む。屈んでいたせいで強ばった腰を伸ばし、拳で叩きながらあたりを見回してみる。ただ広いだけで家畜さえいなかった農場が、あっという間に給養施設に変わっていた。三角に組んだポールに飲料水のボトルがぶら下がり、ゴミ捨て場と、食器洗い用の大きなドラム缶がいくつも並んで湯気を立てている。第三大隊と歩兵部隊、補助隊だけで千人近くいるが、農場が広いからなんとかなるはずだ。

しかし問題が起きた。さあ作ろうと張り切って取り出したフライ返しが、べとべとに汚れていたのだ。よく見るとレードルやバットにも同じような汚れが付着している。どうやら他のＨとＩ中隊の器具も汚れているらしい。前に使った奴が脂と残飯をこね合わせたまま洗わずに放置したんだろう、鼻が曲がりそうな異臭を放っていた。

「うっへえ」

思わず呻くと、そばにいたディエゴも首を突っ込んで舌を出した。

「うっへえ」

「貸せよ、洗ってくる」

狼狽する僕とディエゴを尻目に、エドはあっさりそう言うと汚れたバットとフライ返しを手に洗い場へ向かった。しかし、三分と経たずに戻ってきた。

「洗剤がないらしい。届くのが遅れているんだそうだ。最悪、熱湯ですすぐだけになるが」

「……さすがにそれじゃ腹を壊すよ」

仕方なく、G中隊管理部長に指示を仰ぐ。

「需品科の怠慢だな。上には報告しておく。グリーンバーグ、コール、お前たちはその辺の民家をあたって洗わせてもらえ」

そこで僕は汚れた器具を他の中隊分も集めて、箱に入れて抱え、エドと一緒に洗剤を貸してくれる民間人を探した。しかし、これがなかなか見つからない。

エドが砂埃まみれの古い家のドアを叩くと、疲れた表情の老人や、幼い子供を抱えて不安そうにしている女性が顔を出すが、結局「Non」と素早く言ってドアを閉めてしまう。

鼻の下に黒々した髭を生やした中年男に至っては、フランス語で何かまくしたてて指を突きつけ、殴りかからんばかりの勢いで迫ってきた。

慌てて逃げ、走ったせいで箱から落ちたフライ返しを拾い、何度か振って土を払った。その家を振り返ると、裏庭で若い女性が呆然と空を見ていた。ワンピースを着ていたから女性とわかったけれど、その髪は刈られて丸坊主だった。さっきの中年男は戸口に立ったまま泣いていた。

「……僕らは、フランス人を救いに来たんだよね？」

さっさと先へ進むエドの背中に声をかける。けれどそれに対する返事はなく、「次からはこの時計で釣ってみよう」と、腕から時計を外しただけだった。

民家の庭先に背の高い木々が生え、その梢に、兵士の死体がぶら下がっていた。白いパラシュートのハーネスが枝に引っかかり、首が絞まったのか、そのまま絶命したらしい。顔はヘルメットで隠れてよく見えなかった。下ろしたくとも位置が高すぎるし、ふたりで重装備の兵士の死体を下ろすのはとても無理だ。後で墓所登録に報告しよう。

「あの」

突然背後から声がして、反射的にライフルに手をかけつつ素早く振り返った。日に焼けて黄ばんだ道に立っていたのは、若い女性と老婆だった。茶色いスカート姿の痩せた女性は、小さな目を見開き、前に組んだ腕を強ばらせている。しまった、僕は慌ててライフルから手を離したが、彼女は怯えてしまったようだ。

「Je suis désolée……ごめんなさい」

そう言って短い巻き髪を揺らし、走り去ろうとする。

「あっ、ちょっと待って！」

咄嗟に華奢《きゃしゃ》な腕を掴み、「パルドン、パルドン」と適当なフランス語でなんとかなだめようと試みる。若い女性は少しずつ落ち着きを取り戻し、首と境目が曖昧な二重顎でゆっくり頷くと、「困ってる、あなた？」と囁くような英語で僕に尋ねた。年の頃は姉のシンシアくらいだろうか、でも姉よりずっと物静かで、内気そうだ。

「ええ、ちょっと困ってます。洗剤がなくて」

箱を見せて、中の器具が汚れているんだと身振りで示した。基礎会話集の冊子をもう少し読んでおけばよかった。すると女性は「わたし、家、あります。Savon……」と言って食器を洗う仕草をした。

「サボン？　ああ、石鹸のことですね」

それで僕らは彼女の申し出に甘えることにし、婆さんを先頭に、彼女たちの家へ向かった。黒いショールをかぶった婆さんは腰が曲がっていて動きづらそうなのに、リズミカルに杖を突き突き、がに股の短足でさっさと先へ行ってしまう。装備に加えて、重い器具を詰めた箱を抱えていた僕は、たった二、三分ほどの距離だったのに息が上がってしまった。彼女たちの家に着いた時、婆さんはこっちを振り返って皺くちゃの唇でにんまり笑うと、僕に対してもごもご呟く。フランス語で意味はわからなかったけれど、小馬鹿にされた気はする。この箱重いんだよ、と言い返そうにも、婆さんはさっさと薄暗い家の中へ入ってしまった。

ふたりの家は、他と同じく茶色い瓦屋根の素朴な家屋で、庭に柵があり、花壇の花はほとんどが枯れていた。

ヘルメットを脱いでくぐった玄関の先に、このふたりだけが住むには少々広すぎる居間があった。空気は饐《す》えたような臭いがする。庭にはいなかったはずなのに、何羽かの鶏の声が聞こえてきた。室内で飼っているのだろうか。

部屋は雑然としていて、テーブルの皿にはかじりかけのじゃがいもが載ったままだ。ソファカバーもずれ、すり切れたところからは綿がはみだしている。くすんだ白い壁には写真が飾られていた。若い男がふたり写っていた。どちらも黒髪で目と顎が小さく、あの若い女性とよく似ている。兄弟だろうか？

ふと顔を上げると、彼女はちょっと困った顔で僕を待っていた。しまった、つい気になって無礼をした。

通された先は台所だった。タイル製の洗い場には大きな窓があったが、ガラスがない。風に運ばれた砂が窓の桟《さん》に溜まっている。電気は通っていないようで、裸電球のスイッチを入れても反応しなかった。コンロの大鍋はなぜかバスタオルでくるまれている。踏み台に乗った婆さんが蓋を開けると、ふわりと湯気が立った。中身はたっぷりの湯だ。

「お湯がちょうど沸いたところだったんだね」

ラッキーだ、と隣にいたエドを小突くと、彼は揺れる水面に視線を向けたまま、

「いや、このあたりはガスの供給がほとんどないはずだ。朝に薪でたくさん沸かしてから保温して、大切に使っているんだろ。無駄遣いはできない」

と言った。若い女性は、たらいに張った水に鍋の湯を加え、洗剤の箱からスプーン半分ほどの粉末を掬い落とすと、細い指先で数回泡立てた。婆さんは踏み台ごと洗い場に移動して、袖をまくり、血管が浮き出たしみだらけの手で、僕らが持ってきたレードルやフライ返しを、スポンジで手早く磨いた。窓から差し込む弱く柔らかな日差しに水面がゆらゆらと輝く。

婆さんの手際に見惚れていると、若い女性が「どうぞ」とグラスの水をくれた。彼女はむきたての卵をひとつ持っていて、手のひらをまな板代わりに、ナイフをくるくると動かした。弾力のある白身がぷるんと割れ、丸くて色の淡い黄身が現れる。半分になった卵の一方を僕に、もう片方をエドにくれた。ありがたく頂戴して口に放り込む。塩気もない普通のゆで卵だけれど、美味しかった。のどに引っかかる黄身を、鉄の味がする水で流す。

「ありがとう、メルシー」

若い女性ははにかむように顔を伏せて下唇をきゅっと噛み、僕の後ろをちらちらと気にしている。何だろう？　彼女の視線の先には、椅子やクッションでふさがれた扉があった。彼女は僕と目が合うと小さく頷く。照れたわけじゃなかったのだ。

ドアを開けると、垢《あか》とアンモニア、そして血の臭い

が鼻をついた。この家に立ちこめる饐えた臭いの原因は、きっとここだ。中は地下へ続く階段で、暗い穴から冷たい風が頬を撫でた。僕は懐中電灯を点け、階段を下りる。

　地下室には男がいた。ひどく痩せてはいたが、居間の写真に写っていた男の片割れだとすぐにわかった。僕らが部屋に入ると腰掛けていた椅子から立ち上がり、握手を求めてきた。ハンチング帽はひどく汚れ、青白くこけた頬と顎には無精髭がびっしりと生えていた。飛び出し気味の眼球は血走り、もしかしたら栄養失調か、日光不足かもしれない。

　男はまったく英語が話せなかったが、後ろからついてきた若い女性の拙《つたな》い説明から、彼は実兄で、レジスタンス活動をしていたのだが、ドイツ兵がいなくなるまでずっと隠れていたのだという。弟もレジスタンスの一員だったが、近隣住民に密告されてドイツ兵に処刑されてしまった。

　話を聞いているうちに、密告したのは、先ほど僕らを門前払いした、黒髭の中年男の娘だとわかった。ドイツ兵が撤退した後、村人たちの手で髪を丸坊主に刈られたらしい。

「終わった後、その人、来た。アメリカン……平和」

「その人？」

　部屋の隅には狭いベッドがあり、男がひとり寝かされていた。まぶたは閉ざされていたが、薄い毛布が上下しているので生きているとわかる。髪は栗色で短く、フランケンシュタインの怪物みたいに額が秀でていた。この家の住民の誰にも似ておらず見るからに別人だし、それどころか軍人に間違いない。上半身は脱がされ、肩にあてがわれた白い布には黒っぽいにじみがあった。きっと血はほとんど止まっているのだろう。枕元にはカーキ色の服が丸まっている。少し躊躇いつつ、広げてみた。肩口に、くちばしを開けた鷲の横顔のワッペン、僕ら第一〇一空挺師団の徽章がついていた。

「叫ぶ鷲《スクリーミング・イーグルス》だ！　こいつは仲間じゃないか」

　首から下げた銀色の認識票《ドッグ・タグ》には、〝フィリップ・ダンヒル〟と刻印されている。後は生年月日と血液型、クリスチャンであることしか記されていないので、どこの連隊かわからない。せめてヘルメットがあれば側面のマークで連隊が判別できるが……しかしこの部屋にはなかった。女性の片言の英語をつなぎ合わせてみると、この男は今朝、近くの農道で倒れていたのだぞうだ。

「司令部まで知らせてくれれば、すぐに駆けつけたのに。どうして匿《かくま》ったんです？」

別に咎めるつもりはなく、素朴な疑問を投げてみただけなのだが、彼女はびくりと肩をふるわせて、一歩後じさった。

「……ナチス、まだ隠れているかも？　助けたのわかったら……兄、見つかる」

「ああ、なるほど。まだドイツ兵がどこに潜んでいるかわからないから、確認できないうちは軍のキャンプに行きたくなかったんだろう。俺とティムに親切にしてくれたのは、安全な家の中へ入れて、こいつを連れて行ってほしかったのかもな」

エドは僕にそう言うと、不安そうに両手を握りしめてこちらの顔色を窺っている女性に、ぎこちない笑みを向け、雑嚢から出したKレーションをひと箱渡した。滅多に笑わないエドだから、せめてもの感謝の印だったのかもしれない。

「メルシー。大丈夫、もうドイツ兵はいませんよ。あなた方のおかげで仲間を救助できます。ティム、救護所へひと走りして、衛生兵を連れてきてくれ」


衛生兵が男を担架で運び出すのを手伝い、ようやく僕らが農場の給養施設に戻ると、ディエゴは大変な目に遭っていた。器具がないので料理ができず、空腹に耐えかねたG中隊の野郎どもに囲まれていたのである。

大急ぎで飢えた奴らの胃袋を満たしてやった頃には、太陽は木々の彼方へ姿を消し、裾をうっすらと茜《あかね》色に染めた紺色の空に、一番星が輝いていた。

全員に配膳し終えて自分たちも飯にありつく。ブリキの皿の半分にコンビーフ・ハッシュを、もう半分に豆煮をよそい、マグに熱いスープを注いで食べた。すっかり冷めたコンビーフ・ハッシュは固くて脂っぽく、はっきり言って不味いが、隣に座ったエドは淡々と口に運び続けていた。こういう時、エドの味に対する無関心ぶりが羨ましくなる。

「なあ、さっきのゆで卵、美味しかったよね」

にじり寄ってこっそり話しかけると、エドはじっと僕の顔を見つめた。

「……その話、誰にもするなよ」

卵を食べたことを仲間から恨まれるだけでなく、あの一家の鶏を盗む輩《やから》が出てくるかもしれない、とエドは小さな声で説明した。

「ナチスの統治下では食糧も日用品も配給制だ。農家の収穫物は大部分が徴発されて、進駐軍や各地に散らばったドイツ兵の胃袋におさまる。大きな町ならまだマシだろうが、あの田舎の村にめぼしい食糧はないはずだ。彼女もきっとこっそり飼っているんだと思う。もし話を聞きつけた誰かに奪われたら、お前も寝覚めが悪いだろう」

確かにそのとおりだと思い知ったのは、食事を終えて片付けをしていた時のことだった。兵士たちは自分で自分の食器を洗う。その際に食べ残しをバケツに捨てるのだが、フランス人と思われる小さな子供が、自分の指をしゃぶりながら見ていたのだ。

食後にコーヒー味の粉末を溶いた湯を飲んでいると、飛行機のエンジン音が聞こえた。振り仰ぐと、少しずつ瞬きはじめた星々の下を駆ける、銀翼が見えた。

イースヴィルが爆撃されたという報せは、翌朝、ウォーカー中隊長からもたらされた。

並んだ隊員たちの一番端に、カーキ色のジャケットを煤だらけにした、スパークの姿があった。しかし気弱な衛生兵ブライアンは、どこにもいない。

昨日の夕刻、イースヴィルの救護所では負傷兵の移送作業が行われていた。ライナスが苦労して接収した館《シャトー》ではあるが、部隊が移動すれば管理もしにくくなるし、敵から狙い撃ちにされる危険がまだ残っていたからだ。スパークとブライアンは、アンゴヴィル＝オ＝プランの戦況が落ち着くとすぐに、他の衛生兵たちとともにイースヴィルへ戻り、留まっていた第三二六衛生大隊を補佐した。

そして日付が変わる頃、ドイツ軍の爆撃機二機が飛来し、救護所に爆弾を落としていった。

負傷兵はほとんどが避難を終えていたが、館《シャトー》にはまだ人が残っていた。

ブライアンを含む八名の衛生兵と、手伝いに来ていた四名の地元女性、そしてあの頑固だった館《シャトー》の主が、崩落の下敷きになって死んだ。亡くなったフランス人の中には、婚約者を待っていた別の若い女性と、英語が達者だった美しい人——ヨランドさんも含まれていたという。

集めたパラシュートがどうなったのか尋ねても、ライナスは答えてくれなかった。

何事もなかったかのように荷物を背負い、銃弾を補充して装備を調え、隊列に加わる。いるはずがないとわかっていても、ブライアンの情けない笑顔をふと捜してしまう。ふとポケットをまさぐると、ブライアンにもらったリグレー社のキャラメルが残っていた。中身だけ口に放り込んで、黄色い包み紙は丁寧に伸ばし、雑嚢にしまう。

長い長い道の先は、砂埃に霞んで見えなかった。

アイゼンハワー最高司令官によると、このノルマンディー上陸・降下作戦は成功したらしい。僕ら第一〇一空挺師団の損害は、降下した約六千六百名のうち、千五百名以上が死ぬか行方不明のまま現れず、負傷者は二千三百名に上った。フランス民間人の死者は、今年に入って行われた戦略爆撃と今回の作戦とを併せて、一万人を遙かに超えるそうだ。

暗号名〝ユタ・ビーチ〟と名付けられた海岸線に上陸した第四歩兵師団は、百数十名の死者を出しはしたものの、二万近い兵力のほとんどが無事に僕らと合流できた。

しかしもう一方の海岸線の状況は、もっと悲惨だった。

暗号名〝オマハ・ビーチ〟に船艇で乗り込んだ、第一および第二九歩兵師団は、浜辺の高台に塹壕を掘って待機していたドイツ軍によって、激しい機銃掃射を食らい、浜に上がっただけで二千人以上の死者が出たという。だがそれは軍上層部の発表であり、実際に遺体回収の任務にあたった墓所登録の特技兵いわく、更に一千人多い、三千人以上が死んだらしい。

海岸は死体や四肢が吹き飛んだ負傷兵で埋まり、血を含んだ波が押し寄せるたび、砂浜が赤く染まっていくようだったと、後に伝え聞いた。

第二章　軍隊は胃袋で行進する

　こうして、ヨーロッパ戦線の火蓋《ひぶた》が切って落とされた。フランスのノルマンディー地方を突破口に、これから連合軍はナチスの牙城、ドイツ本国を目標に進撃する。

　アンゴヴィル＝オ＝プランを後にした僕らは、先に行っていた第一・第二大隊と合流、一九四四年六月十五日に、予定の作戦どおりカランタンを攻略した。敵の第六降下猟兵連隊は手強かった。激しい迎撃に遭って苦戦し、多くの死者や負傷者を出したものの、何とかこの重要拠点を奪い取った。連合軍の勢いに押されたドイツ軍は、コタンタン半島周辺から内陸へと撤退した。

　僕らの第一〇一空挺師団はそれから数日にわたって前線を守っていたが、〝ユタ・ビーチ〟から上陸した第四歩兵師団と交替して、後方の野戦基地で給養をとることになった。

　前線とは、文字どおり進攻する軍隊の先頭を指す。先頭の歩兵が死に物狂いで押せば押すほど、前線が上がって敵は退《しりぞ》き、こちらの陣地が増える。当然、前線では日常的に銃弾や砲弾が飛び交うから、配置された兵士たちはいつ死ぬかわからない日々を送らなければならない。

「死せども持ち場を離れるな」という決まり切った軍隊式命令があるけれど、現実には、持ち場を離れないわけにはいかないものだ。いくら厳しい訓練を重ねた兵士だって、所詮は人間だ。腹も減るし、休息しなければ疲弊が増大、使い物にならなくなって戦闘に敗れ、結局は前線が維持できなくなる。肝心の兵士が弱っていては勝てない。

だから上層部は、くたびれた兵士と新しい兵士を適宜交替させ、士気を維持したまま前線を押し上げられるよう、適時配置換えを命じなければならない——原則的には。

いったん後方地区に下げられた兵士は、シャワーを浴び、戦闘服を洗濯に出しリフレッシュする。作りたてで栄養たっぷりの料理を腹いっぱい食べ、ベッドに横たわってぐっすりと眠る。ただし休暇ではない。元気になったら、再び戦場へ戻るのだ。前線の維持は、そんな兵士のリサイクルに支えられている。

もちろん、空を駆ける爆撃機や戦闘機には後方も前線も関係ない。後方でも攻撃される可能性が高く——特に補給拠点は狙われやすい——イースヴィルの野戦病院のように、死者が大勢出ることもある。前線兵への支援拠点を潰すのは戦略として効率的だし、そもそも戦地なのだから安全な場所を期待する方が間違いだ。

それに交替がいつも上手くいくとは限らない。道の確保が困難で、替わるはずの部隊が予定地に到着できなかったり、敵兵に包囲されて逃げようにも逃げられなかったりして、何週間も何ヶ月も前線に留まらざるを得ない事態だって考えられる。陸軍士官学校《ウエスト・ポイント》出身というだけで現場を知らない将校に、配置換えを委ねているのにも、一抹の不安があった。

ともあれ、今回の僕らは上手く交替できた。何十台もの輸送トラックがやってきて、G中隊の面々も一分隊ずつ荷台に乗り、出発した。

日の照り返しが眩しい田舎道をがたがた揺られ、後方基地へ向かう。幌《ほろ》を外してむき出しになった骨組みにもたれかかり、ヘルメットのつばを押し上げてあたりを眺めた。

路肩には交通整理の憲兵がいて、トラックの縦列を見送っている。タイヤが砂塵《さじん》を巻き上げるその横を、大勢のフランス人たちが歩いていた。家財道具を積んだ荷車を引く老人、両手にふたりの子供を抱いている他は肩掛け袋ひとつしか持たない女性、痩せたロバの手綱を握る農民らしき中年男。黒い布で頬かむりした老婆は、少女に支えられながらゆっくり足を進めている。死体をいくつも乗せた荷車が、馬に引かれて列に続く。

あたりは緩やかに傾斜がついた放牧地で、六月らしい緑の絨毯が広がり、羊が十頭ほど草を食《は》んでいた。

羊飼いらしき男がゆっくりとした足取りで、牧羊犬とともに草地を歩いて行く。そのずっと背後に、黒煙が揺らいでいる。

故郷に留まり続ける者もいれば、戦闘の巻き添えで家を焼かれ、住む場所を探しに旅立つ者もいる。難民となったフランス人たちはこちらを見もせずに一心不乱に歩き、僕らのトラックは彼らを追い抜いた。影はぐんぐん小さくなっていった。

後方基地に到着したのは、同日の午後二時過ぎ。太陽はまだ空の高い位置にあって、そういえばもうすぐ夏至《げし》だったな、と思った。近くに補給拠点のシェルブール港があるせいか、大型の輸送車がしょっちゅう行き来して、トラックから降りたばかりの僕らは、舞い上がる土埃に咳き込んだ。

基地内にはオリーブ色のテントがずらりと並び、布地のたわみに日差しの黄金色が溜まっていた。上半身裸でくつろいでいる兵士や、葉巻を咥《くわ》えて犬を撫でている将校、顎を泡だらけにして髭剃りをしてもらっている兵士もいる。前線の殺伐とした空気はなく、ゆったりとした時間が流れていた。空気はつんとする針葉樹のにおいで満ち、朽葉が積もっているせいか土も軟らかい。

元々ここは伐採用に植林された人工の森らしい。土場と、皆伐《かいばつ》で開けた空き地を利用して各給養施設を建てた。同時に建築木材と燃料も得られる、好条件の基地なわけだ。今も、チェーンソーの唸りや斧が幹を叩く音が反響している。

この巨大な後方基地の規模はおよそ一〇〇エーカー（約四〇万平方メートル）で、補給品の策源地としても機能している。敷地の東側に、補給品を仕分け、次の集積地へ輸送するまでの一時保管所があり、大勢の補給兵が忙しそうに働いていた。

中央に演習用のグラウンドがあり、ここで兵士たちが走りこみなどの運動や、射撃演習などを行う。前線を離れたとはいえ、体が鈍《なま》らないよう毎日鍛錬に励まなければならなかった。南は運搬車輛などが出入りする巨大な駐車場と整備場、そして北にはアーチ形の兵舎が並んでいる。

司令部や通信部の他、食堂やシャワー、散髪室などの給養施設や娯楽室は、西側にまとまっていた。映写機とスクリーン、ベンチを備えた映画館だってある。

夜の休息時間になると、ハリウッドで最新の……とまではいかないが、いくらかは新しい作品が上映された。

　基地は今も増設中らしく、そこかしこで工兵が汗水垂らしてテントを設営したり、水道管を繋いだり、排水用の溝を防水シートで補強したりしていた。

　シャワーは野ざらしで雨よけどころか目隠しの覆いすらなく、地面に直接打ち込まれた叉木に、水道管のパイプが渡してあるだけの代物だ。パイプからは一本につき十二本のシャワーヘッド（と呼ぶにはあまりにも細すぎる）が、脚の多いアメンボみたいににょきりと突き出ていた。鍋で沸かした熱湯と水を混ぜたタンクに繋がっていて、コックをひねるとぬるま湯が出る。

　それでもみんな丸裸になって、我先にと殺到した。何しろ約半月ぶりのシャワーだ！　僕も急いで服を全部脱ぎ、シャワーヘッドから流れ出る湯に頭をさらす。しかし汗で濡れては自然乾燥を繰り返した髪はひどいべとつきで、湯だけではどうにもならない。

「おい、キッド」

　隣で浴びていた仲間が投げて寄こしてくれた、使い回しの石鹸で体中を洗った。

　洗濯室から戻ってきたシャツとズボンを着て、頭をタオルで拭いていると、ディエゴが軍用売店のPX《酒保》でコークを買ってきてくれた。積み上がった土嚢《どのう》にふたりで腰掛け、瓶の栓を開ける。濃いカラメル色のコークをひと口飲むと、炭酸がしゅわしゅわはじけながらのどの奥まで滑り落ちていった。

　PXでは色々な商品を販売している。コークにバターピーナッツ、シュガークッキー、発売日がひと月以上も前のコミックブック、髭剃りクリームや歯磨き粉などの衛生用品、そして文房具や新聞も。実家の雑貨店にはとうてい及ばないけれど、懐かしいアメリカの風景を思い出すには充分だった。

　コークを飲んでいると、衛生兵たちがコンドームの袋を配りに来た。僕はあの袋を見るだけで顔が熱くなってしまうが、ディエゴは平然と受け取っている。僕はズボンのポケットに押し込みながら、これを使う機会が僕にも巡ってくるのだろうか、と考えてしまい、煩悩に体をうずかせた。

「いい女を見つけないとなあ？　キッド」

　ディエゴが「キッド」を強調して肘で小突いてくるのが嫌だ。自分だってたいして経験豊富じゃないくせに、先輩風を吹かせるのだ。

「はじめは年上の女がいいぜ、何たって包容力があるし、お前の不手際を笑ったりしないからな」

そう言って黄ばんだ歯を見せて笑う。偉そうな口ぶりだけれど、実際はディエゴだって、従軍するからと拝み倒し、近所に住む年上の女性にお情けでさせてもらったんだ。

風が吹いて、誰かが読み捨てたらしい新聞が、足下までかさかさと飛んできた。普段は新聞なんて興味ないけど、ディエゴの自慢が鬱陶《うっとう》しいので、とりあえず拾い上げて読むふりをした。

ちょうど開いた記事の写真に、アイク・ジャケットを着て軍帽を斜めにかぶった伊達《だて》男が、輝くような白い歯を見せて笑っていた。ジープのボンネットにもたれかかり、長い足を交差させて、ズボンのポケットに手を突っ込んでいる。

どうせハリウッドの俳優が、戦時国債の宣伝で兵隊の真似でもしているんだろう、と思ったら、右横に〝アンソニー＝ブランドン・ロス大尉〟と書いてあった。大尉といえば中隊長クラスの階級だ。人気俳優のジェームズ・スチュアートだって空軍のパイロットだから不思議じゃないけど、なんだか虫が好かない。

新聞をくしゃくしゃに丸めて土嚢の後ろへ捨ててしまう。ラジオのスピーカーからＡＦＮ《米軍放送》ラジオが流れてきて、ボブ・ホープの声に耳を傾ける。すぐそばの針葉樹の梢から大きな鳥が翼を広げ、雲がたなびく青空を飛んでいった。

「番組に続いて、ＡＦＮニュース。フランスの村オラドゥール＝シュル＝グラヌで六月十日に発生した、ＳＳ部隊による大量虐殺について、イギリスに亡命中の自由フランス党シャルル・ド・ゴール氏が声明を……」

アナウンサーが言い終える前に、管理部長の招集命令が聞こえ、僕はコークを飲み干して立ち上がり、尻をはたいて土くれを落とした。

工兵隊が建てた厨房《ちゅうぼう》と食堂は、外見だけは立派で、どことなく山荘《ロッジ》を思わせた。しかし実際はワックスを塗った焦げ茶色の木の板を、立方体になるよう金槌で適当に組み合わせただけ、隙間から雨も風も砂も入ってくる。床板もなく、調理台と、煙突を壁の外へ伸ばした野戦調理器《フィールド・レンジ》が、直接地面の上にずらりと置かれていた。白いエプロンと帽子姿の大隊付きのコックたちが、その間を行き来している。琺瑯《ほうろう》の洗い桶に蛇口がくっついていたのでひねってみたものの、ねじが緩む手ごたえがあっただけで、水一滴出てこなかった。いつもは鉄仮面のエドでさえ、珍しく感情を露《あら》わにして溜息をついた。

「タンクから汲んでくるしかない……夏にはちゃんとした設備が入る予定らしいが」

「夏って、もうすぐ夏至だけど？」

エプロンを戦闘服の上からかけ、紐をぎゅっと結ぶと、コック帽をかぶった大隊付きコックが前に出て、甲高い声で夕食の献立を宣言した。

ホット・キャベツ・スローと、水溶き粉末卵のスクランブルエッグ、ソーセージと林檎《りんご》の円盤ロースト、そして麦の粉だったら何でも混ぜたブレンド小麦粉〝ナショナル・フラワー〟で焼いたパン。

「現地の方のご厚意で林檎をいただいた。貯蔵品なので多少しなびているのもあるが、上手く調理しろ」

その後ろで調達事務兵たちが、大量の麻袋をせっせと運んでは、厨房に置いていく。麻袋はぱんぱんに膨れていた。

「……円盤ローストって言ったよな、今？」ディエゴが呻いた。「つまり、これ全部輪切りにしろってのかよ？　キャベツもあるのに？」

閉じきれなかった袋の口から林檎が二個、三個、こぼれて床を転がり、僕のつま先にコンと当たった。それを拾い、表面を指先で払う。皮はしぼんで、黒ずんでいる箇所もある。軽く押すとべこっと凹《へこ》んだ。

「急げ、のろまども！　林檎は皮はそのままにしてどんどん輪切りにしろ。キャベツを切る者は中央の調理台へ集まれ！　さっさとせんか！」

大隊付きコックの指示で、林檎の輪切りはひとまず厨房手伝いのＫ　Ｐ《キッチンポリス》に任せることになった。Ｋ　Ｐ《キッチンポリス》に任命されるのは一般兵で、たいてい成績不良者か、何か規定違反――朝寝坊とか掃除の時間に遅刻したとか――をしでかした奴が連れてこられる。つまり僕らの仕事は一般兵どころか上層部からも〝罰ゲーム〟と考えられていた。

ディエゴはソーセージの繋ぎ目をちぎって一本一本ばらばらにし、僕はＨ中隊とＩ中隊のコックと一緒に、ホット・キャベツ・スローの準備に加わった。

一中隊の兵員数は二百前後、しかも胃袋の大きい食べ盛りの若い男たちばかりである。キャベツだって五〇ポンド（約二三キログラム）は必要だ。だいたい一玉あたりの重さが三ポンド（約一・四キログラム）なので、僕ひとりで十六、七個を切る計算になる。

芯をくり抜き、すべてを包丁でざく切りにし終えると巨大なボウルが満杯になった。僕の右手はぶるぶると震え、肘の下の筋肉がつり、その場でしゃがんで痛みに悶絶した。

手のひらを開いたり結んだりして少しずつほぐしていると、厨房の戸口にぼうっと立ち尽くしたまま、何もしていない男が目に留まった。みんな手元の作業に集中していて気づいていないのだ。大柄でたくましい体つきに長い手足、短く刈った淡い金色の髪が相俟《あいま》って、北欧の血を引いているんじゃないかと思わせる。

「……あいつ」舌打ちをして、僕は奴のところまで大股で歩いた。「おい、何か手伝えよ。ダンヒル」

その男、ダンヒルは、僕が声をかけるとまるで今の今まで別の世界にいたところを、無理矢理引っぺがされて戻ってきたかのように目を瞬《また》かせ、のろくさい動作で顔を上げた。秀でた額で目元に影ができ、まるでボリス・カーロフが演じたフランケンシュタインの怪物みたいだ。

「手伝い？　俺が？」

野太い声にはどこか北部の訛《なま》りがある。ミシガンかウィスコンシン、ミネソタ。予想を立ててはみるけれど、本人に出身地を尋ねる気はないし、そもそも必要以上に話しかけたくない。

「何でもいいよ。コックなんだから仕事しろって。みんな忙しいんだから。軍医だって、もう動いていいって許可を出したんだろ？」

この間抜けの名はフィリップ・ダンヒルという。アンゴヴィル＝オ＝プランで洗い物を抱えて歩き回ったあの日、民家の地下室で保護されていたところを、僕とエドが見つけた負傷兵だ。住人の若い女性が食べさせてくれたゆで卵の味をまだ覚えている。

正直言って、僕はこいつが嫌いだった。特別何かされたわけではないけれど、苛々するんだ。ぼうっとしているし、新入りのくせにろくに挨拶すらしない。もう少し僕らに順応しようという努力を見せたらどうだ？　と思って、腹が立ってしまう。

そもそもこいつが僕らの部隊に配属されたこと自体が慣例に反しているんだ。他の歩兵部隊と違って、空挺部隊では戦線離脱した負傷兵が復帰する際には、元元所属していた原隊に戻すのが普通だ。

　しかしダンヒルの場合は違う。原隊に戻そうにも、降下直後に壊滅状態となり、奴が休んでいる間に生き残った隊員たちは再編され、違う土地へ派遣されていたからだ。奴の所属部隊は、僕らよりも数時間先に降下した、先遣《せんけん》部隊のひとつだったらしい。偵察と、やがて開始される本作戦のために、後発部隊を目的地へ誘導する標識灯《ビーコン》を設置する任務だった。

　その話が余計に僕をむかつかせた。降下直後に僕が踏んでしまった死体は先遣部隊の兵士だったから。殺したのはナチスだし、遺体を足で踏んでしまったのは暗闇のせいで、僕のせいではないけれど。

　匿《かくま》ってくれた家の人たちが看病してくれたおかげか、ダンヒルは救護所で少し治療しただけで戦線に復帰できた。配属先は同じ空挺師団中、一番はじめに合流した隊ということで、G中隊に決まった。

　百歩譲《ゆず》ってそこまでは許そう。僕が気にくわないのは、こいつが僕と同じ第二小隊の第二分隊で、しかも死んだマッコーリーの穴を埋めるために、管理部のコックに入ってしまったということだ。特技兵の資格もないくせに——そういう点で、コックの仕事は本当に軽んじられていると思う。

　とにかく僕は、戦闘中もコックの任務中も、どこに行ったって、ダンヒルの面《つら》を見なければならない。

　ダンヒルはゆっくりと戸口から離れ、林檎を切りすぎて腕をわなわなさせているK　P《キッチンポリス》たちの輪に加わった。ダンヒルが入るとK　P《キッチンポリス》たちは互いに顔を見合わせ、座ったまま尻をずらして奴から距離をとった。

「おーい、誰か！　製パン中隊からパンを受け取ってきてくれ！」

　オーブンを前にてんやわんやのコックが叫ぶように命じる。「コール、行きます！」とできるだけ声を張り上げて応答し、厨房のロッジから出た。

　製パン中隊のトラックは炊事場の裏に来ているはずだが、壁沿いに回ってみると、通行止めのバリケードが置いてあって通れない。奥で建築工兵部隊が何か作業をしているらしく、クレーンの首が上下していた。

「すみません、あの。裏に行きたいんですけど」

　機械音に負けないようにどなると、スコップで穴を掘っていた兵士が振り返った。泥やオイルまみれで、鼻の下にも汚れが跳ねていた。

「聞こえねえよ」

つなぎに三等特技兵の階級章をつけた兵士は、苛立ちも露わに眉をしかめている。だがこっちも任務なんだから仕方がない、怯《ひる》むともっと下に見られるので睨み返し、もう一度用件を言おうと口を開ける。

そこに腹がでっぷりと突き出た下士官が現れた。水をかぶったように汗だくで、作業着のつなぎの襟や脇の下にしみができていた。

「どうした、何か問題か?」

「ビーヴァー軍曹、このガキがうろちょろしてましてね」

本当なら「ガキ」呼ばわりされたことにむかつくところが、軍曹の名前に吹き出さないよう堪《こら》えるのに必死で、それどころじゃなかった。この太った下士官は顔も下膨れで、かすかに開いた分厚い唇の隙間から二本の前歯が覗き、動物のビーヴァーそっくりだ。顎をくちゃくちゃさせ、嚙み煙草かガムを嚙んでいるらしい。しかしこの滑稽な名前と容姿とは似つかずに、声は疲れ切っていた。事情を説明すると、黒く汚れた手で首筋を掻いた。

「製パン中隊はこの道の先へ移動させた。今水道管の配管工事中でな……」

ビーヴァー軍曹は地面に唾を吐き、のっそりと作業へ戻っていった。彼がいなくなった土の上には、嚙んだ後のガムが砂まみれになって転がっている。

つまり工兵たちは僕らの厨房のために汗水を垂らしているのだ。僕は複雑な気持ちで、よどんだ空気を漂わせる工兵に背を向け、軍曹に教わった道へ向かった。

右手のロッジの角を曲がると、道沿いの針葉樹林が網目模様の影を落としていた。どこからかラジオの音声が聞こえる——「低気圧が近づいています。今夜遅くから雨が降るでしょう」

そうは言っても、仰ぐ空は青く、切り取ってポケットに入れてしまいたいくらい、きれいな色をしていた。もこもこした雲がいくつか浮かんでいるけれど、色のついていないコットン・キャンディみたいに白くて、雨を降らしそうにはない。

そのまま視線を下に落とすと、針葉樹の幹と幹の間に、巨大な虫のさなぎみたいなものが揺れていた。ぎょっとしてよく見ると、それはただのハンモックで、ひとりの男が寝ていた。木の根元にラジオが置いてあり、天気予報の音声はここから聞こえてきていた。

長い足はハンモックからはみだして、幹にブーツの踵をかけている。ひと目で将校だとわかったのはその態度のでかさの他にも、焦げ茶色のＯＤ・フィールドジャケットを着て、ギャリソン・キャップを顔の上に載せていたからだ。将校用の平常時制服は僕ら一般兵とずいぶん仕立てが違う。上着と同じ濃い焦げ茶色のシャツに、麦穂色のネクタイをしめ、襟元には合衆国章と塔を象《かたど》った徽章《きしょう》、そして大尉の階級章が留まっている。ギャリソン・キャップに隠れて容貌はわからないけれど、腹の上に載っている新聞は、ごく最近見た気がした。そうだ、さっきＰＸの前で拾った新聞だ。気取った伊達男の写真が出ていた。ハンモック男は気持ちよさそうにいびきをかき、小さな羽虫が首に留まったけれど、まったく気づいていない。

「何か用ですか？」

ハンモック男をぼんやり眺めていたら、突然後ろから声をかけられた。驚いて、コミックスのキャラクターみたいに飛び上がりそうになりつつ、振り返る。

そこには寸詰まりの、おそらくスパークよりも背の低い男が立っていた。平常時制服のワイシャツを着て、きっちりネクタイも締めているが、将校ではない。階級章は一等兵だ。見事な団子鼻で、額が赤ん坊みたいに丸く秀でている。片手にサンドイッチが載った皿、もう一方の手には白い液体の入ったグラスを持っていた。ひょっとして、脱脂粉乳じゃない本物のミルクだろうか？

「えーっと、製パン中隊のトラックを捜しているんだけど」

「……もう少し進んだ先にありますよ」

小柄な男は顎と目線で右方向を示すと、軽く会釈《えしやく》してハンモックの将校の脇のテーブルに皿を置いた。

「どうも」

変な二人組だ。従卒と将校に見えるけど、大尉クラスが従卒を持つだろうか？　普通はその上の階級、少佐以上からだったと思う。部隊長であれば可能性もあるけど、と考えてはっとした。襟元の徽章、塔を象ったバッジは工兵部隊のものだ。もしかしたらあの、厨房の配管工事を担当している、ビーヴァー軍曹の上官じゃないだろうか？

「だとしても、従卒付きはやりすぎだろ」

思わず口をついて出る。ハンモック男は、一介の大尉ではないのかもしれない。

製パン中隊から食パンの詰まったバットを受け取り、運び終わった頃、厨房ではちょうどメインディッシュの円盤ローストを焼くところだった。

調理台の上には大型の天板の真っ黒い列ができ、仲間たちが前屈みになって作業をしている。ディエゴがすばやく輪切りの林檎を並べ、やっと仕事をはじめたダンヒルが、窮屈そうに体を縮めながら林檎の上にソーセージを一本ずつ置いていく。最後にブラウンシュガーをふりかけていたエドは、僕に気づくと、両目だけを動かしてオーブンに視線をやり、また僕を見てこくりと小さく頷いた。

エドから指示された仕事は、できれば一番やりたくない仕事だった。

我が軍の野戦用オーブン、フィールド・レンジには、なぜか温度計がない。バーナーで熱せられた鉄の塊の前に立ち、鉄蓋を引き開ける。熱気がむわっと頬を撫でた。このくらいならまだ大丈夫だ。僕は左の袖口をまくり上げ、オーブン中段に手を突っ込んだ。

別に僕の頭がおかしくなったわけではない。こうして腕を突っ込んで何秒耐えられるかで温度がわかる、〝カウント法〟という非文明的なことこまりない馬鹿げた測定法を実践しているだけだ。

投入口や内壁に触れないよう神経をとがらせつつ、数を数える。一、二、三、四……まだいける……九、十、そろそろきつい……十一、十二、手の皮膚が悲鳴を上げた。

「あっつい！　クソ！　はい一八〇度！」

慌てて手を引き抜くと、いつの間にか後ろで待機していたエドが、間髪を容れずに天板を次々挿入する。その下でディエゴがバーナーの火加減を調整した。僕はというと、ひりひりと痛む左手を挙げて炊事場を飛び出し、給水タンクのパイプのコックをひねり、ぬるい流水に腕を浸した。

もう十七時近いが、太陽はまだまだ高い位置にいて、呑気にあたりを照らしていた。故郷の夏至より明るい気がする。蛇口から流れる水に僕の左腕は、まるで茹でてから冷水に放つと鮮やかになる野菜のように、みるみるピンク味が濃くなっていった。

その時、ドゴンと、足の裏に響く鈍《にぶ》い音がした。

敵の砲撃かと身構えたが、違う。周囲にいた兵たちが少しずつ音のした方へ集まっていき、つられて僕も、まくった袖を戻しながら小走りで向かった。音の源は、工兵部隊が配管工事をしていた厨房の裏手の方だ。

「衛生兵を呼べ！」

誰かの大声と共に人垣からひとり抜け、救護所のある方へ駆けていった。群がる工兵隊と野次馬でそばには近づけなかったが、クレーンの首が、力尽きた馬のように傾いでいるのはよくわかった。あの軍曹たちは大丈夫だろうか？　しかし僕がいても邪魔になるだけだ。

円盤ローストが焼けるまで、いったん食堂に入り、別の部隊の片付けを手伝った。すべての隊が一度に食べるとロッジがパンクしてしまう。だから少しずつ時間をずらして食事を摂るよう、調理のタイミングも調整する。

最後の仕上げは粉末卵のスクランブル・エッグだ。アルミ袋の封を切って中身を全部巨大ボウルにあけ、水を加えてへらで混ぜる。たちまち異様な、間違いなく卵のそれではない臭いが鼻を刺激する。どちらかというとイーストとメイプルシロップのにおいに近い気もするが、パンケーキに失礼なのでその連想はやめた。そこに、食堂から間仕切りの隙間を抜けて漂ってきた、野郎どもの汗臭い空気が加わった。毒ガス室に駆け込んだ方がまだましかもしれない。

「どういう神経で開発したんだか……」

虚ろな気持ちでひとりごち、くすんだ黄色い液体をどろどろと混ぜ合わせていると、牛乳瓶を冷蔵庫から出していたディエゴが言った。

「俺の実家の近くにダイナーがあってさ、オムレツが絶品なんだぜ」

「うちの祖母《ばあ》ちゃんのオムレツの方が美味《うま》いよ」

「お前の祖母さん自慢はもう耳タコだぜ、キッド。いいから聞けって。そこのオムレツはな、トマト入りなんだ。じっくり炒めて甘くなった、塩とオレガノがきいてるトマト。それを濃厚な卵が包んで、フォークを刺すととろんと……」

ごくりと生唾を飲み込む。ああ、本物の卵で作るオムレツ、スクランブル・エッグ！

「やめよう、虚《むな》しくなるし」

名も知らないフランス人女性からゆで卵を恵んでもらって以来、輸送経路の都合で、本物の卵にありつけていない。熱した天板に粉末卵液を流すと、たちまちプラスチックを燃やしたような嫌な臭いがはじけた。

僕らは今フランスにいるが、日用品や食糧などの品物は、アメリカ本国にある民間の契約会社の工場や農地、兵站《へいたん》研究所などの軍施設から、イギリスの港や空港を経由して届く。生鮮食品は補給部のマーケット・センター・システムが管理し、〈ウィン・ディキシー・スーパーマーケット〉などの大手チェーンも協力している。連合軍の同盟国からの物資支援ももちろんあるけれど、合衆国が所有する物量は世界トップクラスだ。もちろん届かない物資もとても多いが。

とにかく膨大な数の品物が箱に詰められ、飛行機、船、列車、トラックを乗り継いで、策源地から大きな集積地、中くらいの集積地を経て、やがて中隊の保管所へと、リレーのようにして運ばれてくる。

当然、より多くの物を安全に効率的に運搬しなければならない。肉だけじゃなく、缶詰のトマトに乾燥にんじん、乾燥玉ねぎ。それでも足りないビタミン類はチョコレートやビスケット、あるいはマーガリンに練り込んで、一緒にまとめてしまった。牛乳さえ濃縮されてスキムミルクになったけど、これは美味かった。

その点、生卵はとても非効率的な食材だった。ちょっとした衝撃で殻が割れるので緩衝材に金がかかるし、特に夏場は、風通しの悪い貨物室で運ばれている最中に、腐ってしまうかもしれない。

それでも卵は高い栄養価を誇り、隊員たちからも人気の食材でもある。何とか配給しようと考えた調達部の人間が、この粉末卵に目をつけた。

元々乾燥食品が発達したのは、十九世紀末頃のことらしい。世界恐慌の時にも都市部では配給があったそうだが、幸い僕は口にしていない。現在は戦争で食糧の供給が滞《とどこお》ったイギリスなど各地に、飢餓対策のために配給されている。

科学の力で卵を噴霧乾燥させると、ただの黄色い粉になる。これに水を足せば普通の卵とほとんど変わらない調理ができる、と我らが担当教官、通称ドクター・ブロッコリーは自慢していた。

けれど卵の味なんかしない。食感はスポンジを食べているみたいだし、油っぽい悪臭がする上、やたらと胃腸に空気が溜まってガス腹になってしまう。スプーン二杯で卵一個分の栄養価が摂れるらしいが、こんなの無理してまで食べたくない。

焼き上がった円盤ローストの切れ端を口に放り込んで、指についた汁を舐める。ブラウンシュガーがやや足りないので上からふりかけ、ついでに秘蔵のスパイスミックスもサービスしてやった。

「これだけじゃ足りねえ、そっちの大きい奴もくれ。なあ、頼むよ」

「我慢我慢、男は我慢だよ。どうしてもって言うならキャベツはどうだ？　ほらよ」

ディエゴがいつものように軽口であしらい、配膳の列を進めていく。ようやく全員に配り終えた後、僕らも賑やかな食堂の隅の席につき、自分たちで作った飯を食べた。

メインディッシュの円盤ローストにナイフを入れると、ソーセージから肉汁がじゅわっと溢れ、下に敷いた輪切りの焼き林檎に染みこんで、よだれが口の中いっぱいに溢れる。ナイフに力を込めて林檎も三角形に切り、ソーセージごとフォークで突き刺す。口に運ぶと、ブラウンシュガーとソーセージの甘塩《あまじょ》っぱさに、焼いた林檎ならではの酸味と香りが合わさって、ほっぺたが落ちそう……とまではいかないが、軍の基地で食べる料理にしては最高レベルの味だった。やはり僕が最後に味付けを決めて正解、腕を火傷《やけど》しかけた甲斐もあるってもんだろう。

ただし水分が分離してびしょびしょになったスクランブルエッグは、クソ不味《まず》かった。

こいつの配膳をエドに任せて良かった。僕やディエゴだと少なめによそってしまいかねないが、彼の場合は、どんなに仲間が悲鳴を上げて懇願しようと問答無用、眉ひとつ動かさず、平等に均一に、こんもりと皿に盛る。可哀想に、一度受け取ってしまえば、残飯のバケツの前では上官が見張っているので迂闊《うかつ》に捨てられない。僕はコックの特権を活かして、卵はごく少なく、円盤ローストは三つ手に入れた。

「粉末卵は理想的な食材だと思うが、なぜみんな嫌がるんだろう」

向かいに座ったエドがふと首を傾げたので、僕とディエゴはすぐさま自分の卵をエドの皿に移した。味音痴にもほどがある。

エドは粉末卵だろうが何の肉だろうが、構わず食べる――まるで機械みたいに。

ともあれ、つつがなく夕食は終わり、小休止の後で夜の訓練がはじまった。日没が遅いとそれだけ仕事が増えて嫌になるけれど、寒い時期よりはいくらかましだ。日課を終えて兵舎に戻り、枕に頭を乗せたと同時に夢の中へ転がり落ちた。

しかし嫌われものの粉末卵によってこの翌日、大きな騒動が引き起こされ、僕らも巻き込まれてしまう。


この件は公にはされなかった。なぜなら、最初の調査にあたった憲兵隊と連隊司令本部が、「補給中隊の伝達ミスと数え間違い」だとして、物資の紛失などないと断定したからだ。その裁定に憤《いきどお》った赤毛の補給兵オハラが、夜になって厨房を訪ねてこなければ、僕らも事件を知ることはなかっただろう。

オハラが現れた時、僕はちょうど洗い桶で明日使う予定の生のトマトを洗っていた。工兵隊の工事のおかげで水道が通じ、流水で野菜を洗える喜びを嚙み締める。

ただ、配管工事を担当した工兵たちの事故を思うと、気が重くなった。昨日の夕方に起きた工兵部隊の事故は、クレーンの操縦手が疲労で意識を失い、車体が横転したのが原因らしい。幸い死者は出なかったものの、巻き添えになったひとりが片腕を切断、操縦手もまた両脚を骨折して、イギリスへ後送されたという。

「まったくやってられないよ、全部こっちのせいにされてさ！」

オハラは他にコックがいないのをいいことに折りたたみ椅子を勝手に開いて、ぶつくさと愚痴《ぐち》をこぼしはじめた。ヘルメットを無造作に脱ぎ、オレンジ色に近い赤い髪がわっと現れると、まるで火がついたように見える。

パラシュートの一件があってから、オハラとはばったり出くわした時なんかに立ち話をするようになり、親しくなっていた。いつ会ってもおしゃべり好きというか、押しが強いというか、妙に人なつこい男だ。

ともあれオハラの話には興味を惹かれる。あのクソ不味い粉末卵が消えただって？　濡れた手を汚れたエプロンでぬぐいながら、近くの調理台に腰掛けた。

「面白そうだ、詳しく聞きたいな」

今日は夜間訓練がなく、二十時から二十四時まで自由時間を与えられていたから、暇はある。下戸だからバーに用はないし、取り立てて映画が観たい気分でもない。でも乗り気なのは僕ひとりで、食器を片付けていたディエゴは、でかい口をひんまげて鼻に皺《しわ》を寄せ、首を振る。エドはというと、地べたにあぐらをかいてじゃがいもの皮むきを続けていた。

「エドは？　興味あるだろ？」

「まあ……愚痴は聞く相手がいないとな」

あまり興味がないのか、それとも顔に出ないだけなのか、エドの感情は相変わらず読みにくい。むいたばかりのじゃがいもを放ると、ステンレスのボウルに上手く入り、ボウルが反動で揺れた。エドの短い黒髪には芋の薄皮が絡まっている。

「じゃあしゃべっちゃうよ」

オハラは僕らが何と返事をしようと、全部ぶちまける気でいたらしい。んん、と咳払いして一気に話しはじめた。

「この基地の東側には保管所があるのを知っているよな？　シェルブール港に届いた補給品は港湾担当大隊が各師団別に仕分けして、トラックに乗せられてこの基地にやってくる。そこでまた連隊別に細かく分類するわけだ。当然、俺たち第一〇一空挺師団の補給品を置く場所もある。で、なくなったのはお前ら第五〇六連隊の分」

「本当に？　やったぜ！」

これでしばらく食べなくて済むかも、と浮かれていると、エドが突然食いついた。

「俺たちの分だって？　詳しく聞かせろ」

前々から気づいてはいたけれど、どうもエドの考え方は普通からずれている。仕事に差し障る問題だとわかったからに違いない、エドは作業の手を止め、ずり落ちたメガネのブリッジを押し上げた。

「わざわざ僕らのところまで来たのはだからか？　オハラ」

「うん、それもある。でも関係がなかったとしてもメガネくんには話したよ。何たって、ライナスがパラシュートを集めた理由を当てたんだから。きっと糸口を見つけてくれるだろうと思ってさ」

僕とエド、調理台の向こうにいるディエゴは互いに顔を見合わせた。

「まさか、粉末卵がどこに消えたかエドに推理させるつもりだったのか？　憲兵はどうしたんだよ？」

愚痴を聞くだけならともかく、たかがコックの手に負える問題じゃない。しかしオハラは呆れる僕に、真顔で答えた。

「もちろん報告したさ。でもその憲兵が紛失を認めなかったってさっき言っただろ？　上層部はみんなまるで無視だし、それどころかうちの中隊長のことを嘲笑《あざわら》ってるんだ」

話しているうちにいつもの調子よく明るい口調ではなく、怒りを抑えた低い声色へと変わっていく。

「『自分の部隊の間抜けなミスなのに大ごとだと騒いでいる迷惑な奴だ』って決めつけて、異状について調べすらしない。『万が一消失が本当にあったとしても、粉末卵ごとき取るに足らん』だと」

そう言ってオハラは、足下に落ちていた小石を拾い、調理場のレンジに向かって投げた。軽い金属音を立ててレンジの角に当たった小石の行方を目で追いながら、エドは尖った顎を指でさすった。

「……粉末卵ごときってのは聞き捨てならないな」

「えっ、そこかよ？　できればうちの隊長の名誉のためにやってほしいんだけどな」

「まあ、このメガネはこういう奴だから。栄養価が何よりも大事なの。味音痴だしな？」

ディエゴもいつの間にか調理台の向こう側から移動してきて、エドの肩を叩く。エドは味音痴とからかわれても感情的にならない。ディエゴに腕を回されたまま、両の手のひらを広げて、オハラに先を続けるように促《うなが》した。

「何箱盗まれたんだ？」

「聞いて驚け、六六〇〇ポンド（約三トン）だ。箱数にして六百箱が消失した」

「六六〇〇ポンドだって？」

ディエゴが口笛を吹いた。

「すげえな、卵を食わないと死んじまう手品師でも現れたか？」

「真面目に頼むぜ。第五〇六連隊中の三個大隊と、各司令部の分全部なくなったんだからな」

「そんなに帳尻が合わないなんて管理がずさんすぎないか？」

補給部隊の管理体制はよく知らないが、実家の雑貨店ではずぼらな父に代わって母が伝票を管理していた。損がないよう神経を張り巡らせ、ひとつでも間違ったものが入荷していたり抜けていたりすると、母は問屋を呼び出して必ず正させていた。僕も父に似て数字が苦手なので、伝票整理だけは手伝わなかった。うっかり間違えて母親に説教されるのも面倒だったから。

しかしオハラは無念そうに首を振った。

「一体このノルマンディーに何万人のアメリカ兵が配備されていると思う？　兵士ひとりあたりの一日平均

補給量は、五三ポンド（約二四キログラム）だぜ。ちなみに半数が弾薬、残りの半分は燃料、あとは食糧と日用品。燃料だけでもガソリン、軽油、航空燃料と細かく分かれてるんだぞ。わかるか？　この量がどれだけ膨大か。爆薬ひとつ運ぶにも、信管は別梱包だからね。誤送も数え間違いも日常的に起こってるさ。配給予定リストどおりに荷物が届いたら万々歳だよ」

　確かに補給品は変な具合に配られることがわりと多い。ヘアワックスだけひとり二個届くのに、石鹸はひとつも来ないとか。そういう時に補給兵の顔を見ると、気まずそうに目を逸らされるか、「もらえるだけありがたいと思え」と叱られる。

「とは言ったものの、さすがに憲兵も話くらいは聞いてくれそうなものなんだけどな。でなかったら奴らがいる意味がないじゃんか？　大量盗難事件かもしれないし」

　オハラは首筋を掻きながら、下唇を突き出して溜息をついた。赤毛の前髪がふっと揺れる。すると、僕もさっきから気になっていたことを、ディエゴが尋ねた。

「なあ、気を悪くすんなよ？　そもそも本当に六百箱もなくなったのか？　俺ら外野からすると、お前らだっておかしいぜ。数え間違いがないとどうして言い切れる？」

　そうなのだ。過不足が起こり得る事情は今し方オハラ自身が説明したばかりだし、あれだけ大きな補給所なら、何人かの見張りが昼も夜も交替でついているはずだ。もし大規模な盗難があったとしたら誰かが気づくだろう。

　配給品の盗難はしょっちゅうだ。別に飢えてるわけじゃない、小腹が空いたとか甘い物が食べたくなったとかの、下らない動機だ。度胸試しのつもりでやる奴もいて、とにかく毎日のようにどこかで誰かが何かを掠《かす》め盗っている。だからこそ補給部も警戒はしているはずだ。

　だいたい、補給品を運搬するための箱はかなり大きい上、積載しても壊れない強度の繊維板で作られている。まさかオハラだって、魔法のように箱が消えたと思っているわけではないだろうし。

　しかしオハラはむっつりと断言した。

「言い切れる」

「なんで？」

「俺の上官、つまり中隊長が現物をちゃんと目視で確認したからだ。お前らにはわからないかもしれないが、あの人は優秀だし、嘘をつける人じゃないんだ。それに昨日の夜、数を書き込んだリストが残っている」

「そんなのいくらでも後で改竄《かいざん》できるし、証拠になんかならないだろ」

するとオハラは折りたたみ椅子を倒しながら立ち上がった。

「……お前らも憲兵や上層部たちと同じことを言うんだな？　ああそうかよ、当てにした俺が悪かったよ」

「待てよオハラ、そうじゃなくて……」

その時ふと、僕の視界に黒くて大きな影がよぎった。ダンヒルだ。この元負傷兵の新参者がまだ厨房に残って後片付けをしていたのは見えていた。僕は無視していたけど。

ダンヒルは、怒りが収まらない様子のオハラの横に立ち、その太く長い腕で何かを差し出した。大きな手で隠れてしまいそうだけど、ラッキーストライクの箱だった。そして、低く太い、スイングジャズのバスみたいな声で促す。

「一服するといい」

「あ、ああ……ありがとう。もらうよ」

はじめオハラは面食らっていたが、素直にダンヒルの手から煙草を一本抜くと口に咥えた。ディエゴがやってきて間に入り、ライターで火を点ける。オハラは全員の顔を見回し、恥ずかしそうに後頭部を掻きながら「ごめん」と呟いて、ディエゴの点けた火で煙草を焦がすと、薄灰色の息を吐いた。煙たくてどことなく甘いにおいに僕もほっとする。

「悪かった。ちょっとばかり気が立ってたみたいだ」

「いいさ。とにかくもう少し話を聞かせてくれ。夜番の見張りは何も見ていないのか？」

オハラとエドが会話を交わす間も、ダンヒルは煙草を配り、最後に僕の前に来た。白いラッキーストライク。

「いらない」

少しぶっきらぼうに首を振ると、奴の落ちくぼんだ目に寂しげな色が宿った。それはそれで居心地悪くて、顔を背《そむ》けたまま早口で理由を説明した。

「……吸えないから。頭がくらくらしちゃうやつって苦手なんだ。酒も飲めないし」

「そうか、わかった」

視界の隅に映っていたダンヒルの影が、すっと僕の前から消える。視線で後ろ姿を追うと、奴は持ち場に戻って静かに片付けを再開した。オハラとエドの会話がまた聞こえてくる。

「誰も何も見てない？　深夜作業中の補給兵はどうだ？　確認したか？」

「したけど、意味がないね。昨夜はかなり激しく雨が降っただろ。積荷作業も終わっていたから、補給兵は全員、仕事を切り上げて兵舎に戻ったんだ。だからあの場にいたのは見張りだけ」

「目撃者がいないのに、消失した時間帯を特定できた理由は？」

「ああ、それはね、五〇六連隊の粉末卵の箱が到着したのが、昨夜の二十二時の最終便だったからだよ。ずいぶん雲は増えていたけど雨は降っていなかった。他にも運ばなきゃならない積荷がいくらか届いたんで、リフト積載だけで二時間かかった。中隊長が数を確認して解散、見張りが立ったのが一時。雨が降り出したのはそれから約三十分後だな。そして朝六時に出頭した補給兵が、五時間前に確認したはずのリストと実在庫数が食い違っているのに気づいて、騒ぎになった」

「なるほど。見張りは何人だ？」

「記録上では、第一〇一空挺師団の保管区画には三人だ。憲兵隊からひとりと、工兵隊からふたり。他の区画にももちろんいるけど、離れすぎているのと量が多すぎるのとで、まず目視できないと思うよ」

「見張りは確実にその場にいたのか？」

「全員かどうかはわからない。だが、俺自身がこの目で、ポンチョを着た背の高い見張りが立っているのは見たよ。ちょうどレンチを忘れて取りに戻ったんだ。雨だしすぐに帰ったから、ひとりしか確認していないけど」

「もうひとつ。見張りの誰かが、何者かと結託して盗んだ可能性はないか？」

「盗む？　粉末卵を？」

飲み込んだが最後、胃袋が半日はおかしくなるあの気色の悪い物体を、敢えて盗もうとする馬鹿がどこにいるんだ？　僕もディエゴも、調理台の向こうに移動したダンヒルでさえ、呆れた目でエドを見た。

「あのなあ、お前にとっちゃ粉末卵は価値があるかもしれねえけど、他の〝普通の〟奴にとっちゃあんなゲテモノ、ごみ以外の何物でもないの」

ディエゴが、〝普通の〟を強調して言う。僕もまったく同感だが、エドは煙草を唇から離して細く白い息を吐くと、ブーツの靴裏で揉み消した。

「理由なんて知らん。オハラたち補給兵の主張が正しく、数え間違いではないとするなら、盗まれたか、単に誰かが移動させただけで、その情報が共有されていないかだ。だが誰かが移動させただけという説は少々強引だと思う。正攻法ならフォークリフトやトラックを使って大っぴらに運ぶから、いくらなんでも誰かが気づくだろう」

「じゃあやっぱり誰かが盗んだってこと？」

「故意か事故かわからないけどな。オハラ、ひょっとするとなくなった六百箱の粉末卵は、列の一番端に固めて置いてあったものじゃないか？」

するとオハラはエドを凝視したまま、「わははははは」と乾いた笑い声を立てた。でも目が笑ってない。

「参った。よくわかったな、さすがだ」

「何だよ、意味がわかんねえって。どういうことだ？」

ディエゴが子供みたいに唇を尖らせている。エドは僕らの方を向き、銀縁のメガネを人さし指で押し上げると、ポケットからコインを五枚取り出して地面に一列に並べた。

「たとえば、この中の一枚を抜いてみる」そう言って、右から二番目のコインを一枚取った。「すると隙間が空いて、ひと目で〝なくなった〟のがわかるな？」

確かに。頷いてみせると、エドはコインを元の位置に戻し、今度は一番右のコインを抜き取った。

「けれど一番端のコインを取ればどうだ？」

「どうって……五個から四個に変わったのはわかるけど？」

「当然、少数であればすぐにわかる。だがこれが何十、何百、何千ならばどうだ？　元々、調達事務官も混乱して仕分けを誤るほど大量に出し入れされるのが補給品だ。『数え間違い』で済まされた原因のひとつは、恐らく、一見して隙間が見当たらなかったせいだろう。俺たちの粉末卵は保管所の列の最も端にあった。オハラ、実際に現場を見せてもらってもいいか？」

初夏の長い一日が終わり、静かに忍び込んできた闇夜に基地はとっぷりと暮れていた。ドイツ軍が来れば弾で対抗できるけど、夜にはお手上げだ。瑠璃色の夜空に星が瞬いて、ランプの白い光があちこちに灯り、基地内の建物や、定規で引いたようにまっすぐな道を、明るく照らしている。

　厨房のある西側から中央のグラウンド区画を横切り、僕らは東側にある保管所へ出た。「考える頭は多い方がいいだろ」とエドが言うので、ダンヒルも加わり、少し後ろから付いてきている。

　グラウンド周辺の道にはほとんど人がいなかったが、保管所までくると、大勢の憲兵や補給中隊の連中に出くわした。ふいに肉が焼けるいいにおいが漂ってきて、思わず鼻が反応してしまう。五人の兵士が立てたドラム缶に薪《まき》をくべて火を焚き、何かの肉をあぶっていた。大きさからしてたぶん、どこかで捕まえた野ウサギだろう。

　近くにあった土嚢の後ろから様子を窺《うかが》う。別に隠れる必要はないと思うけれど、何となくこうなってしまった。

　夜番の兵士たちは薄暗い明かりの下で仕事をしていた。貨物トラックが運んできた鉄の巨大なコンテナを開け、補給兵たちが中から次々と大きな木箱を運び出していく。クリップボードを手にした兵士が箱を確認し、なにか書き込んでいた。横ではフォークリフトが動いていて、大量の箱を荷台から運び出しては積載パレットの上に次々と降ろす。あちこちから稼働音やエンジン音が轟《とどろ》く様は、さながら工事現場のようだった。

　ずらりと並んだ箱の列はあまりにも長く、嵩《かさ》があり、圧倒されるほど壮観だ。僕らが立っている場所から目視できるだけで、右と左に少なくとも五〇〇フィート（約一五〇メートル）ずつは続いている。その先にはまた何フィートも続いているが、どこまでかは暗くて見えなかった。周囲に壁も屋根もなく、地面の上に敷いた積載パレットに積み上げられているだけだ。補給兵の手によって木製のコンテナが開封され、中から更に小型の繊維板箱が抜かれていく。積載パレットに重ねられた箱がひと山となり、その山と山の間には人がひとり通れるくらいの細い隙間が設けられている。

「メガネくんの推測どおり、ひと山につき六百箱ずつ積んであるんだ。第一〇一空挺師団の保管区画はもう少し南だから移動しよう。五〇六連隊のは一番端だから」

　オハラが指でさしつつ教えてくれる。箱の列の奥行きは、山五つ分あった。その背後は針葉樹林で、星が瞬く濃紺の夜空に、黒く尖った梢の影がうっすらと浮かび上がっている。

「保管所ってはじめて見たけど、屋根も壁もないんだね。雨が降ったらどうするの？」

「ひと山ごとにシートをかぶせるんだ。まあ多少は濡れるし、ちょっとくらいはカビが生えるかもしれないけど。ほら、あそこで作業しているだろ」

そのそばから、高く積まれた箱の上に四人の補給兵が乗り、巨大なシートの覆いを外した。たわんだところには水が溜まっている。彼らは濡れたシートを外すと別の新しいものにかけ直した。

僕ら五〇六連隊の保管所へ向かう途中、憲兵のヘルメットをかぶった男と、ＯＤ・フィールドジャケット姿の将校らしき男を見かけた。ふたりは煙草をふかしつつ、笑いながら話している。

「あれ？　どこかで……」

将校はヘルメットをかぶっていなかったので、凛々《りり》しく整った顔がよく見えた。まるでハリウッド俳優のような……それで、あっと気がついた。僕は前を歩いていたディエゴの肩を叩き、小声で耳打ちした。

「あの将校、新聞に写真が載ってたよ」

基地についたばかりのシャワー上がりに、ふと手に取った新聞に載っていた伊達男だ。にやけ面で印象に残っている。するとディエゴは小馬鹿にしたように両目を細めた。

「知らねえのかよキッド、あのロス大尉を。新聞だけじゃねえよ、ラジオにだって出演される軍ご自慢の宣伝塔さ。通称〝微笑みの英雄〟」

「英雄？　どこの戦いの？」

「どこでもねえよ。前線に出したら死んじまうかもしれねえから、北アフリカでもずっと後方だったらしい。傷がついたら大変だ、これが懸かってるからな」

そう言ってディエゴは親指と人さし指をくっつけて輪にし、金のマークを作った。

戦争には大勢のスポンサーが必要だ。戦車一台はいくらで買える？　弾は？　兵士をひとり訓練して鍛え上げ、何年も生活の面倒をみながら前線に出す費用は？　そしてスポンサーは何も、金を出してくれる企業や政治家だけではない。愛国心を提供してくれる市民も必要だった。軍の広報は本国に残された婦人や子供たちをも取り込まなければならず、その点、美男の兵士は効果的だった。

前を歩くオハラが振り向いて「俺はあいつが怪しいと思ってる」と耳打ちしてきた。

「怪しいって？」

「例の見張りだよ。あのロス大尉と、今ちょうど話をしている憲兵のホワイト中尉が、昨夜の当番だったんだから。きっとクソったれロス大尉が、泥棒を手引きしたのさ」

「見張りは三人だったんだろ？　もうひとりは？」

「あそこにいる。ほら、今走ってきた奴だよ」

色白の顎でしゃくった方を見て、また驚いた。小柄で顔が大きく、額が赤ん坊みたいに丸く秀でた男。ハンモック男にサンドイッチとミルクを届けていた、従卒らしき一等兵だ。短い足を大股に開いてつかつかとロス大尉のところへ向かい、敬礼をしている。

「ねえ、ロス大尉って工兵隊？」

ハンモック男の襟には工兵の徽章がついていた。あれはロス大尉だったんだ。

「そう。まあ記者たちには隠してるけどな。本国じゃ、立派な前線の指揮官だと思われてるってよ。うちの従妹《いとこ》がファンでさ」

そう言ってオハラはうんざりしたように目をぐるっと回す。僕も、妹のケイティがロス大尉のファンでないことを祈った。


「昨日の夕方、優雅にハンモックで眠っているのを見たんだ。近くで水道管工事をしていた工兵がいたから、もしかして上官なのかと思ったんだけど、それなら違うのかな」

「なんで？」

「だって、すごく怠け者じゃないか？　部下が汗水垂らしているのに、ひとりでハンモックでオアシス気分。おまけに従卒にサンドイッチまで持ってこさせて。でも、昨夜の見張りでは大雨なのにしっかり見張ってたんだろ？」

すると前を行くエドが振り返って「いい指摘だな」と僕を褒めてくれた。

「なあオハラ、ティムの言うとおり、ロス大尉が見張りを怠《おこた》り身代わりを立てた、というのは考えられないか？」

なるほど、たしかにロス大尉の第一印象から、その線はありそうな気がした。しかしオハラは否定する。

「見張りって、誰に頼むんだよ？　これまでの話からもわかると思うが、まずロス大尉は人徳がない。宣伝目的で上層部が昇級させた将校だからね。一般兵には馬鹿にされているから、普通の上官が部下に指示を下すようには受け入れられない。もちろん命令は命令だから身代わりにはなるだろうけどさ、任務を押しつけられちまった奴から不満が漏れて、噂が立つはずだ」

序列に厳しい軍隊とはいえ、上官には聞こえないところで陰口をたたき合い、鬱憤《うっぷん》晴らしをするのは日常茶飯事だ。

「でも一日経ったってそんな話は聞かない。それに昨日、俺自身が見張りの影を見たと話したろ？　ロス大尉の身長と同じくらいだった」

第五〇六連隊の保管区画は、列の最も南、端の端にあった。すぐ脇は針葉樹が植わり、軍のバリケードがその手前に張り巡らされている。ここは基地全体の東南の隅に当たる。バリケードと補給品の間には何台も輸送トラックやジープが停まり、残った場所にもテントが張られていた。

テントは奥行きがあって大きく、入口は巻き上げられて、中には五人の事務兵がいた。三人は立ち話を、あとのふたりは椅子に腰掛けてガスランプを灯した机に向かい、何か書き物をしている。タイプライターが載った机は片脚がゆがんで、斜めになっていた。隣に横付けされたトラックは点検中なのか、うずくまった整備兵がレンチを片手にタイヤの具合をみていた。

つまり隙間がない。六百箱の粉末卵の箱があったはずの場所がなかった。

「こりゃあ、数え間違いと言われても仕方がないんじゃねえの？」

「まあね。他の区画を見たらわかるけど、普通は六百箱をひと山として、横に三山ずつ並べている。基本的には三山分を一列として、整理しているんだ。一列千八百個、こいつがずらっと奥まで並んでいるわけ。ただし、問題の粉末卵の箱は、積んだのが最後だった。だからひと山だけ列からあぶれたんだよ。それで狙われたのかもしれない」

その粉末卵が消えた今は、区画にはあぶれる山もなく、整然と並んでいる。テントの調達事務官が、巨大な無線機の受話器に向かって、のろまだのクソだのとがなっていた。

エドはひとり僕らの輪から外れて、ふらりとテントの方へ向かった。その後ろ姿に、オハラが「あいつおもしろいな、本当に探偵みたいだ」とひとりごちる。エドは事務官のテントのあたりをうろつき、裏手の森林を眺め、二、三分で戻ってきた。

「テントの端は向こうの針葉樹林の手前まで達しているな」メガネをいったん取ると、レンズに息を吹きかけて上着の裾でぬぐい、またかけ直した。「ふた張りのテントを繋いで使っているようだが。あれはいつ張られたんだ、オハラ？」

「うーん、よく知らないけど、ずいぶん前からあったんじゃないかな。俺たちが到着するより前って意味だけど」

エドたちの会話を聞きながら、僕はふと振り返った。ダンヒルが西の方を見ていたから、何となく気になったのだ。

基地の南側には輸送トラックをはじめとする大型車輛や、ジープなどの小型移送車輛などの広い駐車場がある。保管所と駐車場はちょうどL字形に繋がっているので、南東の角に位置する第五〇六連隊の保管所は、L字の縦棒と横棒の接続部分に当たる。保管所を背に前方を見ると、奥へずらりと連なる車輛の群れが見える。給油所からガソリンのにおいが漂い、手前に整備場があって、つなぎを着た整備兵たちが煙草をふかしたり、談笑したり、作業の続きをしたりしている様子が、闇の中でもうっすらと窺えた。

ダンヒルはその整備場と僕らの保管所の間にある、小さなバリケードを見ていた。バリケード自体は何の変哲もない三脚にポールを渡したものだが、その下の舗装に、チョークで書いた落書きを足で踏み消したような痕が残っている。消し切れていない部分を頭の中でつなぎ合わせると、猿の顔みたいな形になった。そう、チンパンジーみたいな……

心臓が跳ね上がった。故郷で何度か見かけた、嘲笑を意味する印のひとつだったから。ずっと忘れていた重い記憶の蓋が、心の水底でほんの少しずれるのを感じる。

その時、オハラが大きなあくびをして「今日はもうやめようぜ！」と言ったので、僕はほっとして仲間の輪に戻った。

「やばいぜ、時間食っちまった」

ディエゴが舌打ちしたので、時計を見た。針はすでに深夜二十四時を回ろうとしている。休息時間だったはずだけれど、万が一、訓練が急遽《きゅうきょ》行われたとか、上層部が視察にきて点呼されたとか、そんな事態になっていたら罰が科される。厨房の後片付けに手間取ったと言い訳したとしても、厨房を覗かれて僕らがいないことが知られていたらおしまいだ。さすがに営倉行きはないと思うが。

「オハラ……」

責任取れよと言おうとしたら、赤毛の補給兵は大口を開けてもう一度あくびした。


兵舎は厨房よりも更に適当な作りの木製ロッジで、いかにも大量生産らしく、どれもこれも均一に同じ外観をしていた。注意深く看板を捜さないとどこが自分の宿舎かわからなくなって迷子になる。

周囲にはフェンスが巡らせてあり、出入口に簡単な検問所があった。どことなく百葉箱を思わせる白い検問所の小屋には誰もおらず、しんとしている。

「よし、このまま素通りしよう」

しかし検問所の陰に、僕らの上官、ミハイロフ中尉が立っていた。

ミハイロフ中尉はG中隊司令部の幕僚で、ウォーカー中隊長の右腕のような存在だった。大学卒のインテリ、黒髪はきっちり後ろへ梳《くしけず》ってポマードで固め、戦闘服のポケットにハンカチを入れておくような伊達男だ。だが工兵隊のロス大尉とは違い、戦闘がはじまれば有能な上官に変わった——的確な指示を出すだけでなく、自《みずか》ら銃を取って先陣を切る勇猛さがある。正直なところ中隊長よりも頼りになった。

普段のミハイロフ中尉は飄々《ひょうひょう》としていて冗談も通じるし、酒や煙草を部下に振る舞ってくれる気さくな人だ。しかしさっきまで笑っていたと思ったら、ふいに相手を射すくめるような目つきをする。他の指揮官たちと談笑している時でさえ、口許は緩んでいても目が笑っていないことがあった。規律違反をした部下を椅子に座らせ、優しく労るような声をかけながら、強烈なパンチを顔に浴びせた、なんて噂も囁かれている。

「休憩は二十四時までのはずだが？　十五分遅刻だ」

ミハイロフ中尉は静かに、口許はかすかにほころばせながら言った。でもやっぱり目が笑っていない。透き通るような淡い水色の虹彩に、ペン先で点を打ったような小さな瞳孔。どこか危うい光を放つ瞳に射すくめられ、僕も、隣のディエゴもかなり緊張した様子で、背筋を伸ばした。

しかしエドが前に出て、オハラに頼まれて盗難事件を調べていたと正直に事情を説明すると、中尉は片眉をぴくりと持ち上げただけで、「わかった。休め」と僕らが寝るのをあっさり許可してくれた。

「命拾いしたぜ」

ディエゴは僕に向かってウインクをひとつしたけれど、こっそり振り返るとミハイロフ中尉は葉巻を吸いながら、ずっとこちらを見ていた。

みんなと別れ――ダンヒルは生憎《あいにく》同じ分隊なので一緒に――第二小隊第二分隊用の兵舎に入り、ようやく人心地つく。ダンヒルが呟いた「おやすみ」を無視しようと思ったのだが、うっかり「うん、おやすみ」と返事してしまった。奴はほんの少し足を止めたが、そのままのっそりと一番奥のベッドに入った。

中央通路を挟んで十二台のベッドが向かい合わせで並んでいる。僕のベッドは最も入口に近い一台で、腰掛けてスプリングが軋《きし》む音を聞きながら、ブーツと野戦服を脱ぎ、シャツとパンツだけになった。脱いだものはきちんと畳んでベッドの下にしまう。金属のフレームに薄いマットレスを敷いただけのベッドに横たわり、ごわごわした毛布を肩まで引っ張り上げた。毛布の中で、汗と脂とで粘つく足指をもぞつかせる。パジャマなんてかれこれ入隊して以来二年は着てないし、何日も同じ下着で過ごすことにも馴れた。

他の仲間たちはほとんどがいびきをかいて眠っているが、隣のベッドのワインバーガーはまだ起きているらしい。毛布をかぶってL字型ライトの明かりを漏らさないようにしているつもりなのかもしれないけど、薄い生地だから透けて丸わかりだ。きっと本でも読んでいるんだろう。通信兵のワインバーガーは作家志望で、暇さえあればアメリカ軍特製製本の軍隊文庫に熱中しているから。

枕と後頭部の間に手を差し込んで、暗い天井を眺めながら大きく息を吸った。すっかり嗅ぎ馴れた、男たちの饐《す》えた臭いがした。

闇は不思議だ。明るい時は気づきもしない、心というやつを感じてしまう。瞬きをせずにじっと暗い片隅を見つめていると、闇の中にもっと深い闇が生まれ、遠近が狂ってくる。限界までまぶたを開け、視界に火花のようなものがパチパチと散ってから、ぎゅっとつむると、浮遊感が体に満ち、どこまでも行けるような気になる。神経が研ぎ澄まされ、孤独が輪郭を表す。

たまに、ここは戦場だと忘れそうになった。僕らが呑気に休んでいるこの瞬間も、前線では誰かが戦っている。この仮初《かりそ》めの休息が終われば、今度は僕らが誰かを休ませるために戦うのだ……胃のあたりから冷たいものがせり上がってきたのを、唾を飲んで押し込め、横向きになる。

何か考えよう。頭の中を他のものでいっぱいにさせた方が楽だ。そう、粉末卵消失事件についてとか。

エドの仮説では、誰かが盗んだ説が有力だった。僕もたぶんそうじゃないかと思う。ただ理由はわからなかった。

粉末卵はクソ不味いけど、確かに栄養価はある。誰か飢えた人に渡すつもりで盗んだんじゃないだろうか？　しかしすぐに次の疑問が湧く。食べさせたい相手がいるのなら、なぜ卵ばかりなんだろう？　もし僕だったら、肉かパンを探す。桃缶でもいい。けれどなくなったのは六六〇〇ポンドもの粉末卵だけだ。

「おい、ワインバーガー」僕は隣のワインバーガーを小声で呼んだ。「起きてるんだろ？」

すると覆いかぶさっていた毛布が勢いよくめくられ、中からワインバーガーが現れた。思ったとおり、右手に軍隊文庫を持っている。普通の、縦が長い本とは逆で、横が長い。安っぽいパルプ紙でできていて、ホチキスで綴じてある。ワインバーガーは二、三度まぶたを瞬かせると、こっちを向いた。

「僕を現実世界に戻しやがってありがとうですよ、キッド。ああ畜生、ここはむさくるしい野郎どもの巣窟じゃないですか」

そう言って大きなあくびをした。ワインバーガーは訓練期間の終盤、じき実戦というタイミングでイギリスの基地で補充された、比較的新参の仲間だ。にもかかわらずみんなの真似をして僕をキッド呼ばわりしている。年齢は僕よりふたつ下だし、顎ももみあげもつるりとして、声だってまだ少年みたいに高いくせに。柔らかな麦藁《むぎわら》色の髪を、兵士にしてはやや長めの七三分けにしている。両目の間隔が広いのでどことなく魚っぽい印象があった。

「何を読んでたの？」

「えーと、ジェイムズ・M・ケインの『郵便配達は二度ベルを鳴らす』ですね」

上半身を起こして右手を掲げ、表紙を見せてくれた。青地に白抜きのタイトルが躍り、その左側に小さく、世間に流通しているペーパーバックの書影が載っている。しかしイラストや絵がないので、どんな話なのかさっぱりわからなかった。

「知らない。面白いのか？」

　するとワインバーガーは気取ってふふんと鼻を鳴らした。

「お子様には刺激が強すぎて話せませんね」

「お前だって子供だろ。ポルノなら僕だって読むし……けど、よくこんなむさくるしい環境で読めるね」

「むしろこんな環境だから読めるんです。念のため言っておきますけど、話も面白いですからね。キッドも読書したらどうです。特に、気が滅入る時はいいですよ。現実を忘れさせてくれますから」

　ワインバーガーはそう言って体を横向きに起こし、枕の下に本をしまった。

「それで何の用です？」

「うん、嫌なことを忘れさせてくれるって意味で、面白い話があるんだ」

　粉末卵消失事件の説明をひととおりすると、ワインバーガーは「フーム」と唸り、「ミスター・メガネはコック探偵なんですね」としたり顔で頷いた。

「何だそれ。とにかく僕としては、なぜ盗んだのかがわかれば犯人に辿りつく気がするんだ。お前は何でだと思う？」

「うーん……家畜の餌にするとか」

「どこに家畜がいるんだよ。基地には馬か犬くらいしかいないぞ」

「あ、じゃあこういうのはどうです？　牛か羊に餌をやりたいフランス人が、基地に忍び込んで盗んだのかも。もしくは誰かアメリカ兵が同情して与えた。あるいは転売のために盗んだ。そもそもキッド、粉末卵がどれだけ有用かわかってます？」

「わかってるよ、スプーン二杯で卵一個分の栄養価だろ？」

「それは素材の成分量でしょ？　違うんです、粉末卵は立派な交易品になると思いませんか？　僕らの故郷は、広大で肥沃な土地のおかげで農産物は余るほどたっぷり穫れますし、家畜もたくさんいる。〝勝利のための菜園《ヴィクトリー・ガーデン》〟なんて仰々《ぎょうぎょう》しい名前をつけた軍用畑が二千万カ所もあるんですから。イギリスや他の飢えた同盟国に回して、利益を得ようとしているのかも」

　僕は鼻で笑った、ワインバーガーはちょっと話を大きくしすぎるきらいがあるのだ。

「なんてお利口なワインバーガーちゃん！　今すぐハリウッドに脚本を売り込まなくちゃ！」

からかってやると奴は「クソったれ」と紙くずを僕めがけて投げつけてきた。丸めたチョコレート・バーの包装紙だ。本を読みながらかじっていたんだろう。

「冗談はさておき、六百箱の粉末卵なんて利益になんかならないよ。元々、配給品として大量に輸出してるんだし」

「まあ、そうですね」

「せめて美味いものだったら盗むのもわかるんだけど……そうか、もしかして不味いから盗んだんじゃないかな？」

「はい？」

「だからさ、粉末卵をもう食べなくて済むように盗んで廃棄したんじゃない？」

「五〇六連隊の誰かが？　そんな、シチューのにんじんをよける子供じゃないんだから」

ワインバーガーはぶつくさ言っているけど、これで間違いないはずだ。明日になったら早速みんなに報告してみよう。もしかしたらエドよりも先に核心に辿りついてしまったかもしれないな……唇がほころんでしまう。

腕時計を確認すると、もう一時になろうとしていた。いい加減眠らなければ明日がつらい。固い枕のへこみを直して少しでも寝やすいように頭の位置をずらし、毛布をかぶる。まぶたを閉じかけた時、ワインバーガーがぽつりと、ひとりごとのようにこぼした。

「でも、話してくれてありがとうございます、キッド。少し気が晴れました」

「なんだよ、気味が悪いな」

「はは……通信の仕事をしていると、ラジオを聞く機会が多くなるんですよ。はじめは楽しいショーが聞けて役得だと思っていたんですけど、ニュースのせいで外の世界にも詳しくなっちまって。知ってますか？　何日か前、リモージュの北東にある小さな村が、たった一日でなくなったんですよ」

「リモージュってフランスの？　それも粉末卵みたいに消えちゃったわけ？」

おかしくて笑ったが、ワインバーガーは真剣だった。

「解き甲斐のある楽しい謎でもあればよかったんですけどね。そのオラドゥール＝シュル＝グラヌという村を消した犯人は、ドイツの第二ＳＳ装甲《ダス・ライヒ》師団でした」

ワインバーガーは懐中電灯の明かりを手のひらに押し当て、離し、また押し当てた。

「SSどもは、その村をレジスタンスの巣窟だと断定して、住人のほとんどを皆殺しにしたそうです。まず男が並べられて機関銃で蜂の巣に、女と子供はそれから教会に集められ、外側から鍵をかけられた状態で火を放たれ、蒸し焼きに——かろうじて逃げ延びた五人が隣の村へ助けを求めたおかげで、連合軍にも情報が入ったんですよ」

　僕は仰向けになり、天井をただ眺めながら話を聞いた。できることなら耳を塞いでしまいたかったが、できなかった。いびきをかいていた仲間がふがっとのどを鳴らした。いつもなら笑えるのに、笑えない。

「でも、本当に恐ろしいのはここからなんです。そもそもこの虐殺は、別の日にフランス側の義勇パルチザンの一部が、捕縛したSS将校を、見せしめに嬲《なぶ》り殺しにした事件がきっかけなんです。当然ナチスは報復に動く……第二SS装甲師団《ダス・ライヒ》の将校は、殺されたSSの友人でした。怒りに駆られた将校は血眼《ちまなこ》で犯人を捜し、そして件《くだん》の村が一味の根城だという情報が入った。でもそれは誤った情報だったんです。オラドゥール＝シュル＝グラヌの村人は、義勇パルチザンとはまったく無関係の、普通の農民だったんですよ」

　ベッドのスプリングが軋み、誰かが寝返りを打った気配がした。

「あちこちでレジスタンスが勢いを取り戻しているそうです。なぜなら僕ら連合軍がやってきたから。でも僕は……僕は一連の話を耳にして、心底震えましたよ」

　そこまで吐き出して、ワインバーガーはふと黙った。僕の反応を待っているのだろう。けれど、何も言えなかった。

　仲間のいびきや寝息ばかりが聞こえる。みんなどんな夢を見ているのだろうか。だんまりを決め込んでいると、ワインバーガーは僕も眠ったと思ってくれたようで、「おやすみなさい」と呟き懐中電灯を消した。

　翌日は朝から晩まで訓練がみっちり組み込まれていた。二百人の仲間たちとグラウンドで走り、スクワットをし、的に弾を撃ったライフルの反動の感触が残る手で、調理と配膳をし、飯を胃袋に押し込む。午後になると櫓《やぐら》に登らされて久しぶりにパラシュート降下の演習をした。へとへとになってシャワーを浴び、濡れた髪をタオルで拭いていると、休む間もなく集合がかかった。

「第三大隊、管理部集合！」

　また料理の時間だ。「イエス、サー！」半ば意地になって腹から声を出すと、管理部長に「いい声だ。今日はやる気だな？　キッド」と褒められてしまった。

「洗い場に火がついてないぞ！　当番は誰だ！　第三大隊！」

　コックでひしめく調理場に、誰かの怒号が響き渡る。第三大隊と名指しされても、当番は僕らじゃない。でも仰せに従うのが兵隊だ。

「あれ、エドはどこに行ったの？」

「さあ？」

　鍋を運びながらディエゴに尋ねたが、ディエゴも知らないらしい。いつもなら率先して任務に就くエドがいない。訓練中には見かけたような気がするけれど、小隊が違うので列は離れてるし、確信はなかった。仕方ない、ダンヒルに手伝わせよう。

「そこのマッチとトングを持ってきて。違う、そっちじゃなくて長い方。そう、それ」

　もたつくダンヒルに苛々する気持ちを堪え、外に出てロッジをぐるりと回り、洗い場へ向かった。

　食堂の出入口の前には小さめの広場があって、食器洗い用に水を張った大きなドラム缶がずらりと並んでいる。ちなみに三個で一セット、ここにあるのは五セットだ。ドラム缶の下の地面には深さ一フィート（約三〇センチ）、長さ八フィートの溝が掘ってあって、このファイヤー・トレンチに火を熾《おこ》すことによって、ドラム缶の水を沸かすのだ。

　昼食の時にはお湯だったから、きっと誰かが火を消してしまったんだろう。ドラム缶の水はすっかりぬるくなっていた。

「この三個のうち二個に洗剤を入れて、もう一個には何も入れない。お前だって自分でやってるんだからわかるだろ？」

　粉石鹸をひと箱振り入れながらちらりとダンヒルを窺うと、奴は無言のまま頷いた。

　汚れた食器は、使った奴が自分で洗う。トングでトレイを挟んで洗剤入りの熱湯に突っ込み、取っ手にくくっておいた柄付きたわしで汚れを落とした後、何も入っていない湯ですすぐ。ちなみに水は貴重なので、取り替えるのは三日に一回、その間は網で汚れを掬《すく》い、殺菌用の塩素タブレットをぶちこんでおく。洗い終えたトレイをタオルで拭くのは禁止で、自然乾燥が奨励されていた。「戦場にはママもいなければ、ウェイトレスも洗い場の黒人もいない」は、教官たちの口癖だった。

でも、と僕は思った。ウェイトレスのように愛らしい女性はいないが、雑用をする黒人兵はいる。昨夜整備場前のバリケードで見た、チョークで描かれた悪戯描きのチンパンジー。

「この溝に火を入れればいいのか？」

ダンヒルの声に我に返って、僕は咄嗟《とっさ》に相づちを打ちながらドラム缶の脇に座った。

「設置当番が替えてるはずだけど、炭ばかりだったら薪小屋に行って適当な木片を持ってくる。それでマッチで火を点けるんだ。手っ取り早くオイルを使う奴もいるけど、上手くやらないと表面しか焼けなくて火が熾《おこ》らないから、地道にやるのがオススメだね」

手本を見せようと、溝とドラム缶の間に手を突っ込んで木片をひとつ取った……あれ、なんだこれ。

「繊維板だ」

パルプや木くずを合成して成形した板で、明らかに木材ではない。斧か何かで叩き割ったのか、手のひらに収まるくらいの小さなかけらになっている。表面には「AN. 194」という黒いゴシック体のアルファベットと数字がスタンプされていた。更にまさぐってみると、同じような繊維板のかけらがわんさか出てきたが、普通の薪や木片はなく、他は消し炭ばかりだった。ダンヒルもかがみ込んで不思議そうに首を傾げている。

「AN. 194」の繊維板だけポケットに突っ込み、後はいつもどおり火を点けようとした。しかし繊維板のかけらは木片のように燃えず、ただ黒焦げになるばかりだ。仕方なく薪を新しく持ってきて、火を熾した。

エドが姿を現したのは、十八時にはじまる夕食の配膳中だった。ずらっと並んだ男たちの飯行列《チュー・ライン》の向こうからふらりと戻ってきて、僕らを手伝おうともせずテーブルの端の席に座ってしまった。せめて自分の食事くらい取りに来ればいいのに。しかしエドは心ここにあらずで、両腕を組んだままぼうっと宙を眺めている。

右手に自分の、左手にエドの分のトレイを持って行くと、やっと彼は焦点の合った目で顔を上げ「悪い、考え事をしていた」と謝った。

「別にいいけど、何してたの？」

エドの向かいに僕、その左隣にディエゴが座り、遅れてダンヒルが、エドの右隣をひとつ分空けて着席した。なぜひとつ避けたのかと思ったら、エドの右横には麻袋が載っていて塞がり、座れなかったかららしい。

「ミハイロフ中尉に声をかけられたんだ。どうも補給中隊の中隊長と約束を取り交わしたらしい。俺が例の件を調べることを許されたよ」

「司令部がエドに憲兵の真似事をしろと命じたってこと？」

「いや、そうじゃない。中尉の独断らしい……あの人の考えはよくわからない。裏があるようにも、単に面白がっているだけにも見える」

「案外似た者同士じゃねえの？　俺らにはお前の考えだって読めねえもん」

食堂の入口からミハイロフ中尉がいつもの飄々とした様子で入ってきて、ウォーカー中隊長の隣に座った。続いてその後ろから、こんもりした奇妙な髪型に、大きなかぎ鼻、鼈甲《べっこう》の丸メガネをかけた、僕らがよく知っている初老の男性が入ってきた。驚くのと同時に、懐かしさがじんわりと胸に広がる。

「ドクター・ブロッコリーだ！」

小声で耳打ちすると、牛乳を飲んでいたディエゴがむせて、白い液体が飛び散った。

ドクター・ブロッコリー、本名ダニロ・アンドリッチ教授は、特技兵の訓練基地であるフォート・リーの担当教官だった。頭髪の癖が強すぎてブロッコリーみたいにもこもこしているので、こんなあだ名ではあるが、経歴はまさにエリートだ。

元はセルビアの大学教授で、戦争がはじまる前に渡米し、ミネソタ大学で栄養学を研究していた。その後、合衆国の参戦と同時に軍からの要請を受け、陸軍需品科補給部隊の研究開発局少佐として、糧食《レーション》の開発に携わった。家族は奥さんだけで、子供はいたが先の大戦時に飢餓で亡くしたそうだ。奥さんは自宅を改装し、病を患う子供や親のない孤児を預かる、小さなサナトリウムを運営しているのだとか。

「あの野菜野郎、何でいるんだよ……ここも戦場だってわかってねえんじゃないか？」

ナプキンで牛乳のしみを拭きながらディエゴが毒づく。確かに彼の服装はよれよれの灰色のスーツで、貧しい民間の会社員が紛れ込んできたようにしか見えない。

「そういえば『一度現場を見学したい』とか言ってた

っけ」

「医療局の戦場栄養調査官と一緒に来たそうだ。このまま現地調査に入るらしい」

「なるほど」

僕はドクター・ブロッコリーが好きだった。頭の回転が速くて話は面白いし、自分の非を認めた時は、僕たちにもちゃんと謝る。与えられた少佐の階級に傲《おご》らず、上層部との繋がりも鼻にかけない、実直な人だ。ただし、真面目すぎて融通がきかないところが玉に瑕《きず》だった。そしてまさにその欠点こそが、今回の事件では災いしてしまったらしい。

「今ちょっと面倒なことになっててな……教授は昨夜到着したらしいが、例の粉末卵の件は彼の耳に入っている」

「え、もしかして教授も補給中隊を庇《かば》うつもりで？」

するとエドは首を振り、フォークで皿の上のグリーンピースを掬った。

「逆だ。『貴重な粉末卵を紛失したのが本当なら補給中隊長を更迭《こうてつ》すべきだ』とさ。鶴の一声で上も承認してしまったよ。明日の朝までに事実を解明して、紛失した粉末卵の在処《ありか》を突き止めなければ、オハラの上官は降格処分だ」

「面倒くせえなあ……まあ確かに粉末卵をやたらありがたがる点にかけては、あの野菜頭、お前以上だよな」

「教授は研究者だからな、現場の軍人とは違うさ」

ドクター・ブロッコリーとエドは、傍目《はため》からは師弟のように見えた。僕らが出会う前からエドは後方支援兵として働いていたようだし、フォート・リーでの生活も長かったそうだから、教官であるドクターとも、お互いを知る時間がたっぷりあったんだろう。どちらもメガネをかけているし、性格や思考もどことなく似ている。ただ、ドクターがひなただとすると、エドは日陰だ。

「それにしても残念だね。ドクターが味方なら頼りになったのに」

昨夜、僕らが補給中隊長のことをほんの少し疑っただけで激昂したオハラの姿が頭に浮かんだ。戦闘や任務などで苦労を共にした上官と部下の紐帯《ちゅうたい》は強い。僕だって、中隊長はともかく、分隊長のアレン先任軍曹が馬鹿にされたり更迭されたりしたら、かなり腹が立つ。

「あ、でもミハイロフ中尉は、補給中隊の味方なんでしょ？　ドクター・ブロッコリーと対立するじゃないか。今は険悪には見えないけど」

　ここから見ると、向こうのテーブルではミハイロフ中尉とドクター・ブロッコリーは親しげに談笑している。ドクターは顔や態度に感情が強く出る、隠し事のできないタイプなので、もし揉めているのだとしたらすぐにわかるはずだ。ミハイロフ中尉がこちらに視線を寄こしたので、慌てて首を引っ込める。

「とにかくできることをやるのみだ。まず見張りについてだが、当日、本来はロス大尉の任務ではなかったとわかった。部下が当番だったのだが、十七時頃に起きたクレーンの横転事故で重傷を負った。上官であるロス大尉が当番を交替したらしい」

　事故の直後に響いた鈍い音をよく覚えている。意識を失ってしまい両脚を骨折した操縦手か、巻き込まれて腕を切断した負傷兵だろうか。エドは続ける。

「代理を立てようにも工兵は作業が遅れていて忙しく、連隊長の命令でロス大尉が当番についたらしい。元々彼は名ばかりで、工兵としての技術を持たないからな。他に彼の従卒と、憲兵からは予定どおりホワイト中尉が当番についた。ちなみにロス大尉とホワイト中尉は、一緒に盛り場や娼館へ行くほど親しいそうだ」

　そう言ってエドは麻袋の口を開けて中のものを摑み、テーブルの上に置いた。僕がさっきファイヤー・トレンチで見たのと似たような、繊維板の一部だった。

「ひとまず、補給中隊の数え間違いや勘違いの可能性はなくなった。これは補給品の梱包によく使用されている、繊維板製の箱の一部だ。おそらく処分するために、斧か何かで叩き割ったんだろう」

　後方施設だけあって、斧は薪小屋や工兵部隊の器具置き場などに常備してあるため、誰でも使うことができた。

「これが、あちこちの火元に紛れていた。ここに持ってきたのはほんの一部だよ。薪小屋、シャワーの湯焚き場、厨房、整備場にも大量にあった。製パン中隊のかまどにもあるかもしれないな」

「これが粉末卵の箱だっていう証拠はあんのかよ？」

「品名の刻印を見つけた。それに、どれも湿っていて泥がついている。当日降った雨で濡れたせいだろう」

「まさか六百箱全部叩き割ったのか？　骨が折れるどころの作業量じゃねえや」

「間違いなく複数犯だね」

僕はテーブルの上のかけらをひとつ取って、泥をズボンの膝あたりでぬぐい、よく確かめてみた。ところどころに黒いしみがあるが、これは文字だ。そのひとつにはdried whole eggのスタンプがある。

「こっちはA、R、M……腕って何だろう」

「〝ARMY〟（陸軍）だろ、馬鹿だなキッド」

「うるさいな。そうそう、表のファイヤー・トレンチにも似たようなのがあったよ。あれにもスタンプがあって、確か……」

「〝AN, 194〟だ」

僕じゃない、ダンヒルだ。黙々と食事を続けて、こちらの話題になんかまったく関心がないと思っていたのに、突然輪の中に入ってきた。でもダンヒルの記憶は正しい。僕は抜き取っておいた繊維板のかけらをポケットから出しながら、しぶしぶ頷いた。

「きっと製造年月日だろう。JAN, 194xで一九四〇年代のいずれかの一月に作った」エドは指先でかけらを触る。「これだけ汚れていないな」

「トレンチの中は炭だらけで、繊維板のかけらだけが燃えていなかったんだよ。だから見つけられたんだ」

するとエドははっと目を開いて、ほんの一瞬僕を見つめた。エドが何か摑んでいるのは明らかだけれど、ディエゴはわざとらしく陽気な声で話を終わらせようとした。

「じゃ、まあとにかくこれだけありゃあ、箱はちゃんと届いていた証拠になるわな。補給中隊の濡れ衣は晴らせるじゃん。解決、解決。さあもう食っちまおうぜ」

そうは言っても疑問はたくさん残ってる。これだけ多くの箱を隠すのも壊すのも、ひとりでは無理だ。ということは複数の人間が絡んでいるってわけだし、第一、中身はどこへ行ったんだ？　だいたい、動機がまだわかっていないんだ。そこで「あっ」と思い出した。

「昨日寝る前に、動機を考えついたんだった。いい線いってると思うから、聞いてよ」

「どうせ下らねえんだろ？　陰謀だとか抜かすなよ」

「違うってば。誰かが粉末卵を食べたくなくて盗んだんじゃないかと思って。なくなればしばらく食べなくていいからさ」

同意を得たくて前のめりになると、ディエゴは体を引いた。

「わからなくないけどよ。じゃあ犯人は五〇六連隊にいるってことか？」

僕もディエゴも粉末卵が嫌いだ、むしろ食べなくていいようにしてくれた犯人に感謝するべきなのかもしれない。そう思うと、こうして躍起になって犯人捜しをしているのが馬鹿らしくなってきた。

けれどもエドは同意も否定もせず、黙々とロールパンをかじっている。僕も冷めたチリコンカンを牛乳で飲み下していると、エドがぽつりと呟いた。

「話はそう簡単じゃない。確かにこれで補給中隊の疑いは晴れ、憲兵は動き出すかもしれない。だがそれによって、今度は違う人間を巻き込んでしまう可能性が高いんだ」

僕ら三人は顔を見合わせた。

「何のことかわかんねえって、俺ら馬鹿にもちゃんとわかるように説明しろよ」

へらへらと笑うディエゴに、エドはその黒い瞳をひたと合わせた。

「ディエゴ、お前は白人と黒人のどちらの主張を信じる？」

空気が凍った。僕が昔、心の奥底に沈めたきり忘れていた記憶が、再びぐらり、と揺れて蓋の隙間からあぶくを立てる。整備場との境界、バリケードの下にあった、消えかけた猿の落書き。

しかし今はディエゴの反応の方が問題だった。彼は黒人ではないが、白人でもない。どういうつもりかとエドを見ると、彼は普段と変わらない生真面目な表情のままだ。ディエゴはゆっくりとテーブルに肘をついて前のめりになり、エドの顔を下から睨みつけた。こめかみに静脈《じょうみゃく》が浮き上がっている。袖口が僕のトレイに入っていたけど、ずらしている場合でもなかった。

「……何で今更そんなことを訊きやがる？　当然、白人は白人の主張を信用するんじゃねえの？　黒人は黒人の。その理屈じゃ、俺はプエルトリコ人を信じるのかもな。これで正解か？　お前だってユダヤのくせに」

ディエゴは完全に頭に血を上らせていた。基本的には陽気な性格で騒々しい上に、すぐ物事を茶化したり、人をからかったりする。でも、本気で怒ったところはほとんど見たことがなかった。

「合衆国のために戦ってるのに、それでも俺みたいな奴は自分と同じ肌の色の人間しか信用しない、ってか？　お前もそう言いてえのかよ？」

今にも殴りかかりそうな勢いのディエゴに、僕はそっと腰を浮かせ、万一に備えた。はす向かいのダンヒルも油断なくふたりを見据えつつ、両手をテーブルの上に出す。少しでも動きがあれば、すぐ止めに入れる体勢だ。

　しかし当のエドはまったく動じていなかった。息巻くディエゴを前にして、残りのロールパンを食べてしまうと、「いいや」と答えた。それから牛乳を飲み、上唇についた白い痕を袖口でぬぐう。そして、まだ同じ姿勢でいるディエゴに向かって、淡々と言った。

「俺には、つじつまが合っているかどうか、何が正しくて何が誤っているのか、自分で判断することしかできない。だが俺も人間だ、相手によって評価を甘くすることはあるだろう。その唯一の基準は肌の色や民族ではない。自分と親しい人間かどうかだ。そして俺はお前と親しいと思っている。違うか？」

　いい答えなのか、僕にはわからなかった。ただ、エドが誰かに対して「親しいと思っている」と言うのを聞いたのは、はじめてだった。ディエゴを羨ましく思う一方で、訓練兵時代から続いた仲が決裂したらどうしようかと焦った。ふたりはまだ睨み合っている。ここは仲裁に入った方がいいのだろうか？

「あ、あのさ」

　言いかけたその時、ディエゴが「あーあ」と大声を上げて体を引き、元どおりにベンチへ腰掛けた。

「クソ、少しくらい怒れよ、メガネ」ディエゴは地面に唾を吐くと、両手を上げて降参のポーズをとった。

「わかったって。俺もちょっとかっかしすぎた」

　険悪にならずにすんでよかった。ほっとしたついでに、はす向かいへ視線をやるとダンヒルと目が合い、ほんのひとときだけ気持ちが通じた気がした。そしてテーブルの話題は再び粉末卵の件に戻る。

「さっきの質問は何だ、『白人と黒人のどちらを信用する？』だっけ？　普通に生きてりゃ嫌でもわかる。白人が黒人の主張を聞くわけねえ。耳にも入れたくないかもな」

　合衆国では法律によって、人種による居住や生活の隔離が定められている。学校、公衆トイレや店の出入口が分かれ、歩く道さえも「白人《ホワイト》はこちら、有色人《カラード》はこちら」の看板がつき、決められていた。こうやって区別した方が互いのためにいいと思われているからだ。当然、白人の方が良い方を取り、有色人には残りの切れ端が与えられる。

「ああ。今回の件はその印象こそが、話を複雑にしているんだ。粉末卵がなくなった時間帯、確かに見張りはいた。オハラ本人が影を目撃したとおり、背の高い男だ。ただしそれは黒人の二等兵だった」

「何だって?」

なるほど、エドはその話がしたくて、さっきの質問をディエゴにぶつけたのだ。

区別は軍も例外ではなく、特に陸軍の空挺師団は入隊条件からそうだった。僕ら第一〇一空挺師団と第八二空挺師団は、兵員を出身地ごとに集めない〝全州兵《オール・アメリカン》の師団〟という建前だが、人種は問われる。移民の血筋でも許されるのは、合衆国国籍を取得している、スペイン語圏かごく一部のアジア系、あるいは先住民の子孫ばかりだ。

軍の上層部にいる将校たちは先の大戦の生き残りが多い。彼らからしてみれば、戦闘は勇敢さの証明であり、その栄誉はアメリカ国民たる白人に与えられるべきものと考えているのだろう。黒人兵や黄色人兵はまとまった部隊として、後方支援任務や雑用に回された。実際のところ黒人だけの戦闘部隊もごく少数あるし、黒人の司令官も存在するが、彼らを讃える声を聞いたことはなかった。

オハラは、「ロス大尉は人徳がないから、交替を命令された者がいれば愚痴や噂が流れるはず」と考えていたようだけど、そうではなかった。黒人兵ならば愚痴をこぼしたところで、その声は白人の耳に届かない。

「見張りを交替したウィリアムズ二等兵の所属は、車輌部隊だ。新しく創設された部隊で、八月から行われるある作戦のために、ここで待機している。昨夜見ただろう、保管所の五〇六連隊用区画のそばにある整備場。あそこにいた」

「ああ、バリケードの下にチンパンジーの落書きがあったな。どうせ誰かがふざけてやったんだろ」

ディエゴが鼻を鳴らし、エドと会話を続けているけれど、水に潜《もぐ》っている時のようによく聞こえない。まただ。がっちり閉じたはずの記憶の蓋はどんどんずれて、近所に住んでいた悪ガキの顔が、十数年ぶりに脳裏で瞬いた。「〝ニガー〟に同情する気か? ティモシー。ほら、やれよ」息の臭い最悪な奴だったが、当時は他に遊び相手がいなかった。

「どうした、ティム。そんなに首を振るとめまいを起こすぞ」

残像を消し去りたいあまりに、僕は知らず知らず首を振っていたらしい。

「あ、ちょっと虫がいてさ。その八月からはじまる車輛部隊の作戦って何なの？」

咄嗟に誤魔化すと、エドは怪訝《けげん》そうに眉をひそめたが、少し間を置いて話を続けた。

「補給品の輸送だ。この先、シェルブール以外の港が確保されなければ、兵站路はどんどん延びてしまうだろう。かなりまずい状態だ」

戦争というと、一気に敵を蹴散らしてどんどん先へ進んだもの勝ち、と思われがちだが、実際はそうではない。進軍のペースに補給物資が追いつかなければ、弾が切れ、ガス欠になり、食糧も滞って、あっという間に全滅してしまう。

人体に喩えると兵站路は大動脈だ。兵站路の確保は戦争に勝つための絶対条件であり、多少の犠牲を払ってでも奪取し、守らなければならない。

そして敵は、相手の大動脈を切り裂かんと画策する。連合軍の上陸を予期していたドイツ軍はすでに、フランスの鉄道線路を破壊し、兵站路の妨害策を打っていた。そのため補給物資はトラックで地道に運ばなければならなかった。

距離が遠くなればなるほど負担は増す。ガソリンも膨大な量が必要となり、交通整理の人員も増やす必要があった。他に通行路がない状態では、渋滞は死活問題になるからだ。

負担はそれだけではない。草むらや灌木《かんぼく》などの茂み、廃屋になった民家、並木の陰、一見何の変哲もない家畜小屋——いつどこに敵兵が潜んでいてもおかしくない道を、数百マイルもひたすら走るのだ。狙い撃たれて蜂の巣にされ、出発したきりどこへもたどり着けなかった補給トラックは、数多くある。

「その危険な道を誰に走らせるかという問題の答えとして、上層部は人員の大部分を黒人兵で構成した部隊を新しく作った。名前はレッド・ボール・エクスプレス。問題の彼は運転手として作戦に参加するそうだ」

「わかったよ、とりあえず話を戻そうぜ」もう勘弁しろとでも言いたげに、ディエゴはエドを急かした。

「新しい部隊の黒人が、トンチキと見張りを代わってやったんだな？」

「その呼び方はやめよう、彼の名はマリク・ウィリアムズという。補給兵たちが何も見ていないなら、近距離にいた整備兵はどうだろうと考えて、今日は聞き込みをしてみたんだ。当夜は雨がひどかったたし、ウィリアムズの他は誰も整備室から出ていなかったとわかった。彼はたまたま、オイル缶に雨水が入らないようシートをかけるために、外へ出ていたらしい。そこでロス大尉と憲兵隊のホワイト中尉から呼ばれ、保管所をしばらく見張っていろと命令されたんだそうだ」

たとえ部隊が違っても、将校から下された命令には従うのが原則だ。結局ウィリアムズは、雨がやんだ夜明け近くにふたりが戻ってくるまで、ずっとその場に立っていたそうだ。おかげで熱を出してしまい、エドが整備場を訪ねる直前まで、救護室で寝ていたらしい。

「その間抜けが犯人ってことはねえの？」

「ないだろうな。さっきも言ったとおり、彼の仲間は全員整備室から出ていない。担当士官にも確認済みだ。ウィリアムズひとりではひと晩で六百箱も盗めないだろう。他の部隊に伝手《つて》があって協力し合ったなら話は別だが、彼はここに到着したばかりの新兵だ」

「なるほど。じゃあ盗難の瞬間は見たのかよ？」

「いや、残念ながら。大雨で視界が悪かったし、ひとりであの広さを見張るのにかなり苦労したようだ。工兵部隊のトラックが脇に停まり、事務官用のテントをいじくっていたのは覚えていたけれどな」

第五〇六連隊用の保管区のそばにあった、大きなテントのことだろう。ディエゴは空になった皿にぽんとフォークを投げ、上半身で伸びをした。

「どうせテントに溜まった雨水を排水してたんだろ。ダメだ、手がかりはなしだな」

短い指で後頭部を掻くたび、細かいフケがぱらぱら肩口に落ちていく。

「六百箱を運んだ犯人どころか、方法もわからないままじゃねえか。何のために盗んだのかも」

基地には現在、歩兵連隊以外にも様々な部隊の、少なくとも六千人を超える兵士たちがいる。その中から、犯人をどうやって特定するのか？

「まさか本気で五〇六連隊の誰かが、粉末卵を食いたくなくてやったなんて考えてねえよな。軍法会議にかけられて処分されちまうぜ。俺なら我慢して食う方を選ぶ」

「でも明日の朝になったら時間切れだよ。オハラの上官が降格される」

「いいかキッド、『間違ってました』じゃすまねえんだぜ？　情に駆られて面倒事に首を突っ込むなよ、今度は俺たちに火の粉がかかるぞ」

　僕はまだ考えたいけれど、ディエゴはもう手を引けと言う。奴の主張も理解できるけれど、でもオハラを失望させたくなかった。エドはこちらのやりとりを聞いているのかいないのか、牛乳が底に残っているマグをカチカチと爪ではじき、「少し整理しよう」と言う。

「ひとつ。ロス大尉と粉末卵の盗難の関係性。彼が見張りに決まったのは、本来当番だった部下が、十七時に起きた事故に巻き込まれたためで、事故が起こらなければ彼は見張りにならなかった。ふたつ。ロス大尉たちの怠慢とウィリアムズとの交替による影響。もしロス大尉たちが怠慢を誤魔化さずに、見ていなかった、見張りには別の者を立たせたと証言さえすれば、上層部も補給中隊の数え間違いと判断せず、憲兵によく調べるよう命じた可能性が高い。そうなれば配給品の大量紛失が発覚、さすがのロス大尉もその責任を問われたはずだ」

　エドは指を曲げて中指の爪を噛み、「どう考える？」とひとりごとのように呟いた。

　その時、食事時間の終了を知らせる鐘が鳴り、みんな一斉に立ち上がって、食堂はがぜん騒がしくなった。皿に残っていた成形肉とじゃがいもの冷えたかたまりをかっ込んで、僕らも腰を上げる。すると、エドが呼び止めた。

「ちょっと待ってくれ。みんなに任務がある」

「本当にこんな紙切れ一枚で大丈夫かな？」

　僕は今、通信部から兵舎まで延びる一本道を、早歩きで戻っている。二十一時を回ったのにまだ太陽は沈んだばかり、周囲は活気に溢れていて、グラウンドから夜間演習中の兵士たちの威勢のよいかけ声がよく聞こえる。

「失礼ですね、キッド。僕の作品は間違いなく傑作ですよ」

　ライトを受けて舗装に伸びた影は三つ、左が僕、真ん中がワインバーガー、そして右がダンヒルだ。ワインバーガーは訓練を脱けだした興奮からか、息をはずませている。

「……ふたりとも、落ち着け。もう少しゆっくり歩いた方がいい」

　ワインバーガーの隣を、ダンヒルが長い足でゆったりと大股で歩く。こいつに注意されるなんて、とむっとしたけれど、我慢して歩調を緩めた。確かに僕は焦っていた。この短い小休憩が終わればすぐ夜間訓練に参加しなければならないから、迫る時間に慌てていたのだ。

エドから命じられた任務とは、〝ある文書を作ること〟だった。

それも、上層部に犯人を告発するのではなく、犯人に対して「お前が名乗り出なければ、他の人物が冤罪で捕まる」と警告するのが目的だった。

つまりエドは、この手紙で犯人に働きかけるつもりなのだ。

夕食の終了時刻を知らせる鐘が鳴った時、僕らを呼び止めたエドが、声を抑えながら、僕らにやってほしいことがあると説明した。それがこの警告文のアイデアだった。

「正直にわかったことを報告すれば、間違いなくウィリアムズは尋問されるだろう。しかも憲兵はほとんどが白人だ」

補給中隊長は降格を免れるかもしれないが、粉末卵の紛失はすべてウィリアムズになすりつけられてしまうだろう。エドはそう言って幕僚達の席を一瞥した。

「上層部は巻き込まない方がいい。どうしても俺たちの手で、犯人を炙り出す必要がある。大丈夫、このままではある人物が冤罪をこうむるとさえ書けば、必ず出てくるから。最後に五〇六連隊G中隊のE・グリーンバーグと署名しておいてくれ」

理解はしたけれど、そんなに上手くいくだろうか？　それに僕はろくに学校へ通っていないので単語の綴《つづ》りすら怪しいし、悔しいけどどうしても文章に子供っぽさが滲み出てしまう。同じ仕事を割り振られたダンヒルに頼んでみたが、奴も眩しそうに顔をしかめて、

「無理だ」と断った。

そこで、小説家志望で読書マニアのワインバーガーを巻き込んだ。僕より年下だけど口が堅いし、何より、昨夜事件のあらましを伝えた時の奴の反応から、きっと乗り気になってくれるだろうと思ったからだ。

事情を説明すると期待どおり、ワインバーガーはふたつ返事で請け負ってくれ、配給品のノートを開いて万年筆を走らせると、五枚ほど引きちぎって丸め、灰皿で燃やした。そして一枚をきれいに切り取って丁寧に折りたたむとポケットにしまい、通信部のテントへ向かった。僕らがその後をついて行くと、ワインバー

ガーは誰も使っていないタイプライターの前に座り、猛烈な速さでキーを叩き、五分ほどで仕上げてしまった。

「本当に速かったよな、どうして十本の指を全部動かしてキーを打てるんだ？　しかも手元を見ていなかっただろう？」

僕なんか人さし指一本じゃないとキーが打てない。ピアニストといいタイピストといい、どういう手の筋肉をしているんだろう？　尋常じゃない。するとワインバーガーは得意気に鼻の穴をぷくっと膨らませて、

「そうでもないですけど？」とふんぞり返った。態度と言葉がちぐはぐだ。普段は知的な青年を気取っているけど、褒めると調子に乗りやすいところはディエゴといい勝負だと思う。

「でもさ、こんなので本当に大丈夫なの？」

「ばっちりですって。僕には、物語の登場人物を僕自身に憑依《ひょうい》させられる特殊能力があるんです。今日はミスター・メガネらしく、知的な人物になって書きましたから！」

憑依だの特殊能力だの、ホラー映画もびっくりだ。ワインバーガーがエドになれるはずもない。熱弁を鼻で笑ってやると、奴はふくらはぎを蹴ってきた。

とにかくイチかバチかだ。

さすがに今は小休憩時間中とあって、兵舎の周辺はがらんとしていた。G中隊の面々はもうグラウンドへ向かったのかもしれない。フェンス前の検問所では憲兵がライフルを肩にかけ、見張りをしている。

「あれ、エドはどこだ？」

ここで告発文を手渡す約束だったのに姿が見えない。いるのは憲兵と、煙草の火をぽつんと灯らせている、赤十字マークのヘルメットをかぶった衛生兵だけだった。衛生兵は僕らに気づくと、顔をしかめて煙草を地面に放り、ブーツで揉み消した。

「遅えぞ、俺も暇じゃないんだけど」

「スパーク！　ここで何してんの？　訓練は？」

「俺は救護所勤務なの。クソ忙しいのにメガネに頼まれたんだ。そうそう、『零時になったら第八二空挺師団用の保管区画の裏手に来い』だと」

「八二？　俺らの一〇一じゃなくて？」

「知らねえよ、あいつがそう言ったのを伝えてるだけだからな。お前らも遊びは大概にしとけよ。ほら」

スパークは手のひらを上にして差し出し、ひらひら

させる。皺や指の股に茶色っぽい汚れが入りこんでいた。

「早くしろよ間抜け、手紙を出せ。あいつの言うとおり渡しておくから」

ワインバーガーがおそるおそる告発文の入った封筒を渡すと、スパークは引っ摑むようにして取り、さっさと踵《きびす》を返して暗闇に消えてしまった。あの道の先には、確か救護所があるはずだ。僕ら三人はわけもわからず、互いに顔を見合わせた。

「何でスパークが？」


それから二時間半あまりが経過した二十三時五十五分、夜間訓練から戻った僕らは、エドの指示どおり北東にある第八二空挺師団の保管区画へ直行した。

ＡＡ《オール・アメリカン》（第八二空挺師団のこと）の師団徽章をつけた補給兵たちが怪訝そうな表情を浮かべる中、僕とダンヒル、そしてついてきたワインバーガーの三人は、ひきつった愛想笑いをしつつ、こそこそと補給品の並びをすり抜けた。表側はあんなに賑やかなのに、木々に囲まれた途端に人の気配を感じなくなるから不思議だ。第八二空挺師団の保管区画の裏手は切り立った崖のように、地面がほぼ垂直に隆起しており、登るのに少し骨を折った。木陰独特の湿った空気、つんとする樹皮のにおいは強烈で、体にまで染み渡りそうだ。

すでに待機していたエドが、茂みの後ろで片膝をつき、手招きしている。まるで暗がりに潜む猫の目のようにメガネが光った。

「表から回る時、少し気まずかったよ。何で八二空挺師団なんだ？」

「〝端〟が重要だからだ」

確かに、ここ第八二空挺師団の補給品が保管されている区画は、一〇一の反対側となる、北東の隅にあった。後ろの林から見てすぐ右手には兵舎があり、双眼鏡を使えばフェンスが望める。ここにはまだ事務官のテントが出ていないようで、一番端は空き地のままだ。

「そろそろ補給兵たちもいなくなる。もう少し待とう」

双眼鏡を動かして保管所前の道を見ると、背の高い男と小柄な男の影が現れた。ロス大尉と、従卒だ。補給兵たちは仕事を終えてどんどんいなくなっていくが、ふたりはそのまま立ち止まり、残る。ロス大尉は大口を開けた。だらしないあくびのせいで、軍の宣伝塔をつとめる整った顔が台無しだ。退屈そうにズボンのポケットに左手を突っ込み、通り過ぎる補給兵やフォークリフトを気怠げに眺めている。

「あの人、もしかしてまた見張りなの？」

「協力者が増えてね、根回しをしておいた。犯人たちの目的はあの大尉だから。当番の交替は犯人たちの耳にも入っているが、大尉本人は何も知らない」

エドは手の汗をぬぐうかのように野戦服のズボンにこすりつけた。珍しく緊張しているんだろうか？　妙だな、と思ったその時、左の背後で草を踏む音がして、僕は肩にかけていたライフルを素早く下ろした。銃口を木立に向けると、オハラの後ろからふたつの人影が現れ、暗がりに浮かび上がった顔に僕はひっくり返りそうになった。

「ドクター・ブ……アンドリッチ博士、どうしてここに？」

「どうしてとはずいぶんだな、君たちに呼ばれたんだぞ」

東欧訛りでしゃべるドクター・ブロッコリーの横には、補給中隊の中隊長がいた。ふたりは明らかにぎこちなく、互いに視線を交わそうともしない。ドクターはスーツのズボンの裾を気にしつつ、朽葉が敷き詰められた地面を歩いてくる。それでも教え子の呼び出しには律儀に付き合ってくれるあたり、ドクターの気さくさを感じて、少し嬉しくなった。エドが立ち上がって握手を求める。

「無礼を働いて申し訳ありません、教授。ですが、我我にはあなたが頼りなんです」

「君が関わっていなければ来なかったかもしれんよ、エドワード」ドクターは素っ気なく握手を返しながら、溜息交じりに言った。「だが大事な教え子だ。〝過ちは即刻正せ〟と教えたのは確かに私だしな。君は本当に生真面目な奴だ」

エドは普段どおりに振る舞っている。でも僕にはどこか違っているように見えた。たとえ戦闘中でも自分のペースを乱さない男なのに、さっきは手の汗をぬぐっていたし、それに呼吸が少し速い。こんなに緊張しているエドははじめてだ。

「おい、あの野郎が行っちまうぞ」

ディエゴの声で僕らは全員、腹ばいになった。見張り当番のはずのロス大尉が、従卒をひとり置いてふらふらとどこかへ行ってしまう。ドクター・ブロッコリーの求めに従って双眼鏡を渡してやると、彼はメガネのままでレンズに押し当てた。

「まさか彼はいつもああなのか?」

「そのようです。前回はたまたま目の前にいた整備兵に交替させて、どこかへ消えました。その整備兵は黒人だったので、簡単に口を塞げると思ったんでしょう」

「それで紛失事件が起きたら、何も見ていないと嘘をついたわけか。あのニヤケ野郎、絶対に許さん」

補給中隊の中隊長が怒りも露わに舌打ちした時、兵舎の前の道からトラックが走ってきて、角を曲がり、僕らの目の前の保管区画で止まった。中型の輸送車だ。

腕時計の針は二十四時を回り、第八二師団の補給兵たちは全員いなくなっている。ロス大尉の小柄な従卒だけが、道向かいの土嚢によりかかり、煙草をふかしている。

ふいにトラックの幌が上がって、荷台からふたりの兵士が飛び降りた。ヘルメットで顔は見えない。ふたりは両手に何か大きな筒状のものを持っている。

「工兵部隊だな」

双眼鏡を独占しっぱなしのドクター・ブロッコリーが呟いた。

ふたりの工兵は、箱の列の端に開けた空き地に走り、筒状の荷物を置いてばらしはじめた。素早くフレームを抜き、組み立てていく。八本で四角錐を組み、四隅に切り込みが入った布地をかぶせたところで、やっとあれがテントだと気づいた。工兵は四人に増え、四角錐の角を持ち上げて接合した脚を支えながら少しずつ立ち上げる。

これでテントが完成した。高さは、隣に積み上がっている箱の山よりも高い。テント地の切り込みを紐でくくっていないため、風が吹くとはたはたと翻《ひるがえ》った。

たったひとりで見張りをしていた従卒は、煙草をはじき飛ばすと、もたれかかっていた土嚢から離れ、テントと工兵たちに背を向けて保管所の先へ続く道を歩いて行った。

「あの小男までいなくなっちゃったけど?」

「ティム、時間を計ってくれ」

エドの命令で慌てて袖をまくり、腕時計を確認した。現在、零時三十五分二十一秒。

工兵は道側と針葉樹林側に分かれて立ち、テントの脚部分を摑むと、かけ声と共にフレームごと左方向へスライドさせた。テント地がまくれて箱の山を呑み込み、みるみるうちに箱がテントの中へ収まっていく。

「な、なんだありゃ？」

　隣で腹ばいになっていたディエゴが、手で口を覆いながら呻いた。まさに手品の種明かしショーだ。

　テントがひと山分の箱をすっぽり呑み込んでしまうと同時に、工兵のひとりが合図を送り、トラックがバックをはじめた。トラックはテントで覆った山のすぐ脇ぎりぎりに停まる。その間に他の工兵がたくし上げたテント地を下ろして整えた。

　腕時計の針は零時三十六分を指している。はじめから終わりまで、わずか四十秒だった。

「今のは何だね。どういうことだね？」

　落ち着きをなくしたドクター・ブロッコリーがエドを問い詰める。

「ここにある箱は、どれもほとんど見た目が同じです。それを六百個ずつ積み上げた山が、更に何百も並んでいる――山がひとつなくなったところですぐには気づかない。特にあの横付けしたトラック。ああいう大きい物体が置いてあると、元から何も動いていないように錯覚してしまうでしょう」

「だから君は端にこだわったのか？」

　割り込んで尋ねたのはダンヒルだった。

「そう。盗んだ跡が歯抜けになれば気づかれてしまうから。五〇六連隊はたまたま被害に遭ったにすぎないんだ」

　みんなが話している間も、工兵たちの怪しい動きは終わらない。運転手もトラックから降りてくると、全員がテントの裏へ回り、針葉樹林側、つまり僕らの目の前のテント地をめくった。そして中の箱を次々に運び出し、トラックの荷台へ積んでいった。

　今まさに盗難が行われている中、表側の道を兵士たちが肩を抱き合い、大声で歌いながら通り過ぎていく。酔っ払っているんだろうか？　しかし箱の嵩が邪魔になり、誰も保管所の脇の異変には気づいていない。補給中隊長が呻いた。

「なるほど、目隠しさえしてしまえば、後はひとつずつ運んでしまえる。それにあの日はちょうど大雨で、視界が悪かった」

「ええ。実際に粉末卵を盗んだ時は、すでに調達事務官用のテントが張ってありました。そして大雨。おそらく工兵たちはテント内のタイプライターや机を守るふりをして、テント地をすべて下ろして目隠しすると、中のものをどかして空にしたのでしょう。机も椅子も折りたためますから、人数さえいれば簡単だったはずです。そしてテントを持ち上げ、粉末卵の山にかぶせ、ゆっくり盗んだ。今回は事務官用のテントが立っていませんから、持参したんです」

「だが朝になって数を数えれば、すぐにわかってしまうぞ」

「それでいいんです。むしろそれこそが犯人たちの狙いでした。盗みは気づかれないように遂行しなければならないが、朝まで時間稼ぎするだけでよかった」

「発覚を恐れていなかったという意味か？」

「というよりも、むしろ盗難が発覚すること自体が目的だったのです」

　何だって、とうっかり大声を出しかけた僕は、ディエゴのオイルくさい手で口を塞がれた。こいつ、ライフルを磨いたあと手を洗ってない。抗議しようとする僕とディエゴが小さく揉み合っていると、エドが「ひと息つきましょうか」と言って起き上がり胸ポケットからくしゃくしゃになった煙草の包みを出すと、僕以外の全員に一本ずつ配った。

「繊維板のかけらが薪小屋などの燃料置き場に捨てられているのを見た時、違和感があったんです。どうして繊維板をこんなところに置いたのか……おがくずを固めてできた繊維板は、木片と違って着火しにくい。あれは何度も再生利用されるものです。しかも雨で濡れていたため、より燃えにくい状態でした」

「それが関係あるのか？」

「大いにあります。使えないものが置いてあったら誰かが見咎《みとが》めるでしょう？　少量ならまだしも、大量に、あちこちに捨ててあった。まるで見つけてくれと訴えんばかりに」

　エドはマッチを擦って上官ふたりの煙草に火を点けた。

「計画では、朝になれば発覚すると見込んでいたんでしょう。しかし見張り当番のロス大尉とホワイト中尉がはぐらかし、憲兵もろくに取り上げず、結局、補給中隊の数え間違いとして、盗難自体がなかったことになってしまった。焦った工兵たちは箱を叩き割り、人目につく薪小屋などに捨てた。ティムがファイヤー・トレンチから見つけた繊維板のかけらは、燃えながらの中に、焦げ痕すらないまっさらな状態で見つかりました。昼食の準備中には火がついていましたから、捨てたのはその後、夕食の準備がはじまるまでだと推測できます。これなら必ずコックが見つけ、怪しむでしょう」

言われてみれば確かにそうだ。今や僕らは全員起き上がり、エドを取り囲んで話に聞き入っていた。

「俺たちはなぜ粉末卵を盗んだのかと頭を悩ませていた。しかし本当はそうでなく、盗めれば何でもよかったんです」

「……どうして彼らはそんなことをしたのだね、エドワード？」

「上官であるロス大尉への復讐です」

「復讐ですって？　そんなの無謀すぎますよ」

ワインバーガーが呻いた。そうなのだ。どんなに理不尽で無能な上官であったとしても、部下は従わなければならない。たとえその結果、多くの一般兵が死んだとしても、反抗は許されなかった。もちろん、こっそり陰口をたたく程度の反発はよくある。だが告発なんてもってのほか、戦時中は特に反逆罪と見做《みな》されて、告発した側が軍法会議にかけられてしまう。軽くて営倉行き、減俸、降格、罷免《ひめん》。最悪の場合は銃殺刑だ。

「犯人たちは処罰を受ける覚悟をしていたんだと思います。どうしてもロス大尉に一矢報いたかったんでしょう」

エドは疲れたように深く溜息をついた。やはりいつもの彼と少し違う。

「粉末卵がなくなった日の十七時頃に、工兵隊は大きな事故を起こしてしまいました。クレーンの操縦手が疲労で意識を失い、重機が横転して、重傷者が出た。その間上官のロス大尉はどこにいたか？　ハンモックで優雅に休んでいました」

あの日、僕はちょうどロス大尉がハンモックで眠っているのを見た。サンドイッチとミルクを運ばせて。

「彼がしっかり兵士たちを指導、管理し、人員を配分していたら、あるいは疲労で意識を失うことはなかったかもしれない。憤った工兵たちが結束し、捨て身の覚悟で計画を実行した。ロス大尉が見張ることになった時間帯に大がかりな盗難を起こせば、上官の怠慢ぶりを知らしめられると考えたのでしょう。雨の予報が出ていたし、大尉の性格を考えれば見張りをサボるのは簡単に予測できる。しかし予定が狂ってしまった」

「……大尉が黒人兵を身代わりにしたから？」

「そう。その上、ロス大尉と親しい憲兵のホワイト中尉もその場にいた。彼もまた自分のサボタージュを隠すため、補給中隊の数え間違いのせいにした。これで二重に罪をなすりつけたことになる」

　ドクター・ブロッコリーは険しい顔で、口許に手をやった。補給中隊長の降格を主張したのはまさに彼だ。補給中隊長を見ると、彼は彼で両腕をかたく組み、苦虫を嚙んだように口を曲げていた。

「計画が失敗した工兵たちは、名乗り出る機会を窺っているのではないかと踏みました。しかし二百名近い部隊の全員が関わっているとは思えず、誰が首謀者かまではわからなかった。そこで救護所の衛生兵に頼んで『他の人物に容疑がかけられる』と警告する文書を、ある条件を満たす人物に渡すよう頼んだんです」

「君はすでに犯人を絞っていたのか。しかしある条件とは？　なぜ救護所の衛生兵に？」

「犯人は手にひどい豆ができているはずだからです。繊維板は非常に堅く、斧で叩き割るにはかなりの力を使いますからね。普通手の豆くらいでは治療を受けませんが、俺が見つけた繊維板のかけらの量から、相当のダメージを抱えていると踏んだのです」

「あっ、だからスパークか！」

　ついに大声が出てしまい、ワインバーガーに頭をひっぱたかれた。エドは僕らを無視して続ける。

「衛生兵は確実に、手の豆で治療を受けに来た工兵に手紙を渡してくれたようです。工兵部隊の兵舎で待っていると、主犯格が俺に声をかけてきました。主犯格はすぐに自首すると申し出たのですが、俺はもう一度実演するように頼みました。その方が教授を説得できますし、上手くいけばロス大尉の怠慢も目撃してもらえる。そして大尉は今、アンドリッチ少佐や我々に見られているとも知らず、サボりました」

　全員押し黙って、なおも下で作業を続ける工兵たちを眺めた。素早くトラックに詰めてはすぐに戻る。風が吹いて梢がさざめき、尖った葉がそばの切り株に落ちる。小さなカナヘビが苔《こけ》の上を走り去った。

「確かに、補給中隊のせいではなかった……大変申し訳ないことをした。お詫び致します」

　ドクター・ブロッコリーは補給中隊長の前でがくんと頭を垂れた。

「即刻自分の発言を撤回し、あなたの名誉を回復するよう司令部に申します」

　これには補給中隊長の方が面食らってしまった。

「いえ、顔を上げて下さい、少佐。わかっていただければいいんです。いずれにせよこれから軍法会議が開かれるでしょう。その際、今見たことを証言して下さればば」

本心はわからないけれど、立場が下の補給中隊長としては、謝罪を受け入れないわけにもいかないだろう。ドクターはずり落ちたメガネを直すと、肩をがっくりと落としてひとりごとのように呟いた。

「……情けない話です。言い訳になりますが、私は……私と妻は、先の大戦の折に子供を栄養失調で亡くしましてね。飢餓はひどいものです。だから食べ物を粗末にしてほしくないと、感情的になって」

うな垂れるドクターは、なんだかんだ言っても正直な人だ。やっぱり僕は彼を憎めない。ふとエドを見ると、彼は下方に視線をやってぼうっとしていた。

工兵たちはまだせっせと箱をトラックに積んでいた。一方で、夜間灯が照らす表の道を、ロス大尉が悠々と歩いてくる。暗い隅っこで部下がしていることなど気づきもしない様子で。たったひとりで見張りをしていた小柄な従卒は、上官が戻ってくると急いで駆け寄った。けれど二言三言会話をしただけで、大尉は兵舎の方へ行ってしまう。残された従卒は〝微笑みの英雄〟の背中をただ見送っていた。

「なあ、エド。もしかして今日の当番をロス大尉にしたのって」

「ああ、あの従卒の協力もあった。オハラたちが根回しをしていたところに、ふいに現れたらしい。溜まった不満が爆発したんだろう」

そう言うとエドはおもむろに立ち上がり、大きく両手を振って合図した。すると補給品の箱と箱のわずかな隙間から、隠れていた補給兵が飛び出し、工兵たちを羽交い締めにした。何人かはロス大尉を追う。僕らも急いで下へ滑り降りた。

工兵たちはおとなしく、抵抗しなかった。目を白黒させていたのは間抜けなロス大尉だけだった。

粉末卵消失事件の主犯格は、工兵部隊の下士官、ビーヴァー軍曹その人だった。下膨れで前歯が飛び出した、いかにも川で工事をしていそうな風貌の軍曹は、上官であるロス大尉をどうにかして自分の部隊から排除しようと思っていた。そこにあの事故が起きた。

軍曹と、彼を慕う腹心の部下四名は計画を立て、他の工兵たちには伏せたまま秘密裏に実行した。その点はかなり気を配ったようで、ようやく重い腰を上げた憲兵が調査すると、その他の工兵たちは寝耳に水といった顔で啞然としたらしい。まさか軍曹がそんなことを、と信じない兵士もいたそうだ。

五人は反逆罪と窃盗罪で裁かれた。しかし、近くの鶏小屋に隠していた六百箱分の粉末卵の袋はすべて回収されたことと、五人を情状酌量しなければもっと上の連合国軍最高司令部《SHAEF》にまでかけ合うぞ、というドクター・ブロッコリーの脅しが奏功し、比較的軽い罰で済んだ。

首謀者のビーヴァー軍曹は軍務を解かれて追放、アメリカに戻された。残りの四人は数日間の営倉行きの後、伍長は本国の駐屯地へ左遷、他はアジア戦線の後方部隊に飛ばされた。

これは後から、ドクター・ブロッコリーに教わった話だ。

ビーヴァー軍曹は孤児だという。いくつもの家を転転とし、最後に軍隊へたどり着いて以来、ここで生きていこうと決めた。だからこそ工兵部隊の仲間たちは家族も同然だった。

「疲弊していくみんなの姿に耐えられなくなりました」

軍法会議で動機を問われた軍曹は、震える声でそう答えたという。

ロス大尉が工兵隊の上官に赴任したのは北アフリカ戦線の末期からだ。最初に憎しみが生まれたきっかけは、ロス大尉の女癖の悪さだった。慰安用の娼館通いだけでなく、一般の民間人にも手を出す。まだ少女といってもいい年頃の女性を、強姦したともいう。

お飾りの上官とはいえ、下士官たちに仕事を押しつけ、自分はのんべんだらりと過ごし、軍規違反の性犯罪を犯しても咎められない。積み重なった不信は憤怒から憎悪へ変わり、疲労が頂点に達した頃、クレーンの横転事故が起きた。

しかし、ロス大尉への処罰は軽かった。さすがに工兵部隊からは異動となったものの、軍の宣伝塔は変わりはなく続け、降格もされなかった。

とはいえ人の口に戸は立てられないものだ。末端の兵士の間で噂が広まり、ロス大尉をじわじわと追い詰めていった。僕自身、誰かに「あの話は本当か」と訊かれた時は、小さく頷いて答えることにしていた。次第にカメラマンたちが〝微笑みの英雄〟の写真を撮らなくなると、上層部も大尉を構わなくなり、やがてロス大尉の姿は、戦場でも新聞でも見かけなくなった。

　それから一度だけ大尉を見かけた時、彼の後をついていく従卒はいなくなっていた。聞いた話によると、憲兵隊の捕虜収容所看守部隊に異動願を出して、受理されたらしい。

　ちなみに、共に見張りをサボタージュした憲兵隊のホワイト中尉は、一階級降格処分に加え、調達部へ異動となった。

　すべてが終わった後、エドに誘われて整備兵のいる整備場に行き、今回の件で図らずも騒動に巻き込まれてしまった男と会った。

　ウィリアムズ二等兵はガソリンと軽油のにおいがしみついた野戦服を着て現れた。背が高く、顔も小さくて、日が当たると黒い肌が美しく輝く。ロス大尉よりもずっと見栄えのする若い男だった。ただ瞳は戸惑い、警戒している。彼の後ろには大勢の黒人の整備兵たちが集まってきていた。ウィリアムズは低く静かな声で言った。

「では俺はもう関係ないと考えていいんですね」

「ああ、君は誰からも尋問されない。全部忘れていい。万が一何かあったら、俺に知らせてくれ」

　エドはウィリアムズの背後をちらりと確認すると、頷き、右手を差し出した。彼は躊躇《ためら》う様子を見せつつも、ぎこちない仕草で右手を伸ばし、ふたりは堅く手を握り合う。

「ティム。ほら、お前も」

　促された僕はなぜか脚が震えてしまい、なかなか前に出られなかった。

　今は自由時間で、ディエゴとダンヒルはみんなと一緒に、グラウンドへ野球をしに行っている。ダンヒルは少しずつ打ち解けて、ぎくしゃくした感じがなくなってきた。整備場から戻った僕とエドは、野球をやる気にならなくて、ＰＸに寄ってコークを買った。

　表面にうっすら汗をかいた冷たいコークの瓶を手に、土嚢の上に腰掛けて、夏至を迎えた明るい青空を見上げた。実は脚の震えがまだ収まっていなかった。

　グラウンドの方角から、仲間たちの歓声が聞こえてくる。こうしているとまるで、故郷の友達と遊んでいるような錯覚に陥る。僕らは仲間だが、友達かどうか、わからない。生死を共にする仲間と、遊んだ後はさようならをして、また次の日に会う友達は違う。

「何か話したいことがあるんじゃないのか」

「え？」

栓抜きでコークの蓋を開けていると、エドがふいに訊いてきた。

「お前。何か隠しているんだろう。言えばいいさ。あの整備場にあった落書きが気になるんじゃないのか？」

僕は一瞬何のことかわからずに、瞬きをした。でもすぐに気づいた――まったくこの男は、どうしてこんなに鋭いんだろう。

「黙ってようと思ったのに。どうしてわかった？」

「わかるよ。いつもとは違う反応をしたから」

エドはグラウンドの方を見ながら、コークの瓶を口につけて傾けた。精悍《せいかん》な横顔に夕日が差し、輪郭が橙《だいだい》色に染まっていた。

チョークで描いたチンパンジーの落書き。あれは僕自身の心の、ずっとずっと奥の方に沈めておいた、嫌な記憶を呼び覚ました。そして、そのまま蓋を閉じているわけにはいかない、誰かに聞いてもらわないといけないという気がしていた。その相手はエドしかいないと思った。

「僕はさ」

話そうとしたら声が掠《かす》れて、咳払いをした。


「……南部の州で生まれ育った。学校もあんまり行かれなかったし、友達はそんなに多くはなくて。というか、近所にいた悪ガキひとりくらいだったんだ」

名前は覚えていない。でもとにかくみすぼらしい白人の子供で、髪は金色でやたらと長く、息が臭かった。

「ある時、僕はそいつに誘われて、町の外れまで冒険をしに出かけた。僕はいつもその区画の手前までしか行かせてもらえなくて、なぜかと親に訊いても教えてもらえなかった。『大人になってから』ってはぐらかされてばかりでさ。だからその悪ガキに誘われて、すっかり有頂天になった。ようやく秘密がわかるんだと」

町の端っこには、川があった。対岸には、いつも目にする家並みよりもずっと簡素な、みすぼらしい、掘っ立て小屋みたいなものが並んでいた。炊事の煙と、動物のようなにおいがかすかに漂ってくる。川べりを少し下ると橋があり、向こう岸の橋のたもとに、ひとりの老人がもたれかかっていた。ぼろ服をまとったその老人の肌は、コールタールのように黒かった。

「それまで、彼らがどこに住んでいて、どんな生活をしているかなんて、考えたこともなかった。たまに店を手伝ってくれる黒人もいたけど、今日の朝ご飯は何を食べたかとか、家族は誰がいるのかなんて、思いもしなかった。どこからかふらっと現れて、どこかへ消えてしまうものだって」

けれど僕はあの日、現実の彼らの住まいを知った。するとお隣にいた悪ガキはずんずんと大股で橋へ歩いて行って、ちょうど真ん中のところで止まった。そしておもむろにしゃがんでポケットからチョークを取り出すと、大きな猿の絵を描いた。おそるおそる近寄って、何をしているのかと訊くと「〝ニガー〟の住み処に目印をつけてやっているのさ。お前もやれよ、楽しいぞ」と、歯のない口を開けて笑った。差し出されたチョークを受け取れずにいると、彼は怒って唇をとがらせ、「〝ニガー〟に同情する気か？　ティモシー。ほら、やれよ」とむきになってチョークを押しつけた。

「奴が橋に猿とチンパンジーの絵をどんどん描いていく隣で、僕もいくつか描いた。はじめはとても危ないことをしている気がして怖かったけど、最後は楽しんでいた。でもそこに、若い黒人の男がやってきた」

その男はウィリアムズ二等兵のように背が高く、背筋がぴんと伸びて、堂々としていた。その黒々とした顔は濡れていた。汗をかいたのだと思った。

「彼は静かに僕らの後ろに立ち、家に帰った方がいい、と言った。悪ガキは虚勢を張ろうとしたけど、僕は奴のシャツを引っ張って町に戻ったんだ。家に帰った後も心臓がどきどきして、落ち着かなかった」

僕がいつもと違うと気づいたのは、やはり祖母だった。彼女は夕食が終わると僕を台所に呼び、何かあったのかと尋ねた。

「祖母ちゃんはいつだって優しいから、きっと許してくれるだろうと思ったんだ。悪気はなかったと、ちょっと遊んでただけだと。でも、祖母ちゃんは猛烈に怒った」

あれほど激しく怒った祖母を見たことはなかった。僕は彼女に平手打ちをされ、痛みよりも驚きとショックで泣いた。祖母は他の家族たちに「何でもないから」と断って、バケツとモップを座席に詰め込み、僕を連れて店のトラックに乗ると、橋まで走らせた。

「橋の落書きはすでにいくらか消されていた。でも僕は祖母に命じられるまま、モップできれいになるまで掃除をした。良く覚えているけど、冬がはじまる頃で肌寒かったし、電灯もないから暗くて、とにかく怖かった」

やっと掃除を終えた僕は、泣きながら祖母に「全部元どおりになったよ」と訴えた。けれど祖母はしゃがみ、僕の目線に高さを合わせると、「元どおりになるものなんてないのよ」と言った。

「トラックに戻ったとき、祖母の頬は濡れていた。そしてやっと、橋で声をかけてきた若い男は汗をかいていたんじゃなくて、泣いていたんだと気づいたんだ。僕はようやく事の重大さを知った。祖母は翌朝から、いつもの彼女に戻っていた。けれどあの悪ガキとは二度と遊ぶのを許さなかったし、時々僕を心配そうな目で見るようになった。祖母自身が言ったように、一度裏切ってしまった信頼は、元どおりにはならないんだと思う」

それ以来、祖母とはあの出来事について話をしていない。僕は堅く蓋をして、記憶の海の底へ沈めた。あんなことははじめからなかったように。

話し終わって、僕は怖々《こわごわ》エドを見た。彼の横顔は相変わらず無表情で、コークの瓶に視線を落としていた。グラウンドから、バットが硬球を打つ音と歓声が聞こえてくる。土嚢の脇をジープが土煙を上げて走って行った。

話したくて打ち明けたけれど、もしかしたらエドもあの日の祖母のように怒るかもしれない。僕に失望したらどうしよう？　そこまで考えていなかった。急に冷や汗がどっと噴き出した。

「あ、あのさ……」

「いい祖母さんだな」

「えっ？」

「ティムの祖母さん。できた人じゃないか。普通だったら『黒人の家の近くになんて危ないから二度と行ってはいけません』って怒るだろう。彼らを貶《おと》めた行為を咎める白人は、あまりいない」

確かにそれはそうだと思う。祖母は若い頃、イギリスで使用人として働いていた。当時のイギリスは厳格な階級社会で、労働者への待遇は厳しかったと聞く。たぶん僕は、彼女に苦い記憶を思い出させ、傷つけてしまったのだろう。

「本当の僕はさ、たぶん、ロス大尉とあんまり変わらないんだ。彼らが怖いし、侮蔑する気持ちが少なからずあるんだよ。こんなんじゃディエゴにも嫌われるかもね」

今回の件の元凶となったロス大尉の横暴には、工兵の中に大勢の有色人兵がいたせいもあるのかもしれない。彼らの顔を見ただけで「こいつらは使用人で、自分のために尽くして当然」だと思う白人は多く、だからこそ大尉も、部下たちと共に仕事をしようとはしなかったのではないだろうか。そして自分自身、胸を張って「僕は違う」と言えない気がした。もし同じ立場だったら、打ち解けられたかどうか……簡単に見下したかもしれないし、逃げてしまうかも。僕は右手を軽く握り、まだ残っている感触を確かめた。

「さっきウィリアムズと握手をしたとき、正直、どうしたらいいかわからなかった。黒人に触ったのははじめてだったから」

「どうだった？」

「……乾いていて、温かかった」

僕の中には今も、恐れと侮蔑が入り交じったざらざらした感情がある。それでも、褐色の手を握った時はなぜかふと気が楽になった。気持ち悪いとか、不快だとかは感じなかった。実際に踏み出してみれば案外触れ合えるのかもしれない。もう少し長い時間を過ごしたら普通の友達になれるのだろうか。

「ティム、『悪気はなかった』は誰にでも言える。ただその屈託と恐怖心をどうするかだ。克服するもしないも、お前自身が決めなければならない。いつ死んでも後悔しないように」

「ここは戦場だから？」

「ああ。ダンヒルに対してもな。もう少し優しくしてやれよ」

「……それもばれてたか」

「丸わかりだよ、お前はすぐ顔に出るから」

頭上からエンジン音が響いて仰ぎ見ると、空を戦闘機が飛んでいった。イギリス軍のスピットファイアだ。太陽の光を浴びて翼がきらめいている。「かっこいいな」エドは呟いて、コークの瓶を傾けた。

そういえば、と僕は彼の横顔を見ながら思い出した。自分の話ばかりで忘れていたけど、なぜ工兵たちが箱を盗む間、エドはいつもよりも緊張していたんだろう？　尋ねてみたかったけど、この日の午後は心地よく、もうこれ以上深刻な話は似つかわしくない気がして、訊かなかった。

その後の野戦基地は、多少の揉め事はあっても、平和な日々が過ぎていった。

前線の戦いも快調な様子で、「クリスマスにはベルリンに進攻し、ヒトラーを倒せるだろう」という噂がまことしやかに流れた。

そろそろ戦場へ戻されるかもしれないと覚悟していたが、七月に入ると、なんとイギリスへ戻れと命令が下った。休暇だ！　揚陸船でサウサンプトンの港に着いた時、思わずにんまりして小躍りした。何せどっちを向いても聞こえてくるのは英語ばかりだからだ。汚れた戦闘服をクリーニングに出し、未払い分の給料を受け取って、家に送金した。みんな一般兵卒用のアイク・ジャケットを着てギャリソン・キャップをかぶり、伊達な軍人に変身して、浮かれて街へ繰り出した。ああ、麗しの〝一週間の外出許可〟よ！

この頃から、僕はダンヒルとも少しずつしゃべるようになった。エドに注意されたからというだけじゃなく、奴はなかなか物知りで話すと面白かったし、しかもスウィングの好みが祖母ちゃんと似ていたから。

二十五日にはあの有名なトロンボーン奏者、グレン・ミラーによる慰問会が基地の近くで開かれることになった。くじ引きで聴きに行けるが、生憎僕だけ外れてしまった。エドもディエゴもダンヒルでさえも行かれるのに、と悔しがっていたら、オハラがやってきて、当選チケットを譲ってくれた。

「お前らには本当に世話になったからな」

オハラははにかみながら鼻の下をこすり、「じゃあな」と手を振って、補給兵の仲間たちと連れだって夜の酒場街へ消えていった。

グレン・ミラーのステージは素晴らしく、陽気な『イン・ザ・ムード』やメランコリックな『ムーンライト・セレナーデ』で踊り明かした。スポットライト代わりの投光器に照らされた、素っ気ないダンスフロアには、イギリス人の女の子がちらほら遊びにきていて、みんなで取り合った。

楽しげな様子を眺めながら、エドとディエゴ、そしてダンヒルと固まって、バーカウンターにもたれかかる。僕は今のG中隊コックが好きだなと、じんわり思った。

新たな指令によって、再び前線へ招集がかかったのは、それから二ヶ月近く経った、一九四四年九月十四日のことだった。

第三章　ミソサザイと鷲

「作戦名は〝マーケット・ガーデン〟。戦車隊がオランダの国道を北へ一直線に進軍する作戦だ。我々空挺兵の任務は、まず空から奇襲をかけて敵を殲滅《せんめつ》、その後国道と橋を確保し、陸路からの戦車隊のために、維持と支援を行うことである」

ウォーカー中隊長の、いつになく張った声がテントに響く。普段は朴訥《ぼくとつ》とした雰囲気の中隊長だが、今日は緊張しているようで、しきりに禿げた額の汗をぬぐっていた。

一九四四年九月十五日、休暇は終わっていたけど、僕らはまだイギリスにいて、メンバリー飛行場で中隊司令部のテントに集まっていた。腕を組んだり首筋を掻いたりしながら、作戦の説明を聞いている。

「実行日は明後日の白昼、降下地点はオランダ。最終目標はライン川を渡河して越境、ドイツ工業の要《かなめ》、ルール地帯の包囲だ」

テント内がざわつく。もう敵の牙城、ドイツへ入れるのか？　「静かにしろ、黙って聞け」中隊長の右腕、ミハイロフ中尉が手を叩いてみんなを静まらせる。

前方には白い木の板に脚を付けた掲示板があり、オランダを中心に引き伸ばした地図が貼ってあった。地図には作戦進行路を表す矢印形のプレートがいくつもくっついている。

ノルマンディー降下から三ヶ月が経つ。連合軍の進撃は順調で、八月二十五日にはパリでの戦闘を終えて解放した。それでも、フランス国内のドイツ兵の抵抗はいまだ激しかったし、対戦車障害物や砲塔を並べた「ジークフリート線（西方の壁）」がオランダの国境付近まで到達している。いまだ奴らの支配下にある南フランス国境付近では、近隣の村々も要塞と化し、ドイツの防御体制は万全だという。

　まともに正面突破を試みても、返り討ちに遭うのが目に見えていた。ドイツの軍事力は高い。統率力もあるし、兵士ひとりの能力が優れている。何しろ向こうの戦車一輌でこちらの戦車が九輌も撃破されるほどなのだ。

　現在、連合軍はドイツ軍の猛攻に遭って兵站《へいたん》拠点を奪えず、後方連絡線が延びきっていた。最大の補給港シェルブールから最前線まで四五〇マイル（約七二〇キロメートル）もの距離がある。ウィリアムズたちレッド・ボール・エクスプレスはがんばっていたが、消費するガソリンは一日だけで一〇〇万ガロン（三七八万リットル）にも及んでしまうし、いつまでもこの計画に依存できない。

　十日ほど前そこに朗報が届いた。イギリス軍によってベルギーのブリュッセルとアントワープ港が陥落したという。アントワープはオランダとの国境に近く、ドイツに攻め入る際の補給中継点としても有望な位置にある。

　ベルギーとオランダは面積が小さく、地図で見ると、フランスとドイツのちょうど肩と肩の隙間に、まるでパズルのピースよろしくはまっている。フランスから北上し、ベルギー、オランダを経由してライン川を遡上すると、ドイツにたどり着く。しかもこの裏道は、敵の軍需工業地帯、ルール地方に直結していた。

　要するにまたとない絶好の機会を手に入れた連合軍《SH》最高司令部《AEF》は、このままオランダへ進撃し、一気にドイツへ攻撃をたたみかけようと算段したというわけだ。

「夏から空軍が爆撃作戦を進めており、敵は弱体化しているはずだ。合衆国第一軍と第三軍が南側でジークフリート線攻略を進め、我々は北から向かう。本作戦はイギリスのモントゴメリー元帥の発案であるため、我々アメリカ軍はイギリス軍の指揮下に入る」

　イギリス軍の指揮下、という言葉に何人かが「げっ」とうめき声を上げた。

　ウォーカー中隊長はみんなの反応を無視して、ミハイロフ中尉に合図をした。たぶん中隊長は僕らに冷たいのではなく、いかにそつなく説明をこなすかに気が入ってるんだろう。その証拠に、後退した生え際が赤く上気している。

　ミハイロフ中尉は、オランダの地図を縦断するように、長く太い矢印のプレートを置いた。ベルギーとの国境から斜め上に向かって、東南部の端をぐっと縦断、そしてネーデルライン川（オランダ内を流れるライン川）とドイツ国境がぶつかる地点まで。くっきりと太く長い黒線が走った。

「これはオランダの国道六九号線だ。この五〇マイル（約八〇キロメートル）のハイウェイこそが、本作戦の要となる。敵を撃破しつつ縦隊で進軍し、ライン川を渡れば、ドイツのルール工業地帯に入れる」

　再びテント内が騒がしくなった。縦隊で進むだって？　一体どれだけの師団が出撃するんだ？　本当にそんな短い距離で、あの国に入れるのか？　ウォーカー中隊長はグラスの水をぐっと一気に飲み干し、役目は終えたとばかりに退《しりぞ》いて椅子にどっかり腰をかけた。

　説明を引き継いだミハイロフ中尉は、痩せた青白い顔にうっすらと笑みを浮かべながら、「では諸君」と鉛筆で地図を小突いた。ふたりを比べるとやはり、中隊長には冷静なミハイロフ中尉の方が相応《ふさわ》しいように思える。

「君たちも充分理解しているとおり、我々空挺兵は、輸送機さえ飛べば敵陣のどこへでも降下できる。素早い奇襲、包囲網の突破は我々の十八番。ただ欠点もある。人員と重火器の少なさ、すなわち敵を圧倒する火力が不足してしまう点である。反対に、攻撃力の高い戦車隊や人員が豊富な歩兵部隊は、地道に進むしかないため、機動性に欠ける。だから、双方の利点を活かして欠点を補うには、合同作戦が最適である。これは座学で散々学んだな？」

「イエス、サー」

　みんなが頷く。ノルマンディーでも基本的には同じ作戦だった。

「よろしい。今回、我々は制圧拠点に降下したのち、後続のためにハイウェイと橋を敵から奪取、確保して進行路を切り開く〝マーケット作戦〟を遂行する。直後にベルギーから進軍した英第三〇軍団による戦車隊がハイウェイを啓開、北上する〝ガーデン作戦〟を行う。我々はその後も後続のために持ち場を死守し続けなければならない」

　ミハイロフ中尉は振り返って、掲示板の地図に矢印形のプレートを置いたハイウェイを、鉛筆の尻でこんと叩いた。

「ハイウェイと言っても、我々が想像するような舗装道路とは違うぞ。ちょっと幅が広いだけで小石がごろごろ転がる田舎道だ。途中でいくつかの街を通過する。中でも重要な制圧拠点は、この三カ所の街だ」

そう言いながら、矢印の先端、中間、末端あたりをそれぞれ、指さしていく。

「本作戦には、イギリス、アメリカ、そしてポーランドの空挺師団と、イギリスの第三〇軍団が参加する」

中尉は矢印の先端に〝アルンヘム〟と書かれたプレートを置いた。

「ネーデルライン川の岸辺に位置するこのアルンヘムは、すなわちドイツ国境間近の街だ。ここを英第一空挺師団と、波《ポーランド》第一パラシュート旅団が担当する」

次に中間地点に〝ネイメーヘン〟と書いたプレートを貼り、「ここは米第八二空挺師団の担当」と言った。

「そしてここが、我々第一〇一空挺師団の降下地点付近の街、アイントホーフェンだ」

中尉は下端、ベルギー国境間近の地点に最後のプレートを置いた。〝アイントホーフェン〟——見慣れないオランダ語の地名を、僕は頭に叩き込んだ。

「諸君、ビリヤードを想像したまえ。縦列に、間を空けて置かれた三つの球がある。この的球が各空挺師団だ。そして手球となる戦車隊が、我々一〇一空挺師団に当たれば作戦開始となる。我々は転がって第八二空挺師団に接触、次は奴らが英第一空挺師団へと接触する」

鉛筆を無造作にテーブルに放つと、「本物のビリヤードと違うのは、手球が的球にくっついてくるところだ。空挺兵の任務はいわば戦車隊のための交通整理だからな」と付け加え、ミハイロフ中尉は水差しからグラスに水を注いだ。

「さて、この地図を見て、勘のいいものなら察知しているはずだ——連合軍は何を最優先にしなければならないか。誰かわかるものは？」

まるで教師のように僕らに質問をする。みんな互いに顔を見合わせ、「戦車を守るとか？」「補給路だろ」などと言い合った。ミハイロフ中尉は両目を細めて見回し、中央あたりの席を指した。

「グリーンバーグ。貴様はどう思う？」

みんなが一斉にエドの方を見る。ややあって、相変わらず淡々としたエドの声が聞こえてきた。

「できるだけ早く戦車隊をアルンヘムへたどり着かせることです」

すると調子に乗った同じ分隊のスミスがエドの口真似をしたので、笑いが湧き起こった。僕は隣のディエゴに止められなければ、もう少しでスミスをぶん殴るところだった。

　でも正直エドらしくないなと思った。だって作戦が早くすむに越したことはないし、わかりきった答えだから……しかしミハイロフ中尉はにっこりと、満面に笑みを浮かべた。

「正解だ、グリーンバーグ。まさにそのとおり。我々の最優先事項、それは一刻も早く戦車隊を北上させ、アルンヘムへ到達することだ。作戦は二日間、長くとも四日で完了しなければならない」

「二日ですって？」

「そうだ。この道を見ろ。狭い一本道、つまり回廊だな。先端のアルンヘムに降下する英第一空挺師団は、敵が目と鼻の先にいるにもかかわらず、援護がない状態になる。突破できなければ袋のネズミだ。もし戦車隊や補給隊の到着が遅れ、彼らが手持ちの弾を撃ちきってしまった状況を想像してみろ」

　確かに、補給を絶たれた兵士が生き延びられる日数は三日と言われている。中隊長は、すっかり静まった僕らに向かって「さきほどグリーンバーグの答えを笑った者は、危機感の薄さと現状把握能力の欠如を反省するように」と付け加えると、グラスの水を飲んだ。

　仲間たちの間からひょいと手が挙がった。同じ分隊のヘンドリクセンだ。

「あー、すみません、中尉？」

「何だ、ヘンドリクセン？」

「もしかして、俺たちも袋のネズミですか？　つまり一本しかない道に、空挺兵と戦車隊と輸送トラックが集合して、一列に並ぶ作戦でしょう。包囲されたら逃げ場がない。いい標的です」

「そのとおり、いい着眼点だ。このハイウェイ――五〇マイルの道こそが、制圧拠点であり、進行路であり、補給路である。他に脇道はない。だがこれが今回、有望とされている作戦なのだ」

　テントの中が三たびざわついた。前方に座っている他の幕僚たちは、困惑した様子でミハイロフ中尉を見ている。もしかしたらこの視点は、士気のためにも指摘すべきではない、作戦の大きな穴なのかもしれない。

　幕僚のひとりが咳払いしつつ立ち上がり、ミハイロフ中尉をじろっとひと睨みした。

「いいかG中隊のみんな、案ずることはない。中尉は貴様らの気を引き締めるために、わざと危機感を煽っているだけだ。大丈夫、我々は強い」

幕僚は焦りと怒りも露《あら》わに顔を赤くしつつも、胸を張り、何とか笑みを浮かべようとした。

「それに偵察部隊から、オランダ進駐のドイツ兵が今月に入ってどんどん撤退していると情報が入っている。町を焼き払い大勢の市民を殺してな……多少の抵抗はあるだろうが、残っているのは老兵か少年兵ばかりだ。作戦はまったく問題なく完遂できるだろう」

安心させようとしているのだろうけど、動揺のざわめきはなかなか打ち消せない。椅子に腰掛けたウォーカー中隊長をちらりと窺《うかが》うと、腕を組んだまま目をつぶっている。まさか居眠りしているわけではないだろうけど、不安だ。

「補足をありがとうございます。では説明を続けてもよろしいかな?」

当のミハイロフ中尉はむしろこの状況を楽しんでいるかのように、冷笑を浮かべつつ、節張って薄っぺらい手をゆっくりとこすり合わせている。幕僚が苦虫を嚙みつぶしたような顔で椅子に座ると、説明を続けた。

「さて、本作戦の攻略地点について話そう。ハイウェイには途中にいくつもの橋梁《きょうりょう》がある。川は何も、最終目標のライン川だけではない。オランダは海抜が低く、湿地や川、運河が非常に多い国だ。中世にはあえて水門を開けることにより領地を水浸しにし、敵の侵略を阻んだという記録もある。もちろんハイウェイも例外ではない。途中でいくつもの橋に遭遇するだろう。すなわち本作戦の成功を左右するのは、個々の橋梁の確保。そうでないと後続の戦車や輸送トラックが対岸に渡れない」

ミハイロフ中尉は地図の、アイントホーフェンより北側の地帯を、指先でぐるりと丸くなぞった。

「降下直後における第一〇一空挺師団の任務は、まずソン橋、フェーヘル橋、ベスト橋の三本の橋を確保すること。我々第五〇六連隊はまずウィルヘルミナ運河に架かるソン橋を奪取する。それから一度南へ戻り、アイントホーフェンを制圧、解放だ。わかったな?細かな点は追って知らせる。ドイツ軍が軍備を整え再編していないことを祈れよ。以上、解散!」

中隊司令部のテントから出た僕らの表情は、きっとどこの中隊の面々よりも暗かっただろう。けれども日光の下で運動し、食事を摂り、他の連中の話を聞いているうちに、なんとなく問題なんてどこにもないような、大丈夫なような気がしてきた。

「俺たちにドイツ軍がいつまでも抵抗できるとでも？　クリスマスまでに戦争は終わる。間違いないさ」

それから二日後の作戦当日、九月十七日、午前十時。僕らは再びパラシュートを背負い、三ヶ月前と同じようにC47輸送機に乗って離陸した。

出撃の直前、太陽が照りつける野原の飛行場で、ディエゴに会った。今度は戦闘が第一の任務、コックとしての仕事はないと思っていい。ディエゴは第一小隊、僕とダンヒルは第二小隊、エドは第三小隊と、コック仲間はばらばらに行動する。

ディエゴはまた頭をモヒカンにしていて、僕に気づくとにかっと白い歯を見せた。

「ちゃんと街の美容室へ行ったんだぜ。気合いを入れねえとな」

「うん、無事でね」

「キッドもな。オランダで酒を飲んで、恋人を作ろう」

そう言葉を交わして、僕らは拳骨をくっつけ合った。

日曜日の空は晴れていて、柔らかな青色の空に白い鱗雲がいくつも浮かんでいた。降下地点まであと数時間、ノルマンディーの時とは違い、今度は白昼堂々飛び降りる。戦闘機と輸送機の数は約五千機、飛行する鉄の塊は、まるで渡り鳥の群れのように隊列を組んだ。

マーケット作戦に参加するパラシュート兵とグライダー兵は合計三万五千人、そしてガーデン作戦に参加する英第三〇軍団には、近衛機甲師団をはじめとする大規模な戦車部隊が所属している。そして第八および第一二軍団が援護に加わった。空挺兵の数は、Dデイよりも多い。

二回目とあって、みんなあまり緊張もせず落ち着いて過ごしていた。仲間と談笑したり、呑気に居眠りしたりしている。僕はこの間本物を聴いたばかりの、『ムーンライト・セレナーデ』を鼻歌で歌った。いい曲だ。歌は隣に座っているダンヒルにも伝染したようで、本を読みながら指先でリズムを取っている。

時々戦闘機が飛来して機体が揺れたが、護衛の戦闘機が迎撃して撃退したし、さほど混乱は起こらなかった。先日の悪い予測が嘘のように計画は順調に進み、間もなく降下地点に着く。小隊長の合図で、僕らは一斉に立ち上がった。

「フックを持て！　繋留索にかけろ！」

民家の黄色い壁に背中を預け、ブリキの水筒を傾けて水を飲んだ。冷たい液体がのどから空っぽの胃袋に流れ込む感触がする。空はどんよりと重苦しい曇天《どんてん》で、太陽も朝から姿を見せない。冷たい雨が時々ぱらつき、じっとしていると寒くなった。腕時計を確認すると針は午後一時半を回っていた。

今日は九月二十二日。オランダ降下からすでに五日が経ち、僕らは今どこにいるかというと、オランダのフェーヘルという町にいた。先に到着していた第五〇一連隊が、ここをドイツ軍の攻撃から防衛してから、まもなく三時間になる。

「弾は充分にあるか、キッド？」

ブーツの踵を高らかに鳴らしながら、同じ第二分隊のマッキントッシュ軍曹が部屋に入ってきて、僕の肩を叩く。

「うん、持てるだけ持ってきてあるよ」

マッキントッシュ、通称マックは下士官だけど、訓練時代からの馴染みで、新入りの補充兵はともかく僕ら古参兵は誰も彼に敬語を使わない。天使のような巻き毛を持つ親と、面長の間に生まれてしまったらしく、まるで金色の鳥の巣に顔を突っ込んだ馬みたいな顔をしていた。

ひどい面《つら》はそっちのくせに、マックは僕の顔を見るなり吹き出した。

「ガキが、ずいぶんむさ苦しくなったじゃねえか」

「どうも」

確かに僕の口の周りには無精髭が生えはじめていた。元々あまり髭は濃くないけど、さすがに五日間も剃ってなければこうもなる。反対にマックのポパイ顎は青青しい剃り痕が残っていた。このクソ忙しい中で、いつカミソリをあてたんだ？

「ほら、これで身だしなみを整えておけよ。そんなりで死んだら嫌だろ？」

マックは小さな鏡を投げて寄こすと、部屋から出て行った。奴はむしろ不細工の部類に入るが、なぜか自分の面がいたくお気に入りで、暇さえあればこの鏡を覗いている。

ガラスを割って枠だけにした窓から、下を覗く。幅の広いハイウェイを、仲間のアメリカ兵が行ったり来たり、敵を迎撃するための準備に奔走していた。誘爆線のリールを引く工兵の後を、三人がかりで瓦礫《がれき》の石を運び、道が凸凹《でこぼこ》になるよう敷き詰めている。その脇をバズーカ砲を担いだふたりが、積み上がった石によろめきながら、民家前の遮蔽物の陰に消えていった。

マーケット・ガーデン作戦は、生憎《あいにく》、残念ながら、まったく、計画どおりに進んでいなかった。二日、長くても四日で北上しきらなければならないのに、僕らは五日経ってもなお、いまだに中間地点のネイメーヘンにすらたどり着けず、ここで足止めされていた。

ドイツ軍は老兵と少年兵だけ、もはや敵ではない？　とんでもない。司令部のもくろみは見事に外れた。敵は撤退などしていない、いや確かに一時的な撤退はしたが、軍を再編して反撃に転じたのだった。結局は、ミハイロフ中尉の指摘の方が正しかったのだ。

敵の襲撃でハイウェイは大混乱に陥った。僕らの第一目標だったソン橋は到達目前で爆破され、臨時の仮設橋を工兵が徹夜で渡すのに丸一日かかってしまった。

第一〇一空挺師団が確保すべき三本の橋、ソン、フェーヘル、ベストのうち、簡単に奪取できたのはフェーヘルだけだ。爆破されたソン橋はひとまず仮設橋で補修したものの、ベスト橋に至っては、先遣《せんけん》として向かった第五〇二連隊のH中隊と、まったく連絡が取れずにいる。

当日に合流するはずだった英第三〇軍団の戦車隊も、出発直後にさっそく敵の待ち伏せに遭って、一日遅れた。その後もシャーマン戦車は馬鹿みたいにまっすぐこの回廊を進まざるを得ず、あっちこっちで側面攻撃を受けた。ドイツ軍の八八ミリ高射砲やパンター戦車、突撃砲などの火力で、ハイウェイは黒煙を噴く。そのたびに態勢を整えて闘って、少し進んで、闘って、もう五日目だ。

ついでに、運にも見放されていた。曇天が続き、霧も多く、悪いことに飛行場があるイギリスはもっと悪天候らしい。戦闘機や輸送機が飛べず、空からの援護が期待できない。補給品の投下もなしだ。急がなければ全滅してしまう。

しかし、あるだけの兵力でこちらも反撃、何とかいったんは敵を押し返したけれど、今度は、無事に確保できたはずのフェーヘル橋に敵が向かったとの情報が入った。

「ハイウェイを分断するつもりだ」

無線で指令を受けたとき、ミハイロフ中尉は舌打ちした。ウォーカー中隊長は霧雨にヘルメットを濡らしながら、双眼鏡でハイウェイを眺めるだけ、後は指令どおりに僕らにフェーヘル方面へ進むよう命じた。

ハイウェイの途中にはウィルムスという運河が流れ、そこに架かるフェーヘル橋を渡ると、同じ名の町、フェーヘルに着く。おそらく、はじめにハイウェイが作られ、その周辺を家々で囲う形で町ができたのだと思う。そのせいで、ハイウェイを進むには必ずこの町を通過しなければならなくなった。

だからてっきり敵もハイウェイを通ると思いきや、町の中心部から南東へ続く細い分岐があり、どうやらドイツ軍はこの道から進軍してきたらしい。

同じ師団の第五〇一連隊が夜明け前にフェーヘルへ到着、側面から攻撃を仕掛けてきたドイツ軍との攻防戦を繰り広げた。戦いは午前中いっぱい続いたあと、敵の戦車隊は一度退いたように見えたが、実際はただ町の東側と北側に回っただけだった。奴らはもう一度橋を狙ってくるだろうし、こちらは絶対に死守しなければならない。まだ戦いは続くだろう。

そこに僕ら第五〇六連隊が援軍として駆けつけ、現在に至る。

第一〇一空挺師団のマッコウリフ准将は自分の砲兵部隊を南東に配備、防御線を築いて、ドイツ軍が侵入してきたT字路を塞いだ。戦闘中は民家も要塞に変わる。僕らは上官の指示に従ってそれぞれ民家や建物にこもり、市街戦に備えた迎撃態勢を整えた。

僕ら第三大隊の担当区画は、町の南西部、出入口のすぐそばだ。この先には死守すべき橋がある。なんとしてもここを通過させてはならない。最後の防波堤の役目として、奴らが出て行く前に叩くのだ。

幸い僕のライフルは、前の戦いで弾を撃ちきっていた。オペレーティングハンドルを引いて、八弾が連なる挿弾子《クリップ》を上からはめて押し込み、ボルトを戻す快音を聞きながら装填を完了する。腰の挿弾子《クリップ》ベルトにも挿弾子《クリップ》は詰まっているし、ピストルの弾倉と手榴弾も四つ持ってきた。

窓の下にはハイウェイ、向かいにはおとぎ話めいた家がずらっと並んでいる。ここから見て左手が町の中心部、そして右手が町の終わり、ウィルムス運河に架かるフェーヘル橋へと続く。

素朴な家並みに、僕は子供の頃聞かされた童話を思い出した。柔らかな色合いの石壁に三角の屋根、木の扉、華奢《きゃしゃ》な手すりがついた白い階段と、横倒しになったまま捨てられた自転車。

ところどころに戦闘の爪痕が残り、崩落している家もいくつかあったが、もし今が平時だったら、しゃべる仔ヤギやオオカミ、酸っぱいビールを持たされた間抜けな末息子が登場しても、おかしくはなかった。あれ、それはドイツの童話だったっけ。

僕らの分隊が待機しているこの民家は、真下を走るハイウェイと、町の西側に繋がる道とがT字にぶつかり合う、ちょうど角に建っていた。この区画は住居がやたらと密集していて、家と家の間は狭く、大人同士がすれ違う時にはどちらかが壁に背中をつけて、道を譲《ゆず》らなければならないほどだった。

家主のオランダ人、ヤンセン氏は玩具職人で、寝室のあちこちに組木細工や木彫りのおもちゃが飾ってあった。

戦禍に巻き込まれる前はそれなりに裕福だったのか、隣家も彼の持ちものだ。こちらの家は家族との住まいで、隣家ではおもちゃの店を営んでいたらしい。仕事場の工房がその地下にあるそうだ。ショーウィンドウは割られ、商品も一切合切なくなっていたけれど、工房ではまだ玩具作りを続けているという。

「それにしてもこの部屋、ガキのにおいがするな」

隅っこであぐらをかいていたヘンドリクセンが、太い腕を動かしてライフルの残弾を排出しながら、鼻をひくつかせる。いつも斜に構えたヘンドリクセンの表情を形容するには、粗野が一番しっくりくる。皮肉屋で乱暴者というと衛生兵のスパークもそうだけど、スパークにはどこか坊ちゃんめいたインテリの雰囲気がある一方、ヘンドリクセンは腕っ節の強い田舎の不良という感じがするからだ。どこで喧嘩したのか知らないけど、奴の顎にはひと薙《な》ぎの古い傷跡が残っていた。

ヘンドリクセンの言うとおり、確かにこの部屋は独特のにおいがした。ひなたにしばらく置いておいた牛乳みたいなにおい。壁紙は褪せた黄色で、青い小花模様がぽつぽつと散っている。並んだふたつのベッドの上にはぬいぐるみが寝かされていた。いかにも子供部屋らしくて、懐かしい気持ちになる。

二階にはここと隣の、ふたつの部屋があった。こちらはハイウェイに面し、隣はT字路を見渡せる角部屋で、今は物置にしているらしく、乱雑に家具が置かれている。部屋と部屋を仕切る壁にはドアがついており、廊下に出なくとも行き来できた。

そのドアも今は蝶番《ちょうつがい》ごと外して取り去り、部屋と部屋をつなげて視界を広く保ち、窓はガラスを適当に割って窓を開けなくとも銃口を外へ出せるようにした。動かせる家具は壁際に移動、銃弾を防御する遮蔽物として利用した。衣装箪笥《だんす》に小ぶりのサイドボード、絵本が並んだままの本棚。一階にある寝室からもいくつか運び込んだ。いずれもどっしりとした上等な家具で、角や表面のところどころに古傷がある。ここに住む家族が使っていた証だ。

ここを貸してくれた家族は今、地下室に避難している。五十がらみの壮年の夫妻と、八歳の女の子がひとり、そして四歳の男の子がひとりの四人家族だ。遅くできた子供なのだろうか、白髪交じりの両親なのに子供の年齢が低い。

家主のヤンセン氏は、訛《なま》りこそ強いものの英語を話せた。死んだ兄がレジスタンスだったそうで、僕らが頼むと快く家を貸してくれた。

オランダの人々は、ソンでもアイントホーフェンでも、オレンジ色の旗を振り食べ物や酒を出して、連合軍を盛大に歓迎した。泣きながら握手を求めてくる老人や、キスをしてくる若い女性もいた。進軍が遅れたのはこの熱烈な歓待の影響も多少あったが、これだけ喜んでもらえるならと、僕らも嬉しかった。

ただし、幸せな時間は長く続かない。名残を惜しみながら街を後にした僕らを待ち受けていたのは、行く先々で勃発する戦闘だった。ドイツ軍の奇襲は的確で、攻撃力も高く、早くも仲間がふたり死んだ。

日没に乗じて撤退した村で見たのは、異様に赤い対岸の空だった。アイントホーフェンの方角だ——ドイツ軍の爆撃機が闇を切り裂き、飛んでいく。僕らを迎えてくれた、喜びに沸いていた人々は、その爆弾で街ごと焼き尽くされてしまった。

ヤンセン氏はダンヒルと同じくらいに背の高い男性で、丸メガネの奥で輝く瞳は優しげで、まるで春の海のように青かった。

「私の子供たちです。娘がロッテで、息子がテオといいます」

同じように青い色の瞳をしたロッテは、紹介されるとぱっと夫人の陰に隠れた。でも亜麻色の長い髪が、夫人のエプロンの脇から丸見えだ。恥ずかしがっているのかと思ったら、はにかむあまりに不機嫌になってしまったらしい。その姿に僕は妹のケイティを思い出した。額が広くぽっこりと出っ張っていて、賢そうな風貌もどことなく似ている。

　反対に男の子のテオは、無邪気で素直な子供だった。カラスの羽のように黒い髪と、同じ色のくりくりした大きな瞳が印象的な、愛らしい顔立ちをしている。いつもクッションを抱きしめていて、先っぽの方をいじりながら指をしゃぶっていた。変わった形のクッションだと思ったら、どうもぬいぐるみらしい。茶色く丸っこい本体に、ぴんと尖った尾がくっついている。テオに頼んでよく見せてもらうと、顔の部分にぴらぴらした細長いくちばしが縫い付けられていた——テオが指しゃぶりの時に触っているのはこれか。

「変な鳥だなあ」

　ポケットに残っていたチョコレート・バーやキャンディを子供たちにあげていると、ヤンセン氏は眩しそうに両目を細めながら、英語でこう言った。

「テオは、侵略される前の、本当の我が国の姿を知りません」

　ああそうか、僕は頷いた。確かオランダがナチスに侵略されたのは一九四〇年の五月だと座学で学んだ。テオは父親が何を言っているのかわからないのだろう、唇の端をチョコレートで汚しながらにこにこ笑い、僕の背中にしがみついた。たぶん野戦服もチョコを食べられて嬉しいと思うよ。それからテオは第一〇一空挺師団の師団徽章《きしょう》、〝叫ぶ《スクリーミング》鷲《・イーグルス》〟を指して「Adelaar!」と嬉しそうに叫んだ。ヤンセン氏はテオを抱き上げると、照れくさそうに謝った。

「すみません、この子は鳥が好きなんです。それは鷲ですか？」

「ええ、そうです。うちの師団徽章です」

「翼を持つ兵士たちが我が国に飛来した……神様の思《おぼ》し召《め》しですね」

　妙に詩的なことを言う。空挺兵はドイツにもいるけど、とは言い返さずに曖昧に笑っておいた。ヤンセン氏はテオの額にキスをして床に下ろし、避難の準備をはじめた。

　その後一家は、丸腰で外へ逃げるよりはこちらの方が安全だと、水と数日分の食糧を持って地下室へ隠れた。手伝おうかと申し出ると、ヤンセン氏は謹《つつし》んで、でもきっぱりと断った。

「ありがとうございます。しかしあそこだけは、家族の空間にしておきたいんです」

家族か。もう長いこと家族の顔を見ていなかった。

それに、どうやらクリスマスまでに戦争は終わりそうもない。

どかどかと階段を駆けのぼるけたたましい靴音に現実へ引き戻され、はっとすると、子供部屋のドアから軽機関銃を担いだふたりが入ってきた。ひとりは丸坊主の装弾手のアンディ、もうひとりは射手でふさふさの金髪を持つ美男、ライナス・ヴァレンタインだ。

「ライナス！」

「よお、キッド。今日の夕飯は何だ？」

「悪いけどまた糧食《レーション》だよ。肉と豆の缶詰」

しゃべりながら、ふとエドとディエゴを思った。このところの戦闘続きで、小隊が違うふたりとはほとんど会話してない。特にフェーヘルに着いて持ち場に入ってからは、姿すら見ていなかった。あいつらは今どこで待機しているんだろう。

「そりゃいいい、缶詰はナチスとモントゴメリーのアホに投げつけて、さっさとフランスへ戻ろうじゃないか。ラムでも食いに行こう」

ライナスは以前補給兵に配属替えしてもらうと言っていたけれど、結局実現できなかったらしい。むしろ伍長に昇級して、このままだと機関銃分隊の分隊長に就くのも時間の問題だ。

そこに分隊長のアレン先任軍曹が、ずんぐりした体を揺らしながら現れ、僕もヘンドリクセンも起立した。猟師めいた風貌だった分隊長は、伸びた髭がもみあげと繋がったせいで、今では熊と形容した方が近い。これでは狩られる側だ。猟師に追われているところを想像して笑いそうになる。

「聞け、第二分隊！　これから作戦の再確認をする……何だ、楽しそうだなキッド」

「ノー、サー。何でもありません」

しまった、気を引き締めないと。アレン先任軍曹の後ろには狙撃兵のマルティニと、この間の作戦説明中にエドをからかったスミスの野郎がいた。スミスはくちゃくちゃガムを嚙みながら、殺した敵から奪ったという腕時計の文字盤を見ている。

アレン先任軍曹は僕らを部屋の中央に集め、咳払いをして作戦を確認しはじめた。

「レジスタンスからの情報によると、敵は現在、ここフェーヘルから隣村ウードゥンまでのハイウェイ上に戦車や突撃砲を配置、道を分断している。グライダー連隊が排除を試みているが、イタチごっこだな。そして午前中にここを襲った戦闘団は、北を迂回、西に回ろうとしている。東と西から挟撃される可能性が高い」

作戦会議で挙手し、回廊の危険性を指摘したヘンドリクセンが、「言わんこっちゃない」とひょいと肩をすくめた。

「ヘンドリクセン、何か文句あるのか?」

「別に、分隊長殿」

「しょうがねえ奴だ。いいか、報告によると敵はSSと陸軍、それぞれ一個連隊程度の兵力と思われる。主力はSS機甲師団、パンター戦車とⅢ号突撃砲。八八ミリ高射砲の射程内に入っている可能性も考慮しておけ。本気でかからないと俺らの命どころか、町ごと全滅するぞ」

ドイツの戦車は連合軍にとって驚異の兵器だった。名の知れた虎《ティーガー》は数が減ったのかあまり見ないが、その代わり豹《パンター》が僕らを震え上がらせている。七〇口径七五ミリの主砲はこちらのシャーマン戦車を撃ち抜くほどの威力、装甲は堅くて歯が立たない。フランスのサン゠ローでの戦いでは、パンター一輌でM4シャーマンを九輌も撃破したという。Ⅲ号突撃砲の見た目は戦車に似ていて、キャタピラで自走するが、車高が低く砲塔は回転しない。歩兵を守るようにして現れることが多かったけど、それでも装甲と砲撃の威力は戦車と同程度だった。

八八ミリ高射砲も、自走こそしないが恐ろしい武器だ。十字の砲架台に巨大な砲身を載せた怪物で、〝戦車殺し《タンク・キラー》〟と呼ばれている。何しろティーガー戦車の主砲はこの八八ミリ砲と同じだ。固定式だが、砲台が旋回するため死角はない。それでいて四秒に一発撃て、射程距離は水平で九・二マイル（約十五キロメートル）もある。

「奴らは今日だけで二度にわたり、この五マイル範囲の分断を実行している。三度目を防がなければならない――隣のウードゥンには第二大隊の一個中隊が配備完了とのことだ」

フェーヘル、ウードゥン、そしてハイウェイ。この三カ所でほぼ同時に戦闘が起きる。大混乱、魔女の大釜が開くというやつだ。たぶん、仲間が大勢死ぬだろう。もしかしたら僕かもしれない。気がつくと手が震えていて、急いで背中の後ろに隠した。

「こちらの主戦力はマッコウリフ准将の独立砲兵部隊。中央と東南の入口を防御する。敵が侵入次第迎撃せよ。マルティニは向かいの教会から狙撃、スミスと俺、重火器分隊のバズーカ砲が援護する。残りはこのままここで待機。二階の角はライナス、アンディ。ハイウェイ側をヘンドリクセン、ダンヒル、キッド。そして一階はマック分隊長、ワインバーガー、それからフォッシュ。フォッシュは新入りだ、ちゃんと面倒みろよ」

「イエス、サー」

「それから通信機を撃たれるなよ、ワインバーガー。現にアルンヘムの英第一空挺師団とは連絡がつかん。死んだと思われたくないなら、お袋さんの形見のつもりで守れ」

ワインバーガーの敬礼を横目で確認し、アレン先任軍曹はひと呼吸ついた。

「敵を通すな。絶対に橋に行かせてはならない。ハイウェイを死守しろ」

アレン先任軍曹、マルティニ、スミスの班が向かいの建物に移動してから、僕らは一階の居間に集まってめいめい煙草を吸ったり、ビスケットをかじったりしていた。ソファの生地がさらさらと肌触り良く、ずっと座っていたくなる。ダンヒルは壁に寄りかかったまま目をつむり、ライナスは戸棚に腰掛けて、なにやら抽斗《ひきだし》を漁《あさ》っていた。

「フォッシュ、大丈夫か？」

居間の隅でしゃがんでいた補充兵のフォッシュに、ワインバーガーが話しかけている。分隊長に注意されたからではなく、単に自分の後輩ができて浮かれているんだろう。よく世話を焼いている。

この作戦で一気に補充兵が増えた。ノルマンディーの戦闘でかなりの兵力を失った穴埋めに、訓練を終えたばかりの新米が投入されてくる。補充兵のたいていはおどおどして、戦闘能力が低く、ヘルメットや戦闘服に着られているような印象があった。奴らにライフルを持たせると、ほぼ全員が装塡時にうっかり親指を挟んで悲鳴を上げる。

「大丈夫です、お気遣いなく。平気ですから」

今にも便所に駆け込みかねない顔色をしているくせに、フォッシュはなかなか強情な奴で、先輩の助けを突っぱねている。年齢は十八歳、ぼさぼさの黒眉や妙に血色のいい唇が垢《あか》抜けない印象を醸し出していた。

僕はミント味のガムを噛みながら窓に近づいて外を眺めた。灰色の分厚い雲はしつこく空に留まり、相変わらず空からの援護は望めそうにない。少し前から爆撃音がうるさく響きはじめている。北東の方角、第二大隊がいるはずのウードゥンからだ。

「あいつら、敵を全滅させてくれるかな」

「さあな。どうせ……」

ヘンドリクセンがせせら笑ったその瞬間、すぐ裏手で爆音が轟《とどろ》いた。

「敵だ！　総員配置につけ！」

マックが叫ぶ前にライナスが真っ先に戸棚から飛び降り、居間から走り出した。僕らも慌てて後を追い、ブーツを踏み鳴らして二階へ駆け上がる。

先にライナスとアンディが角部屋へ、そして僕、ダンヒル、ヘンドリクセンはハイウェイに面する窓の下に飛び込み、配置につく。腕時計を確認すると短針が文字盤の二を少し過ぎていた。

窓の右側の壁に沿って体を隠し、桟《さん》にライフルを構える。ガラスのない窓から雨が注ぎ、手元を濡らした。左側にはヘンドリクセンがつき、ダンヒルは僕と背中合わせで、隣の窓を警戒している。

敵は西からやってきた。戸棚のガラスや置物がカタカタと鳴り、やがて床からふくらはぎに振動が伝わる。不気味なエンジン音が徐々に近づき、耳障りなキャタピラの軋《きし》み音が聞こえてきた。ドア板を外した戸口越しに隣室を窺うと、ライナスが機関銃を構え、アンディが給弾ベルトを支える後ろ姿が見える。

真下のハイウェイに視線を戻すと、導爆線を手にした工兵が民家の陰に隠れるところだった。中央にわざと瓦礫を捨ててあるのは妨害策だけでなく、下に対戦車用ホーキンス地雷が仕掛けてあるからだ。

落ち着け。息を深く吸って、ゆっくりと吐く。焦るな。銃床の台尻を肩に当て直したその時、町の反対側、東方向で煙が上がり、爆音が轟いた。挟み込まれた。

「チッ、やっぱ挟撃か」

ヘンドリクセンが舌打ちする。東南には砲兵部隊の防御線があるはずだ。

「Jagdpanther nach links! Der Rest nach rechts!」

将校らしき男のドイツ語が聞こえ、いよいよキャタピラの音が近づいてきた。たぶん、パンターは一輌。ただし戦車によく似た突撃砲が続いていそうだ。右に曲がるか？　左に曲がるか？　すると向かいの教会の窓からアレン先任軍曹の姿が見え、太い腕がちらちらと動いた。手信号だ。「パンターは左折して町の中心へ。突撃砲は橋方面、すなわち右折。突撃砲が角を曲がりきり、ハイウェイに入って尻を出すまで待て」

「了解」

　キュラキュラキュラと旋回する音と共に、突撃砲の砲身が右に曲がったその瞬間、鋭い銃声が一発鳴った。

　窓から見下ろすと、ハッチから上半身を覗かせていた車長らしき兵士が、装甲の上にぐったりと仰向けに倒れていた——脳天に穴が空いている。マルティニの狙撃だ。

　敵の歩兵たちが慌てふためく隙を逃さず、ライナスが機関銃の引き金を引いた。

　派手な機銃掃射音がこだまし、僕らはひたすら敵がいる方に向かってライフルの引き金を引いた。命中してるかどうかなんてわからないけど、とにかくやらないとやられる。

　一発撃つたび薬莢《やっきょう》が勢いよくはじけ飛び、壁に当たって乾いた音を立てる。建物の陰へ逃げ込もうとする歩兵に照準を合わせたものの、撃った弾は逸れてしまい、逆に撃ち返された。流れ弾が窓に当たって残っていたガラスが派手に飛び散り、降ってくる破片に慌てて顔を伏せた。

「おいキッド、この下手クソが！」

　ヘンドリクセンがわめく。わかってるよ、自分が下手なことくらい！　それでも無我夢中で撃っていると、あっという間に弾切れになってしまった。ベルトから挿弾子《クリップ》を掴んで顔を上げると、半装軌車がタイヤを回転させながらハイウェイに撒いた瓦礫に乗り上げ、その陰から一艇の対戦車砲が姿を現した。

「まずい、対戦車砲だ！　射手を撃て！」

「どこだ？　見えない！」

「半装軌車の陰だってば！」

　いったん壁に隠れてハンドルを引いたところで、手から挿弾子《クリップ》が転がって床に落ちた。幸い下は絨毯で、弾薬は挿弾子《クリップ》から外れていない。右腕を伸ばして体を傾けたその時、誰かが吼《ほ》えた。

「待避！」

　突然空気が膨らんだような感覚がして、耳の奥がおかしくなった。何もかもがくぐもって聞こえ、まるで水に潜《もぐ》ったかのようだ。

　知らぬ間に僕は横倒しになっていて、ヘルメットも脱げてどこかへ行ってしまった。ぼうっとする頭を振り、どうにか聴力を戻そうとしていると、思い切り腕を引っ張られて部屋の隅まで引きずられた。

ダンヒルの落ちくぼんだ灰色の目が僕を見下ろしている。何だ？　首をもたげて元いた窓辺を確かめると、そこには空が広がっていた。空？

見間違いじゃない。屋根と壁の一部がごっそりとなくなっていた。慌てて自分の体をまさぐったけど、腕も脚もあるし、腹や背中に穴もあいていなかった。ただ右の額が痛く、温かい血が垂れている。再び床が大きく揺れて、屋根の穴が更に広がった。

さっきまで僕がいた場所は瓦礫の山で埋もれ、ひときわ大きな石の下から、どす黒い色の液体がじわじわと広がっていた。

「ヘンドリクセン？」僕はダンヒルの肩を摑んだ。まだ耳がおかしくて、自分の声さえくぐもっている。

「おい、ヘンドリクセンは？」

しかしダンヒルは答えず、転がったヘルメットを僕の頭に乱暴に載せると、「逃げろ！」と怒鳴り、匍匐《ほふく》のまま廊下へ向かった。後を追うように機銃掃射音が響き、天井や床に次々と穴をあける。部屋を飛び出すと、ライナスが相棒の肩に腕を回して体を支えながら、隣の部屋から走ってきた。

「階下《した》へ逃げるぞ！」

三人が階段を駆け下りる前、破壊された子供部屋をほんの一瞬だけ振り返った。瓦礫の下にヘンドリクセンの顔があり、その片目と目が合った。いつまでも瞬《また》きをしない虚ろな瞳。もう一方は潰れてなくなっている。すぐそばの壁に銃弾が撃ち込まれ、正気に返った僕は、みんなの後に続いて階段を駆け下りた。

「ヘンドリクセンが死んだ、アンディは負傷！」

「ダメです、救護所と通信が繫がりません。隣のおもちゃ屋へ！」

見張りをしていたワインバーガーの前を通り、一度裏口から出て、隣の家の裏口のドアを蹴破って突入した。

ヤンセン氏が経営していたというおもちゃ屋の店舗は荒れ果て、そこらじゅうに割れたショーウィンドウのガラス片が散らばっていた。ライナスがアンディを支えているが、出血で奴の戦闘服も濡れはじめていた。アンディは息が荒く、汗を大量にかいている。

「怪我の場所は？」

「わからん、腕か、脇腹か……とにかく地下へ下りよう、ショーウィンドウがでかすぎて外から丸見えだ」

その時また爆音がして、家が揺れた。ダンヒルがライフルで後ろを守り、僕はふたりの前に出て、ヤンセン氏から教わったとおりレジスターがあるカウンターに入って、床のハッチの戸を開けた。たちまち地下にこもっていた木くずとニスのつんとするにおいが溢れ、鼻を刺激する。工房は上の店舗よりもひとまわり狭く、棚や箱には部品や工具らしき様々なものが積まれていた。左手の壁には黒っぽいカーテンが端から端まで引いてある。

工房の中央に大きな作業台があり、散らかった木くずや工具を一気に払って床に捨て、上にアンディを寝かせる。右腕から大量に出血していて、邪魔な袖を破ってやると、八インチ（約二〇センチ）ほどもある裂傷が露わになった。

「腕が吹き飛ばなくてよかった」

顔を引きつらせて軽口を叩きながらも、アンディは体をがくがくと震わせた。ライナスは相棒の額を袖口でぬぐってやりながら、僕とダンヒルに言った。

「あれはパンターV号戦車じゃない。ヤークトパンターだ。厄介だぞ」ヘルメットをかぶり直し、アンディの頬を軽く叩いた。「よう相棒、大丈夫だからな。こんなの全然大した傷じゃないさ。じゃあ俺は戻る。キッド、アンディを頼むぜ」

そう言って僕の肩を小突き、ライナスは階段を駆け上がっていってしまった。ヤークトパンターは新しい型で砲塔がなく、主砲はケーニヒスティーガーと同じ七一口径八八ミリ、精度が高くて機動力に優れている。

とりあえず携帯救急キットを雑嚢《ざつのう》から出して、サルファ剤の小袋を破り、傷口にかけてやるが、どくどくと血が溢れて止まらない。アンディは「怖い、怖い」とうわごとのように呟きながら震えている。

「大丈夫だって、腕を怪我して死ぬ奴はいない」

モルヒネを一本打ってやると少し落ち着いたが、体の他の部位を確かめていたダンヒルが呻き、小声で耳打ちしてきた。

「コール、傷は脇腹にもある」

思わず舌打ちが出る――腹の傷の手当ては衛生兵がいないと無理だ。僕は階段を駆け上がり、のどを絞って叫んだ。「フォッシュ！　来い！」

慌てふためいてやってきたフォッシュはアンディに

負けないほど青ざめ、面長の顔が白いキュウリの断面みたいになっていた。でも新米には酷だとか言ってる場合じゃない。腕を引っ張り、血で染まった包帯の上に新しい包帯を載せ、フォッシュの手のひらで圧迫させようとすると、フォッシュはびくっと震えて引っ込めようとした。その手を無理矢理摑む。

「このまま押さえてろ。モルヒネはもう打つなよ。絶対だからな」

「お、おふたりはどこへ？」

「衛生兵を呼んでくる。アンディを看ていろよ。死なせるんじゃないぞ」

　悲鳴を上げるフォッシュとアンディを残して階上へ戻り、ダンヒルと裏口から出た。

　爆音と銃声がこだまする。硝煙のにおいを孕《はら》む生ぬるい風に乗って、柔らかな霧雨が降っていた。

　路地の壁に背中をくっつけ、ライフルに新しい挿弾子《クリップ》をはめ込んでハンドルを戻す。路地は一本道で、右に進めばドイツ軍が西から侵入してきた道に出てしまう。しかも出口のところでは、ふたりのアメリカ兵が折り重なって死んでいる。その前を突撃砲がキャタピラを軋ませながら通り過ぎていったが、幸い僕らには気づかなかったようだ。家と家の間が狭くて助かった。

「左に行こう。あっちはまだ静かだ」

　僕が前、ダンヒルが後ろを警戒しながら素早く左へ進み、出口にたどり着くといったんしゃがんだ。ダンヒルは背中を壁につけて警戒、僕は濡れた石畳に腹ばいになった。

　額から流れる血をぬぐいつつ、様子を窺う。目の前を緩やかに傾斜がついた石畳の小道が横切って走り、ハイウェイへと通じている。小道を挟んで向かい側にもこちらと同じような民家が並んでいて、弾痕や煤《すす》で汚れた壁と壁の間には路地がある。

　衛生兵はどちらの区画にいるだろう？　一気に小道を渡って向こう側を確かめてみるか？　でも敵兵がどこに潜んでいるかわからない。僕は乾いた唇を舐めた。

　その時、後ろからぺたぺたという奇妙な足音が聞こえてきた。しまった、前方にばかり気を取られていた——慌てて振り返る間もなく、そいつは僕の背中を踏みつけた。

「痛え《いって》！」

　しかしそいつは構うことなく僕の頭上を飛び越えると、路地から小道に躍り出た。ハンチングをかぶり、痩せた体にシャツとズボンを身にまとっている。表の通りに立って両腕を高々と挙げた。恐怖なんてものともしないかのように。

「な、何だ、あいつ?」

錯乱しているのか、細い手足をばたつかせながら甲高い悲鳴を上げ、ハイウェイへ向かって傾斜を転げ落ちるように走る。靴も靴下も履いていない、裸足《はだし》だ。

でも、一体どこから現れたんだ?

呆気にとられていると、掃射音が耳をつんざき、謎の人物の背中がはじけて仰《の》け反った。あんな目立つ行動をしたら撃たれて当然だ。前につんのめって倒れ伏し、その拍子にハンチングが転がって、坊主頭が露わになった。石畳の道にどす黒い血がみるみるうちに広がっていく。

撃ったと思われる方角は僕から見て右手、こちら側の区画に建つ民家の、二階か三階の窓だろう。

「上に狙撃兵がいる……敵かな」

「おそらく」

振り返ると、後ろのダンヒルも今の奴に踏まれたのか、右手首を軽く振っていた。

不審者は見るからに民間人だし、現在多くのオランダ人が合衆国側についている。だから警告もなしに撃つのは、ドイツ兵と考えるのが妥当だ。けれど衛生兵を呼ばなければアンディが手遅れになってしまう。焦るな、急がば回れだ。口にチューインガムを放り込んで嚙みながら、ブーツのサックから銃剣を抜き、胸ポケットに入れっぱなしだった小さな鏡を出した。

「マックからものを借りて役に立ったのは、これがはじめてだな」

嚙んだガムの粘着力で銃剣の先端に鏡を付け、路地から少し出して映った景色を確認する。三軒右の二階の窓に、ドイツの機関銃兵らしき人影が見え、その上の屋根裏では狙撃兵のスコープがきらりと光った。

「参ったね」

更に鏡を動かしてみると、その手前の民家の二階に、鉄柵を巡らせたベランダが張り出していて、枯れかかった植木がいくつか並んでいるのがわかった。あの屋根裏からこちらに向かって撃つ場合、ベランダと植木が敵の照準に入って邪魔になりそうだ。

「道は渡らずに、このまま右の壁伝いに進んで、次の路地へ隠れよう。ひとまずこっちの区画を捜す。援護頼む」

僕はダンヒルとそう打ち合わせて、路地を右に向かって早駆けした。ダンヒルが上方に援護射撃する間に走り、民家を一軒分越え、隣の路地に体を滑り込ませる。もくろみどおり植木鉢による遮蔽がきいたのか、運が良かっただけか、とにかく撃たれずに済んだ。合図を送り、今度は僕が壁に沿って立射援護し、ダンヒルをこちらに移動させる。大きな体が狭い路地に入ると同時に、奴のライフルの銃床の端がはじけ飛んだ。

しかし命を危険にさらした甲斐なく、ここの路地にも誰もいない。

「畜生、どこにいるんだよ」

「コール、あっちだ。向こうに仲間がいる」

太い指の差す方向には味方の姿があった。しかもエドがいる第三小隊の連中だった。急に懐かしい気持ちがこみ上げたけど、安堵している場合じゃない。

「どうしよう。やっぱり走るか?」

「いや、まずは手信号を送ってみよう」

ダンヒルは向かいの第三小隊にサインを送った。

(そちらに軍医か、衛生兵はいるか?)すると路地の際にいた小隊長がそれに答えた。(スパークがいる)

僕とダンヒルは顔を見合わせた。さて、どっちが先に行く? 腑抜けと罵《ののし》られても仕方がないが、どちらも及び腰だった。

「コイントスで決めよう」

ポケットをまさぐってコインを探していると、向かいの小隊長が(待て)の仕草をした。路地の奥からスパークとエドがやってくるのが見える。

(スパークとグリーンバーグがそちらに行く)

(了解。そちらから向かって一本右の路地へ突っ込め。こちらも同時に行く)

そう合図した瞬間、第三小隊のひとりが手榴弾を投げ、弧を描いた。派手な炸裂音と共にドイツ語の絶叫が響く。間髪を容れずライフルによる制圧射撃が繰り広げられ、その隙に路地からエドとスパークが、上体を低くしてこちらに走ってきた。僕らも元いた路地へ戻るために、前方左方向へ走る。靴のすぐ脇を跳弾がはじける中を駆け、路地に飛び込んだ。

後から来た二人の腕を引っ張って路地へ入れる。四人とも無事だ……互いの傷を見合って、吹き出した。緊張の糸が解《ほぐ》れ、今更ながら恐怖が襲いかかってきて、もう笑いしか出てこない。

アンディの怪我は命にかかわるほど深くなく、脇腹の傷も脂肪をえぐっただけだった。スパークは新しい包帯で止血して応急処置を施し、血漿《けっしょう》のチューブをアンディの静脈《じょうみゃく》に差し込むと、僕の切れた眉毛に絆創膏を貼った。治療している時、スパークの手つきは少しだけ優しくなる。

「他に負傷兵は？」

血で汚れた手を布きれでぬぐうスパークに、僕はヘンドリクセンの名前を口にしかけて、止めた。後で認識票《ドッグ・タグ》を取ってやらないと。

外ではまだ銃撃戦が続いている。ダンヒルは、看護疲れのせいか隅で泣いていたフォッシュに活を入れ、エドと共に地下室を出て、今は戦闘に参加しているはずだ。僕も大急ぎで階段を上がり、おもちゃ屋の裏口から、隣のヤンセン氏の家に戻ろうとした。

裏口のドアを引いた時、まさかあの小さな男の子、テオが飛び出してくるとは思わなかった。勢いあまってそのまま体当たりしてしまい、したたかに尻餅をついたテオは、抱いていた鳥のぬいぐるみを振り回して泣きわめいた。

「うわ、ごめん！　大丈夫か？」

「何やってんですか、キッド！　さっさと子供を地下室に戻さないと！」

見張りのワインバーガーに怒鳴られて、慌ててテオを抱きかかえる。「こんな所にいちゃダメだ、テオ。家族が心配する」

だが、どこから出てきたんだ？　素早くあたりを見回すと、すぐ横の壁に納戸らしき小さなドアがあり、大きく開いている。まさかずっと中にいたのか？

地下室の床ハッチを開け、梯子を駆け下りた。さっきから上がったり下がったりばっかりだ。

こちらの地下室は、隣の地下工房とは違って、いかにも貯蔵庫を作り替えた防空壕らしかった。掘削した土壁と床には木板で補強がしてある。低い天井の梁《はり》に引っかかったガスランプの穏やかな灯火が、地下室に光の輪を重ねていた。簡単な作りの棚には缶や瓶詰が並び、床には二枚の薄いマットレスと、毛布が敷いてあった。空気はよどんでかすかに異臭がする。残飯と、血のにおいだ。

中央にはぼろぼろになったソファが、梯子に背を向けて置いてあった。そこにふたりの大人がより添うように腰掛けていた——家主のヤンセン夫妻だ。右側に夫、左側に妻。後ろを向いているせいか、僕に気づいていない様子だった。

「すみません。うっかり息子さんを転ばせてしまって」

腕の中のテオはもう泣いていなかったが、小さな手を僕の首筋にしっかりと回し、頬と頬をぴったりとくっつけてきた。ひなたと牛乳のにおいに、汗のにおいが混じっている。

「あの、もしもし?」

近づいてヤンセン夫人の肩に手を置き、はっとした。手のひらから伝わる感触でただちに理解した。

「……死んでる」

手をかざしてテオの目を覆いつつ、ふたりの顔を覗き込む。まぶたは安らかに閉ざされているが、鼻の穴から血がぽたぽたと滴っている。黒いワンピースの右半身がぐっしょりと濡れ、足下に血だまりを作っていた。たぶん、右のこめかみを撃たれたんだ。夫のヤンセン氏も同じ状態だった。

「おい、キッド! 早く戻って手を貸せ!」

梯子の上から怒鳴り声がして、僕は我に返った。テオを抱き直して踵《きびす》を返し、地下室から出る。そういえばロッテ、この家の女の子はどこへ行った? 気がかりだが捜す暇がない。ひとまず上に戻ってワインバーガーにテオを預け、僕は戦闘に加わった。

押しては押され、押されては押してを繰り返す消耗戦だった。あたりが薄暗くなりはじめた頃、ようやく後続部隊がやってきて、ドイツの戦車隊は退却した。しかしまたすぐに戻ってくるだろう。

「敵精鋭部隊の第六降下猟兵が付近に残っているらしいです。引き続き留まって迎撃態勢とのこと」

ワインバーガーが戸口からひょっこり顔を出して報告した。アレン先任軍曹から厳命されたとおり無事に守った通信機で、司令部との連絡を終えたようだ。マックが指の関節をぼきりと鳴らし、「また奴らかよ。いい加減しつこいぞ」とぼやいた。

小休止の今のうちにと言わんばかりに、みんな手持ちの糧食《レーション》を急いで胃袋に入れた。救護所が狙われて軍医が爆死したらしい。本来ならアンディを搬送してきちんとした治療を受けさせなければならないが、仕方がない。スパークはアンディと共に隣家の工房に留まり、エドもまた第三小隊に戻れずにいた。

みんな疲れたのか口数が少ない。窓際にはダンヒルが腰掛け、ライフルを片手に煙草を吸いながら、周囲を警戒していた。その手前のテーブルではライナスが機関銃をいじくり舌打ちしている。先ほどの戦闘で壊れたらしい。夫妻の寝室ではスミスとマルティニが見張りをしているはずだ。ふたりとも潜んでいた向かいの建物が敵の砲弾を食らって半壊したため、アレン先任軍曹と共に命からがら逃げ出してきた。

　テオは、うずくまったフォッシュと電気スタンドの間で眠っている。僕は缶詰の中身をかっ込んで、さっき地下室で見た異変について話した。

「えーと、ちょっと聞いてくれ。わりと大変なことが起きた」


　アレン先任軍曹の命令で地下室を調べに向かったダンヒルとライナスは、戻ってきて報告した。

「キッドの言うとおりでした。夫妻はどちらも右のこめかみを撃ち抜いて死んでいる。争ったような形跡はなく、静かに体を寄り添わせていました」

「自殺か?」

「おそらく。こめかみには銃口を押しつけた痕も残っています」

　食卓にもたれかかっていたマックが肩をすくめ、結論をすぐつけようとする。

「なら心中だろう。夫が妻を撃ち、左手で妻の亡骸《なきがら》を抱き寄せ、今度は自分を撃つ」

「しかしなぜ戦場で自殺する必要がある?」

　アレン先任軍曹は、濃い黒眉をしかめてマックに訊き返した。しかしマックはとぼけたような素振りで、ぐるっと眼球を回す。

「知りませんよ、自殺者の考えることなんざ。俺たちが負けるとでも思ったんじゃないですか? ドイツ兵に嬲《なぶ》り殺されるよりは、なんてありそうでしょう」

「ふむ……単純な話ならいいがな」

　するとライナスがちょっと困ったような顔をした。

「アレン分隊長、ヤンセン夫妻の両手は、どちらも祈るように握られていたんです」

　何だって? 他のみんなもどよめいた——妻だけならば、夫が撃ったあとに両手を組んで握らせたのだと思う。しかし本人までとなると、こめかみを撃ち抜いた後、祈りのポーズをする余裕があったということになってしまう。あり得ない。

「おいキッド、お前がやったんじゃないだろうな?」

　あろうことかマックが僕のせいにしようとした。おかげでみんなまで疑わしげにこっちを見ている。

「はあ？　そんなことしないよ！　それに僕はずっとテオを抱っこしていたから、両手が塞がってたし。何ならテオに訊いてみれば？　英語は通じないけどな」

「まあびくつき野郎のキッドには無理だよな。ライナスが嘘をついてるってことは……」

発想が短絡的に過ぎるし、いくらなんでも人を馬鹿にしすぎだ。さすがにライナスもむっとしている。

「ないって。ダンヒルも一緒にいたんだからな。疑うなら自分で見てこいよ」

すると普段は穏やかなアレン先任軍曹が、珍しく苛立った声を出した。

「ふざけるのもいい加減にしろ、マック！　いずれにせよここには我々の知らぬ第三者がいた。我々の真下で抗争が起こっていた可能性があるんだぞ。見張りは不審者に気づかなかったのか！」

分隊長の激しい剣幕にさすがのマックもたじろいだ。

「裏口はずっとワインバーガーが見張っていますが」

「それなら奴を連れてこい、すぐにだ！」

慌てて居間を飛び出すマックの後ろ姿を見送り、僕はそっと手を挙げた。アレン先任軍曹は頷いて発言を許可した。

「分隊長、もし平時に発砲したのだとしたら、地下室とはいえさすがに音が聞こえると思います。でも誰も耳にしていない。つまり夫妻が死んだのは、地下室へこもった直後ではなく、戦闘が開始されてからと思われます」

「なるほど、一理あるな。ライナス、拳銃の型は何だった？」

「ＦＮブローニングＭ１９１０、オランダのレジスタンスがよく使う武器です。ソファの上、ちょうどヤンセン氏の右太ももの脇に置いてありました。引き金と銃把には血痕が付着し、かすかに硝煙のにおいも残っていましたので、おそらくこれが凶器でしょう。他に異状はなく、弾倉は空、室内には弾痕もなければ、争った形跡も見つかりませんでした」

「確か死んだ兄がレジスタンスだと言っていたな。家主自身もそうであったかもしれん。仲間割れの可能性は？」

「どうでしょうか。ちなみに、本人も夫人も右のこめかみを撃っていましたが、ヤンセン氏の利き手が右であるのには間違いありません。生前、右手でペンを握り何か書いているところを、ダンヒルが見かけています」

マックに連れられて戻ってきたワインバーガーは、外からの侵入者はいなかったと報告した。奴がいたのは、裏口と台所へ続く廊下が繋がる場所で、二階への階段と居間、そして地下室のハッチまで見通せる。だが裏口脇の壁の納戸にテオが隠れているのには気づかなかったと弁明した。

「僕らが配置につく前から、中にいた可能性がありますす。そうだ、あの子――ロッテはどこです？　もしかしたら何か知っていて、どこかに隠れているのかも」

ワインバーガーの考えをマックが鼻で笑った。

「八歳の女の子が両親を殺したってか？　乱射ならまだしも、こめかみを正確にとらえて一発で撃ち抜くなんて無理だ。反動に負けちまう」

「いや、そうじゃなくてですね。両親は確かに自殺だけど、銃を抜いて、両手を組ませたのはあの子じゃないのかって、意味なんですけど」

いずれにせよ、ロッテの姿は見えない。どこへ行ったんだろう？　あれからずっと胸騒ぎがしていた。

ヤンセン夫妻は幸せそうだったし、僕は、もし彼らから夕食に招待されたら喜んで受けたい、とまで思っていた。合衆国兵の滞在を快く許し、家族の紹介までしてくれた。他のみんなだって、ヤンセン一家には素朴で人が好い印象を持っていただろう。

まさか自殺するほどの悩みがあったなんて。しかも、こんな戦場に子供たちを置いて逝ってしまうとは。

僕は目だけでエドを捜した。彼は居間の食器棚にもたれかかり、右手を口許にやりながら話を聞いている。ここからでは見えないけれど、もしまた爪を噛んでいるのなら、何か推理しているはずだ。ライナスとダンヒルも僕と同じことを考えていたようで、エドに視線を注いでいる。議論が出尽くしたのか部屋に一瞬の沈黙が訪れると、エドが顔を上げ、静かだがよく通る声で言った。

「たぶん八歳の女の子は関係ないだろう」

「なぜ？　いないのはあの子だけなんですよ」

「銃を家主の手から抜き、指を組ませたのは、死者を悼《いた》んでいるからだ。八歳の少女にそんな意識はあるだろうか？　両親が自殺した衝撃でそれどころではないのが普通じゃないか」

「両親が死後にそうするよう頼んだ可能性は？」

「……俺は知らないが、ヤンセンという男は、八歳の子供が見ている前で母親を殺し、自分の頭も撃ち抜いてしまえるような人間に見えたか？」

「いや……じゃあ誰がやったんだ？」

「もう少し調べてみないとわからない。アレン先任軍曹、俺も地下室を見てきていいですか？」

やりとりを見守っていたアレン先任軍曹は、剛毛が生えた指で後頭部を掻きつつ「いいだろう」と頷いた。

「ただし十五分だ。キッド、一緒に行け」


再び地下室に潜ると、ヤンセン夫妻は僕が見つけた時とほぼ同じ状態で、ソファに腰掛けていた。

「不審なところがないか確認してくれ」

エドの指示に従って、壁や床をくまなく探した。さっきも感じた異臭はまだ残っている。死体の腐臭かと思ったけれど、まだそれほど時間は経っていないし、体臭でもないだろう。ヤンセン夫妻は僕の知る限り清潔な身なりをしていた。それに、この異臭をどこかで嗅いだ覚えがあった。

エドはというと、遺体の前にひざまずいてあっちこっち触っている。僕らは死体に馴れすぎていた。夫妻は彼に任せて、絨毯の端を引きはがしていると、エドが立ち上がった。

「これを見ろ。遺書、というか手紙だな。上着のポケットに入っていた」

そう言って便箋らしき白い紙をひらひらさせた。


——非常時と知りつつ、混乱を招く真似をしてお詫びの言葉もありません。しかし親とは子供に弱いもの、娘のためにこの世から去ります。あなた方が鸛と共に空から降りてきたと聞いて、いよいよキツネのしっぽは下りたと確信しました。さようなら、ロッテとテオをよろしく頼みます。愛していると伝えて下さい——


「ロッテとテオをよろしくだって？」

合衆国兵に預ければ安全だから、と子供を預けようとする人々はわりと多い。もちろん引き受けないが。それはともかくとして、他の部分が意味不明だ。英語の文が拙《つたな》いのではなく、言葉そのものの意味を測りかねる。キツネのしっぽだって？　筆跡はしっかりしているから、錯乱していたわけでもなさそうだ。男性にしてはほっそりとして丁寧な字だけれど、手先が器用で温厚なヤンセン氏の人柄には合っているように思う。

「この手紙は本物かな」

「自殺を偽装する必要がないからな。ここは戦場だぞ、誰かを殺したければ、まどろっこしい細工をしないで、適当に撃ってその辺に死体を転がしておく方が自然だ。第一、偽装するくらいなら、拳銃を脇に置いたり祈りの格好をさせたりしないだろう」

さっきは観察する余裕がなくて気づかなかったふたりの手を、改めて確かめてみる。やわらかく指を組んだヤンセン夫人の手には、家事をする人共通の手荒れがあった。たちまち自分の母や祖母を思い出し、胸がぎゅっと詰まる。

「……ロッテについてはどう思う？　あの子はどこにいるんだろう？」

「ロッテ？　ああ、行方不明の八歳の少女か」

「そうだよ！　行方不明なんて言わないでよ、縁起でもない」

「事実を述べただけだ」

かちんときた。エドは言動が冷静すぎる。いつものこととはいえ、今回はその鉄仮面ぶりと淡々とした口調が気に障った。この地下室の空気もたまらない。血の生臭さ、饐《す》えた悪臭。無性に苛々する。

「もったいぶらないで全部話せよ。あの子じゃないなら、ここにいたのは誰だ？　ワインバーガーが誰もこの家の裏口を通っていないと報告しているのに、不審者はどこへ消えたんだよ？」

僕はヘルメットを脱いで床に叩きつけた。鉄のヘルメットは鈍《にぶ》い音を立てて跳ね、ぐるりと回る。どうしてこんなに腹が立つんだろう？　ロッテが心配だから？　自分でもよくわからなかった。

エドはそれでも、ほんの少しだけ目を大きく開いただけで、ほぼいつもどおりだった。

「路地から飛び出してきた民間人だ」

「はあ？　何を……」

「正しくは、〝民間人風の人物〟だな。お前とダンヒルが衛生兵を探していた時にいただろう。路地の後ろから走ってきて無防備に飛び出し、撃たれて死んだ奴さ。覚えているだろ？」

知らないうちに強く寄っていた眉間から、だんだん力が抜けていく。そうだ、どうして忘れていたんだろう？　裸足で路地を駆け抜け、僕の背中を踏みつけて小道に飛び出し、ドイツ兵に撃たれて死んだ民間人。

不審者はいたじゃないか。拳を堅く握りすぎて、爪が食い込んだ手のひらが痛い。

「俺たちの場所からも見えたんだ、あれだけ奇妙な声を上げれば目立つしな。その後でお前らが現れたから、てっきり知っている人間かと思ったが」

「違うよ。見たこともない」

「そうか。だが、不審者はこの家か、隣のおもちゃ屋から現れたと考えるべきだろう。あの路地に裏口が面していたのはこの二軒だけだし、反対側の大通りには敵がいた。それにもし大通りから走ってきたのなら、マルティニかスミスが見ているはずなんだ。一応確認は取ってみたが、異変はなかったそうだ。絶好の見晴らし台で、道に照準を合わせていた狙撃兵が見ていないんだから、間違いないさ」

僕は壁に背中をつけ、そのまま滑らせて床にうずくまった。さっき投げつけたヘルメットが、絨毯代わりに敷いたらしい毛布の上で、僕の間抜け面を笑うようにゆらゆら揺れている。

「もう、わかんないことだらけだ。だってあの不審者がこの家にいたとしても、見張りのワインバーガーに見つかるよ。どうやって裏口から出たんだ？」

「そうだな。とにかく、そろそろ約束の十五分が経つ。戻ろう」

本当だ、腕時計を見て驚いた。重い腰を上げて立ち、ヘルメットを取ろうと屈んだ。その時、前に出した右足ががくっと下がった。

驚いて毛布を取り去る。そこにあるのは他と変わらない、ただの木板をはめ込んだ床に見えた。けれど――かすかにたわんだ一枚に指を引っかけ、持ち上げた。拍子抜けするくらいに軽々と木板が取れ、たちまち奥からむわっとした腐臭がたちのぼった。

「この臭い、思い出した！　アンゴウィル＝オ＝プランでダンヒルを救助したときの、レジスタンスが潜んでいた地下室の臭いに似ているんだ！」

あれよりもこっちの方がずっと強烈だ。むせながら袖口で鼻を覆い、ぽっかりと空いた暗い穴を覗いた。いつの間にかエドが隣にしゃがんでいて、同じように鼻を隠しつつライターを点ける。橙《だいだい》色の灯《ひ》にぼんやりと浮かび上がったのは、意外に深い底と、かじりかけのパン、ったり缶詰を大量に詰めた木箱と、食べ終わった缶詰を大量に詰めた木箱と、かじりかけのパン、そしてネズミの死骸だ。

僕とエドは互いに顔を見合わせ、同時にこう言った。

「夫妻はここで誰かを匿《かくま》っていた」

床下に降りて驚いた。中は通路になっていたのだ。腰を屈めないと頭を打ってしまうので、低い姿勢のまま慎重に先へ進むと、奥の暗がりに生き物がいた。まるで毛むくじゃらの小さな怪物みたいな生き物だ。

「まさか、ロッテ？」

呼びかけると、小さな怪物はぴくりと震えてこちらを向いた。美しかった髪はすっかりぐちゃぐちゃで、顔も土くれだらけだったけれど、間違いなくロッテだ。近づこうとすると、腕に抱えたリュックをぎゅっと抱きしめ、後ろに下がろうとする。

「怖くないよ。おいで、ここから出よう」

けれどロッテは脱兎《だつと》のごとく僕に背を向けて逃げた。

「待ってったら！　このままいたら危ないんだって！」

木板で補強した地下室とは違い、通路は土を掘削しただけの代物で、大人が通るには狭すぎた。もぐらになった気分で四つん這いのままロッテを追いかける。途中であちこちに頭をぶつけ、手にもいくらかかすり傷を作ったが、幸い通路は一本道だった。ロッテが先に出口に着き、上から光が差し込んだ。ロッテは穴の縁に手をかけ、猫のように素早く上ったが、すぐさま悲鳴が聞こえてきた。

「ロッテ？　どうしたんだ！」

慌てて外に出ようとして、思いがけない妨害に遭った。カーテンだ。これで出入口の扉を隠していたのだろう。暗闇から急に明るいところへ出たせいで目が眩《くら》み、瞬きしていると、素っ頓狂な声が聞こえてきた。ロッテじゃなく、馴染み深い声だ。

「何だお前ら、どこから湧いて出た？」

スパークが暴れるロッテの腕を摑み、ぎょっとした様子でこちらを見ている。通路を通って出た先は、負傷したアンディを運び込んだ、隣家の地下工房だった。

ヤンセン家の住居と隣家は、隠し通路で繫がっていたのだ。


例の不審者はヤンセン宅の裏口は使わず、隠し通路から隣の地下工房に入り、おもちゃ屋の裏口から出たに違いない。

居間に戻って報告を終えると、アレン先任軍曹は黒黒とした髭に手をやり、あぐら鼻を更に膨らませて溜息をついた。薄荷《はつか》と胃液が混ざったようなにおいがする。分隊指揮に加えてこの騒ぎだ、胃が痛いのかもしれない。

「もう俺の一存だけでは決められん、ウォーカー中隊長の判断を直接仰ごう。小隊長へは後で連絡すればいい。グリーンバーグは報告を手伝ってくれ」

やれやれ世話が焼けると愚痴《ぐち》をこぼしながら、アレン分隊長はテーブルに置きっぱなしの通信機の受話器を取った。そういえばいつもこれを背負っている奴がいない。

「ワインバーガーは？」

「ああ……キッド、工房に戻ってマックを止めろ」

「マックを止める？　どうしてです」

「工房でフォッシュを尋問してるからだ。早く行け」

さっきから同じ場所を行ったり来たり、まるでハイウェイでの攻防戦の再現みたいだ。路地を回って裏口から裏口へ入り、壊れたおもちゃ屋の床ハッチを開けると、アルコールのにおいが鼻をつき、マックとワインバーガーの言い争いが耳をつんざいた。

「いいからどけ、ワインバーガー！　フォッシュ、貴様に言ってるんだぞ！」

「落ち着いて下さい軍曹！」

大人たちが声を荒らげる横で子供が泣いている。テオだ。どうやら誰も面倒をみず、地下室の隅にほったらかしにしていたらしい。「おいおい」慌てて階段を駆け下りて、テオを抱きかかえる。テオの頭はすっかり汗をかいて、ひまし油みたいなにおいがした。

「おいキッド、子供を静かにさせられねえなら上に連れて行けよ」

苛立ちまぎれにマックが僕を睨むが、とんでもない八つ当たりだ。大人が黙ればいいんだろうに。テオは僕の襟にすがりつくと、丸い額をぐりぐりと肩に押しつけてきた。たぶん僕の上着は涙と鼻水でべたべたになっただろうけど、気付かなかったことにしておく。

地下室の中央で、ダンヒルに後ろから羽交い締めにされているマックと、腕を振り回して抗議するワインバーガーが怒鳴り合っていた。当のフォッシュはというと、ワインバーガーの後ろでうなだれている。

後ろの壁にはライナスがもたれかかり、拳で口を覆って笑いを堪えていた。作業台の上のアンディはずいぶん良くなったらしく、耳を塞いで壁を向いている。ひとまずテオを抱いたまま壁伝いに、階段の近くで包帯を畳んでいたスパークに近づき、訊いてみた。

「あいつら、どうしたの？」

「さあな。あの補充兵が侵入者を見逃したって、軍曹がぶち切れている。まあ原因はあれだな」

スパークの視線の先にはジンの瓶が転がっている。

「だからこの部屋、アルコールくさかったのか……確かマックは酒乱の気があったっけ」

「な、面倒だろ。お前とそこのフランケンが俺を捜しに路地に出た間、あいつとアンディしかここにいなかったから、責任を取らせたいんだろうよ。アンディは朦朧《もうろう》としていたし」

隠し通路から侵入した不審者は、おそらくあの、壁一面にかかった黒いカーテンを使ったに違いない。裏側に潜んでフォッシュたちの様子を窺い、隙を見て外に出た。しかしそれでも、階段を上がる最中は身をさらすはずだ。

「フォッシュは何て言ってるの?」

「アンディの手当に必死で、まったく覚えていないってさ。ほとんど気を失ってたんじゃねえかな、俺が着いた時の様子だと」

スパークは肩をすくめて、衛生兵バッグに包帯をしまった。

「戦闘中も銃を撃たなかったらしい。さっきスミスがなじってたぜ……あいつも、軍には向いてねえだろうな」

あいつもって何だ、と訊き返そうとして、やめた。たぶんスパークは今、ブライアンの事を思い出している。衛生兵のくせに血が苦手で、治療を見ただけで卒倒した仲間。彼は、フランスのイースヴィルで救護所から負傷兵を運び出す任務の最中、爆撃に巻き込まれて死んだ。

「運が良かったなフォッシュ、待ち伏せされずに済んで」マックが馬面を真っ赤にして罵る。「いいか、貴様は自分の未熟さを思い知れ。隊を危険にさらすところだったんだからな!」

マックは酔ってるし、態度も横暴すぎるけど、主張自体は間違っていない。あの不審者が、もし敵のスパイや兵士だったら、僕らは確実に奇襲をかけられて、損害を受けていただろう。普通の民間人だったら許されたかもしれないが、フォッシュだって新米とはいえ、兵士のひとりなのだ。

「フォッシュも反省しているんです、軍曹。これ以上の追い打ちは無意味です! それに僕たちだって、フォッシュひとりにアンディを任せた責任があります。

とにかく酔いを覚まして下さい」

「何だとこのクソガキ、生意気ほざきやがって！」

ついにマックがダンヒルの腕をふりほどき、ワインバーガーと摑み合いになった。

「ちょっとちょっと、落ち着けよ！」

仕方がない、テオをスパークに預けて、僕とダンヒルとでマックを羽交い締めにし、ようやくワインバーガーから引き離した。

「すみません」

僕が腕を引くと、ワインバーガーは顔を紅潮させつつも冷静に謝った。しかしマックはダンヒルに羽交い締めにされたまま、まだ目をぎらぎらさせている。高みの見物を決め込んでいたライナスがようやく仲裁に入り、マックの肩を軽く叩きながら、小声で何か囁いていた。するとマックは本物の暴れ馬みたいに鼻息荒く首を振り、ダンヒルをふりほどいて、乱れた戦闘服の肩と襟元を直した。

当事者のフォッシュは唇を嚙み締めて体を強ばらせ、壁に引かれた黒いカーテンを睨みつけている。何か声をかけたらいいのだろうけど、その前にワインバーガーがフォッシュの背中を押して、一階へ連れて行ってしまった。マックは酔いが完全に回ったらしく、ぶつくさ文句を垂れながら千鳥足で壁に向かうと、そのまま尻餅をついて床に伸びた。

ところでロッテはどこだろう？　彼女は地下通路の出口のそばに膝を抱えて座っていた。泥だらけになった青いワンピースをはたきもせず、髪にも蜘蛛の巣がくっついたままだ。こっちの騒動など気にもしない様子で、ある一点を見つめている。視線の先を追うと、天井近くの小さな明かり取りの下に作り付けの棚があり、たくさんのからくり人形が並んでいた。やはり父親が恋しいのだろうか？

「おいキッド、この子供どうすんだよ」

しまった、テオをスパークに預けっぱなしだった。しかし意外にまんざらでもないのか、あぐらをかいた脚の間で眠らせている。まるでキツネがうっかり仔猫を預かってしまったみたいで思わず吹き出すと、スパークに中指を突き立てられた。

「ごめん。そういえば、ロッテが持っていたリュックはどうなったの？」

「分隊長とマックが調べた」

中身は保存肉とピクルスの瓶がひとつずつ、洋なしがふたつ、ブリキの水筒が一個、ノートと鉛筆が入っていたという。

「何日か生き延びるための食料だろうな。他にもうひとつ妙なものがあった。小さな丸缶で、針が一本だけ入ってる」

「針だけ？　糸とかハサミは？」

「なかった。理由は訊くなよ。手紙も見つかったがオランダ語で読めねえんで、翻訳班に回される。何事もなければこのままだが、不審な点があれば調査が入るかもな」

「どうしてだよ、この子たちの親の形見だろ？」

「……いい加減にしろよガキ。俺たちはままごとやってるんじゃねえぞ。お前だって頭じゃわかってんだろうが」

　でも、と言いかけて口をつぐんだ。この場合スパークや分隊長が正しいのだ。

　なぜヤンセン夫妻は自殺したのか？　何かやましい事情を抱えていたのではないか？　密告者だったのかもしれないし、罠があるのかもしれない。夫妻は潔白だとしても、もうひとりいた不審者が対独協力者の可能性もある。子供に遺した手紙は遺言かもしれないが、敵に情報をもたらす暗号文かもしれない。

　もっと個人的な理由も考えられる。たとえば金銭や、隣人にまつわるトラブルだ。そういえば一階のおもちゃ屋のショーウィンドウは外側から割られていた。はじめ見た時は、てっきり攻防戦の巻き添えで割れたのかと思っていたけど、壁には損傷がほとんどなかった。窓だけを都合良く割る機関銃や手榴弾があるだろうか？　いや、ない。

　あれこれ考えながらふとロッテに視線をやると、壁に背中をもたせかけたまま眠っていた。目が覚めた時、ひとりぼっちだったら嫌だろうな……僕はスパークの股の間からテオを抱き上げ、ロッテのそばに寝かせた。

「キッド、意外に子供をあやすのが上手いな」

　ダンヒルがやってきてふたりに毛布をかけた。ごわごわと毛羽立った、軍の支給品だ。

「さあ……あんまり考えたことなかったけど」テオの華奢な腕を持ち上げて、お気に入りのぬいぐるみを抱かせてやりながら、首をひねった。「大人たちが働きに出ている間、ずっと妹のケイティの面倒をみていたから、馴れているのかな」

「なるほど……たぶんその子、狸寝入りしているぞ。

さっきから睫毛《まつげ》が震えているだろう。子供ってのは、眠ったふりも親にばれていないと思っているんだから、無邪気だよな」

確かにロッテの長い睫毛が震えている。ロッテの額にかかった髪をそっと払ってやると、柔らかそうな眉毛をほんの一瞬だけきゅっとしかめ、すぐに戻した。

「まあ、眠ったふりをしているうちに、本当に寝入ってしまうもんだよ。俺の娘もそうだから」

「えっ、娘？」

「それは初耳だな」

作業台の横で、空の挿弾子《クリップ》に弾を並べてはめていたライナスが、ベルトを腰に巻きながらこっちに来て、どかりとあぐらをかいた。壊れたから仕方ないとしても、機関銃兵のライナスが細身のライフルを持っていると妙な感じがする。

「ダンヒル、お前子持ちだったのか」

「ああ。二十歳でできた子で、もう五歳になる。今は妻ともども、両親の家で暮らしているよ」

ということはつまり、ダンヒルは今二十五歳か。どうりで老けて見えるはずだ。奴と知り合ってもう四ヶ月が経とうとしていたけれど、相変わらず自分の話を語りたがらない。

スパークも加わり、四人の大人がふたりの子供の横に車座になっていると、誰かの腹が鳴った。みんな顔を見合わせたけど、僕らじゃない。ロッテがますます眉間に皺《しわ》を寄せて、幼虫みたいに丸くなった。

「しまった、腹が減ってるだろうな」

何時間食べさせていないだろう？　僕は雑嚢から携帯コンロを出して、何か食べるものを探すために外へ出て、隣の家の台所へ漁りに行った。糧食《レーション》を与えてもいいけど、この先補給品が途絶えるかもしれないし、缶詰はできるだけ取っておきたかった。

結局見つかったのは、チーズのかけらとじゃがいも、イワシのオイル漬けの瓶、そしてテオが飲むはずの牛乳がひと瓶。コンロに火を点けると、スパークが指先をかざして言った。

「そういえば第三小隊と行動していた時、民家の裏手に牛がいたな」

「野生の？」

「アホか。農家の牛舎があったんだよ。俺らが世話になった家にも乳製品が色々あったし」

オランダは酪農が盛んだから、と言いかけてやめた。

ヤンセン家の台所には、乳製品があまりなかった。最も手軽にもらえるはずの牛乳さえ一本しか見つからない。ふたりの子供がいるのに……嫌いなだけだろうか？　僕は手を洗ってくるとナイフでじゃがいもの芽をとり、薄めに刻んで小さいフライパンに放り込んだ。残しておいた支給品のラードでフライにする。

火と料理のにおいがたちのぼる。ロッテが身じろぎする気配がした。

「似てるのか？　その子。お前の妹と」

ライナスが親指でロッテを指し、水筒に口を付けた。

「似てると思うよ。不機嫌そうなところが特に」

僕がまだ九歳かそこらだった頃、実家の店に新発売のチューインガムが入荷した。僕は妹のケイティのために、父さんと母さんに内緒でくすねてきてやると約束した。はじめは本当にそのつもりだったが、実際に箱を手に取ると急に惜しくなって、ひとりでひと箱食べてしまった。甘ったるいフルーツポンチ味で、たくさん噛んだのと口内炎ができたのとで、顎と口の中ばかりか、耳の奥まで痛くなった。

「待ちくたびれたケイティが倉庫を開けた時の顔といったら……」

思い出し笑いを堪えながら、拗《す》ねて二、三日誰とも口をきかなかった強情な妹の話を打ち明けた。煙草を咥《くわ》えたライナスも口許をほころばせる。

そういえばライナスの家族の話は聞いたことがない。スパークの実家が医者だという噂は耳にしたが……エドに関しても、まるで何も知らなかった。ディエゴのところは祖父母も併せて十人家族、兄弟の真ん中に生まれて、食事も洋服も、奪い合いで勝ち取るのが習いらしい。

「お前のところは楽しそうな家族でいいな」

「そうかな。ライナスはどうだったの？」

「俺の家族ねえ。まあ色々鍛えられたんじゃないか？」

「鍛えられた？　運動でもしてたの？」

じゃがいもが揚がったので皿に上げ、空いたフライパンにイワシのオイル漬けを少しと、たっぷりのチーズを入れ、火にかける。牛乳を少々加えてスプーンでかき混ぜ、とろりとしたチーズを伸ばしていく。

「美味《うま》そうだ」

「ライナス。話せよ」

「うーん……そんなに面白い話でもないんだよ」

ライナスは金色の頭をがしがしと掻き、ひと呼吸置いて話しはじめた。

「キッドは二五年生まれだっけ？　じゃあ俺の三歳下だな。覚えているか知らないが、俺がガキの頃はちょうど禁酒法の時代でさ。親父は俺が生まれる前からアルコール中毒で、母親はある日出て行った。年の離れた兄貴もいたんだが、いつもふらふらしてて、ほとんど家には帰ってこなかった」

　天井を向いて紫煙を吐き、指先で灰を落とす。

「それでも仕事があるうちは、親父も場末のもぐり《スピーク》酒場《イージー》で飲める酒を手に入れていた。だが恐慌がはじまって失業してからはダメだ。住んでいたのはシカゴでさ、悪辣な街だけにガキでも働き口は色々あるし、――ほとんど違法な仕事だったけど――まあとにかく親父の酒代のために稼いだ。そうでもしないと奴はメチルアルコールに手を出すから」

　メチルアルコールは普通の飲用エタノールではなく、燃料などに使われる有毒のメタノールで、飲むと失明や死の危険がある。僕は祖父から「大人になってどんなに酒が欲しくなっても、密造酒だけは絶対に飲むな。メチルが入っているかもしれん」と言われていた。雑貨店を営んでいた祖父だ、たぶん密売に関わったこともあったんだろう。

「親父はすでに目が弱くなっていた。もう金輪際飲むなと言ってもダメだった。でもある日、雇い主から伝《つ》手《て》をたどって、本物のウイスキーを手に入れたんだ。水で薄めてはあったけど、これさえあれば親父はしばらくメチルを飲まないだろうと思って、喜んで帰った。でも家のドアを開けたら、奴は食卓に突っ伏して死んでいた。床に割れた瓶があったよ。馬鹿なことにほぼ生《き》のままであおったんだ。もう少し待ってれば、一番好きだったウイスキーを飲んで死ねたのにな」

　ライナスは肩をすくめ、「これでおしまい」と両手を広げた。

「まあ要するに、俺に調達を任せてくれれば死なずに済むってことだ」

「何だそりゃ。『鍛えられた』ってそっちかよ」

　深刻な話だったけど、ライナスが妙に茶化すので、どういう顔をしたらいいかわからなくなる。調達が好きだなんて変な奴だと思っていたら、こんな過去があったのか。悪酔いしたマックを上手くなだめられたのも、父親の面倒をみてきたからなのだろう。

　僕はそんなことを考えながら、先ほどの揚げたじゃがいもにチーズとイワシのディップをかけた。

ロッテを揺り起こして、できあがった料理を顔の前に持って行くと、幼い少女は険しい顔でこちらを睨んだ。しかしやはり空腹らしく、また腹の鳴る音がした。笑ってしまいそうだったけど、こういう子はからかうと拗ねてしまう。僕は唇をあえて引き締めて、無言のまま皿を押しつけ、後はそっぽを向いて見ないふりをした。ものの数秒で食べる音がし、ほっと胸をなで下ろす。

「そういえばスパークの実家は医者だっけ?」

ついでに話題を振ってみると、不味《まず》そうに口をすぼめて煙草を吸っていたスパークの眉間の皺が、一層深くなった。

「……誰から聞いた」

「噂だから覚えてないよ。親が開業医なんだろ?」

「うるせえな、クソして寝ろ」

その時、天井のハッチが開き、エドが階段から下りてきた。すっかりこちらにかかりきりだったけど、アレン先任軍曹と一緒に通信機で、ウォーカー中隊長に今後の判断を仰いでいたはずだ。

「どうだった? 中隊長は何て指示を?」

エドはすぐ答えずにヘルメットを脱ぐと、潰れた黒髪を掻きむしりながら、僕らの輪に入った。深々と溜息を吐いて戦闘服の裾でレンズを拭く。

「ウォーカー中隊長は亡くなった」

「何だって?」

「西の土手に八八ミリ砲が設置されていて、狙い撃ちにされた。中隊長も救護所も、同じ高射砲にやられた。今はミハイロフ中尉が臨時に指揮を執っている」

ミハイロフ中尉か。エドを除いて顔を見合わせた僕らは全員、むしろ安堵した様子だった。夜明け前のように青い瞳の中尉は、言動も見た目も謎めいて底が知れない。しかし間違いなく、軍人としてはウォーカー大尉よりも有能だった。ウォーカー大尉は訓練中からずっと僕らの上官だったし、悲しむ気持ちがないわけではなかったけど、それほど衝撃はなかった。

だがエドは浮かない顔をしている。

「どうした?」

「砲撃に巻き込まれたのは中隊長だけじゃない、I中隊とうちの第一小隊がかなりひどくやられたそうだ」

第一小隊にはディエゴがいる。ハイウェイは縦隊で進んでいたし、戦闘がはじまってからは顔も見ていない。出発前、オランダで恋人を作ろうと拳を小突き合ったのが最後だ。

「ディエゴは無事なのか？」

「わからん」

胃がずうっと下がる感覚がした。奥歯を噛み、ズボンの膝を握る。肩を強く摑まれて横を向くと、エドの黒い瞳が静かに僕を見ていた。

「今は心配するな、ディエゴが死んだという情報はないんだから」

「うん……そうだね、わかった。考えないでおくよ」

「よし」エドはもう一度僕の肩を摑むと手を放し、「ミハイロフ中尉からの指令がある」と言った。

「間もなく敵の攻撃が再開される。戦車隊がまた近くに集まってきているのを斥候《せっこう》部隊が三十分前に確認したそうだ。おそらく出撃がはじまっているだろう」

「マジかよ」

「それに、上空の雲がわずかだが晴れたそうだ。間もなく補給品投下の輸送機がアントワープからやってくる。基本はネイメーヘンとアルンヘムに向かうが、こちらにもいくらかは分配されるはずだ。おそらく敵は輸送機を撃ち落とそうとするだろうし、それが地上戦再開の合図になるだろう」

「俺たちはどうすれば？」

「この家を捨てる。西の出口、第三小隊の持ち場まで移動、G中隊の攻撃力を結集させて水際で敵を叩く」

「了解。よし、みんな動け！」

ライナスのかけ声で一斉に立ち上がる。僕はコンロを片付け、後始末の時間が惜しいのでフライパンは適当にぬぐって袋に入れた。作業台で寝たままのアンディは、ダンヒルとスパークが抱き起こし、階上《うえ》へ連れて行く。まだいびきをかいているマックをライナスが蹴り起こし、寝ぼけ顔に平手打ちを食らわせた。

遠くの空から唸るようなエンジン音が聞こえてくる。階段を駆け上がって居間に飛び込み、窓のカーテンの隙間から外を確認すると、懐かしのC47機が夜空を飛翔していた。暗い地平線が、まるでストロボを焚いたように明滅し、対空砲火の光が一直線に空を撃ち抜く。

子供たちをどうするかでひと悶着あったが、どうにか第三小隊持ち場近くの農家まで連れて行くことになった。スパークがさっき言っていた牛舎のある農家だろう。だが何となく嫌な予感がする。たった一本しかなかった牛乳とおもちゃ屋の割れたガラスに、この町におけるヤンセン家の境遇を見た気がしたからだ。

「そこに子供を預けてしまえ。いいな、キッド」

アレン先任軍曹に釘を刺され、仕方なく頷く。

子供たちを迎えに地下室へ戻った時、テオはまだ眠っていたが、ロッテは、アンディがいなくなって空いた作業台に登って、明かり取りの下の棚に手を伸ばしていた。

棚にはからくり人形が並んでいる。父親の形見を持ち出したいんだろう、そう思いながら「ロッテ」と声をかけて近づくと、彼女は驚いて人形を落としてしまった。床に落ちたそれを拾ってやる——大人の手ほどの大きさがある、木彫りのキツネだった。顔は全体的に黄色く、下顎だけ白く塗ってあった。腕を上げると口がぱくぱくと動く。よくできたからくり人形だ。

「Wil terug!」

ついまじまじ見てしまって、ロッテが怒って腕を突き出してきた。

「ああ、ごめんごめん。はい、どうぞ」

差し出すや否や、ロッテはむしり取るようにキツネを奪い、緑色のリュックの中にしまい込んだ。むっつりと唇をとがらせてそっぽを向いている。

「他に持って行きたいものはないか?」

言葉は通じないだろう。けれどこの家にまた戻ってこられる保証はない。身振り手振りで、何とか伝えようと試みる。

「ああ、昼寝してる猫があるよ。いらない? このかわいいバレリーナは?」

ロッテはしばらく僕を睨んでいたけれど、だんだんからくり人形に視線が移っていき、そろそろと小さな手を伸ばし、いくつか摑むとまたリュックにしまった。賢い子だ。

「さて、飛行機の音が聞こえるだろ?」

空に指を向けてくるくる回し、耳に手を当てる。ロッテは澄んだ青い瞳でじっと僕の仕草を見ている。よし、いいぞ。

「いいかい、ドイツの兵隊がこれからまた攻撃をしてくる。プシュッ、ボーン! プシュッ、ボーン!」

手のひらで爆発を表現し、痛そうな顔をして倒れるふりをする。するとロッテの小鼻がぷくりと膨らんだ。この子は変な顔をしてみせると笑うかもしれない、と思いついて色々やっているうちに、ロッテはついに「ふふっ」と笑い声を漏らした。よかった。

「だから君と、弟と、僕らは一緒に外へ出る。ついてきてくれる？」

ロッテとテオ、そして僕を順に指さし、外を指さす。ロッテはまだ不満げだ。それでも僕が頭を撫でることを許してくれ、テオを起こしてくれた。

「よし、行こう」


昼間と同じく路地を左に向かい、小道に出ると、例の不審者の死体はまだ路上に転がっていた。機関銃で背中を撃ち抜かれうつ伏せに倒れたまま、夜風に上着の裾をそよがせている。

あの時狙っていたドイツ兵たちはいないらしい。先にスミスたちが小道を駆けて向かいの民家の壁に張りつき、次に僕がロッテを、フォッシュがテオを抱いてその後へ続こうとした。しかし小道を横断する最中、これまでおとなしかったロッテが急に暴れ、僕の顎を殴った。痛みにうっかり力を緩めると、その隙にロッテは腕をすり抜けて不審者の死体に駆け寄った。そして思い切り蹴飛ばし、踏みつけたのである。

「どうしたんだ、ロッテ！」

ロッテをもう一度抱き上げようとしたが、暴れる八歳児の体はなかなか重い。何とか羽交い締めにして後ろに引きずり、死体から引き離した。

丸刈りだと思っていた死体の頭部は、まばらに毛が残っていて、バリカンで乱暴に剃られたように見える。

「何やってんだ、急ぐぞ」

エドがロッテの暴れる脚を押さえ、ふたりがかりで道を渡りきった。

第三小隊と合流して納屋に入り、枯れ草の山のそばにロッテを下ろした。彼女はもう暴れていなかった。その代わりに大粒の涙で頬を濡らしている。

「あの不審者、やっぱり何かある」

加勢してくれたエドに伝えると、彼も同意した。

「そうだな……一段落したら、改めて確認しに行こう」

納屋の持ち主は酪農《らくのう》を営む夫婦で、臨時の救護所として家を接収したらしい。G中隊の他の衛生兵たちに、まだ安静中のアンディと子供たちを任せた。さすがのロッテも泣き疲れたのか、おとなしく抱かれる。

「じゃあね、また後で」

別れ際、ロッテの眉間に親指を当ててこすり、皺を伸ばしてやった。戦闘を無事に生き延びられたら後で様子を見に行こう。

ここには迫撃砲も軽機関銃もあるし、衛生兵も複数いる。僕は納屋の東側の、石壁を積むときに一部を抜いて作った穴、とでもいうべき窓にもたれかかって、空を見上げた。

真上に飛来した輸送機から積荷が次々に落ち、白いパラシュートの花を咲かせていく。風が東から西へ吹き、パラシュートは流されてこちらに向かってきそうだ。ゆらゆらと空中遊泳している箱の中でひときわ大きいのが、対空砲火を食らって粉々に砕け散った。

「まだ流されてる。町から外れるんじゃないか？」

パラシュートは町を囲む煉瓦《れんが》塀を越え、ウィルムス運河へ続く草原に落ちた。どうやらあのあたりが回収地点になるようだ。

まだ対空砲火の轟音だけで、戦闘ははじまっていない。闇から人影がぽつぽつと現れはじめ、あたりを窺いながらハイウェイを西へ走って行く。投下された補給品を回収する補給中隊だ。赤毛のオハラもどこかにいるはずだが。

「クソ、機関銃は余ってないか」

いつの間にかライナスが来ていて、窓から外を睨みつけている。確かに入口には三脚に載せた機関銃が配置してあるが、機関銃分隊の別の奴が使っていた。砲撃で空が光るたびにライナスの彫りの深い横顔を陰影がゆらめく。僕らはどちらからともなくライフルを構え、援護射撃の準備を整えた。

あたりは静かで、このまま無事に回収を終えられるのではと思ったその時、すぐそばで爆発が起こった。ライナスが僕の背中を押し、ふたりでヘルメットごと頭を抱えて伏せ、押し寄せる土煙から鼻と口を隠す。

「ヤークトパンターが来たぞ！　歩兵多数！」

耳鳴りの彼方でキャタピラ音が響き、分隊長が吼えている。ライナスは僕の頭から手を離し、起き上がってどこかへ走った。ヘルメットの庇《ひさし》を押し上げて視線で後を追う。納屋の入口で機関銃を構えていた射手と装弾手の半身が吹っ飛んでいた。ライナスはふたつの死体を引き倒し、機関銃を握る。

「塀の裏に敵歩兵！」

「迫撃砲、二時の方向！　運河に行かせるな！」

ハイウェイには五、六人の補給兵が倒れている。爆音は一層激しくなるばかり、やまない銃弾の雨の中を、赤十字の腕章をつけた三人の衛生兵が駆け抜けていく。倒れた補給兵の体を抱き上げるが、銃弾は容赦なく衛生兵と助け起こされた補給兵の頭を撃ち抜いた。生き残ったふたりの衛生兵はそれでも怯《ひる》まず、他の補給兵を引っ張って納屋へ運び込む。ヘルメットが落ち、負傷した補給兵の赤毛頭が露わになった。オハラだ！

「キッド、外へ出ろ！　茂みから撃つんだ！」

オハラの様子を窺うこともできず、息を止めて外へ飛び出て、ハイウェイ沿いの茂みに滑り込んだ。目の前の瓦礫の山に、巨大なキャタピラが乗り上げる。不気味なほど甲高いこの軋み音を、僕は一生忘れないだろうと思った。

砲塔がない台形の戦車、ヤークトパンターは死んだ兵士たちを潰しながら前進する。周辺から姿を現すドイツ歩兵に一瞬怯んだ僕の足下に手榴弾が飛んできて転がり、反射的に引っ摑んで投げ返す。直後爆発し、悲鳴が聞こえたが、戦車は止まらない。このままでは町を出てしまう。

「ダメだ、パンターが抜けるぞ！」

敵はどんどん増えて目の前を走って行く。けれど僕の指はなぜか震えて動かない。

相手の顔つきが、わかる。暗闇に閃光が駆け、精悍《せいかん》な白い顔が浮かび、目と目が合う。当てたくない。

その時、上の方から弾が飛んできてドイツ青年の体を撃ち抜いた。狙撃手のマルティニだろう……ひとり、またひとり、くずおれる敵に、後ろで誰かが笑い声を上げた。「くたばれナチ野郎‼」振り返ると、楽しげにトンプソン短機関銃を撃ちまくっているスミスの姿があった。納屋の窓からは、ライナスたちが機関銃で歩兵を倒していく。

しかしパンターはついにバリケードを突破し、町を出てウィルムス運河へ向かってしまった。

「追え、潰せ！」

上官たちはそう叫ぶが、後から装甲車が続き、瓦礫の上を歩兵たちがどんどん走ってくる。八発目を撃って挿弾子《クリップ》がはじけ飛んだ時、味方がすぐそばの茂みに突っ込んできた。脳天を撃ち抜かれエビのように眼球が飛び出て、もう事切れている。無我夢中で引きずり降ろし、ライフルに挿弾子《クリップ》を込めてハンドルを戻す。

隣ではワインバーガーが通信機の受話器に向かって叫んでいる。

「何ですって？　ちょっともう一度」

「おい、受話器を置いてこっちを助けろ！」

しかしワインバーガーはこっちを向いてあんぐりと

口を開けた。なぜか右手を挙げて空を指している。その直後、あれほど騒がしかった銃声と砲撃音が、ふっと止んだ。そして誰かが絶叫した。

「頭上注意！　散開！　散開！」

瞬く間にすさまじい轟音が響き、空から鉄の巨体が目の前を通過した。C47輸送機だ。

対空砲火を食らったらしく右翼から胴体が燃えさかって、烈火の尾が夜を切り裂く。開きっぱなしの貨物室から火のついた積荷が転げ、爆弾のように町や草むら、木々を燃やした。機体は低空飛行のまま屋根をかすめ、そのままハイウェイの先に、胴体着陸した。何もかも薙ぎ倒すすさまじい音が止むと、機体の後部が爆発した。ちょうど、運河へ向かうヤークトパンターと装甲車の上で。

幸か不幸か、結果として敵の渡河を防いだ。呆然とするワインバーガーの手から、受話器が滑り落ちた。

「……めちゃくちゃだ」

なおも町を突破しようとするドイツ兵たちを押し返し、ふたたび膠着《こうちゃく》状態になったのは、それから一時間も経ってからのことだった。

死者と負傷者が続出し、農家に設置した救護所からあっという間に溢れた。納屋の中が一時治療所となり、寝かせられた負傷兵の間を、別の部隊から派遣された軍医と、衛生兵が奔走している。

一般の戦闘員だけでなく、さきほど墜落した輸送機の操縦士と副操縦士も運び込まれていた。操縦士は胸に大穴があいて虫の息だったが、副操縦士は幸運にも、火傷《やけど》と脱臼《だっきゅう》だけで済んでいた。副操縦士は婦人飛行部隊《WASP》の一員のようだ。

「あんなところに隠れていたとはね。参ったよ」

僕の腕の中で、オハラは声を震わせながらもどうにか笑った。泥だらけの顔は白く、そばかすさえ薄くなっているように見える。トレードマークのオレンジがかった赤毛も、すすけてしまった。

オハラは右の太ももの二カ所を撃たれて肉が深く裂け、大量に出血していた。どこかの衛生兵が脚の付け根をバンドで巻いて止血したけれど、緩いのか、それとも止血帯だけでは間に合わないほど重傷なのか、血が止まらない。

「キッド、オハラの上半身を下げろ。足を高くする」

ライナスの指示に従い、オハラの上半身を低くして、僕は奴の気が遠くならないように頰を叩いた。ライナスはオハラの足を自分の太ももの上に乗せ、手持ちの包帯を傷口に当てて圧迫する。

「衛生兵！」

　いくら呼んでみても、負傷者が多すぎて来てくれなかった。

　オハラの頬はどんどん冷たくなり、少しでもよそ見をすればまぶたが閉じてしまう。足を担ぎ上げていたライナスが、オハラの腹のあたりを叩いた。

「起きろ、起きろってオハラ」

「……ああ、起きてるよライナス。なあキッド、本物のグレン・ミラーはどうだった？」

　粉末卵の消失事件を解決した礼にと、チケットを譲ってくれたのはオハラだった。

「よかったよ。『ムーンライト・セレナーデ』がすごくきれいで、みんなで踊った」

「そりゃ何よりだ」

　こんな大怪我をしているのに、オハラは相変わらずおしゃべりだ。何かしてやりたいけど、どうにもならなくて焦りだけが募る。

「もうしゃべるな」ライナスは右足の傷口に手をあてがい圧迫しつつ、もう一度吼えた。「おい、衛生兵！来てくれ！」

「大丈夫、大丈夫だよライナス。キッドも」

「うん」

　なぜ僕らの方が励まされているのかわからないけど、オハラはチアノーゼで紫色になった唇で微笑む。

「それより腹が減った、コック。スープとか、ないのかよ」

「後で病院で嫌ってほど食わされるよ」

「粉末卵でもいい。ちゃんと食べておけばよかった」

　オハラはまたまぶたを閉じようとする。頬を引っぱたいてやると、意識を取り戻して深く息を吸った。

「あ、でも」

「何？」

「お前の手、いいにおいがする」

「いいにおい？　そうかな」

「うん。チーズとか、野菜とか、牛乳とか。母さんの手みたいで落ち着くよ」

　気になって自分の右手を嗅いでみる。確かに、どことなく食べ物のにおいがした。さっきロッテのために料理を作ってやったせいだろうか。コック兵になってから、いつの間にか僕も祖母の手に似てきたのかもしれない。

「ほら、目を開けろって」

またオハラがまぶたを閉じているので、頬を叩いた。でもオハラはぴくりとも動かなかった。揺さぶってもなされるがまま、まるで荷物みたいに揺れるだけだ。

「おい、オハラ！」

よく見るとまぶたはちゃんと閉じていなかった。僕は奴の鼻と口に手を当て、覆いかぶさって待ち、呼吸を感じようとした。しかし十秒経っても、一分経っても、僕の手のひらは何も感じなかった。ほんのり口許に微笑みを浮かべたまま、赤毛の補給兵、布問屋の息子でおしゃべり好きなオハラは、死んでいた。

唇を嚙んで顔を上げると、疲れた表情のライナスと目が合った。ライナスは傷口にあてがっていた手をゆっくり離して、静かに祈りの言葉を呟く。僕も祈りを復唱し、抜け殻になったオハラの体を、一度だけ強く抱きしめた。

霞《かす》む目をぬぐっている間に、ライナスはオハラの胸ポケットと襟元をまさぐると、認識票《ドッグ・タグ》を一枚ちぎり、折りたたまれた遺書を抜き取って、自分のポケットに入れた。それから毛布をオハラの頭からかけてやり、近くを通り過ぎた衛生兵に彼が死んだことを報告した。

毛布の端から覗く赤い髪が隙間風に揺れる。僕はナイフでオハラの赤毛をひと房切り、ハンカチで包んでポケットに押し込んだ。あたりを見回せば、同じように毛布で覆われ、ブーツや汚れた手を突き出した男たちが、負傷兵たちの間に大勢並んでいた。煙か熱風を吸い込んだらしい激しい咳き込みや、喘ぎながら母親を呼ぶ声、「死にたくない」と泣く声が、あちこちから聞こえてくる。

僕は自分のライフルを取って立ち上がり、納屋の出口へ向かった。

「おい、キッド？」

ライナスの声が背中を追いかけてきたが、聞こえてもほとんど頭には入ってこなかった。とにかくここにいたくないんだ。

外では味方の半軌装車や消火車輛、戦車運搬車《ドラゴン・ワゴン》などが、分厚いタイヤで瓦礫を乗り越え、ハイウェイの西へ走って行く。墜落した輸送機の消火と、残骸を取り除いてハイウェイを空けるためだろう。その後を大勢の工兵たちが追い、僕を抜いた。

そこかしこで火事が起きていた。炎の照り返しであたりは本来の色を失い、ただ狂暴な橙と黒の陰影だけが揺らいでいる。敵も味方も交じった累々《るいるい》たる死体は、濃い陰影のせいで一層、誰が誰だかわからなくなっていた。

町の境界の煉瓦塀まで歩き、運河の間の草むらに落ちた輸送機を眺めた。ふいに、石をかきわける音がして横を向く。ライフルを構えながら近づくと、ナチスSS上等兵の戦闘服を着たドイツ兵が、塀と納屋の隙間に倒れていた。

奴は負傷こそしているもののまだ生きていて、死んだ仲間にもたれて這いつくばり、憎々しげに僕を見上げている。震える腕を伸ばした先には、ルガーが落ちていた。それをつま先で蹴飛ばすと、SS上等兵の顔に絶望が浮かぶ。そのもたげた頭にライフルの照準を合わせ、引き金を絞った。薬室から挿弾子《クリップ》が弾け飛ぶと同時に、SSの眉間より少し下に穴が空き、後頭部から血が散った。

SSの瞳から生気が消える。

背後で気配を感じ振り向くと、エドがいた。肩に回したライフルの肩掛け帯《スリング》に指をかけ、何も言わずに僕を見ている。逆光でメガネだけが目立ち、表情は窺えなかった。

「……どうしたの」

「みんなのところに戻ろう。フォッシュが行方不明なんだ」

輸送機が墜落する時、搬入口から降ってきた燃える積荷に直撃され、ヤンセン家も隣の工房も燃えてしまった。

新米の補充兵フォッシュがいないと、マックが招集をかけるまで誰も気づいていなかったのだが、そういえば戦闘中も姿を見なかった。結局フォッシュが発見されたのは、例の不審者の死体のそばだった。

負傷兵の救助にあたっていたスパークから報告を受け、急いでヤンセン家の近くまで駆けつける。うつ伏せだった不審者の死体は仰向けになり、フォッシュはその傍《かたわ》らに倒れ、すでに事切れていた。背後から撃たれたらしく、背中が血まみれだった。

「……どうしてこんなところに？」

声を詰まらせるワインバーガーに、アレン先任軍曹が厳しい声で答えた。

「ひょっとしたらこいつの正体を突き止めようとした

のかもな。不審者の身元を暴いて、名誉を挽回しようとしたのかもしれん。なあ、マック」

するとマックは後ずさり、僕らの輪から離れていった。

ふたつの遺体の間にしゃがんで、開いたままのフォッシュの目を閉じてやる。それから不審者の死体に向き直って、驚いた。今まで男物の服を着て、頭も丸刈りだったせいで気づかなかったけれど、胸にふたつの膨らみがある。

「こいつ、女だ」

年齢は十代の終わりか、二十代のはじめといったところだろう。瞳の色はヤンセン氏と同じ青で、頭皮にまばらに残った髪はロッテと同じ亜麻色だった。顔立ちは夫人に似ている。皮膚には死斑が浮いていたが、比較的最近、生きているうちについたと思われる傷や痣《あざ》がいくつかあった。

ポケットにしまいっぱなしだったヤンセン氏の遺書を出して検《あらた》める。

「もしかして、この〝しかし親とは子供に弱いもの、娘のためにこの世から去ります〟の〝娘〟って……」

「おそらく彼女のことだろうな。ロッテとテオなら、どうして娘と息子じゃないのかとは思ったが」

不審者が女となると、無理矢理刈ったような坊主頭も、それから酪農家が近くにいるにもかかわらず台所に牛乳や乳製品がほとんどなかったのかも、なぜおもちゃ屋の外壁には傷がないのに、ショーウィンドウは外から割られていたのかも、すべてが繋がる。エドのように切れ者じゃなくともわかった。おそらく、この死んだヤンセン家の娘は、対独協力者か、秘密警察《ゲシュタポ》への密告者、あるいはドイツ兵と交際した恋人だったのだろう。

フランスのアンゴヴィル＝オ＝プランの村で、洗剤を借りようとドアを叩いた僕らを門前払いした黒髪の男、彼の家の庭にいた若い女性は、丸坊主にされていた。確かその娘の密告によって、ダンヒルを保護した家の兄弟の片割れは、レジスタンスとしてドイツ兵に捕らえられ、処刑されたはずだ。

丸坊主にする行為は、フランスや、オランダの街アイントホーフェンやソン村でも目にした。オレンジ色の旗を振って喜びに沸く街では、酒や菓子などで僕らを歓迎する一方、泣き叫ぶ女性たちを殴ってまで丸刈りにするという、異様な光景が混在していた。

あまりにも彼女たちが哀れで、止めた方がいいのでは、とミハイロフ中尉に訴えると、中尉は首を振った。

「この人たちはナチスに五年もの間苦しめられたんだ。意味もなく殺された住人のことを考えれば、むしろ命があるだけましだろう。街の問題は街に任せればいい」

ナチスはユダヤ人を隔離する居住区ゲットーを、オランダにも作っていた。強制隔離居住を逃れようとして隠れ、見つかって処刑されたユダヤ人のほとんどは、近隣住人たちの密告で捕らえられた人々だという。ユダヤ人を匿ったり、反ナチス発言をしたオランダ人も、そうして大勢殺された。もちろん、密告者には女だけでなく男も大勢いたはずだ。

地面にひざまずかせた女の髪をバリカンで刈り、その首に何事か書いた看板を提げさせる。裏切り者に罰を与えた人々の顔は、不気味なほど恍惚としていた。

同じ制裁がここフェーヘルで起きていてもおかしくない。

他のみんなも同じ結論に達したようで、特に疑問を口にする者はいなかった。ワインバーガーが雑嚢から毛布を出して、ふたりにかけてやった。

「ヤンセン夫妻も密告者だったのかな」

のどのあたりにずっとつっかえていた疑問を口にすると、エドは「いや」と呟いた。

「おそらく、上の娘だけだったんだろう。そうでなければとっくに家を追われているし、ロッテや夫人も髪を切られていたはずだ。もしかしたら駐留していたドイツ兵が去った後、娘も一緒にいなくなったものとして振る舞っていたのかもしれない」

「確かヤンセン氏の兄がレジスタンスで、すでに故人だと言ってたな。ひょっとしたら、実の姪に密告されて殺されたかもしれないのか？」

「推測でしかないが、あるいは」

言葉が出なくて黙っていると、突然ダンヒルが「あっ！」と叫んで踵を返し、ハイウェイへ駆け下りた。

「何だ、どうしたんだ？」

「納屋に戻る！　あの子供たちをこの町に残すのは危険だ！」

はっとした。なぜすぐに気づかなかったんだろう？　確かにそのとおり、密告者の家族とあらば子供でも容赦しないかもしれない。僕らは慌ててダンヒルの後を追い、瓦礫だらけのハイウェイを駆け抜けた。

農家のオランダ人夫妻は、ロッテにもテオにも危害は加えていなかった。ロッテの髪が相変わらず長く豊かなのを見て、ほっと安堵する。折檻《せっかん》どころか温かいスープとパン、毛布まで与えてくれていた。しかしふたりを玄関まで連れてきた家主の妻は両目を赤く泣き腫らし、顔つきは怒りと哀しみを堪えるかのように歪んでいた。隣の夫は、朗らかでも不機嫌でもなく、ただ疲れたように肩を落とし、「No, No」と首を振って、ドアを鼻先で閉めた。

僕は子供たちと手を繋いだまま、しばらく呆然と、ドアの木目を見つめていた。

再びロッテとテオを預かってしまった。現状を解決するいい方法はないか、僕、エド、ライナス、ダンヒル、ワインバーガーの五人は、納屋の隅で車座になって相談し合った。

「少なくとも、俺たちは連れて行かれないぞ。密告者の家族でも咎《とが》めないという奇特な人間を探すか、見捨てるかだ」

「ちょっと待ってよ、見捨てるのはさすがになし」

「しょうがない人ですね、すっかり子供たちに情が移ってるじゃないですか。じゃあこの先どこまででも連れて行きますか？」

「……それができたらいいけどさ。僕だって死ぬかもしれないし」

深く考えずに答えただけなのに、みんながぎょっとした顔でこっちを見た。ライナスに至っては口笛をひょうと吹いた。

「何だよ、文句ある？」

けれどにやにや笑うだけで誰も答えてくれない。エドだけは、訝《いぶか》しがるでもからかうでもなく、いつもどおりのまっすぐな目で僕を見ていた。

いつのまにか日付が変わり、深夜一時三十分になるところだった。意固地なロッテもさすがに疲れたのだろう、テオと折り重なるようにして眠っている。ライナスがどこからか調達してきた煙草をみんなに回し、吸えない僕はガムを口に放り込んだ。

「まだわからないんだが」ダンヒルが煙草の先を地面にとんとんと当てながら、エドに質問した。「ヤンセン夫妻が自殺したのと、あの娘が奇声を上げながら道へ飛び出したのは、なぜなんだ？　やはり錯乱していたのか？」

「うーん、これはばっかりはな、推測でしかないんだが」

エドは指に煙草を挟んだままこめかみのあたりを親指で掻いた。

「まず自殺の理由だが、遺書に〝娘のために〟とあったことを考えると、両親が犠牲になることで娘の贖罪《しょくざい》に代え、町民に赦してほしかったんじゃないか?」

「全員で町の外へ出る可能性は考えられなかったの?」

「町の外か。安全な場所がこの辺にあるか?」

「……まあ、ないね」

ハイウェイは無残な状態、ドイツ軍は息を吹き返し、連合軍さえも押されつつある。反ナチスのレジスタンスだった兄を持つ一方、娘はナチス側の密告者という一家は、誰を頼ればよかったのか?

「追い詰められた人に対して、傍観者はよく『なぜ逃げなかったのか』と問う。けれど現実には、逃げようにも逃げられない人たちがたくさんいる。俺たちだって散々経験したじゃないか。食べ物が底を尽けば三日も生きられないし、橋が渡れないだけで向こう岸にすらたどり着けない。現に今、ふたりの子供を預ける場所にさえ悩んでいる始末だ」

エドはそう言って、横たわる子供たちをちらりと一瞥した。自分たちの運命がかかっているとも知らず、安らかに眠っている。ダンヒルは深々と溜息をついた。

「子供たちがこの先も生きていける方法を考えた結果、両親は自殺を選んだってことか。でも肝心の娘は死んでしまった。そもそも彼女はなぜ男の格好を?」

「潜伏のためだろう。俺とティムが地下室を捜索して見つけた、工房へ繋がる隠し通路。あそこには長く人が生活していた形跡があった」

あの時のぞっとする悪臭を思い出して身震いすると、ワインバーガーが顔をしかめて「トイレですか?」と茂みの方を指した。違うよ。

「おそらく娘はドイツ軍が撤退した時、両親によって男物の服を着させられ、通路に潜った。そこで人々の怒りが収まるのを待っていたんだろう。けれど結局両親からその報せはなく、彼女が隠れている間にふたりは自殺を遂げた」

エドは煙草を深く吸って、灰を落とした。

「まあ、これも推測だ。もうひとつの質問、なぜ娘が奇声を上げて飛び出したかについては……きっとそれしか方法がなかったからだろう」

「方法って?」

「錯乱の可能性も考えたんだが、死んだ両親の手を祈りの形に組んでいる以上、しっかり意識を保っていたんだと思う。それなのになぜ奇声を上げたのかというと、叫べば撃ってもらえるからだ」

　これには僕だけでなく、新しい機関銃を掃除しながら話を聞いていたライナスさえ手を止めた。

「撃ってもらえるから？」

「あの夫妻のブローニングは弾倉が空だった。おそらく二発だけ込めて、娘が後を追ったりしないように配慮したんだと思う。もしかしたら娘が父親の手から銃を抜いたのは自分も死ぬためだったのかもな。しかし弾倉に弾がないことに気づき、両親の意図に気づいた。それからふたりの手を組んで追悼したのかもしれない」

　この先は、説明されなくてもわかった。

　あの地下室にはロープもナイフもなかった。けれど無防備に外へ出れば死ねる。何しろ町は戦闘中だったのだから。娘は、死ぬために外に出て、わざと目立つ行動をし、望んで撃たれたのだ。

「わからないといえば、遺書も意味不明だったね」

　僕は手紙を広げて、みんなの前で読み上げた。

「この〝いよいよキツネのしっぽは下りた〟が、どういう意味かずっと考えていたんだ。でも、ロッテが不思議な行動を取っていて」

　彼女が熟睡しているのをいいことに、緑色のリュックを取り、そっと口を開いてキツネのからくり人形を出した。

「地下室にいる間、ずっとからくり人形を並べた棚を睨みつけていたんだよ。それで、僕らがいったん地下室から出た隙に、このキツネの人形だけを取った。ただ父親の形見が欲しかったのかと思っていたんだけど、もしかしたら遺書と関係があるのかもしれない」

「へえ」

　エドに手渡すと、彼はメガネを人さし指で押し上げつつ、キツネの人形をしげしげと眺めた。人形は高さが約五インチ（約一三センチ）ほど、幅は一インチ程度。尖った三角形の耳を生やし、紡錘形に膨らんだしっぽをぴんと立てている。

「これ、何かあると思うんだ。腕を上げると顎が開くんだけど、他の部分にも溝やら切り込みやらあるし」

「ああ。〝キツネのしっぽは下りた〟か――何かの慣用句か、オランダのことわざか？」

　エドにも知らないことがあるのだ。ワインバーガーあたりが言葉には詳しそうだが、奴も首を傾げて「うーん、聞いたことがあるようなないような」と頼りないことを言った。

「尾から背中にかけて切り込みが入っているから、この尾が下がれば開きそうな気もするが」エドはそう言って指でしっぽをつまみ、ぐらぐらと揺らした。「だめだ、力だけじゃ動かない。壊れてしまう」

「ロッテは方法がわかっているのかな」

八歳の子供の記憶力や理解力がどれほどか、僕にはわからない。個人差もあるだろうし。するとこれまでずっと黙っていたダンヒルが口を開いた。

「たぶん、俺はしっぽの話を知っている、と思う」

ダンヒルは高い鼻梁《びりょう》を掻き、もごもごと呟いた。まあ、声がこもっているのはいつものことだが。

「何だって？」

「童話だよ。娘に読んでやったことがあるんだ」

「娘？　ダンヒルったら、子供がいるんですか？」

「うるさいワインバーガー、黙ってろ」

ライナスにたしなめられてワインバーガーも慌てて口をつぐむ。ダンヒルは少し間を置いて、眠っているテオを指さした。

「あの坊主が持っている鳥のぬいぐるみでぴんときた。ずいぶん鳥好きみたいだが、おそらくモチーフになっている種類がね」

「関係あるの？」

いつでもテオが抱きしめているぬいぐるみ。流線形のすらりとした鳥ではなく、全体的に丸くて、ひよこを思わせる。でもたぶんひよこではない。白い布地に羽毛に見立てた灰茶色の小さな楕円の布がたくさん縫い付けてある。腹から尻にかけてぽっこりして、短い尾羽がピンと立っている。くちばしは細くて長い革でできていて、テオはよくこれを触っては、指をしゃぶっていた。

「あの鳥はミソサザイだ」

ダンヒルは静かに言った。

「野鳥で、色んなところに巣を作る。寒くなると南へ飛んで越冬するが、ヨーロッパや北アメリカにも生息している。ころんとしていて尾がぴんと立ち、くちばしも長い。よく特徴を捉えたぬいぐるみだと思う」

「へえ、知らなかった」

「童話の世界では、ミソサザイは鳥の王様だとされているんだ。タイトルは確か『ミソサザイと熊』だった」

正直なところ、ダンヒルのでっちあげじゃないかと僕は勘繰った。けれど話を聞いているうちに、娘がいようといまいと、この童話は本当に存在するのだと感じた。

「昔々、森の王である熊が、鳥の王であるミソサザイの巣を見て、『なんと小さな家だ』と嘲笑《あざわら》った。怒ったミソサザイは鳥や虫などの飛ぶ仲間たちを集め、森へ戦いを挑んだ。一方で熊は四つ足の動物を率いてこれをむかえ撃つことになった。鳥対獣とあれば、当然、獣の方が有利に思われた。

戦の前日、森まで斥候に出た鳥陣営の虻《あぶ》は、獣側の見張り役であるキツネがこう言っているのを聞いた。『私がしっぽを立てている間はこっちが優勢だから攻めて、しっぽを下ろしたらこっちが劣勢、みんな退却しよう』それを報告されたミソサザイは、戦いの日、蜂に命じてキツネのしっぽを刺すように命じた。しっぽを刺されたキツネは、痛かったが我慢して、しっぽを立たせ続けた。でも結局三度目に刺された時、キツネはとうとうしっぽを下げて逃げ出した。それを見た熊軍も一斉に逃げ出して降参。最後はみんなでミソサザイに『馬鹿にしてすまなかった』と謝って終わりだ。めでたしめでたし」

ダンヒルの声は低く静かで、まるで本当に父親が子供に語り聞かせているかのようだった。ライナスが軽く拍手をして苦笑する。

「まさか戦場で童話が聞けるとはな」

「でも戦争の話なんだからぴったりだよ。こんなのもあるんだって驚いたけど」

「童話でも戦争はわりと起こる。ちなみに話の出典は……」

「グリム童話ですよ、グリム童話。ドイツのね」

せっかくダンヒルが説明をしようとしているのに、ワインバーガーが口を挟む。

本はめったに読まない僕でも、さすがにグリム童話は知っている。今は敵国ドイツのものだから、本屋で扱っているかはわからないが。

ミソサザイとキツネ、下がったしっぽ。この三つが揃っているのだから、この童話が関わっていると見て間違いないだろう。確か子供部屋の本棚には絵本もたくさんあったし、玩具職人の父親からお休みなさいの前の物語に聞かされていたなんて、いかにもありそうだ。だがこの話をからくりにどう活かすか……ふとエドの顔を窺って、ぎょっとした。

エドは笑っていた。大笑いとまではいかないけれど、唇から歯が覗く程度には、わかりやすく笑っている。いつもの無表情な鉄仮面がすっかり崩れていた。

「どうしたの？　笑っちゃってさ」

「いや……ちょっと楽しくて。これは宝探しゲームだったんだ、子供が好きそうなね」

そう言ってエドは腕を伸ばし、眠り続けるロッテのそばに置いた緑のリュックを取った。中をまさぐって取り出したのは小さな丸い缶。蓋を開けると、一本だけ針が入っている。

「どうして糸さえないのか気になっていたんだ」

エドは右手に針を取り、しっぽの先端に針を刺した。

「しっぽの先端には、アブラムシ大の小さなへこみがある。童話で蜂が刺したとおり、合計三回針で突くと――」

三度刺したエドはしっぽに軽く指をかけた。するとかすかにからくりが回る音が鳴り、しっぽが下がって背中ごとぱっくりと開いた。

「おそらくロッテは、両親から直接やり方を聞いていたんだろう。八歳の子供でもそのくらいならできる。リュックに入っていた子供たち宛ての手紙は、万が一子供が忘れてしまったときの用心だったに違いない。翻訳されるのが楽しみだ」

背中が開いたキツネの中は、空洞になっていた。揺すってみると黒いベルベットの端切れで包まれたものがころりと転がり出てきた。エドがそれを取り、丁寧に開く。

「ああ」低いうめき声が漏れる。「銀行の貸し金庫の鍵だ」

鍵は小さく、持ち手の部分がクローバーの葉のような形をしている
「どこのだ？」

「わからないが、あの子たちに宛てた手紙には書いてあるかもしれない。きっと用心して口座を作り、ここに財産を遺しておいたんだろう」

「でも銀行なんてもう」

荒らされてしまっているだろう。そう言いかけて口をつぐんだ。ガスランプの赤い火が映えて鈍く光る鍵を取り囲み、僕らは黙りこくった。

これから子供たちだけで生きろってことか？　それとも、僕ら合衆国兵があの子たちを預かると、本気で

思っていたのか？

「……戦争孤児は多い。別段可哀想な話ではないさ。貸金庫の鍵を遺してもらえただけでもマシだよ。中身の無事は天に祈るほかない。大丈夫、どこかの孤児院には入れるさ」

　勝手にまとめようとするエドに抗議したい気持ちはある。でも、じゃあ僕に何ができるんだ？　考えろ、どこかに方法はないか、伝手はないか。

「孤児院なら、ドクター・ブロッコリーの奥さんはどうだろう？　アメリカでサナトリウムをやってるんじゃなかったっけ」

　それにドクターは、後方基地の現地調査後も、イギリスに留まっているという。合衆国となると遠いが、イギリスなら預けることも可能だろう。しかし我ながらいいアイデアだと思ったのに、今度はワインバーガーに反対される。

「誰がイギリスへ連れて行くんです？　何より、あの子たちだけを特別扱いはできませんよ、キッド。ミスター・メガネの言うとおり戦争孤児は多い。ずいぶん肩入れしてますけど、やめた方がいいんじゃないですか。後がつらくなりますし」

　痛いところを突かれた上、後輩を失ったワインバーガーに言われてしまうと、ぐうの音も出ない。ライナスもみんなに賛成のようだ。

「そうだな。申し訳ないが、やはりあの農家夫妻にお願いして孤児院を探してもらおう。貸金庫の鍵を見せれば、あるいは交渉に……」

　やはり仕方ないのだろうか。引き潮に足をとられ渦に巻き込まれるように、自分の心が急速に諦めつつあるのを感じた。でも、本当にそれでいいのか？　幼いロッテの下まぶたには涙の痕が残っている。

「ちょっと待って。交渉するなら、あの人に試してみたい」

　ライナスを遮り、僕は立ち上がった。ダメで元々だ。負傷兵や毛布を頭からかぶせた死者が横臥《おうが》する間をずんずん横切って、干し草に紛れるようにして休んでいる女性の前に出た。

　不時着し炎上した輸送機の副操縦士だ。白い顔に大きなガーゼを当て、片手を三角巾で吊っている。操縦士はガラスの破片が刺さって死んだが、幸い彼女は生きていた。

「すみません、ミス。お願いがあるんです」

「はい？」

副操縦士のまぶたが開くと、どきりと心臓が跳ねた。切れ長の目尻に、豹のような瞳がとてもきれいだ。豊かな黒い巻き毛は、潔く耳元でばっさりと揃えてある。久しぶりに美しい人を見て柄にもなくどぎまぎしている自分をなんとか抑え、咳払いして説明した。

テレーズ・ジャクスンという名前の副操縦士は、僕が話す間口を挟むことなく、煙草を吹かしながら時々相槌をうち、耳を傾けてくれた。

「……なるほど。事情はよくわかりました。それで、私に何ができると？」

「あなたはこれから後方へ下がりますね」

「ええ、そうです。そもそも婦人飛行部隊《WASP》自体が解体されますから。仲間と共に一度イギリスへ帰ります」

「では、子供たちをある人のところへ連れて行って下さいませんか？」

きっとドクター・ブロッコリーならわかってくれるはずだ。僕ら教え子を可愛がってくれているし、何より前回の粉末卵の件では、一番の愛弟子エドに借りがある。弱味に付け込むようで気が引けるけど致し方ない。それに婦人飛行部隊《WASP》に対しては、構成員の性別から、軍司令部はあまり関わりたがらない雰囲気があった。

ジャクスンは煙草を吸いきってしまうと、靴の裏で揉み消した。

「コール特技兵、ご事情はよく理解できました。協力したい気持ちもあります。ただひとつ、質問に答えて下さいますか？」

「ええ、何なりと」

「私が女だから、子供を預けようとなさってます？」

ほんの一瞬、祖母に叱られたような気がして、僕は一瞬言葉に詰まった。確かに、女性なら子供たちを無事に連れ出してくれるのではないかという思いはあった。けれどそれだけでなく、ちゃんと軍人同士として納得するに足る答えがなければ、彼女を失望させてしまうのに間違いはない。

「正直、男に預けるよりも安心なのではという気持ちはあります。特にロッテはまだ幼いですが、女の子ですから。でもそれだけが理由ではありません。僕が今直接頼みごとができる人の中で、あなたは戦地から離れ、イギリスのその人のところへ向かってくれる確率が最も高い。だからお願いをしました。これは合衆国兵士としての、正式な依頼です」

説明をする間、ジャクスンは僕の目から一度も視線を逸らさなかった。彼女を怒らせるのではないかと気が気ではなく、話し終えて「わかりました」と言われた時、受けてくれるのかくれないのか一瞬混乱した。

「正式な依頼としてお受けしましょう、コールさん。到着の連絡は第五〇六連隊のG中隊宛てでよろしいですか？」

「ええ、お願いします」

「必ず送り届けます。ご安心下さい」

衛生兵が包帯を換えにやってきて、僕らの話は終わりになった。


翌日、ついに雲が去って久々の晴天が広がった。ドイツ軍はしつこく襲ってきて再び戦闘がはじまったが、イギリスから飛来した戦闘機や増援部隊の協力により、敵は二十六日の夜明け、フェーヘル、そしてウードゥンから撤退した。

ロッテとテオはジャクスンに連れられて、町を出発した。主に輸送機の操縦に関わった婦人飛行部隊《WASP》は、このオランダ戦を以て解体、ベルギーで同部隊の仲間たちと合流した後、イギリスに戻るという。別れ際、ロッテは一度だけ僕の手を強く握ってくれ、走り出したトラックの姿が見えなくなるまで、開いたままの幌《ほろ》から顔を覗かせていてくれた。

「後悔はしていないか？」

隣を見ると、まっすぐトラックを見送るエドの横顔があった。

「……うん」

激しかった戦いは、両軍だけでなく、フェーヘルの民間人の命もたくさん奪った。瓦礫の下や焼け跡に、幾度となく子供の死体を見つけた。ぐったりして動かない子供や赤ん坊を抱いて、あてどもなく草むらを歩いて行く人、半狂乱で泣き叫びながら爪が割れるまで家の跡を掘り、瓦礫の下からようやく現れた幼い手を、握ったまま放さない人。

町を出る直前、積み上げられた兵士たちの死体の中に、僕が昨夜撃ち殺したSSを見つけた。穏やかとはとても言い難いその顔を直視して、突然、こいつにとっては僕こそが〝殺人者〟なのだ、と悟った。

「誰が悪いのか」と問われたら、「ヒトラーが悪い」と僕は答えるだろう。「ナチスが悪い、SSが悪い、ドイツ国防軍が悪い」と。でもずっと、吐き出せない、言葉で名前をつけられない感情が、澱《おり》になって腹の底にどんどん溜まっていくのを感じていた。そいつには無数の目があり、暗闇で冷たく光って、何かを見据えている。

その澱を振り切りたくて、僕はあの子たちを助けたんだと思う。手を触れられるものを確かに助けた、と言いたかったのだ。

結局マーケット・ガーデン作戦は失敗に終わった。戦車隊はハイウェイを進めず、僕らはライン川を渡れなかった。

連携するはずのレジスタンスが殺害され、通信さえも途絶えた状態でアルンヘムに取り残された英第一空挺師団は、ドイツの猛攻に加え、補給路が断たれたために物資が不足、大量の戦死者と民間の犠牲者を出した。僕らがフェーヘルで戦っていた五日目にはすでに、ほぼ壊滅状態だったのである。

自力で命からがら戻ってきた兵士の報告でようやく現場の惨状が司令部へ伝わり、敵の中将と一時的な停戦協定を結んだ。アルンヘムからの撤退作戦がはじまったのは、九月二十五日のことだった。僕らも参加した、進むためではなく、帰還させるための作戦で救えたのは、一万人以上いた英第一空挺師団のうち、たったの二千人程度だった。

クリスマスまでのベルリン進軍はほぼ不可能となり、終戦は遠のいた。

オランダにはドイツ兵が戻ってきた。撤退時に焼き払った町であろうと、戦闘に巻き込まれて壊滅した村であろうと、オランダ人は連合軍に荷担したとして、食糧配給にさらなる厳しい規制を課した。引っかき回されるだけ引っかき回され、喜びと嘆きに翻弄されてぼろぼろになったオランダ市民は、飢餓でも大勢が亡くなったという。

十一月、僕らはやっとオランダを出てフランスのムーメロン基地で給養をとっていた。

ずいぶん寒くなってきた。重苦しい曇天の下、くたびれた戦闘服の襟の内側にマフラーをたくし込んで、輸送トラックの横で赤々と燃えるブリキ缶のストーブに手をかざす。同じストーブを囲むのは、エド、ダンヒル、そしてディエゴだ。

ディエゴは今朝、救護所から帰ってきた。ウォーカー中隊長が死んだ戦闘で、第一小隊も甚大な被害を受けたそうだが、ディエゴは無事だった。何が起きたのか詳しく教えてもらえなかったが、とにかく戻ってきてくれて嬉しい。ちなみに中隊長の後釜に座ったのは、やはりミハイロフ中尉だった。

戦況は、連合軍が優勢と見られるが、停滞していた。南からジークフリート線の攻略を試みていた合衆国第一軍と第三軍は、一応突破こそしたものの、そのまま膠着して侵攻は進んでいない。それどころか、ヒュルトゲンの森でアメリカ軍が狙い撃ちにされ、第二八歩兵師団から六千人以上の死者が出た。ラジオから聞こえるニュースは、連合国空軍の空爆作戦が中心で、爆撃機がドイツ国内の大都市を焼き払って焦土《しょうど》にし、士気を下げるのに成功していると騒いでいる。しかしヒトラーはなおも降伏しなかった。

フランスの情勢は安定しており、平穏で、基地には食べ物もシャワーもあった。しかし疲れだけはどうやっても癒やせなかった。

戦闘服のポケットからハンカチを出して開く。ごわごわになってしまったひと房の赤毛を、指先でそっとつまんで丁寧に揃え直す。そしてまたハンカチで包んで、ポケットにしまった。

夜はオランダの夢ばかり見る。目が覚めると、さっきまで僕らと一緒に笑っていたはずのオハラが、なぜもういないのか不思議に思える。ベッドの上に起き上がって兵舎の闇にじっと目をこらし、夢の余韻《よいん》に浸っているうちに、ああ、あいつは死んだのだ、と思い出す。それを何度も繰り返しているとオハラの死を何度も追体験している感覚になって、心に空いたうろみたいなものが、どんどん深く大きくなっていく。

オハラ、フォッシュ、ヘンドリクセン、他にも大勢の仲間を失った。まだ戦争は終わらず、これから先も誰かを失う未来を受け入れなければならない。

そしてあの日以来、ライフルに触ると、みぞおちが絞まるような感覚がするようになった。これまで僕は敵がいるだろう方向へ闇雲《やみくも》に撃っていただけで、成果は気にしたことがなかった。けれどあの日、僕は間違いなくひとりのSS、男の息の根を止めた。

「フェーヘルにはほんの数日しかいなかったなんて、信じられないな。あの家族にはだいぶ振り回されたし」

他のことを考えていないとやってられない。手をこすりながら、わざとちょっと声音を明るくして言うと、ダンヒルはかすかに微笑んで頷いてくれた。ブリキ缶の中に突っ込まれた薪《たきぎ》が崩れ、パチッと火花が爆《は》ぜた。

「そういえばエド、もしかしてと思っていたんだけど、テオってヤンセン夫妻にとっては孫だったのかな。つまりあの死んだ娘の子供って意味で」

ロッテは年齢的に違うと思うが、テオは、あの死んだ娘が生んだ子供だとしてもおかしくない。しかしエドは首を振った。

「どうだろうな。もういいんじゃないか、それは」

するとこれまでずっと静かだったディエゴが突然舌打ちした。

「お前らはまたくだらねえことやってたのか」

「何だ、機嫌が悪いな。僕らの持ち場でおかしな出来事が起きて、それをエドが解いたんだよ。聞いたらきっとお前もびっくりする」

僕は冗談めかしたつもりだったけれど、ディエゴは違ったらしい。本気で僕らに対して苛立っていた。

「馬鹿じゃねえのか、謎解き謎解きって……いい加減にしろよ。戦争中だぞ」

ディエゴは肩に担いでいたサブマシンガンを背負い直すと、踵を返して行ってしまった。

「おい、炊事場は反対の道だぞ！」

「疲れているんだろう。第一小隊は俺たちよりもたくさん死んだし」

ちょうど入れ替わるように他の隊の奴らがどやどやとやってきて、ストーブを囲みだした。「で、奴はフランスで五人、オランダで三人殺したんだ」「へっ、俺んとこの軍曹のがよっぽどすげえぜ。何しろ――」

僕らはそっと離れ、炊事場へ向かうことにした。

エドはポケットから煙草を抜き、口に咥えて火をつけた。今にもみぞれが降ってきそうな曇天に小さな赤い火がぽつっと灯る。冷たい風が吹いて灰のかけらがふわりと飛び、僕の左腕に当たった。灰は師団徽章〝叫ぶ鷲《スクリーミング・イーグルス》〟にくっついていた。

頬に冷たいものが当たる。雨だ。空を見上げると、妙に白っぽい雲の下を濃い灰色雲がぐんぐんと流れ、雨を降らせている。調理の時間までまだ少しあった。僕はずっと胸にしまっていたことを打ち明けることにした。

「……フランスで野戦病院が燃えた時、とても悲しかった。哀れだとも感じたし、ひどい、なんてことをするんだって思った」

　エドとダンヒルが足を止めてこちらを振り返った。何か言い返されるかと思ったけど、ふたりは黙って僕の次の言葉を待っている。ひとつ息を吐いて、深く吸った。

「でもアイントホーフェンでは違った。燃えていく街の空を見ながら、『ああ、自分はあの場にいなくてよかった、運がよかった』って思ったんだ。ヘンドリクセンが潰れて死んだのを見た時もそう」

　ふいに背中をぽんと叩かれた。ダンヒルが大きな手のひらで、続けてもう二度軽く叩いてくる。エドはというと、上着の裾でメガネのレンズを拭いている。

「俺だって同じだよ」エドはメガネをかけ直しながら言った。「運が良かった、俺じゃなくてよかった、って思っている。アメリカの国旗をつけて戦うひとりの兵士としても、ユダヤ人としてもな」

　詳細はわからないが、ナチスによる人種迫害の話は僕らの耳にも入っている。そういえばエドの家族はどうなったんだろう？　エドについても知らないことばかりだった。

「寒いな。今日は温かいスープでも作って振る舞ってやろう」

　ダンヒルが自分の腕をこすりながら言う。

「ああ、みんな待ってる」

　そうして僕らは炊事場へ向かった。


　半月ほど経った十二月十六日、追い詰められていたはずのヒトラーが大攻勢に転じた。迫り来る連合軍を押し返さんと、広大なアルデンヌの森に東側から攻め込んだのだ。

　アルデンヌはベルギー南東部、ルクセンブルク、そして一部がフランスにかかる地方で、大部分が森に覆われている。その森はドイツ国境に近く、戦線を維持しているアメリカ軍がいたが、現在は幽霊戦線と呼ばれるほど静かだった。若い新兵が多く、散発的に起きる小規模な戦闘や斥候も、訓練の延長のようなものだった。時折森の向こうでドイツ兵がうろちょろしている姿を見かけたが、攻撃を受けることは少なく、やたらと寒さにみまわれる休暇だという冗談も聞こえた。

　そこに、ドイツ軍が奇襲をかけた。

　連合軍最高司令部《SHAEF》ははじめのうち、その奇襲を軽んじた。すでに諜報部が摑んでいた情報では、ドイツ軍がたった四個師団でライン川を守る、ラインラント防御戦を展開するとあったからだ。小規模な攻撃だし、木々が生い茂るアルデンヌの森を戦車が通ってくるとは考えられなかった。

しかし実際に攻撃に参加したのは、ドイツ軍の恐るべき兵器ティーガー戦車の部隊を含めた、総勢二十五個に及ぶ師団だった。

ドイツ軍はこの大攻勢にすべてを賭けていた。九月から連合軍と戦い続け、最終的に合衆国第一軍に三万以上の死者を出させたヒュルトゲンの森の戦いも、この大攻勢を成功させるための礎《いしずえ》となる戦いだった。

結果、大規模な奇襲は成功、アメリカ軍の八六マイル（約一四〇キロメートル）に及ぶ前進陣地はぐちゃぐちゃになった。師団は壊滅、捕虜になる兵士も多く、撤退を余儀なくされた。濃霧が立ちこめて空軍が爆撃機を飛ばせなかったのも敗因のひとつだった。

敵の進撃は味方の陣地にどんどん食い込み、残っていた連合軍の陣地を包囲していった。地図上に書き表すと、東から西に向かって少しずつ少しずつ膨らむドイツ軍の侵攻図は、テーブルの上にこぼれた水が広がるかのようだった。

ドイツの狙いは、包囲によって連合軍の各隊を孤立させ分断すること、そしてベルギー最大の港にして連合軍の補給拠点、アントワープ港の奪還だった。

アントワープ付近は抗戦続きで安定せず、補給は未だにシェルブール港を頼っていたとはいえ、補給線が延びまくっていた僕らとしては、ここを取られるとひとたまりもない。アントワープ港陥落を阻止すべく、最高司令官のアイゼンハワーは命令を下した。

アルデンヌの森にほど近い大きな町、バストーニュを死守せよ。

バストーニュは七本もの道路が集まる交通の拠点で、戦線の安定のためには、連合軍にとってもドイツ軍にとっても最重要の町だった。バストーニュには以前からアメリカ陸軍の第二八歩兵師団が待機していた。しかし敵の猛烈な大攻勢に遭って、いつ壊滅するかもわからないような状態だった。

そこに増援部隊として急行を命じられたのは、第八二空挺師団と、僕ら第一〇一空挺師団だった。あまりにも急な話で準備もろくにできないまま、十二月十八日の朝、僕らはトラックに飛び乗った。

運転席には、以前粉末卵の消失事件で巻き込まれてしまった不運な黒人兵、ウィリアムズがいる。片手を挙げて挨拶をすると、彼は頷き、エンジンをかけた。ウィリアムズの運転は荒っぽかったが、スピードは速かった。はじめ「黒んぼ《ニグロ》の車か」と舌打ちしていた同じ分隊のスミスは車酔いしたようで、額に脂汗をびっしりかき、みっともなく荷台に腹ばいになってえづいていた。

　総勢一万一千人の兵員を四百台近いトラックが運んで、夜にはすべてが基地を出発できたから、レッド・ボール・エクスプレスの運転手たちは本当に猛スピードでアクセルを踏んだのだろう。

　フランスも寒かったが、ベルギーに入ると寒いどころか痛いほどの冷気に、肺が凍えそうになった。マフラーは調達できたが、ウールのロングコートはなく、両手を脇の下に差し込んでがたがた震えていた。靴下も冬用じゃない。でもそんな奴は大勢いた。弾薬も前回支給された時のままだったし、銃も手持ちのライフルと拳銃だけ。着の身着のままという言葉がまさにぴったりだ。ともあれどこかで補給があるだろう、と高をくくっていたのは僕だけではなかった。

　それでも士気は衰えなかった。今朝早く、ベルギーのマルメディという村の近くで、ドイツ軍ＳＳに降伏した合衆国軍の捕虜が大量に殺されたという情報が入ったからだ。

　虐殺された第二八五砲兵観測大隊の死体は、偵察部隊が発見した。数えられただけでも隊員の半数以上の八十名近かったらしい。逃げた数名が合流したものの、いまだに多くが行方不明で、何が起こったのかさえ混乱状態で判然としない。しかしいずれにせよ、マルメディ近郊はドイツ軍から奪還できず、亡骸は放置されて獣に食われるのを待っている状態だった。

「ナチ野郎め、ぶっ殺してやる」

「お前なら脳天に一発だよ、マルティニ。アメリカを怒らせたらどうなるか、目にもの見せてやれ」

　血気盛んなスミスやマルティニが息巻いて、他の仲間たちとハイタッチをし合っている。周りで深刻な顔をしていたのはライナスだけだった。

「確保できる時に物資を確保しといた方がいい」

　奴の言葉にみんな「わかってるよ」と失笑したけれど、休憩に止まった道の途中で、アルデンヌ方面から退却してくる味方の姿を見るなり、僕らは彼らから弾薬や銃や余った靴下、とにかく何でも目についたものは譲ってもらった。

退却していく兵士の顔色は一様に暗く、消耗しきっていた。僕が声をかけた奴は、耳の一部がふっとんでなくなっていた。今からバストーニュに行くのだと話すと弾薬帯を一本譲ってくれたが、虚ろな目でこちらをじっと見つめ、囁いた。

「お前ら、全員死ぬぞ」

そいつはふらふらとした足取りで隊列に紛れ、夜の闇に吸い込まれていった。

第四章　幽霊たち

まぶたを開けると、あたりは目が眩《くら》むほど白ばかりの世界だった。

夜更けに降りはじめた雪がまだちらついている。数日間続いた靄《もや》は、昨日いったん晴れたものの今日になって再び発生し、僕らが隠れている松林を霞《かす》ませた。

子供の頃、レースのカーテンにくるまってかくれんぼをした記憶がふいに蘇《よみがえ》る。レース越しに見る世界はぼんやりとして、いつもの部屋が別世界に見えた。家具も、姉妹も、部屋を横切る母も、ずっと遠くに感じるのだ。まさか冬のベルギーで敵の攻撃に備えながら思い出すとは、子供の僕は考えもしなかった。

吐く息は白く、仲間の顔色も白い。平均気温の高いアメリカ南部で生まれ育った僕は、ここ数日で一生分の雪を見た気がする。

今度の前線は、雪風をしのぐ家も、暖をとるトラックの荷台もない、ただの松林だ。凍てつく地面にTボーンスコップを突き立て、苦労して四フィート（約一二〇センチ）ほど掘ったタコツボに、ふたりずつ入って日々を過ごす。上を防水シートで覆って仲間とくっつけば、いくらか暖かい。

そうしてかれこれ五日間タコツボにこもり、北にほんの五〇〇ヤード（約四六〇メートル）先に広がる雪原を境界に、敵と睨み合っている。

防御線を離れられないのは、前線の死守のためだけでなく、敵に包囲されていて逃げ場がないせいでもある。僕ら第一〇一空挺師団がアルデンヌに入るとほぼ同時に、まるで罠の仕掛けを閉じるように、ドイツ軍は僕らの退路を絶った。

もちろん兵員の交替はない。そのうちいつかは前線で孤立する羽目になるのでは、と思っていたけど、まさかこんな寒い場所だなんて。のうのうと後方で休んでいた夏が懐かしい。

現在優勢にあるのは、残念ながらドイツ軍だ。さながら僕らは罠にかかった手負いの獣、奴らは獲物が降参しておとなしくなるのをじっと待つ猟師だ。

かじかむ手に息を吹きかけて暖める。毛糸の手袋はしていたけど、作業がしやすいように指先部分を切ってしまったため、あまり役には立っていない。ほつれた毛糸を触ると、どこかで水を引っかけたらしく、すっかり凍って固くなっていた。

アルデンヌの森林に来てからというもの、毎日毎日銃声が鳴り響き、そのたび白雪に鮮血が散った。戦闘は昼夜いつでも起こり、斥候《せっこう》隊を互いに送り出して様子を探っては、また戦闘、その繰り返し。

靄と雪は危険だ。姿だけでなく足音さえ消してしまう。銃声はしても、誰の体が弾丸に貫かれるかは、まるでロシアン・ルーレットみたいにわからない。誰かが、爆発音が聞こえるうちは安全だが、何の音もしなかったらそれは直撃を意味する、と言っていた。脅威は敵の攻撃だけでない。骨の髄まで染みる冷気が体の内側から力と気力を奪い、銃を取って起き上がるのさえだんだん億劫《おっくう》になる。ひどい寒さで内臓を痛めたり、凍傷になる奴も多かった。

出て行きたくても道は封じられ、逃げ場はない。

ここは静かで真っ白で、恐ろしい世界だ。

「そろそろ夕飯の時間だな」

同じタコツボで、ライフルの薬室を掃除していたダンヒルが、クリーニング・キットをポーチにしまいながら呟いた。鼻の下までマフラーで覆っているせいで、元々低い声が一段と聞き取りづらい。

「夕飯か……」

実は、自他共に認める食いしん坊の僕でさえ、このところ食欲が湧かない。空腹だし、美味しいものに飢えてはいる。しかし食べ物がなかなかのどを通ってくれなかった。

そういう兵士は僕だけじゃない。食べないと動けない。動けなければ弾に当たって死ぬ。頭ではわかっているのに、体が拒絶するのだ。原因を自分なりに色々と考えて、冷たい食事続きで胃が疲れているんじゃないか、と一応結論をつけた。

極寒の土地で、冷たい食事を前線の兵士に食べさせるなんて、戦場のコックらしからぬふざけた仕事ぶりだ。しかし温かい料理を提供したくとも、ここでは難しい。

せめて気分転換になるようなメニューならばいい。昨日、つかの間晴れた空から補給品が投下された。そのおかげで、ひょっとすると料理もいくらかましになっているかもしれない。淡い期待を抱きながらライフルの肩掛け帯《スリング》を肩にかけ、手の皮がくっつきそうなほど冷たいヘルメットをかぶった。

「七面鳥だといいね」

そう、今日はクリスマス・イブなのだ。

敵に包囲されて陸路が使えない今、僕らの命綱は、輸送機が落とす補給品だけだった。しかし靄が晴れなければ飛んでくれない。天候ばかりは祈るしかなかった——神様どうか、バストーニュ周辺の上空を晴天にして下さい。

バストーニュ。七本の道路が集まるこの町を死守するため、僕らはいる。

炊事場や司令部、救護所などはすべてバストーニュに設置された。前線から町までは二マイル半（約四キロメートル）離れているため、町に向かうにはジープを呼ぶ。無線で前線の背後にある開けた場所に呼び、僕とダンヒルとで乗り込んで、霞む林道を器用に走る運転手のおしゃべりに耳を傾けた。

ふと視線を逸らすと、ひどく顔が青ざめ、無精髭をびっしり生やした男が、疲れきった瞳でこちらを見ていた。その男がサイドミラーに映った僕自身だと気づくのに、数秒かかった。

フランスやオランダと同じく、ここベルギーでも、僕らは民間人の世話になった。炊事場での煮炊きだけでなく、教会に設置した救護所では、現地の看護婦たちが全身を血で汚しながら、負傷兵の治療にあたっている。やはり若い男性は少なく、女性や老人が多かった。

炊事場で直前まで火を入れてもらい、かんかんに熱くなった鍋に、持参した毛布を巻き付けて保温する。肩掛け帯《スリング》を袈裟《けさ》懸けしてライフルを背中に回し、鍋を抱きかかえてジープに乗った。

「俺も乗せてくれよ、キッド、ダンヒル」

野戦病院の方角から仲間が走ってきた。到着したその日に負傷した一等兵だった。頭にはまだ包帯が巻かれていて痛々しい。

「もういいのか?」

「ああ、かすり傷だったからな」

「嘘つけ」

たぶん無断で脱け出してきたんだろう。一等兵はにやっと笑うとヘルメットをかぶり、後部座席の僕の隣に飛び乗った。息が少し酒くさいのは、モルヒネが不足しているせいで、酒を痛み止めに代用しているからだろう。

「スパークに見つかったら連れ戻されるんじゃない?」

「あんなチビには負けねえよ。救護所に帰るくらいなら死んでやるね。あそこは地獄だ。まあナースにさわれるのは得だけど、三日もいればもう充分」

ジープが松林に入ると、一等兵は大きく深呼吸して、うっとりと呟いた。

「ああ、外の空気はいいな」

大鍋ははじめとても熱く、太ももの同じところに置いていると火傷《やけど》しそうなくらいで、何度も位置をずらす。しかしジープが氷点下の雪道を疾走するに従い、鍋は犬か猫を抱いているくらいの温度に下がり、やがて温かくも冷たくもない人肌程度になる。陣地の後ろに着いて大急ぎで支度を調えても、隊員たちを一小隊ずつ呼び集める頃には、料理はすっかり冷めていた。ダンヒルが持ち帰ったパンなんて、かちこちに凍っている。

氷点下のバストーニュから前線までの移動は、冷凍室の中を通過するようなものだ。やっぱり今日も温かい食事を出せなかった。

前線では火が使えない。一面が真っ白な雪景色で火など熾《おこ》そうものなら、格好の標的になってしまうからだ。どうしても温かいものが食べたければ、覆いをかぶせてから、タコツボにこもって糧食《レーション》の缶詰をコンロで温めるしかなかった。しかし補給品の確保が保証されていない現状、保存がきく糧食《レーション》はできるだけ残しておいた方がいい。七面鳥なんて夢のまた夢——配膳をしながらふっと息を吐く。

ちらりと隣を見ると、淡々と豆のスープを皿によそうディエゴがいた。陽気に口上を繰り出していた夏頃とは別人のように、このところずっと静かだった。

配膳待ちで司令部前の空き地に集まった仲間たちは、鼻の下までマフラーで覆い、腕をぎゅっと縮めて、ブリキの皿を持つのもしんどそうに立っていた。口数も少なく、寒さで震えている。茶色くて丈の長いコートを着ている奴もいれば、いつもの野戦服の下に分厚いセーターを着込んで膨らんでいる奴もいる。その上から挿弾子《クリップ》ベルトや雑嚢《ざつのう》を留めるためのサスペンダーを締め、着膨れしていてもいつでも戦闘に入れる装備をしていた。

　毛糸の目出し帽をかぶった兵士が、配膳台の鍋を覗き、悪態をついた。

「こいつは何だ？　残飯か？」

「知らないの？　クリスマス・ディナーってやつだよ」

　鼻であしらい、ひとり五粒の豆とくず肉のスープ、釘が打てそうなほど固いパンを皿に盛ってやる。ノルマンディー出撃直前の晩餐が一番豪華だった。ビーフステーキ、マッシュポテト、小麦粉だけで作った白パン、そして本物のアイスクリーム。

　配膳を終えて鍋の蓋をしめていると、先ほどジープに同乗した一等兵が、中隊司令部で復帰報告を終えて戻ってきた。よどんでいた空気がたちまちぱっと明るくなる。

「よく戻ってきたな、兄弟」

　これだけ長い間、戦場で共に過ごした僕らは、互いを友人というより、兄弟のようだと思っていた。背中を預け、相手の命を守る。そんな関係は、ひょっとすると実の家族よりも強い紐帯《ちゅうたい》で結ばれていると、言えるかもしれない。

　だから仲間が復帰するととても嬉しい。みんなで歓迎し、肩や尻を叩いて激励し合う。ディエゴにも笑顔が戻っていた。はしゃぎながら互いに近況報告をし、隠し持っていた酒を出す奴までいる。

　料理はクソみたいだけど、なごやかな夕食になりそうだ。みんなの楽しげな様子を眺めながら、隅の岩に座って、自分のスープを口に運ぶ。しかし、穏やかな時間は長くは続かなかった。凍ったパンを唾液でふやかして飲み下していると、突然、巨大な太鼓を叩くような音と地響きがした。

「敵襲だ！」

　食べかけの料理を放り出して、持ち場へ駆けだした。雪と、こぼれた茶色い豆のスープを踏みつけて、銃声がする方角へ向かう。

　走りながら肩掛け帯《スリング》を下ろしてライフルを構え、あと銃弾が何発残っているか考える。頭上で炸裂音が鳴り、すぐ脇の松の梢がはじけ飛んだが、僕も他の仲間も気にせず走り続けた。怖がって足をすくめてしまう奴が一番死にやすいと、これまでの戦いでよくわかっていた。

自分のタコツボは距離が遠い。手近にあった適当な穴に滑り込んで縁に肘をつき、ライフルを構えた。雪原にけぶる靄がわずかに晴れ、敵が潜む向かいの林の影が、いつもよりくっきりと姿を現している。赤い閃光が駆けた刹那、陣地の手前に着弾して雪と土砂が弾け、視界が霞んだ。更に軽機関銃弾が雪面をスキップするように跳ねる。

「十一時の方角！」

仲間たちの怒号と銃声が響き渡る。林に向かって一発撃つとすぐに挿弾子《クリップ》が飛び、弾切れになった。M1ガーランドライフルの射程距離は約一マイル（約一六〇〇メートル）。敵の陣地まで届き、人を殺せる距離だ。ベルトに連なるポケットから新しい挿弾子《クリップ》を抜いて装塡し、敵兵がいそうな、林のなるべく低い位置を狙って撃った。

一面の雪景色に火と閃光が迸《ほとばし》る。敵の砲撃はすさまじく、まるであたり一帯が間欠泉になったかのように、真っ白い雪があちこちで噴き上がる。

すぐそばを銃弾が跳ね、咄嗟《とっさ》に飛び退《の》く。同時に斜め後ろのタコツボから悲鳴が上がった。ライフルを撃ちながら横目で確認すると、ひとりが肩を押さえながらのたうちまわり、相棒が首をもたげて大声を張り上げている。

「衛生兵！」

ややあって赤十字のヘルメットをかぶった衛生兵が、飛び交う銃弾の最中を駆けてきた。そして負傷兵の治療をはじめたが、衛生兵がバッグから包帯を出そうと上体を起こしたとき、鋭い音がして首がはじけた。

三十分足らずで攻撃は止み、「撃ち方やめ！　弾薬を無駄にするな！」と叫ぶミハイロフ中隊長の姿が見えた。引き金から指を離してほっと溜息をつき、そのままタコツボの側面に背中をもたれさせた。衛生兵を呼ぶ声が方々から聞こえてくる。

「やれやれ……」

今回もなんとか生き延びた。顔を出して確認すると、斜め後ろのタコツボの負傷兵は生きていたが、治療に駆けつけた衛生兵は、のど笛から溢れた血を止めようとしたのか、自分の首に手を当てたまま死んでいた。息ができなくてもがいた痕が、雪に残っている。

ほんの数フィート後方の松が根元まで縦に裂け、倒れた幹に兵士が挟まれていた。他に誰が負傷しているのか視線を巡らすと、足から下が真っ赤に染まった仲間がうつ伏せに倒れていた。ヘルメットが転がって包帯を巻いた頭が見える。さっき戻ってきたばかりの一等兵だった。

バストーニュを死守せよと命令された段階で、地図を見たミハイロフ中隊長は「我々は包囲されるだろう」と予測していたし、他の部隊の連中もわかっていたと思う。オランダでの戦いを経た僕らは、戦況を楽観視することはなくなっていた。

灯火管制もとらずに急行したおかげで、ドイツ軍よりも先にバストーニュへ到着できた。包囲されたならされたなりに、打つ手はある。残された師団で連携し合い、バストーニュを三百六十度方位の全周防御陣地で、ぐるりと固めた。町と七本の街道を守る防御線を地図に書き表すと、四方八方にトゲを向けるハリネズミみたいだ。その周囲をドイツ軍が取り囲み、隙を狙っている。

第五〇六連隊の陣地は北東の松林、通称ボア・ジャークだ。右翼側を第二大隊、左翼側を僕ら第三大隊が担当する。ボア・ジャークには、バストーニュに集まる七つの道のうちの一本が走り、フォイとノヴィルというふたつの村に繋がっていた。

ドイツ軍の猛攻は激しく、実のところ、防御線は現時点ですでに後退していた。僕らが到着する前はもう少し陣地が広く、防御線はフォイまであった。けれど先遣《せんけん》で防衛にあたっていた僕らの仲間、第一大隊は激しい戦闘で二百名以上の隊員を失い、第一〇機甲師団と共に退却した。

結果、フォイとノヴィルはドイツの手に落ち、残るは最後のバストーニュだけとなってしまった。それだけでなく、ドイツは更に攻勢を強め、連合軍の陣形を分断しようとしている。戦車隊による突出部《バルジ》はなおも迫っていた。

「ティム、大丈夫か?」

ふいにヘルメットをこつこつと叩かれて顔を上げると、タコツボの縁に立て膝をついたエドが、僕を見下ろしていた。茶色のマフラーで鼻まで隠れ、呼吸に合わせてメガネが白くなったり透明になったりしている。

「そうか、ここは第三小隊の持ち場か」

適当なタコツボに潜《もぐ》ったのをすっかり忘れて、落ち着いてしまった。差し出された手を握って、穴から這い出る。筋肉が寒さで強ばり思うように動かず、この高さを上がるのもひと苦労だ。

「ありがとう、助かった」

「そういえばさっき、後方陣地の大隊司令部で小耳に挟んだんだが、また数日間靄が続くらしい。昨日の補給分を切り詰めて使わないと。めぼしい物を見つけたら、拾っておいた方がいいぞ」

「また？　昨日の補給品投下だって、四日ぶりだったのに？」

急遽《きゅうきょ》投入されたために準備が万全でなく、敵に包囲された今、陸路からの補給は絶たれてしまっている。空からの投下を待つしかないが、天候が回復しないと輸送機は飛ばない。

「サンタクロースの一日早いクリスマスプレゼントだ」

「奇跡に感謝しろってこと？　おお神様よ、清貧なんてこりごりです。人並みにあなたの誕生日を祝わせて下さい」

天に向かって祈る真似をすると、エドは唇の端をもたげて薄く笑った。

「師団本部には七面鳥があったらしいぞ」

僕ら一般兵卒は雪の食卓で冷たい豆のスープ、師団本部の将校たちはバストーニュの暖かな部屋で七面鳥というわけだ。指揮官のマッコウリフ准将は、降伏を促《うなが》してきたドイツ司令官に対して「くたばれ《ナッツ》！」とだけ返事を送ったらしいが、それなら少しくらいこちらにも七面鳥を分けてほしい。降伏してドイツ軍の捕虜になるなんて死んでもごめんだから、准将の勇ましい返事を賞賛したい気持ちはあるけれど、結局将校は将校だよな、と思ってしまう。

エドと別れた僕は、手をこすり合わせて息を吹きかけ、雪を踏む自分の足音を聞きながら、持ち場へ戻った。いつの間にか日が落ちて、白かった風景は青みがかった夕闇に染まりはじめている。仲間たちもタコツボから出て、砕けた倒木をどかしたり、煙草を吸って報告し合ったりしている。

「ああ、キッド。ちょっと待ってくれ」

呼び止められて振り返ると、顔のほぼ半分が毛むくじゃらで、いっそう熊らしくなった上官が、こちらに小走りでやってきた。彼はオランダ遠征後に少尉へ昇級し、小隊長に着任した。

「アレン先任軍曹……じゃなかった、アレン少尉。何か?」

「お前は第三小隊の方角から戻ったようだが、何か異状はなかったかと思ってね。さっきの戦闘でH中隊の背後に敵が回った」

今の戦闘はこちらの気を逸らすために仕掛けられたんだろう、道理ですぐ終わったはずだ。僕ら第三大隊は、松林の左翼側から右翼側にかけて、G、H、I中隊の順に配置されている。つまり右隣はH中隊であり、僕らのすぐそばまで敵が入ってきたことになる。

「では敵は侵入を?」

「ああ。だが幸いH中隊が持ち場内で食い止めたようだ。うちの第一小隊との境界に死体がわんさと転がっているのを確認した。これからH中隊と進入路の調査に入る。お前らは用心のために、残党の警戒もしておいてくれ」

「イエス、サー」

G中隊の配置陣形は、左から第三、第二、第一小隊の順に横並びだ。第一小隊の更に右にH中隊がいる。敵がどちらから回ったのか……松林《ボア・ジャーク》の左翼側か右翼側か、ともすると僕がライフルを撃っていた後ろを、敵の一個小隊が通り過ぎたのかもしれなかった。

穴に戻るとタコツボの相棒ダンヒルがいて、でかい体を窮屈そうに縮めて携帯コンロに鍋をかけていた。屋根代わりの毛布を少し開けて滑り降り、今し方聞いたばかりの情報を伝えた。ダンヒルは「そうか。今晩あたり斥候が出されるかもな」と呟きつつ、コーヒーをブリキのマグに注いでくれた。ありがたくもらって暖を取る。

「手紙を落としていたぞ、コール」

昨日輸送機が落とした郵便袋に入っていたものだ。封筒には母の字で宛名が書いてある。かじかむ指をマグの表面で温めながら、もう一度手紙を開いた。便箋にはクリスマスを祝う言葉と、家族の近況報告、休暇はないのかと尋ねる母の字で埋まっていた。同封の写真には家族が揃って写り、懐かしい居間のソファの後ろに、買い換えたらしい大きなクリスマス・ツリーが飾ってある。

「いい報せか?」

ダンヒルがブーツの靴紐を緩めながら訊いてきた。

「だいたいね。姉のシンシアが婚約したらしい。恋人が負傷して、アジア戦線から戻ってきたんだと。あとは親父が仕入れで上手く稼いだとか、妹が毛染めに失敗したとか」

「妹って、あのロッテに似ているという子か？」

「そう。しばらく見ないうちに、お洒落《しゃれ》するようになったのかも。僕が入隊するって決めた時は、拗《す》ねて部屋から出てこなかったくせに。ほら、これ」

写真をダンヒルに近づけてケイティを指さす。僕の三歳年下だから、もう十六歳になったわけだ。写真の中の妹はかなり背が伸びて、姉のシンシアに追いつきそうだった。父は少し太り、母の笑い皺《じわ》はますます深くなっている。中央の椅子に座った祖母は、肩に置かれた母の手を握り、戸惑ったような視線をレンズに向けていた。写真が苦手な祖母のお馴染みの表情だ。

「いい写真だ。賑やかで楽しそうな家族だな」

「まあね」

以前は考えたこともなかったけれど、今では自分でも、うちは幸福な家族だとわかっている。けれど写真を見ているとなぜか、心の裏側あたりがざらついた。僕がいなくとも家族の時間は普通に経過して、年をとっていく。ジープのサイドミラーに映った、別人のように変貌してしまった自分が、この団《だん》らんに溶け込めるとはとても思えなかった。

「……僕はちゃんと帰れるのかな」

「当然だ、帰らなければダメだ」

ダンヒルは大きく頷き、珍しく饒舌《じょうぜつ》に言い切った。

「家族が笑っていられるのは、レンズの先にはお前がいると知っているからだ。お前がこの世からいなくなったら、永遠にこんな写真は撮れないだろう。だから生きねば」

「……そうだね、そのとおりだ」

写真を封筒にしまって胸ポケットに入れ、少し温《ぬる》くなってしまったコーヒーを飲んだ。胃がぎゅうと縮まる感覚がする。ポケットから角砂糖の包みを取って、真四角の白い塊を口に放り込み、舌と上顎ですりつぶすようにして、ざらざらした甘みを楽しんだ。

アメリカの家族は、このクリスマス・イブに何を食べているんだろうか？　皮目がぱりっと焼けた、肉汁のしたたるロースト・ターキーに、茶色くてどろっとしたグレービーソース。赤身の柔らかなポーク・チョップ、マッシュポテトにはナツメグをきかせて。熱々のシナモン・ロールに、白砂糖を溶いたアイシングをたっぷりかける。

「ダンヒルには何かクリスマスの思い出ある？　子供の頃とか」

　そういえば、ダンヒルが手紙を受け取ったり、読んだりしているところを見たことがない。妻も娘もいるらしいけど——きっと事情があるんだろう。

　ブーツと靴下を脱いでいたダンヒルは、普段ほとんど自分の話をしないせいか、考え込むように小さく唸った。「俺の？　クリスマスは教会に行った記憶しかないな」晒した素足は血の気が失せ、つま先と踵が黒ずんでいた。塹壕《ざんごう》足炎になりかけている。

「父方の祖父母が厳格でな。クリスマスはかならず父のふるさとに帰らなければならなかった。あくまでもキリストの生誕を祝うもので、贈り物ももらったことはない。ふたりとも年をとっていて、髪は雪と同じくらいに白かったけど、背筋はそこらへんの若者よりもしゃんと伸びていた。クリスマスは老夫婦から監視されて過ごしたようなものだ」

「それはすごく窮屈だったんじゃない？」

「まあな」ダンヒルはゆっくりとした手つきで自分の足を揉んだ。「しかも六、七年前から同居しなくちゃならなくなってね。祖父が亡くなり、由緒正しい屋敷をどこの馬の骨ともわからん奴に渡したくないと言う祖母の強い要望で、一家で引っ越した。おまけに俺には婚約者まで用意されていた」

「婚約者って、つまりその、お前の奥さん？」

「ああ。俺も十八歳だったから、そういうものだと思って受け入れた」

　由緒正しい屋敷とは、ダンヒルはなかなかいい家柄の生まれらしい。志願兵になんてならなくとも生活できそうだけれど、格式とプライドだけを残して没落し、困窮する名家は多かった。

　故郷にもそんな古い屋敷があった。南北戦争前からある白い邸宅で、二階にはベランダが張り出し、太い柱《ポルチコ》が玄関ポーチから高い屋根まで達している。使用人は居つかず、ツケで買い物に来る顔がいつも違い、支払いはいつも滞《とどこお》った。

　主《あるじ》の老人はよくおかしな行動をした。広い庭で誰かと大声でしゃべっているのだが、相手は夏の真っ青な空だったり、足下に絡まる赤い枯葉だったり、緑茂る庭木の梢だったりした。子供たちの間では、あの爺さんはきっと常人には見えない何かとしゃべっているのだ、と噂が立った。幽霊か、あるいは精霊と。たぶん当時学校にあった絵本の、スクルージおじさんの挿絵と老人がそっくりだったからだ。

幽霊。クリスマスには幽霊が出る。守銭奴のエベニーザ・スクルージの前に現れた幽霊のように、改悛《かいしゅん》を促すため墓場からやってくるのだ。急に寒気がして、毛布を首までたぐりダンヒルとくっついた。

ふいに賛美歌が聞こえてきた。はじめはかすかなドイツ語で、続いてかなり近くから英語で。雪原の向こうから『きよしこの夜』の旋律が流れれば、こちらは『諸人《もろびと》こぞりて』を大声で歌う。不思議なことにどちらも攻撃は仕掛けなかった。やがて祝砲まがいの空砲が撃たれ、暗い夜空を、まばゆい火がまっすぐに飛んでいった。

翌朝のクリスマス、キリストは自分の誕生日にたくさんの魂を所望したらしい。夜明けと共に戦闘がはじまり、吹き上がる爆風や煙と共に、何人もの兵士たちが天に召された。上空は晴れているようで、白い靄に日光の筋が何本も差し込み、死体を照らす。

「嫌だ、俺は救護所になんて行かねえ。ここに残る」

「大丈夫、きっとすぐ戻れるよ。また一緒に戦おう」

負傷しながらごねる仲間を、担架に乗せる手伝いをし、肩を叩いて励ましてやる。長いこと戦い続けていると、「前線から離れるのが嫌だ」と訴える奴が多くなるから不思議だ。昨日、無理して戻ってきた一等兵のことを思い出す。

でも少しわかる。僕だってできれば救護所には行きたくない、自分の知らないうちに戦況が変わるのも嫌だし、みんなとも離れたくなかった。死にたくはないけど、ひとりだけ置いてきぼりにされるのはもっと恐ろしい。みんなと一緒に銃を持っている方が、ずっとましだ。

朝の戦闘では僕自身も跳弾で左頬に裂傷を負い、タコツボに戻ってから第一小隊の衛生兵、ジョストに手当をしてもらった。

「運が良かったなキッド、あとちょっとずれてたら脳にズドンだった」

怪我をする直前、立射でライフルを撃っていた僕は、足下の安定が悪くて少し動いたのだ。弾は僕の目の前の石に跳ね、かけらが僕の頬骨の上をえぐった。動いたから生き延びた。動いたから死んだ。戦場の選択肢は多すぎる上に、ミスの代償が大きすぎる。

　生き残った仲間たちは銃の点検をしたり、ばらけた銃弾を挿弾子《クリップ》にはめなおしたりと、片付けや次への準備にいそしんでいた。雪の上をうろついて作業をしている者もいる。衛生兵は足りないモルヒネや包帯を譲《ゆず》ってくれと、タコツボからタコツボを渡り歩いていた。足りなくなった挿弾子《クリップ》を拾いに行っていたダンヒルが戻ってきて、隣に滑り込む。

「煙草と、挿弾子《クリップ》を三つ見つけた」

　聞くや否やジョストがダンヒルにすがりついた。

「頼むよ！　俺にも煙草を分けてくれないか？　もう何日も吸ってなくて気が変になりそうだったんだ」

「わかった、持ってけ。それからまだ使えそうな弾もいくつか……」

「もうダメだ！　みんな死ぬんだ！」

　僕らじゃない、どこかで誰かが叫んでいる。ぎょっとして顔を上げると、悲痛な絶叫はそう遠くないところから聞こえた。アレン少尉が部下を連れて、雪を踏み散らしながら声のする方へ駆けていく。しばらくすると静かになり、みんな自分の作業に戻った。

「そういえば、ディエゴが妙なことを口走ってたぞ」

　ジョストはダンヒルが拾ってきた煙草をさっそくふかしつつ、僕の頬にサルファ剤を振りながら言った。何の話か訊き返そうと口を開けたら、ちょうど粉が口の中に入ってむせてしまった。ジョストは飛び退いて、唾がついたと大袈裟に騒ぐ。奴の野戦服なんてとっくに血でくすんでいるし、だいたいさっきから煙草の灰が僕の太ももに落ちているのに、自分のことは棚に上げていた。ジョストは大きな茄子みたいな顔をしていて、しゃべると唇の端に泡が溜まる。

「オーバーだな。それでディエゴが何だって？」

「ああ、そうそう。何だか怯えた面《つら》しやがって、こう言うんだ」ジョストは一段声を低めた。「『幽霊が出た』」

「はあ？　幽霊？」

「あいつ、俺と同じタコツボでさ。朝起きたら真っ青な顔でブルブル震えてたんだ。どうしたのか尋ねても答えなくて、聞き出すのに骨が折れたよ。何でも真夜中に不気味な音が聞こえたんだと」

「足音か何かを聞き間違えたんじゃないの？」

「一応タコツボから顔を出して確認はしたらしいんだ。けど誰も近くを歩いていなかったってさ。俺とディエゴのタコツボはG中隊の中でも一番右端だから、みんなの動きを確認するのはそんなに難しくない」

つまり第一小隊所属のディエゴとジョストのタコツボはG中隊の最右翼、H中隊との境界にあるわけだ。

嫌な予感がする。

「まさか、昨日侵入した敵の残党だったとか？」

「やめろよ！　縁起でもない。第一、侵入した敵部隊はH中隊が殲滅《せんめつ》したんだぞ。俺は見ていたからな」

第一小隊の右側には、木々が生えていない空き地《スポット》があるらしい。ジョストの話によると、昨日の戦闘でH中隊陣地の裏手に侵入した敵部隊は、林内でほぼ全滅、残りも空き地《スポット》に追い詰めた後、機銃掃射で全員仕留めたそうだ。

「誰かトイレ穴へ用足しにでも行ってたんじゃないの？」

「かもな。とにかく、お前ら同じコックだしディエゴとは仲が良いだろ？　後で声をかけてみてくれよ。どうも心配なんだ」

幽霊云々は措いても、ここのところディエゴは元気がなく、僕も気にかかっていた。ジョストは僕の頬に大きな絆創膏を貼ると、次の負傷者のところへ向かった。ちょこまかした後ろ姿を見送って、ダンヒルと目配せをする。すると奴は、ちょうど僕も考えていたことを口にした。

「グリーンバーグを呼んだ方がいいな」

エドを誘ってから、第一小隊の持ち場へ向かう。補強に使う松の枝を叩く斧の音や、肺の底から絞るようなつらそうな咳が聞こえる。かと思えば、呑気に雪だるまをこしらえている奴もいた。

ディエゴはひとりでタコツボの中にいた。あぐらをかいて背中を丸め、一心不乱に護身用の拳銃を磨いている。顔の下半分が黒い髭に覆われ、頭にはニット帽をかぶっていた。

「やあ元気か、ディエゴ」

タコツボの縁に立て膝をついて声をかけると、奴は気だるげに顔を上げた。

「……何か用かよ」

そしてすぐ視線を落とし、僕の顔をまともに見ない。明らかに苛立っている。オランダで銃弾を食らってからディエゴの調子が悪い。腕に負った傷そのものは完治したらしいけれど、以前の陽気さは消え、ちょっとした雑談から、いつの間にか胸ぐらを掴むほどの喧嘩にまで発展することも、少なくなかった。

　僕ら三人は顔を見合わせ、はじめにダンヒルが切り出した。

「あー……ディエゴ、何か妙な音を聞いたんだと？」

「はあ？　知らねえな」

「ジョストが心配してる」

　けれども奴はこっちを見ようともしない。拳銃を磨き終えると、今度はライフルを膝に載せて銃床《じゅうしょう》の掃除に取りかかろうとした。蓋が開かなくて何度も舌打ちをする。完全に僕らを無視しているディエゴに腹が立って、挑発してやろうと思った。

「お前、幽霊を見たんだって？」

　するとディエゴが勢いよく立ち上がった。膝からライフルが滑り落ち、地面に銃床が叩きつけられる。反射的に穴から飛びすさった。

「危ないよ！　暴発したらどうするんだ！」

　しかし耳に届いていないようだった。「ジョストか？　あの野郎、あの野郎」とうわごとのように呟きながら、タコツボから這い出ようとする。ジョストを殺しかねない剣幕だったので、慌てて肩を摑んで押しとどめた。

　間近で見るディエゴの顔はひどいものだった。白目は充血し、頰はこけて下まぶたにはクマがある。以前は明るく輝いていた黒い瞳が翳《かげ》り、鉛をはめたように虚ろな色をしていた。いたたまれずに手を引っ込めると、僕らの間にエドが割って入った。

「ジョストは報告の義務を果たしただけだ、ディエゴ。昨日、隣に敵が侵入したのは知っているだろう。お前が察知した異状は、中隊が共有すべき重要な情報だ。仲間の危険回避のため話してくれ」

　穏やかだがきっぱりとした口調で言い、ディエゴの丸まった背中を軽く叩く。

　雪が再び降りはじめた。ディエゴはエドを睨み、睨まれたエドはいつもの無表情でディエゴを見つめ返す。最終的にディエゴが折れて、ずるずるとヤドカリのように斜面を滑って、穴の中に戻った。

「……夜中、タコツボにいたら妙な音を聞いたんだ。ざく、ざくっていう」

「足音じゃなくて？」

　どこまで踏み込んでもいいか迷いながら訊き返すと、今度はただ舌打ちしただけだった。

「足音くらい俺にも判別できるし、こんなに気にしねえよ。そうじゃねえ。音は不規則で、止んだと思ったらまた聞こえてくる……鈍《にぶ》いくせに妙に響く音だ」

ディエゴは身震いをした。

「昨日の戦闘は、本当に混乱したんだ。前も撃たなきゃならねえけど、側面から敵と、敵を追うH中隊の連中が飛び出してきたんだから。あの空き地《スポット》、あそこが終点だった。攻撃音が止んだ後に確認しに行ったら、空き地にドイツ兵の死体がごろごろ転がっててさ……H中隊がその間を歩き回って、息がある奴の眉間に弾を撃ち込んで……それで、昨夜の妙な音だ」

風はなく、雪がまっしぐらに落ちてくる。右手の空《ス》き地《ポット》をちらりと見て、すぐに目を逸らした。境界の木は雪でますます影を霞ませる。

「……俺はあの音をよく知ってる。ざく、ざく、ざくって、耳から離れねえんだ。オランダで殺したドイツ兵なんじゃないかって。銃剣の音だ。俺は壁から飛び出してきたのを順に刺したんだ。そいつらが俺に復讐をしている」

瞬《また》きをほとんどしないで一点を見つめ、ぶつぶつと呟くディエゴの様子を見れば、本気で怯えているのはわかった。でもディエゴの恐怖を共有したくなかった
――怖かったからだ。オランダで僕が殺したSSの瞳が脳裏をよぎる。

「やめろよ。そんなわけないじゃないか。殺した敵が化けて出てくるなんて、そんな理屈が通るなら戦場は幽霊だらけだよ。ただの思い込みさ。怖がりだなディエゴは」

みんないつものように笑ってくれると思った。けれど「ティム、やめろ」とエドから鋭くたしなめられると同時に、強い衝撃を受けてそのまま仰向けに倒れた。まったく受け身を取れずにヘルメットごと後頭部を打ち、一瞬息が詰まる。目の前にはディエゴのぎらついた顔があり、僕に馬乗りになっていた。腕が動かず、顔に降る雪を払えない。

「やめろ、ディエゴ、やめろ！」

しかしダンヒルが奴を羽交い締めにする前に、ディエゴは右の拳で僕を襲う。左頰を強《したた》かに殴られ、さっきジョストが手当をしてくれた傷が、熱く強烈に痛んだ。堪《たま》らず声が漏れ、体を丸める。ダンヒルがディエゴを引きはがし、僕はエドに支えられて起き上がった。傷口が開いて止まっていた血がしとどに溢れ、足跡で茶色くなった雪の上に汚く飛び散った。絆創膏は剝が

れて使い物にならなくなっている。

穴に戻されたディエゴはわめきながらスコップを放り投げ、近くの松の幹に当たって派手な音を立てた。


オランダで何が起こったのか、詳しく話してくれたのはジョストだった。ディエゴの分隊は敵に追い詰められて路地に逃げ込んだのだが、挟み撃ちにされてどんどん仲間が死んでいった。たまたま列の真ん中あたりにいたディエゴと残った数名で、納屋のドアをこじ開けて立てこもったものの、夢中で応戦しているうちに弾切れになった。銃剣をライフルに装着して敵をその納屋におびき寄せ、背後からひとりずつ殺したそうだ。結局、十三名いた分隊のうち生き残ったのは、ディエゴを含めた三名だけだった。

現在の第一小隊第一分隊は、G中隊内で何人かの古参兵を異動させ、あとは補充兵で再編された組織となっている。負傷した腕の治療が終わった後も、ディエゴが救護所から戻らなかったのは、戦争神経症と診断されたせいだとジョストは打ち明けた。

「黙ってろって本人に口止めされたけど、もうみんな勘づいているよな」


午後になって、ミハイロフ中隊長の指示により、ボア・ジャークを見回る探索班が結成され、敵の残党狩りに出た。ディエゴが聞いたという不審な音は、もちろん報告してある。各小隊から数名ずつ引き抜かれた探索班には、僕も含まれ、すっかり自分の巣穴となったタコツボにしばしの別れを告げた。

第一分隊の分隊長の後に続いて、縦隊で探索を開始した。敵の眼前に出て行く斥候とは違い、自分たちの陣地を見回るだけなので危険は少ない。それでも、雪の降る林は視界が悪くて、ほんの少しの音にも心臓が跳ねる。ライフルを構えて梢を見上げると、リスが枝と枝の間を飛び回っているだけだった。

結局何も発見できず、探索は一時間ほどで終了した。

その後タコツボに戻ってからしばらくして、今日二回目の戦闘がはじまった。こちらから仕掛けたものだが、朝と比べれば反撃は小さく、負傷者もさほど出ずに済んだ。しかしそれでもディエゴの神経を更に削るには充分だったらしい。

ディエゴはタコツボに引きこもって、出てこなくなった。ジョストが中へ入ろうとしても頑として拒んでいるという。

「救護所には行かねえ、ここから離れねえ」

そう主張して聞かない。見かねた第一小隊長が駆けつけ、教本どおりの恫喝《どうかつ》や、休養は結果的に仲間のためになるといった忠誠心をくすぐる対処法を試したものの、効果はなかった。仕方なく、たまたま戦闘前の祈禱に立ち寄っていた従軍牧師を連れてくると、ようやくディエゴは他人を中へ受け入れた。

本人がどう言おうと、前線からいったん離し、バストーニュで二日ほど過ごさせた方がいい。従軍牧師の報告を受け、司令部の幕僚がバストーニュ行きのジープを無線で呼んだ。しかしあと数フィートで停車位置という地点で轟音が響き渡り、ジープの前輪部分が大破、運転手が軍医の元へ担ぎ込まれた。

そのまま今日三回目の戦闘へなだれ込んで、ディエゴは結局、前線を離れられなかった。

同じ頃、昨日侵入した敵の生き残りが、このボア・ジャークに潜んでいるという疑いを、再び示唆《しさ》する出来事が起きた。

戦闘中、隣のH中隊の陣地後方で、ひとりの兵士が背後から刺されて重傷を負ったのだ。兵士は戦闘直前に用便に立ち、持ち場へ戻る途中で襲われたと思われる。銃を奪われたかと緊張が走ったが、刺された兵士のタコツボから本人のライフルが見つかり、拳銃も分厚いコートのポケットに入ったままだった。
G、H、I各中隊からもう一度探索班が出され、残党狩りに向かった。けれども茂る松林の隙間をくまなく調べても、見つからない。
「襲撃にはナイフを使用、発砲音はないことから、おそらく残党は現在火器を所持していないと考えられる。今後奪われないよう、銃の扱いは慎重に行え。そして夜間に外を歩く際は、必ず二名以上での行動を徹底しろ。油断して武器を奪われるなよ」

「小便でもですか、サー」

「もちろんだ、スミス。その汚いケツを隅々まで見てもらうんだな」

中隊長の軽口に低い忍び笑いが広がったが、みんな真剣に受け止めていた。ナチスの死に損ないめ、一体どこに隠れていやがるんだ？　と。

補給が途絶えた今、僕らは敵味方関係なく死体を見つけ次第、銃や銃弾、煙草、救急キット、その他のめぼしい物資を回収していた。そのせいで敵も火器調達がしにくかったのかもしれない。

いるのか、いないのか？　背後に潜んでいるかもしれない敵を恐れつつも、僕らはなおも前を向き、敵陣地に照準を合わせ続ける。

その夜は配給食を取りに行かれず、夜食は司令部の保管用タコツボにしまっておいた、糧食《レーション》を分配して済ませた。次いつ補給があるかわからないから、仲間たちの手に均等に渡るよう、残数を考えなくてはならない。

缶詰の肉を食べながら、僕はふと思いついて、タコツボから出てライナスを捜した。

静かだ。降り積もる雪があたりの音を吸い込み、自分の息づかいがやけに大きく聞こえる。雪面に足跡をたくさん残してタコツボを捜し回り、ようやくライナスを見つけた時、奴は前哨の後ろで腹ばいになっていた。こいつも僕や他の連中と同じように髭が伸び放題で、金色の犬のむく毛を思わせる。

敵の動向を最前線で見張る前哨は、穴を掘っただけのタコツボとは違い、ちょっとした塹壕くらいには補強され、カモフラージュ用の低い屋根もあった。こちらから見えやすい位置というのはあちらからも見えやすいので、近づく時には匍匐《ほふく》前進しないと危ない。

ライナスは、前哨当番の三人の様子を見ていた。声をかけると振り返り、「人気者はつらいね」と片目をつむって、腹ばいのまま後退する。

松の陰まで下がると、両手についた雪を払って立ち上がり、サブマシンガンの肩掛け帯《スリング》を背負い直した。さっきまでにこやかに冗談を飛ばしていた顔は一変して、苦い表情を浮かべている。

「人員不足もいい加減にしてほしいぜ。あの前哨の補充兵、訓練を急ぎすぎて、ライフルの実弾も撃たずに来ちまったんだと。しかも俺が顔を出しただけでビビりやがる」

「君はもう下士官だからね、ライナス軍曹」

「どうせなら補給部の軍曹になりたかったけどな」

軽口こそ叩いているけれど、ライナスは深刻に人員不足を憂慮しているらしい。口許には皮肉っぽい笑みを浮かべているものの、まなざしは真剣なままだ。

古参兵と新参兵はすぐに打ち解けられないものだ。けれど古参には、新参兵をすんなり認めたくない複雑な自負と一緒に、ヒヨッコを守ってやらなければという責任感がある。口では「なまっちょろいガキはすぐに死ぬ」とぼやきながら、実際に死ぬと、死なせてしまったという自己嫌悪と葛藤に苛《さいな》まれるのだ。

だからこそ古参は自分の精神を守るために新参と距離をとりたがるのだが、現実にはそうもいかない。同じ釜の飯を食い、共に戦場で生き抜くうちに、背中を預けられるようになる。そして、よし、こいつはもう一人前になったし、俺たちの仲間入りだぞ、と確信した瞬間、せっかく育った新米の頭が爆撃を食らって吹っ飛ぶ。

新参兵は本当にすぐ死ぬ。僕も何人も死なせている——たとえばオランダで死んだフォッシュ。そういえばワインバーガーはあれ以来、新参兵に近づこうとしない。

「それで、どうした？　キッド。敵の残党でも見つけたか？」

「いや、違うんだ。手伝ってほしいことがある。物資調達は得意技だろ？」

墓所登録の人間もいないので、松林には死体がそのまま転がっている。陣地内で死んだアメリカ兵は基本的に、バストーニュへ送られるか、暇がなければ後方に浅く掘った穴へ並べられるけれど、危険地帯へ斥候に出たために、回収できず放置される亡骸《なきがら》もある。こちらの陣地に迷い込んだか、斥候に失敗したドイツ兵はそのまま転がされ、降りしきる雪に覆われていった。

僕とライナスは、その死体を漁《あさ》って回った。

「ああ、クソ。ブーツのつま先に穴が空いたみたいだ。雪が染みこんできちまう」

「靴下はもうないの？」

「俺を誰だと思ってるんだ？　一足だけだが調達済みだ。しかし戻ったら乾かさないと危ない予感はする。もうだいぶ感覚がなくてね」

ライナスは右足を振り、つま先を立ててひょこひょこと踵で歩いた。松の間をいくらか進むと雪風が強く吹き、露出した顔が焼けるように痛む。マフラーを更に上まで引き、ヘルメットの下にかぶったニット帽は眉毛まで下ろした。

「それにしてもキッド、何でまた敵の糧食《レーション》を取ろうと？　缶詰は残ってるだろ？」

「……ディエゴに食べさせたいんだ。いつもと違うものを口にすると、気分が晴れたりするじゃないか」

自分の軽はずみな発言のせいだとわかっているけれど、ディエゴに殴られたのはとてもショックだった。

それも、目立つ絆創膏をしていたから負傷していると
わかったはずなのに、彼は僕の左頬を殴った——つま
り、明らかに僕を傷つける意思があった。それがとて
もつらい。
だからせめて何かで埋め合わせをしたかったのだが、
僕に思い浮かぶのは食べ物くらいしかなかった。子供
の頃、祖母のレシピ帖が心を癒やしてくれたように、
食べ物には人の心を支える力があると信じていた。
「ドイツ軍の糧食《レーション》は味がいいって噂だし。少し食べ
れば元気になるかもしれない」
ライナスはこちらを一瞥すると、しゃがんで敵の死
体を漁った。
「答えたくなきゃいいが、ディエゴに何があった?」
「……持ち場の近くで、妙な音を聞いたんだって。ほ
ら、昨日侵入した敵の残党をずっと捜しているだろ?
関連するかもしれないから、上には報告しているんだ
けど」
「それだけじゃないな」
ひょっとすると、こいつの鋭さはエドに次ぐかもし
れない。ライナスの緑の瞳が「話せよ」と言いたげに
僕を見つめてくる。僕は肺の深いところから空気を吐
き出した。白い溜息が雪の上を漂う。
「いや。実は、ディエゴはその音が幽霊の仕業だって
信じてるんだ。自分が殺した敵が化けて出たんじゃな
いかって」
「ああ、幽霊ねえ」
意外にもライナスは笑いも嘲りもしなかった。逆に
僕が驚いていると、奴はちょっと肩をすくめて「わか
らなくないよ」と言った。
「俺もよく見るから」
「えっ、本当に?」
「まあね。真夜中に目を覚ますと、野戦服姿の野郎ど
もが足下にたくさん立っているよ。顔を上げるとドイ
ツ兵の青白い顔がこっちを覗き込んでいてさ。しばら
く眺めているとそのうち消えるから、放っておいてる」
現実主義者だと思っていたライナスから、幽霊話を
聞かされるとは思いも寄らなかった。僕だって夢や空
想でなら死者と会ったこともある。でも覚醒している
間は一度もない。
「……それって大丈夫なのか? 軍医とか衛生兵に相
談した方が?」
暗に戦争神経症の疑いを匂わせたが、ライナスはも

とより理解しているようだった。

「嫌だよ。もしスパークの耳にでも入れてみろ、『体は眠っているが脳が覚醒して、夢の内容を見せただけだ』とかご高説を垂らされちまう。後はどうせ鎮静剤を打たれて、ぼうっとさせられるだけさ。いいんだ、俺はこれで。幽霊たちがいてくれる方が」

「何で？　怖くないのか？」

もし僕にも見えたなら、薬を使ってでも幽霊を消したい。単純に怖いし、罪悪感でいたたまれないからだ。するとライナスは、まるで綿毛を飛ばすように、ちらつく粉雪に白い息をふっとかけた。

「怖いさ。でもどこかで安心してる自分がいる。これだけ殺しても潜在意識ではまだ、罪を忘れていないって証拠だからな。それに――」

しゃべりながらライナスは雪の上に立て膝をつく。見落とされたのか、仲間のアメリカ兵が土に埋められることなく、雪にまみれていた。腕章には第一〇六歩兵師団の徽章《きしよう》が縫いつけてある。

「――戦場《ここ》ほど死者と生者が曖昧な、煉獄めいた場所はないだろ。六月に降下してからずっと、俺たちはそれぞれひとりずつ死神を背負って、神の審判を待っている。俺もお前も、敵だってみんな、すでに幽霊みたいなもんだ。本物が歩いていたって不思議じゃないさ」

ライナスは静かに言って、死体の襟元をまさぐると細いチェーンを引っ張り、楕円形の認識票《ドッグ・タグ》だけぶちりとちぎった。衛生兵の腕章をつけていたが、バッグの医療品はすべてさらわれていて、空っぽだった。誰かが回収したのだろう。

その後も遺品漁りを続けたけれど、物資不足だけあって、めぼしいものは取り尽くされていた。僕はライフル、ライナスはサブマシンガンを構えつつ、周囲を警戒しながら陣地の奥へ奥へと踏み込んだ。肌を突き刺すような冷気と空腹のせいかめまいがする。ポケットに入れておいたキャラメルを口に含んだ。

やがてディエゴがいるはずのタコツボの後ろを通り過ぎ、とうとうH中隊との境界線まで出た。

林の切れ目、空き地《スポット》だ。昨日の戦闘で、追い込まれたドイツ兵が息の根を止められた場所。ディエゴが幽霊の音を聞いた方角だ。

「……終点《スポット》だ。とりあえず探すか？」

空き地は窪んでいるらしく、足を踏み出すと段差に転びそうになった。ドイツ兵の死体があるはずだけれど、降り続く雪で姿が真っ白く覆われ、雪の瘤《こぶ》なのか死体なのか判然としない。すると前を歩いていたライナスの腕が伸びて僕を制し、人さし指を唇に当てた。

「静かに。先客がいる」

ヘルメットの庇《ひさし》を上げてライナスの視線を追うと、粉雪と闇の向こうに、確かに人影がぼんやりと浮かんでいた。一瞬、ついに幽霊と遭遇してしまったかと思って、心臓が跳ねて背筋がひやりとした。影はうずくまっていたが起き上がり、僕らと対峙する。

「誰だ？　ここで何をしている？」

ライナスがサブマシンガンの銃口を影に向け、警告をした。僕もライフルを向ける。影は一歩後退り、また立ち止まってこちらを見た。ぼんやりとした輪郭だが、たぶんアメリカ兵だ。ドイツ軍独特の頭頂部が平らで襟足が長いヘルメットの形ではない。ライナスは照準を当てて離さず、警告を続ける。

「こちらはG中隊のヴァレンタイン軍曹とコールだ。お前は誰だ？」

するとややあって相手が答えた。

「……H中隊のコロンネッロ二等兵です、サー」

よかった、幽霊でもドイツ兵でもなかった。肩に入っていた力が緩んで、ライフルの銃口が下がる。

「補充兵か、二等兵？」

「はい、そうです、サー」

「では忠告しよう、二等兵。ひとりで歩くのは危険だ。必ず仲間に声をかけて、二名以上で行動しろ。とりわけ今は敵の残党が潜んでいる可能性が高いんだから」

すると二等兵は「すみません、サー」とひと言だけ謝罪すると、すうっと消えるように闇の中へ紛れて去った。


タコツボへ引き返し、ついてきたライナスと一緒に戦利品を吟味した。最終的に僕らがドイツ兵の死体から回収できた物資は、長方形の包みがひとつと缶詰が四つ、ジャムの容器が一個、黒ずんだライ麦パンのかけら、ビスケットの袋、そして表面にハリネズミの絵が描かれたマッチだった。

「"SCHOKOLADE"って何だろう？」

手のひらに収まるくらいの長方形の包みをためつすがめつしていると、ライナスが脱いだ靴下を広げながら「破ってみれば？」と言った。かじかんで強ばる指先で四苦八苦しながら紙包みを破ると、中身は黒っぽい塊で、おそるおそる鼻を近づけてみたところ非常に馴染みのあるにおいがした。チョコレートだ。

「なるほど、“SCHOKOLADE”って“CHOCOLATE”のことか！」

「ほら、こっちの缶詰を見てみろよ」

金色の四角い缶詰の表面にはアルファベットらしきものが印刻されているが、さっぱり想像がつかない。「ä」とか「ß」などは発音すらできなかった。

「とにかく開けてみようよ。味見してみないと」

首から認識票《ドッグ・タグ》のチェーンを引っ張って缶切りを取ろうとすると、ずっと黙って僕らを見ていたダンヒルが口を挟んだ。

「待った。温めるつもりなら、湯煎《ゆせん》した方がいい」

屋根代わりにかぶせているシートの隙間から手を伸ばして、雪をかき集め、折りたたみ式の小鍋に入れた。そして携帯コンロにかけて火をつける。溶けた雪が沸騰したところで、封を開けないままの缶詰を滑り込ませた。

「湯煎？　直火の方が早くないか？」

「……ああ、そうだったかもな」

けれど温まった缶詰を開けてみると、ダンヒルのやり方が正しいのがわかった。中身はトマトシチューにハンバーグが入ったもので、もし直火にかけていたら表面だけ焦げてしまい、中まで温まらなかっただろう。

「いい判断だったね、ダンヒル」

もうひとつの缶詰はスパムに似たソーセージだった。どちらも試食してみると、噂どおり僕らの糧食《レーション》よりもずっと美味《うま》かった。スパイスもきいていてコクがあるのに、味が濃すぎない。

「すごくドイツに勝ちたくなってきた」

「その意気だ。勝者として国へ入れば、何でも好きなものが食えるぞ」

「アイントプフとか？」

「アイント……何だって？」

「ドイツのごった煮スープだよ。効率がいい料理だからナチスが奨励してるんだって。座学で教官が言ってた」

ドクター・ブロッコリーの話によると、ナチスの宣伝相は、開戦の影響で悪化する食糧事情を前向きに捉えさせるために、アイントプフといううくず野菜やくず肉でも作れる煮込み料理を、プロパガンダのひとつとして掲げたそうだ。

奴らのプロパガンダ用ちらしはいくつか見たことがあるが、たいてい男の体が大きくたくましく描かれ、女は子供を抱いた良妻賢母らしい佇まいをしていた。ナチスの思想原理である家父長制の、わかりやすい表現だ。あえて家庭料理を讃えたのは、食糧事情だけでなく、理想的な主婦像の支持と維持に繋がると、考えたのかもしれない。

ドイツは先の大戦で食糧配給政策を怠《おこた》ったために、飢餓が蔓延したという。ヒトラーは政権獲得直後から農業政策にも積極的に乗り出し、その結果、生存圏《レーベンスラウム》を拡大するために東方への侵略を正当化した。

――しかし奴らの唱える優等人種《ユーバーメンシュ》やゲルマン化した民族を養うための広大な土地を、現在誰が耕しているか？

ドクター・ブロッコリーは乱暴に黒板に書き殴った。

――「劣等人種《ウンターメンシュ》」。ユダヤ人や侵略国で選別された人々だ。奴らは、普通に生きていた人々の生活を突然奪い、奴隷として使役し、育った食糧を専有する。侵略とはすなわち、自らを肥らせるため、被支配者に飢餓を押しつける行為だ。

ヒトラーが政権を獲得したのと同じ頃から、アメリカにはユダヤ系の移民が増えたように思う。居住区の隔離などが公然と行われている情報は僕らの国にも流れてきたが、ナチスがばらまくちらしやラジオ放送では、彼らは清潔で快適な生活を保障されているし、勤労に励めばゲルマン化され、より良い世界になると公言していた。

それは違う、とアメリカに逃れたユダヤ人は言う。この世のものとは思えない、非道な行為が行われていると。実際、ドイツ占領下のポーランドで四一年にユダヤ人狩りが起きたのは知っている。だがドイツ本国がどうなっているかは、情報が入ってこなかった。

僕はアメリカ合衆国の若者であって、戦火に燃えるヨーロッパに親戚がいたわけでもなく、ナチスの支配も言うならば他人事だった。遠くから傍観した、輪郭がぼんやりとした恐怖、怒り、絶望。あまり覚悟もないまま飛来して、敵を倒しながらヨーロッパを進んでいる。そしていまだにわかっていない。

僕は何のために、命を賭し心をすり減らして戦っているのか。上官からもし即答を求められたら「ドイツ兵を倒し、世界の平和を取り戻すためです、サー」と答える準備はできている。でも内心では首を傾げる自分がいた。悪をやっつけるため？　自由のため？　大事な仲間のため？　本来の国を取り戻そうともがく一般市民たちのため？　けれどどんなに抗戦しようと、彼らは僕の手からすり抜けて、命を落としてしまう。

それでも戦い続けているのは、一度呑まれた流れが速すぎて逆らえない、ただそれだけの理由なのかもしれない。

「何やってるんだ、お前ら」

ふいに屋根代わりの毛布がめくられ、赤十字の腕章をつけたスパークの不機嫌そうな顔が覗いた。

「みんな騒いでるぞ、美味そうなにおいがするって」

「ああ、ごめん。ドイツの糧食《レーション》を温めていたんだ。ディエゴに食わせようと思って」

「ディエゴね……今は無理だぞ」

「何で？」

むっとすると、スパークの脇からエドが現れた。メガネが雪の粉まみれになっているけれど、本人は頓着していない様子だ。

「さっき、またあの音が聞こえたそうだ。これから俺も行くが、牧師以外には会おうとしないかもしれない」

「僕も行くよ」

慌ててドイツの缶詰を布で包み、立ち上がった。

「失礼、牧師様。スパークです」

スパークがディエゴのタコツボの毛布をめくると、中にいた従軍牧師と目が合った。普段は態度の悪いスパークだが、さすがに従軍牧師相手となると丁重な態度に変わる。ジョストはどこか別の穴に移動したらしく不在だ。

「ご指示どおり睡眠薬を持ってきました」

「ああ、来てくれたか」

牧師は十字架のマークがスタンプされたヘルメットをかぶると、咳払いをしてこちらに目配せをし、「ちょっと」と言って這い出てきた。その間、ディエゴは穴の中で毛布にくるまり、ただ土の壁を見つめ、僕らにまったく興味を示さなかった。牧師はすぐに毛布で穴を覆い直したので、その横顔も見えなくなった。

年齢は三十歳前後だろうか、若い牧師は膝についた雪を払うと、スパークの背中を押してタコツボから離れた松の陰まで誘導した。牧師といっても法衣ではなく、僕らと同じような野戦服を着ている。

「救護所へはまだ搬送できそうにないかね？」

「残念ながらいまだに余裕がありません。しばらくすればまた状況も変わるかもしれませんが……」

敵に包囲されているせいで負傷兵を他の病院へ移送できず、バストーニュの救護所は限界を超えてもなお、運び込まれる兵を迎えるしかなかった。負傷は敵の攻撃によるものだけではない。氷点下で替えの靴下もない状態では、雪に濡れた足が塹壕足炎と呼ばれる凍傷になり、最悪の場合切断だ。冷気で肺や気管を痛めた兵士も多い。

「困ったな。かなり神経が昂ぶっている。いつまたあの音が聞こえるとも限らん」

牧師の溜息は深く、心の底から吐き出されているようで、本当にディエゴを気遣っていると思えた。スパークから睡眠薬の錠剤を受け取ると、牧師はようやく僕やエドに気づいた様子でまぶたを瞬かせた。

「君たちは彼の仲間かね？」

「ええ、こいつは同じ中隊のグリーンバーグです。ひょっとしたら今回の件にお役に立てるかもしれません。そっちは付き添いですが」

僕の扱いだけぞんざいだけれど事実だから仕方がない。スパークの紹介を受け、エドが一歩前に出た。

「牧師様。ひょっとしてその音をお聞きになりましたか？　ディエゴと一緒に」

すると従軍牧師は首の後ろに手をやって撫でながら「悪いことにね」と言った。ディエゴの妄想ではなかったのだ。

「どのような音でしたか？」

「彼が幽霊だと恐れる気持ちもわからなくない。確かに不気味な音だったから」

「具体的に似ているものなどはありませんか？」

「そうだな……棒か、鋭利なものを突き立てた音に似ているかもしれない。ドス、ドス、という感じだ」

咄嗟にエドを見る。ディエゴが「あの音をよく知っている……銃剣の音だ」と震えていたからだ。その発言はエドも覚えていたらしく、しっかり指摘した。

「ディエゴは、銃剣を敵に突き刺した音と、今回の怪音を重ねていました」

「幸い私は今のところ人を刺したことがなくてね、比較はできない」牧師は、神に仕える身だからね、と言ってかすかに口許を緩めたが、すぐに真顔に戻った。

「けれど足音や、雪かきなどの音ではなかったと確信は持てる」

「なぜですか?」

「非常に不規則だったからだ。一回音がしたら、しばらく間がある。それからもう一、二度聞こえる、といった具合に。確か金具がこすれるような音も混ざっていた。しかし妙だったのは、かなりはっきりと聞こえた割に、乱暴な調子ではなかった点だね。境界とはいえ、あの空き地《スポット》とは二〇ヤード（約一八メートル）は距離がある。積雪があるのに、そんなにはっきりと聞こえるものだろうか」

　雪が積もっていると、音が吸収されて聞こえづらくなる。訓練でも、降雪地では隣に誰がいるのか、どのくらいの距離を保っているか、しっかり注意しろと教わっていた。しかしこの問いに関しては、すぐにエドが解決してしまった。

「音の明瞭さについては説明がつきます。おそらく雪の日に沖の船笛がよく響いたり、雪の塊が梢から落ちる音がはっきり聞こえたりするのと同じ現象です。雪で耳元の雑音が排除される分、かえって遠くの音が届きやすくなるんです」

「なるほど、確かにそうかもしれない。よく知っているな」

「俺の故郷が北部の港町なので、馴染みがあるのです」

　二年近い付き合いなのに、エドの故郷を今はじめて知った。スパークも初耳のようで、両腕を組んだまま僕にちらりと視線をくれると、またふたりに戻した。エド本人は僕らの目配せになど気づいていない様子で、牧師に最後の質問をした。

「もうひとつ、音はいつ頃聞こえましたか?」

「一時間ほど前かな。その直後に、二人組の足音と話し声が通り過ぎたから。これは実在の音だと思う」

「あっ、もしかしてそれは僕とライナスかも」

　ちょうど僕らが遺品漁りをしていた時間帯だ。すると牧師は、硬く引き締めていた表情をほんの少しほころばせた。

「ああ、君たちか。怪音の直後だったから、元気がいい足音で現実に引き戻してもらった気分になったよ。ずいぶんほっとしたものだ」

　僕らは礼を言って、持参したドイツの缶詰とチョコレートを預けると、牧師と別れて林を引き返した。

　エドが誘ってくれたので、第二小隊には戻らず、第三小隊の陣地まで足を伸ばしてエドのタコツボに入った。相棒は負傷して後送されて戻らず、中にはエドの持ち物と、きちんと片付けられた雑嚢がひとつしかなかった。

　謝罪どころか、ディエゴと視線を交わすことすらできなかった。まるで大嫌いな注射の列に並び、いよいよ次が僕の番という段階で薬が切れ、後日に持ち越されたかのようだ。

　軽はずみだった自分の言動が恥ずかしくてたまらない。突風が吹くように蘇ってしまう記憶を忘れたくて、ヘルメットの後頭部を土壁に何度も当てる。ダメだ、いつまでもくよくよしていては……例の怪音について考えよう。

「そうだ、エド。さっきライナスと一緒に、H中隊との境目の空き地《スポット》まで行ったんだけど」

　毛布を広げて僕らの膝を覆っていたエドは、ちらりと僕を一瞥した。

「牧師がお前たちの足音を聞いたって時のことか？」

「そう。ドイツ兵の死体から糧食《レーション》を失敬していたんだけど、ちょうどあの時、空き地《スポット》に妙な男がいたんだ」

「妙な男？　例の敵の残党か？」

　エドは眉間に皺を寄せ、僕をじっと見つめる。

「たぶん敵じゃない。シルエットしか見えなかったけど、アメリカ兵の格好には間違いなかったし、コロネットだかコロンネロだかいう名前の二等兵だって名乗った。ライナスが注意したら、謝っただけですぐにいなくなった」

「……なるほど。そいつはひとりだったか？」

「見た限りでは。補充兵だと言っていたし、迂闊《うかつ》な行動だとも思わなかったんじゃないかな」

　するとエドは考え込む時のいつもの癖、手で顎を覆いながら指を曲げ、中指の爪を噛んだ。頭の回転が速いエドには、僕の意図が伝わっているはずだ。つまり、怪音にはそのコロンなんとか二等兵が関わっているのではないか、少なくとも何か知っているのではないか、ということが。

　タコツボの縁があるあたりを、誰かが小声でしゃべりながら近づいてきた。屋根代わりの毛布を持ち上げて確認すると、ミハイロフ中隊長と大隊の軍医が、真剣な面持ちで何事かを話し合っている。気になるけれど、エドが口を開いたので座り直した。

「その二等兵は空き地《スポット》で何をしていたんだろう？」

「僕らと同じじゃないの？　ドイツ兵の遺品漁り。もしくは仲間のライフルから飛んだ挿弾子《クリップ》を集めてたとか。新米なんだからこき使われそうじゃないか」

「ひとつ。敵の残党がいる可能性は第三大隊だけでなく連隊全体でも共有している情報だ。夜間の単独外出は控えるように、H中隊にも連絡が行っているはず。重要な命令……敵に銃を奪われる危険を回避するためだから」

「新米だから忘れていたとか？」

「そこなんだ。重大な連絡を忘れてしまうくらいの新参兵が、ドイツ兵の遺品漁りをしようと考えつくだろうか？　古参のいびりで、ひとりで行けと命令されたのかもしれないが、妙だ。もうひとつ。ライナスはもう軍曹だ、普通ならもっと萎縮《いしゅく》するだろ？　お前の話を聞く限りでは、新参兵なのに胆が据わりすぎてる」

　確かに妙な違和感はあった。ライナスの忠告にも、口では「すみません、サー」と言っていたが、あの態度は妙に太々《ふてぶて》しかったと思う。

「暗かったし、顔も見えなかった。名乗られたまま受け入れてしまったけど……もしかしたら、例の敵が変装していたとか？」

「わからない。情報が少なすぎる」


　エドがまだ中指の爪を噛んでいるので、ポケットに入れたままだったドイツのチョコレートを渡した。彼は紙の包みを破って黒っぽいかけらを口に含み、「そいつが例の怪音を発していたのだとしたら、ナイフで死体を刺していたのだろうか」と呟く。エドはすっかり推理に没頭してしまっている。いつもならここらで、呆れたディエゴからの突っ込みが入るところだ。けれどもあの陽気な声は聞こえない。

「いいよ、エド。明日になったら本人に訊いてみよう。H中隊にいるんだから」

　提案するとエドは今気づいたかのようにはっとした様子で、まぶたを一、二度瞬かせ頷いた。

「そうだな、確かにお前の言うとおりだ」

　僕はまだ自分のタコツボに戻る気にはなれず、そのまま毛布にくるまってエドと肩をくっつけ合った。

　静かなクリスマスの夜だ。時折、松の枝から雪の塊が落ちる音や、誰かが歩くざくざくという足音、肺の底からせり上がるような激しい咳が聞こえてくる。みんなが生きている証拠に耳を澄ませていたら、ふとさっきのエドと牧師の会話を思い出した。雪の日には遠くの音がやけに聞こえる。

「そういえば、エドは北の出身だったんだね」

僕は少し浮かれていて、声がはずんでしまう。何しろ友の過去について聞くチャンスだ。エドはメガネ越しにちらっと僕に視線をやって、唇の端だけで笑った。

「ああ。子供の頃はワシントン州の港街に住んでいた。カナダの国境に近い場所だったよ」

「なんとなくわかる気がする。暑いところよりも寒いところの方が似合うし」

「そうか？　北部の港町なんてそんなにいいものでもないけどな。魚や海藻の臭いがすごくて、夜明け前から船のエンジン音に起こされる。海は暗いし、海面には漏れたオイルの玉が浮かんで、きれいなもんじゃなかった」

「雪はよく降った？」

「しょっちゅう。冬の海風はとても冷たい」

頭の中で、寒々しく暗い冬の港で、子供のエドが佇んでいる情景を思い描いた。痩せっぽちの体つきに、今と同じような黒くて短い髪、銀縁のメガネ。

「今も船笛を聞くと硬いベッドに横たわっている気分になる。雪が積もってしんと静かな夜、薄っぺらい毛布にくるまって凍えていると、遠くの方から響いてくるんだ」

「北の港町か。いいね、一度見てみたいな」

本心からそう言った。戦争が終わったら、少なくともこの地獄の仕事から足を洗えたら、やりたいことが山ほどある。バスタブに熱いお湯をたっぷり張って浸かり、朝寝坊をし、美味しい朝ご飯をゆっくり時間をかけて食べる。家族と話した後は夏の日差しに輝く川で魚を釣り、町の人とどうでもいい雑談を交わし、封切られたばかりの映画を観て、ダンスホールへ行き、お洒落した女性たちが色とりどりのスカートを翻《ひるがえ》して踊るさまを眺めていたい。

落ち着いたら、エドやディエゴ、ダンヒルの住まいにも遊びに行きたかった。それで、あの時は怖かったとか、命拾いしたとか、誰が英雄で誰が腑抜けだったか、みたいな昔話に花を咲かせて、笑いたい。

「そうそう、ダンヒルの話も昨夜聞いたんだ」

「ダンヒルの？」

エドが興味を持ったようなので、彼から聞いたことを話した。父方の祖父母が厳格だそうで、由緒正しい屋敷に住んでいるらしいと。

「今は呼び寄せられて、同居しているそうだよ」

「……奴には娘がいるんだとか？」

「そうだよ、五歳らしい」

エドは胸ポケットからくしゃくしゃになった煙草を一本とって、鼻の下に当ててにおいを嗅ぎながら、何か言った。しかしちょうど近くで楽しげな笑い声がして気が取られ、エドの呟きがかき消えてしまった。

「え？　ごめん、もう一回」

すると彼は首を振って、「何でもない」とマッチを擦った。闇に沈んでいた青白い顔にほんの数秒だけ赤みが差す。煙草に火を点けると上の毛布をめくって、端から手を出してマッチを雪で消した。冷たい風が入りこんで、凍える。

「ティム、お前も帰りたいか？」

「そりゃあ、まあね」昨夜は御託を並べてみたけれど、やっぱり家族が恋しかった。「家族の写真を見た時は、僕はもう場違いな人間になってしまった気がして、戻っていいものかわからなくなったんだ。でも本心では帰りたいな。エドもそうだろ？」

「……いいや、俺は家族がいないからな」

予想していなかったわけじゃないけれど、いざ本人の口から聞くとどきりとする。亡くなったのか、それともっと複雑な事情があるのか。上手く頷くことさえできず、僕はただ待った。しばし気まずい沈黙が流れた後、エドは肩をすくめた。

「いない、というか俺が家族に加えられていないんだ。母親も同居していた伯父も、俺が軍人になって、ここにいることすら知らないし」

「話してないの？」

「互いに必要がないんだ。母親と伯父にとって、俺は家族じゃない。物心ついた時から、食事を作ってもらった覚えがないほどだ」

「そんなの……どうやって凌いだのさ？」

うちの台所に立つ祖母の姿や、戸棚のレシピ帖を思い出し、ちくりと胸が痛んだ。

「案外何とかなるぞ。腹が減ったら冷蔵庫を漁るか、戸棚を開けてシリアルを食べる。冬でも冷たいまま口に入れた。コンロのどこをひねったら火が点くのかも知らなかったからな。一度試そうとして、伯父にひどく殴られてさ。時々港まで出て、猟師から魚のフライを恵んでもらうこともあった」

エドがぽかりと口を開けて吐いた紫煙が、きれいな輪になって宙を漂った。

「伯父は人目を気にする男だった。私生児を勝手に生んで、しかも息子にエドワードなんてユダヤ人らしくない名前をつけた妹を疎《うと》んでいた。彼女は、母親というよりも十代の女の子みたいだったよ。化粧をしてどこかへ出かけてしまうか、汚いソファに座ってラジオかレコードを聴いている。俺が話しかけても徹底的に無視をする……すまない、こんな話は退屈だろう」

僕はめまいがするほど勢いよく首を横に振った。

「退屈じゃないさ、もっと聞かせてよ」

「しかしもう話すことがない」エドは苦笑して煙草の灰を落とした。「ああ、そういえば考え事をする癖は子供の頃についたんだ。ひとりでいると退屈だったし、気を紛らわすものが必要だから、気になった事柄について想像を巡らせていたんだ。今も何かあると妙に首を突っ込んでしまうのは、その癖のせいだな」

「でもそれは僕にも覚えがあるよ。こっちは祖母《ばあ》ちゃんのレシピ帖だったけどね。おかげで軍隊でもコックの仕事になんか就いてしまった」

僕らは互いに顔を見合わせ、笑った。エドの表情も穏やかで柔らかい。

「他はどうだったの？　友達は？」

「子供時代に友達がいた覚えはないな。学校にはかろうじて行かせてもらえた。伯父も人目を気にするだけあってね。でも弁当は良くて林檎《りんご》か魚のすり身団子、何もない時は、熱心な教師に見咎《みとが》められないように空腹のまま敷地をうろつかなければならないのがつらかったな。十六歳で家を飛び出して、年齢を偽って軍隊に入った。料理を知ったのもフォート・リーに配属されてからだ」

意外だった。僕はてっきり、この頼れるリーダーも料理が好きだからコックになったんだと思っていたからだ。でもそれなら、味に頓着しない性格も納得できる気がする。

「軍隊で身体検査を受けるまで、自分の近眼にすら気づかなかった。このメガネは入隊してから作った」

そう言ってエドはメガネのレンズを指先でこんこんとつついた。

「アンドリッチ教授にはかなり面倒をみてもらったよ。俺にとって親と呼べる存在がいるとすれば、教授がそれに当たるだろうな」

「じゃあ、戦争が終わっても軍に残るつもり？」

「他に帰る場所はないしな。だから、粉末卵を盗んだビーヴァー軍曹には同情した。彼も俺と境遇が似ていただろうから」

あ あそうか、やっと腑に落ちた。フランスの後方基地で粉末卵が盗まれた一件で、エドが珍しく緊張していた理由は、これか。解決後もどこか遠くを見るような目つきだったのは、自分が暴くことによって軍曹の帰る家を奪ってしまったことを、悔やんでいたのかもしれない。

「でも怖くないの？　つまり、この戦いを生き延びた後も、もしまた戦争が起きたら出撃するんだろう？」

僕はもうこりごりだった。後悔すらしていた。次があったら絶対に志願なんかしないし、徴兵の対象になっていないか、よく徴募規約を読まなきゃとさえ考えていた。でもエドはまた戦場に戻る方を選ぶと言う。

「俺はあまり怖くないんだ、殺すのも、殺されるのも」

深く煙を吸い込んで、ゆっくりと吐く。

「もし俺を心配してくれるなら、外の世界でがんばってくれ。もうこんなことが起こらないように。俺たちが戦場へ行かなくて済むように」

遠くで機銃掃射音がパララ、パラララ、と聞こえ、毛布の隙間から、白く輝く曳光弾《えいこう》が夜空に弧を描くのが見えた。

口には出さなかったけれど、僕はエドが「怖くない」と言ったことにショックを受けていた。誰だって早死になんかしたくないだろうし、人だって殺したくないだろうと思っていたから。矛盾を抱えながらも引き金を引くのが、戦争だと。

僕は友人のことを何ひとつわかっていなかった。

翌日の十二月二十六日、パットン将軍率いる合衆国陸軍第三軍が、ドイツの包囲網を破った。

機甲師団を中心とした第三軍は南から進撃、総力を注ぎ込んでいたドイツ軍と死闘を繰り広げて、ついに敵陣形の突出部《バルジ》を食いちぎるようにして突破した。

おかげでようやく道が繋がり、輸送経路が保持された。積荷をこれでもかと積んだトラックが大量にやってきて、糧食《レーション》や医薬品、弾薬、新しい銃、毛布、替えの肌着やブーツ、ウールの靴下など、もろもろの補給品が前線に届いた。人員が薄くなったところには待機所から新しい補充兵が加わり、負傷兵は他の病院へ後送、人の出入りも増え、新聞社まで取材に来た。

雪原は急激に賑やかになって、あっという間に僕らは孤独ではなくなった。

七日間、物資不足の中でも前線を守り抜いただけに、意地でも「パットン将軍のおかげ」などとは言いたくなかったけれど、敵は明らかに浮き足立っていた。双眼鏡で確認すると敵陣営は慌ただしげで、攻撃もなく、やがてしんと静かになった。おそらく移動したのだ。

「防戦一方だったが、これからは反撃に出る。まずはフォイとノヴィルの奪還だ。もうドイツの好きにはさせんぞ」

ミハイロフ中隊長の指示に、多くの味方を得て士気が上がっていた僕らは、威勢良く応じた。

昼前にはバストーニュの救護所にも空きができ、ディエゴはやっと後送された。見送りたかったけれど、なんとなく勇気が出なくて、ジープの後部座席に乗り込むところを、松の陰から遠巻きに窺うことしかできなかった。幽霊の正体を暴けたら、きっと土産《みやげ》話にして見舞いに行こうと胸に誓いながら。

靄も晴れ、雲間から久しぶりの青空が覗いた。雪面に日光が反映してきらきらと輝いている。エドとダンヒルと三人でジープに乗り、糧食《レーション》を受け取るためにバストーニュへ向かった。町が近づくにつれタイヤ跡が増え、土と混ざり合ってすっかり茶色く汚くなった雪道を、ジープは溶けた雪飛沫《しぶき》を上げて走り抜ける。

町のあちこちでドラム缶の焚き火が燃え、兵士たちが暖を取っていた。空爆で崩れた石の町並みの中心部に、赤十字の幕を掲げた教会があった。窓は割れ、壁も一部が崩れてすっかり煤《すす》けているけれど、ディエゴはここにいるはずだ。眠れているといいけど。

教会の前には救護車が搬入ドアを開けて縦列し、看護婦と衛生兵が担架で運んだ負傷者を次々と乗せては、発車した。その彼らと少し距離を置くようにして、教会の側壁にもたれて煙草を吸っている小柄な衛生兵がいた。よく見るとスパークだった。

「よかったね、道路が繋がって。後送できて楽だろ?」

声をかけると、スパークは渋い顔で「どうだか」と言って足を組み替え、煙草の灰をはじいた。スパークがぶっきらぼうなのはいつものことだけれど、少し覇《は》気《き》がない気がする。

あたりを見回すと、大通りを腰の曲がった老婆と老人がよたよたと横切り、その向こうから交差するようにして三角巾をかぶったふたりの看護婦が、小走りに駆けてきた。スパークは煙草を踏み消すと、彼女たちに駆け寄って二言三言交わし、こちらに戻ってきた。

「メガネはどこにいる?」

「あそこにいるけど……何だよ、急に」

大通りから右に入った瓦礫《がれき》だらけの広場に、野戦炊事車が停まってる。エドとダンヒルはそこにいた。スパークは僕の背中をぽんと叩くと「ちょっと付き合え」と言って、ヘルメットを手で押さえながら広場へ向かった。

「他言無用で頼むぞ。妙な負傷兵がいるんだ」

「妙?」

スパークに連れられるようにして、僕とエド、ダンヒルは、広場のひと気のない瓦礫の隅で円になった。

「そうだ。ふたりともH中隊。例の敵の残党に襲われたと見られている負傷兵だ」

「ああ、あの用を足して帰ってきたら襲われたって奴か? ひとりじゃなかったっけ?」

「昨夜もうひとり出たんだ。まったく同じ場所で、同じように背中から襲われている。肩の後ろをナイフでえぐられて腱《けん》が切れちまった。予後も悪いし、たぶんこのまま退役だ。左腕が一生使えねえかもな」

「それは可哀想だけど……どこが妙なの?」

僕が尋ねると、スパークは睨むような上目遣いでこっちを窺《うかが》い、すぐ視線を逸らした。

「負傷したひとりが、傷とは関係なく昏倒しているんだ。出血量はさほどなかったはずなのに、目を覚まさない。発見された当初に搬送を担当した衛生兵によると、かなりひどく痛みを訴えるのでモルヒネを打とうとしたんだが、暴れ回って手に負えない。結局軍医が打ったが、そのまま意識を失った」

「モルヒネを打つと死ぬ病気だったとか?」

「馬鹿か。そんな軟弱野郎が空挺兵にいてたまるかよ。何のための入隊検査だと思ってんだ。それに痙攣《けいれん》や湿疹のような反応もない。だいたい、そいつはノルマンディーで一度怪我をして、モルヒネを打っているんだ。その時は異状がなかった」

スパークは一気にまくしたてた。まあ、確かにそのとおりだ。引き続いてダンヒルが尋ねる。

「酒を飲んでいた可能性は?」

「ない。確かに症状は、モルヒネの過剰摂取か、アルコールとの併用による昏倒と似ている。しかし酒臭くはなかったし、搬送中は本人が暴れたせいでモルヒネなしだ。軍医がやっと一本打ったんだぞ」

僕らが話している間、また爪を嚙みながらじっと話を聞いていたエドが、やっと口を開いた。

「襲われたのはふたりだったな。どちらも同じ症状なのか？」

「いや、意識がないのはひとりだけだ。もう片方は意識がある。搬送された時は重傷でひどい痛みと発熱に魘されてたけど、たぶん先に快復するんじゃねえか」

「昏倒したのは、ひょっとして最初に搬送された方か？」

エドの言葉にスパークの表情がぴたりと固まり、気味の悪いものでも見たかのように首を引いた。

「……そうだ。何でわかった？」

しかしエドは答えず、腕を組んで左手を顎に当て、爪を嚙みながら足下の雪に視線を落としている。スパークが珍しく、助けを求めるような目で僕を見た。そんな顔されても、僕だって肩をすくめるしかない。

その時、ジープの運転手が僕らに向かって「おいそこの、早くしろ！」と怒鳴った。しまった、仕事の途中なのをすっかり忘れていた。困惑した様子のスパークの肩を叩いて、ひとまず野戦炊事車へ戻った。


「H中隊へ行こう」

エドが僕を誘ったのは、その日の午後、遅い昼食を終えた後のことだった。

「K　P《キッチンポリス》とダンヒルに片付けを任せたから、時間も少し余裕がある。ディエゴの件も含めて、あいつらには訊きたいことが山ほどできた」

空き地《スポット》は緩やかにえぐれた楕円形の窪地で、ぐるりと囲う松が遮蔽物代わりになり、多少こちらが動いても即刻砲弾を撃ち込まれるほどの危険はなさそうだ。松林の奥に向かって縦に長いが、幅もそれなりに広く、戦車が砲塔を回せるくらいはあるだろう。

昨夜は暗かったので気づかなかったけれど、明るい時間に見ると凄惨さがよくわかる。雪の瘤に見えるものは全部ドイツ兵の死体だ。血潮が踏み散らされて雪に染み、そこらじゅうが淡いピンクに染まっている。ここは墓場というよりも、蠟人形を廃棄した劇場のゴミ捨て場のようだ。

うつむくと累々《るいるい》たる死体が視界に入るので、できるだけ前を見て歩いていたら、あっという間に死体につまずいて転んだ。舌打ちしつつ足下を見ると、その仰向けの死体は、僕とそう変わらない若い青年兵だった。

顔の半分が霜《しも》で覆われ、半開きの口の中にまで雪が詰まっていた。中途半端に挙げたまま硬直した腕に、黒い鳥が留まる。急に寒気が襲って、小便をした直後みたいに震えた。

早く向こう側へ渡ってしまいたいのに、エドはまだ興味深げに歩き回っては、しゃがんで死体に触れたりしている。

「なあ、早く行こうよ……ここ、すごく寒いし」

「どこだって寒いだろ。それよりティム、この死体たちの異変に気づいていたか」

「知らないよ。さっさと行こうって」

本当に寒気がする。もしかして冷気が溜まりやすい地形なのだろうか？　両腕を組んで手を脇の下に突っ込み、足踏みをしてできるだけ体を暖めようとしたけど、ほとんど効果はなかった。

中隊間の交流は、連携作戦以外ではほとんどなかった。もちろん個人的に親しくしている奴もいるだろうけど、僕とエドは違う。

同じ松林でも生え方が違うようで、向かい側に渡るとまるで知らない町に入ったかのような感覚がした。僕らの松林よりも幾分幹が細く、その割に数が多い。

H中隊の陣地に入ってすぐ、ひとりの小柄な男と出会った。こちらに背中を向けてライフルを片手に持ち、ぼうっと宙を眺めている。その先に何かあるのかと視線を追ったが、特に気になるものはない。ただ枝振りのよい松があるだけだ。

「あのー」

声をかけると、小柄な男はやっとこちらを向いた。しかしその茶色い目は焦点が合っておらず、返事もしない。無言のまま、くるりと踵《きびす》を返して、コートの裾をゆらゆら揺らしながら、どこかへ消えてしまった。

あれと同じ虚ろな目つきを最近見たことがある。タコツボにこもったディエゴの目だ。

もう少し先へ進むと、ぽつぽつと隊員が増えはじめた。誰に声をかけようか迷っていたところ、太い松の下で談笑していた三人組と目が合った。三人はちょっと首を傾げつつ、それでいておもしろがっているような表情で、「なんだ、道に迷ったのか？」と向こうから近づいてきた。

「お前らどこから来た？」

「隣だよ。G中隊」

隊員たちの名前がわからないので、見た目から太め、痩せ、絆創膏と、心の中で仮名をつけることにした。階級章は太めが伍長で、痩せと絆創膏が無印の二等兵。口ぶりからすると全員古参らしい。

「何だ、特技兵か。コックでもやってんのか？」

三人は僕とエドの階級章をちらりと窺うと、からかうように笑い、あれこれ質問を浴びせかけた。そっちの首尾はどうだ、いつ攻撃がはじまるか知ってるか？　などなど。どう話を切り出したものか困っていると、ずっと黙っていたエドが口を開いた。

「クリスマス・イブに襲われたやつがいただろう。どのあたりでやられたんだ？」

すると三人は顔を見合わせ「もっと後方だ。一〇〇ヤード（約九一メートル）くらいかな」と太めの伍長が身振りを交えて教えてくれた。「俺たちが便所に使っているところの手前さ」

「昨夜もひとり襲われたと聞いたが、同じ場所か？」

「ああ、だいたい同じだ。ちょうど木が密集していて、死角になりやすいんだ。ナチ野郎が潜んでいるに違いない」

「見つけたらぶっ殺してやるさ」

絆創膏がガムを噛みながら唾を雪面に吐いた。

「襲われたのはどっちも気のいい奴だ。昨夜襲われた奴なんて、オランダじゃ仲間を大勢助けた英雄なんだぜ。狙撃手さ」

「なるほど、それはすごいな。狙撃なんて俺みたいなコックには考えられないよ」

エドは三人組に同調するように大きく頷いたが、早口すぎるし、僕から見ると演技しているのがバレバレだ。しかしそんな引きつった笑顔でも、太めの伍長は低姿勢を装うエドに気を良くしたらしい。煙草を一本勧め、エドは受け取った。

「どうも」

「後ろからやられるなんて、いつものあいつなら考えられないんだ。いや、ちょっとばかり調子が悪かっただけで、実際は身をかわしたんだからさすがだよ。ま、お前ら特技兵や女だったら殺されていただろうが」

お前ら特技兵や女だったら、というくだりで痩せと絆創膏がにやにやと笑った。さすがにかちんときたけれど、きっとオランダで出会った副操縦士のテレーズ・ジャクスンがこの場にいたら、十中八九激怒してこの伍長を突き飛ばすだろう。彼女の勇ましい姿を想像して、我慢した。とにかくもう切り上げよう。僕はライフルの肩掛け帯《スリング》を肩に担ぎ直して、咳払いした。

「もうひとつ教えてもらえないかな。コロンネッロ二等兵はどこにいる？」

その瞬間、空気が凍った。顔から嘲笑が消え、眼差しに鋭い光さえ宿している。急にどうしたんだ？

「えーと、ごめん、コロンネットだったかもしれない。とにかくそんな名前の……」

「お前、あいつの友達か何かか？」

「いや、そうじゃないけど。昨日の夜たまたま会ってさ、ちょっと質問したくて」

慌てて説明したが、かえって空気は険悪になる。すると三人の背後から、別のふたりが駆け寄ってきた。中央の背の高い男は先任軍曹の階級章をつけている。やけに鼻が高く、横を向くと顔の中心に三角定規を当てたみたいだ。

「どうした、何か問題か？」

名も知らない先任軍曹が問いかけると、痩せが舌打ち交じりで説明をした。

「こいつら、コロンネッロを捜しているんです。昨夜会ったらしいですよ」

先任軍曹は目を丸くして、三人と僕らを見比べた。この下士官も動揺しているけれど、なぜコロンネッロの話をすると狼狽《うろた》えるんだ？　エドも眉根をひそめている。先任軍曹はこちらからでもわかるほどはっきり喉仏を上下させて唾を飲み込むと、三人に持ち場へ戻るよう命じた。三人は最後に僕らを一瞥し、冷たい視線をくれた。

「申し訳ない、お騒がせしまして」

エドが謝罪すると、先任軍曹は高い鼻を手で何度かこすり、「いや、こちらこそ」と言って険しい表情を和らげた。

「すぐに説明をしなくて悪かった。みんな混乱しているんだ」

「混乱？」

「ああ。昨夜コロンネッロと会ったのは君だね？　おそらく何かの誤解があったんだ。君が会ったのは別の人物だよ」

「なぜです？　確かに暗かったので顔は見ていませんが、はっきりと名乗られました」

すると先任軍曹は深々と溜息をつき、静かだがはっきりと言った。

「だがそれはあり得ないんだ。コロンネッロは、二十二日に死んだから」

陣地に戻り、軍曹の話を反芻する。

「コロンネッロ二等兵は、この作戦の直前、待機所から来たばかりの補充兵だったんだ。ひどく精神が落ち込んでいてね、自分で自分の太ももを撃ってしまった。衛生兵も手を尽くしたが、大動脈が切れて。俺も含めて多くの隊員が死亡を確認している。遺体は、ここから少し後ろに下がったところの穴に埋めてあるよ」

二十二日といえば、到着と同時に包囲されてから四日目、持参した備蓄品が底をついた頃だ。

大砲も弾切れで撃てないし、ライフルは挿弾子《クリップ》どころか、弾薬さえあるかないか、というぎりぎりの状態《レー》の日だった。H中隊のコックがもし無能だったら、糧食《ション》も均一には配られなかったかもしれない。だがその翌日、ついに靄が晴れて輸送機が飛び、補給品の追加があった。もしあと一日待っていれば、コロンネッロもいくらか気分が晴れたかもしれず、死なずに済んだかもしれない。

〝かも〟や〝もし〟は意味がないとみんな知っている。けれど考えずにはいられなかったし、あり得たかもしれない未来を夢想してしまう。

持ち場に引き返して落ち着く間もなく、これまで静かだった敵陣に動きがあった。

ミハイロフ中隊長の命令で、僕ら第二小隊はボア・ジャークの西側へ偵察に向かい、敵の配備位置を司令部に無線で伝達することになった。ヘルメットに包帯を巻いて、肩に救護所から運んできた白いシーツを羽織り、即席の雪迷彩を繕《つくろ》って出発した。

第三大隊の持ち場から西側へ回り、敵陣地を確認するには、いったん林から出なければならない。松の木に隠れたままでは遠すぎるのだ。だから、あらかじめ工兵が前哨の遮蔽物用に盛り上げておいた、雪の瘤を伝いながら進む。三十名弱の小隊はばらけ、それぞれの分隊ごとに持ち場についた。

観測対象は、元々敵が潜んでいた広い林から外れた、飛び地の小規模な松林だ。ちょっとした離れ小島のようにも見える。敵は一部をこの飛び地に派遣し、何か企んでいるらしい。

雪の瘤に隠れつつ、いつでも撃てるようにライフルを構え、立て膝をつく。全員が装塡を完了したその時、スコープを覗いていた狙撃兵のマルティニが、これまでよりも木が増えていることに気づいた。

「小隊長、あそこを」

マルティニの浅黒い指の先を、アレン小隊長が双眼鏡で追う。

「……八八ミリ高射砲だ、砲身が見える」

「狙いは？」

「ここからではわからんな。しかしバストーニュを狙っている可能性もある」

アレン小隊長はもっさりした髭を撫でてしばらく思案すると、通信担当のワインバーガーを呼んだ。

「本部に繫いで、砲兵隊の観測兵を呼べ」

ワインバーガーは手早く無線機を下ろすと、受話器を取ってつまみをひねった。「こちらG中隊応答願います」ワインバーガーによる交信を聴きながら、僕とダンヒルはライフルを林に向かって構える。右ではマックとスミスが自動小銃を雪面に設置し、照準を調整していた。

地図を広げていたアレン小隊長は、受話器を受け取ると右肩と頰で挟んだ。

「G中隊アレン少尉だ。緊急の指令をお願いしたい」

ライフルに視線を戻し、目を眇《すが》める。純白の雪原の向こう、四五〇ヤード弱（約四一〇メートル）ほど離れた飛び地の林に、小さな人影がいくつかうろちょろしているのがわかる。身じろぎして、少し痺《しび》れてきた右足を動かして尻をもぞつかせ、再び照準を合わせる。

「そうだ、八八ミリ砲を一門確認した。フォイの南位置、バストーニュの砲台陣地から角度〇〇五。そうだな、目視を頼む」

それから小隊長は正確に、でも早口で僕らの位置を説明すると受話器を置いた。

砲兵隊の前身観測兵が到着したのは、それから十分も経たないうちだった。榴弾砲などの大きな砲台の陣地は後方にあり、この戦いではバストーニュの周囲に配備されていた。目標から距離が開くため、前線には常に目標を肉眼で確認し、正確な角度を砲手に指示する観測兵がいる。小柄な観測兵は屈みながら素早く走ってくると、すぐさまアレン小隊長を見分け、横について双眼鏡を覗いた。

「なるほど、確かにありますね。一〇五ミリ砲を撃ちましょう」

観測兵は赤くなった鼻の頭をこすると、ワインバーガーの手から受話器を取った。小隊長が地図に赤くマークし、観測兵が後方に指示を出す。

　一〇五ミリ砲は強力な大砲だ。ほどなく轟音と共に雪原の樹木がはじけ飛んだ。目標の八八ミリ砲から逸れているが、これは二発目で正確に照準を合わせるための方法なので、失敗じゃない。小隊長と観測兵は、煙を上げている雪原と地図を見比べながら、再び後方に指示を出した。

「方位と距離はそのまま、角度のみ三〇〇ヤード（約二七〇メートル）左にずらせ。全一〇五ミリ砲射撃、各砲数発ずつ発射しろ」

　やがて幾本もの閃光が空を貫いて、大地が揺らぐ轟音と共に敵陣が爆発した。雪が巨大な噴水のように何カ所も噴き上がる。

　砲撃を食らって慌てふためいた敵が林から飛び出したところを、僕らが狙う。ライフルの照準を定めて引き金を引く。

　みんなが林を狙う中、敵のひとりが雪原に出たのに気づいた。混乱しているのか仲間とはぐれ、原隊がいるはずの林とは逆方向に進んでいく。こんなに遠いのにまるで喘ぎ声が聞こえそうなほど、雪に足をとられてはもがく姿は惨《みじ》めだった。たったひとりの黒い人影は、白い雪と、再び垂れ込めた灰色の雲の間に、打ち込まれたくさびのようだった。

　僕はそのはぐれた影に照準を合わせ、引き金を引いた。三発目でくさびは倒れ、二度と起き上がらなかった。

　今回の戦闘では、敵精鋭の降下猟兵も交ざっていたようだが、数名取り逃がしてしまった。それでも飛び地の八八ミリ砲は潰したし、捕虜も多く取ることができた。第二小隊の陣地に戻ると、他の隊員たちから讃えられた。声の大きいスミスがみんなの輪の中心に立ち、最初に敵陣の変化に気づいた親友マルティニの肩に腕を回している。何となく僕も輪の端っこにいると、スミスが「キッドもちゃんとナチを殺したぜ」と言ってこちらを指さし、芝居がかった拍手をした。

　僕は居心地が悪くなり、人だかりからはぐれた。しつこくちらつく倒れたシルエットの残像を消したくて額を叩いていると、松の木にもたれかかっているスパークと目が合った。スパークが顎をくいとしゃくる。つまり「来い」って意味か。

　松の間を歩きお祭り騒ぎから離れ、静かな場所に落ち着く。そこにはエドもいた。

「どうしたの？　何か用か？」

エドに尋ねる前に、スパークに肩を掴まれて耳打ちされた。

「もうひとり出たんだ。同じように肩甲骨付近の裂傷。腱が断裂している」

「また？　どこで？」

「前回とまるっきり同じ場所だ。意識はあるし、出血量も前のふたりと比べて少ない。そうしたらこのメガネが……」うんざりしたようにスパークが親指でエドを指す。「『これはドイツ兵の仕業じゃない』って言い出しやがった」

今度はエドが一歩前に出て、声をひそめた。

「ティム、お前も俺もそいつに会っている。三人目は、俺たちがH中隊の陣地に入った直後に見かけた、小柄な男だ。覚えているだろう、放心しててこちらが声をかけてもまったく反応しなかった奴を」

他の連中にあまり聞かせたくないというので、ひとまず一番近くにある僕らのタコツボに入り、話し合うことにした。先に中にいたダンヒルは、突然大勢の来訪者を迎えて目を白黒させていたが、携帯コンロに火をつけてコーヒーを沸かしてくれた。

「もったいぶるのはなしだぞ、グリーンバーグ。さっさと話せよ」

日頃からスパークはせっかちだと思っていたが、今日ばかりは奴の短気に感謝した。

「別にもったいぶっているつもりはないが」

エドは腰を落ち着けながらライフルを肩から下ろすと、側面に立てかけた。

「早速話そう。今回の事件はさっきも言ったとおり、ドイツ兵の仕業じゃない。いくら捜しても見つからないはずだ。敵の残党なんて、はじめからいなかったんだから」

「待ってよ。だって現に後ろから刺されてるじゃないか？」

「キッド、お前ちょっと黙ってろ。誰が刺したってんだよ？　グリーンバーグ。まさか味方の仲間割れか？」

僕自身の頭にぱっと浮かんだのは、あのコロンネッロ二等兵に対するH中隊の面々の反応だった。何か関係があるのかもしれない……喧嘩をしたとか、誰かに彼の自殺の責任があるとか。上官を告発するために盗みを働いたビーヴァー軍曹のように。

しかしエドの答えはまったく違っていた。

「仲間割れじゃない。これはいわば自作自演の……つまり、自傷行為だ」

耳を疑った。僕もスパークも、コーヒーの鍋をスプーンでかき混ぜていたダンヒルも、動きが止まってしまった。平静なのはエドひとり、ポケットからペミカンビスケットを出して封を破り、かじっている。

「ちょ、ちょっと待てよ。自傷行為だって？」

眉間を指で挟み、貧乏揺すりをしながら、スパークが問い返した。

「まさか自分で自分の肩甲骨付近を、ナイフで刺したとか言わねえだろうな」

そのとおりだ。負傷者は三人とも後ろから深く刺されている、自分ひとりでできるはずがない。しかし嚙みつくスパークをエドは平然といなしてしまう。

「もちろん。これは自傷と言っても、第三者が存在する自傷だ」ダンヒルから湯気のたつマグを受け取り、音を立てて啜《すす》る。メガネが曇《くも》った。「つまり誰かと共謀した」

するとスパークは前のめりになっていた背中を戻し、土壁にもたれかかって後頭部を軽く打ち付けた。口がかすかに開いて呆然としている。スパークとダンヒルは理解したようだった。でも僕はまだ腑に落ちない。

「待ってよ、もう少しわかるように説明してくれ。何で自傷なんてするんだよ？　痛いだけじゃないか！　前線にも戻れなくなる」

僕もそうだが、負傷した仲間の多くや、あの疲弊したディエゴでさえ、救護所へ行くのを拒んでいた。多少無理をしてでも前線へ戻る奴がいるくらいだ。

救護所へ行けば、確かに一時は前線から離れられる。けれど、血のにおいが充満する救護所で、痛みで絶叫する兵士の声を聞き、絶命するのを目の当たりにしながら、じっと傷が癒えるのを待つなんて苦痛すぎる拷問だ。ライナスは、戦場は煉獄みたいなものだと言った。ならば救護所は煉獄の最も暗い底、地獄との境界線にある。

しかしエドは、煉獄のもうひとつの側面を突きつけてきた。

「戦えなくなるからだ」

「……何だって？」

「戦えなくなるから、傷つけるんだ。後送してもらうために。快復の見込みのない負傷だけが、無条件で戦場を脱する唯一の手段だからな」

ようやく納得した僕は、コーヒーのマグを両手で包んだまま、しばらくぼうっとしてしまった。わかってみれば、とても単純で自然な話だった。

兵士には自由も、個人の意思もない。命令を素直に受け入れ、感情と敵を一緒に殺す。ちょうど僕が、一度呑まれた流れには逆らえないと感じているように。

兵隊として出撃したら最後、嫌だとか怖いだなんてわがままは通用しないのだ。体調が悪い、風邪を引いた、も通用しない。しばらく救護所に放り込まれて、軍医が快復したと認めればまた前線に戻される。

こんなはずじゃなかったと後悔してももう遅い。泣いたってぶん殴られるか、侮《あなど》られて仲間外れにされるだけだ。脱走すれば軍法会議にかけられるか、敵前逃亡の罪によりその場で射殺される。

今までも、わざと怪我をして前線を離れようと企んだ奴は、いないわけじゃなかった。けれどそういう奴はすぐに姿を消して二度と戻らない。弱さを見せた者は排除されるからだ。不安は伝染する。元気だった者の心さえ挫き、やがて戦えなくなる。銃弾が飛び交う戦場では立ち止まったら死ぬし、最終的には敵に負けてしまう。

一方で、脱走してでも救護所から戦場へ戻る者は讃えられた。

――よく戻ったな、それでこそ俺たちの仲間だ。

イブの日に救護所を脱けだして帰ってきて、その直後に死んだ一等兵を思い出した。

「きっと行き場がなくなってしまったんだろう」

エドは静かに呟いてコーヒーを啜った。僕もダンヒルも言葉を返すことができない。怒っているのはスパークひとりだった。

「行き場なんてどこにもねえよ。そんな手前勝手な奴のおかげで、どれだけ医療品と人手と時間を無駄に消耗したと思ってんだ!」

「落ち着け、スパーク。俺たちに怒っても仕方がないだろう」

「うるせえ、許せねえんだよ。いっそのこと俺の手で殺して、楽にしてやる」

「じゃあ、そういう人間は全員死ねばいいと?」

いつもは穏やかなダンヒルが鋭く言い放った。スパークは反射的に息を吸い込んで口を開けたものの、思い直したように浮かせた腰をゆっくりと下ろした。

「……やめてくれ、俺の仕事を疑いたくなっちまう」

膝を抱き寄せて顎を乗せ、スパークは小柄な体を更に縮めた。右手が、血で汚れた赤十字の腕章に触れている。衛生兵は負傷者が出ればどこへでも駆けつけ、治療するのが任務だ。たとえ銃弾が降る最中でも、自傷した兵士でも、時には敵でさえ。

「悪かった。話を続けてくれ」

スパークは、フランスでブライアンが死んだ時と同じような暗い横顔をしていた。その肩に励ますようにダンヒルが腕を回し、エドに頷きかけた。

「わかった、では続けよう。自傷行為だと気づいたのは、三人とも戦争神経症を患っていたようだったからだ。H中隊の連中が、負傷したうちのひとりはオランダでの英雄だったが調子が悪かったと、言っていただろう。それは神経症のせいだ」

ディエゴも同じだった。奴は今どうしているだろう？　エドは続ける。

「この件に関わっているのは少なくとも四人。負傷した三人と、三人目を刺したひとりだな。元々同じ目的で結託していたのか、最初の行為に他の者が触発されて続いたのかはわからない」

「つまり全員で順番にやったんだね？」

負傷して後送されたい四人が集まり、順番に刺していく方法だ。それなら、四人目が新たな五人目に刺されるわけで、もう一度自傷が起こる可能性が高い。しかしエドは首を横に振った。

「いや、おそらく違う」

「どうして？」

「刺突の技術が上がっている、そして前の経験を活かしていると考えられるからだ。おそらく自傷幇助を行ったのは同一人物だろう」

エドはそう断言して、コーヒーを飲み干した。

「ともあれ、外部から襲われたように見せかけて、軍規違反を免れようとしたんだろう。自傷が発覚すれば処罰が科せられて、意味がなくなってしまうからな。ちょうど敵が陣地内に侵入したばかりで、残党がいたと考えられてもおかしくはないと踏んで、利用したんだろう。そして他人の手を借りるメリットはもうひとつある。何だと思う？」

「えーと」

僕が言いよどんでいると、黙って聞いていたスパークが答えた。

「戦線に復帰できない程度に深く、かつ死なない傷にしなければならない。だが自らやると恐怖で手加減してしまう」

「そのとおり。浅い傷では、治療が済み次第戻されてしまうからな。腹か頭か首に大穴が空くか、半身不随になるか、四肢切断並みの重傷でないと、本国へは帰れない。だが命を落とす危険がある。死んだら本末転倒だし」

「じゃあ……ひょっとして、軍医とか衛生兵が協力したかもしれないってこと？」

　座学で多少は勉強したけれど、体の仕組みに詳しいのは何と言っても医療班だろう。スパークの反応をちらっと窺う。いつもだったらいきり立ちそうな場面だったのに、奴は静かに聞いている。もしかしたら最初から疑っていて、だからいつにも増して感情的だったのかもしれない。だが予想に反してエドは否定した。

「いや、おそらく医療班ではないと思う。なぜなら一番はじめの男にモルヒネを使っているからだ。衛生兵であれば、この後間違いなく麻酔を注射されて手術台行きだとわかっていただろう。支給品のモルヒネは濃度が高く、三本打てば命の保証はない。しかし刺す際になり、痛みを恐れて使用してしまった。そしてこれは故意ではなく過失だったはずだ。その証拠に、次はモルヒネを使っていない」

　最初のひとりは昏倒し、次の兵士の意識ははっきりしているという話を思い出した。

「だからお前、昏倒したのがひとり目だってわかったのかよ」

「そうだ。あの時点で自傷行為、あるいは幇助ではないかと疑いを持った。激しく痛みを訴えている割に暴れてモルヒネの投与ができなかったという点も、二本目を打たれまいとしたんじゃないかと」

　バストーニュの炊事広場での、スパークの唖然とした顔を思い出す。僕は馴れてきたけれど、やっぱりエドの頭の回転の速さは本当に尋常じゃない。

「医療班じゃなくても、的確に狙えるもんかな？」

「狙えるさ。何しろ俺たちは、相手にいかに傷を負わせるかの訓練と実践を、ずっと重ねてきただろ」

「……やめろよ」

「冗談だ。幇助人は適切な刺突の実験をしたのさ。何度も何度も」

「実験だって？　どこで？」

「空き地。H中隊との境界のな。あそこならドイツ兵の死体がまとまって転がってる。夜中にタコツボから脱け出して、死体にナイフを突き立てて、どのくらいの力で刺せばいいのか確かめていたんだ。ドイツ兵の死体なんて誰も調べないしな。昼間に調べたら、肩甲骨付近に傷を付けられた死体が多かった。そして実験の最中に、お前とライナスに遭遇した」

首を傾げているダンヒルとスパークにエドが昨夜の出来事と、H中隊のコロンネッロ二等兵について説明をする。

その間、僕の脳裏にはライナスと一緒に遺品漁りをした情景が繰り返されていた。暗い闇の中、死体の間でうずくまっていた男。死んだ二等兵の名を騙《かた》った男。

「つまりあいつが幇助に荷担した本人ってことか」

「ああ。そしてその肉を刺す音が、ディエゴの耳に届いてしまった」

ディエゴは怯えていた。銃剣で敵を刺し殺した音と感触を思い出し、幽霊が出たのではないかと、震えていた。僕は左頬に貼った大きな絆創膏を指でなぞった。ディエゴに殴られて開いてしまった傷は、もうほとんど塞がっている。

もし――もし、その音が聞こえなかったのなら、せめてもう少し遠くでやってくれたのなら、雪の静けさがなかったのなら、あるいは。

「大丈夫か？　ティム」

顔を上げると、にじんだ視界いっぱいにエドの顔があった。いつの間にか涙が出ていたらしい。洟まで垂れているようだ。「大丈夫」慌てて袖口でぬぐい、両手で頬を叩いた。左の傷口に響いて痛むが、これは僕自身が選んだ結果だ。〝もし〟はない。

「その馬鹿野郎は何でコロンネッロを名乗ったんだろう？」

「推測でしかないが、この計画の発端はコロンネッロ二等兵にあったんだと思う。拳銃で太ももを撃ち自殺したという話だが、おそらく自殺ではなく、自傷で後送されるつもりだったんじゃないだろうか。自殺ならこめかみを撃つなりして一瞬で死ぬ方がいいだろう。彼の真意に気づき触発された連中が、今回の計画を立てた。だからライナスに見咎められた時、彼の名を出したんじゃないか？　相手は別部隊だから気づかれないと踏んだんだろう。万が一ばれたところで本人は死んでいるから迷惑もかからない」

「幇助人が誰かはわからないの？」

「さすがに現時点では知りようもない。ボア・ジャーク内の隊員だけでも六百人以上いるしな。自傷した奴らを尋問するしかないだろう」

腹の底からうめき声が出た。土壁にもたれかかるとヘルメットが当たって、こつんと音がした。

「……これからどうする？」

「朝になったら、ミハイロフ中隊長に報告する。信用されるかはわからないが、自傷志願者がこれ以上増える前に、手は打った方がいい。ともあれ、ディエゴには内密に頼む。あいつはもうこの件をほじくり返されたくないだろう」

「了解」

僕らは大きく頷いて同意を示した。外で誰かが激しく咳き込んでいる。続いて、どこかで梢から雪が落ちる鈍い音がした。


どのくらい眠っていただろうか。

「キッド、ダンヒル」

人の気配と声に飛び起き、素早くライフルを取った。そのまま眠りについた四人のうち、スパークだけがホルスターの護身拳銃に手をかける。見上げると、タコツボの縁で毛布をめくっていたのは第二小隊のアレン小隊長だった。

「俺だ。起こして悪いな。ああ、グリーンバーグとスパークもいたのか。ちょうどいい」

小隊長の背後を、いつの間に降りはじめたのか雪が静かに舞い落ちていく。お馴染みの髭ともみあげが白くなっているのはこのせいだ。あたりはまだ暗い。

「どうしたんです？」

寝起きでのどがいがらっぽく、声が掠《かす》れた。腕時計を確認すると針は三時を指している。

「悪いな、少し付き合ってくれ。捕虜を迎えに行く」

「わざわざクラウツ野郎《ドイツ》をですか？」

スパークがあからさまに嫌そうな声で口答えすると、小隊長は苦笑いした。

「捕虜の中に高位将校がいるんだ、それに武装SSじゃない。日暮れ前の飛び地の戦闘で、降下猟兵が何人か逃げただろう。あの連中だよ。負傷して身動きが取れず、今は地元の農家の世話になっているらしい。その家の子供がバストーニュの師団本部まで手紙を届けに来た」

「ひょっとして降下猟兵連隊の……？」

「ああ、隊長だ」

降下猟兵連隊にはフランスのカランタンでもずいぶん苦しめられた。隊長の顔はぜひとも拝んでおきたい。僕らはスミスが差し出してきた手に捕まって、順番にタコツボから這い上がった。

「場所はどこです？」

「ここから一マイル（約一・六キロメートル）ほど西側だ。夏の間使っている狩猟小屋らしい。キッド、お前はなかなか夜目がきくからな、頼りにしているぞ」

「でも僕たちドイツ語なんて話せませんよ」

するとアレン少尉はにっと笑い、雪まみれの髭から黄ばんだ歯を覗かせた。

「当たり前だろ。俺たちはただ、一番近くにいたから行かされるだけだ。幕僚たちが到着するまで身柄を確保しておけばいい。尋問も通訳も司令部に任せる」

第二小隊第二分隊の面々と、エド、スパークも加わって、雪が降りしきる闇を歩いた。この晩はいくらか風があり、雪は火事の後に舞う灰のように、細かに渦を巻いた。


ライフルを腹に引き寄せて斜めに構え、アレン小隊長と僕が前に並び、後ろにエドとワインバーガー、スパーク、最後にダンヒルとスミスの順に、縦隊形で問題の小屋に向かった。明かりは点けられないので雪の白さが頼りだが、うっかりすると雪の深いところにはまって、膝下まで埋もれてしまう。

難儀しながら着いた先は、G中隊の持ち場とバストーニュを三角に結んだ頂点、木々がほとんどまばらになった林の終わりで、いかにも猟師がひと息つくための休憩場所といった、素っ気ない丸太小屋だった。罠の可能性はないか周囲の安全を確認してから、小隊長は小声で指示を出した。

「スミスは外を見張り、ワインバーガーは無線を本部に繋いで到着を報告しろ。その後スパークと共にスミスの補佐に回れ。ダンヒル、グリーンバーグ、キッドは一緒に来い。捕虜を取るときのドイツ語は習ったな」

確かに訓練で散々たたき込まれたけど、正直自信がない。できるだけ黙っていようと心に決めていると、小隊長はこちらを向いて、小声で僕らに念を押した。

「いいか、奴らは俺たちの因縁の相手でもある。しかし冷静に接しろよ。さあ、開けるぞ。グリーンバーグは戸口を守れ」

扉を開けた途端、獣臭い空気があふれ出てきた。薄暗くて粗末な小屋だ。静かだ。銃声もしないし、手榴弾も飛んでこない。僕らは部屋の中へ入った。

中央には椅子とテーブルがあり、こちらに正面を向けて腰掛けているのは、ドイツ国防軍の野戦服に身を包んだ将校だった。どことなく痩せた馬を連想させる、面長の中年男性だ。その後ろには四人のドイツ兵がいて、ひとりは負傷しているらしく頭に布を巻かれた状態で床に横たえられている。いずれの表情にも覇気がない。

将校はふと目を細めてこちらの姿を確認すると、ゆっくりした動作で腰を上げた。右腕を首から白い布で吊っている。壁際の小さなベッドのシーツが破れていた。あれを使ったんだろう。

「本来ならこちらから向かわねばならぬところ、不躾なお願いをして申し訳がなかった。何しろ腕の骨を折ってしまったようで」

英語だ。それもドイツ訛《なま》りの少ない流暢《りゅうちょう》なしゃべり方で、僕らは互いに顔を見合わせた。アレン小隊長は咳払いをして背筋を伸ばすと、歩み寄って手を差し伸べ、ふたりは握手を交わした。

「私はアメリカ陸軍第一〇一空挺師団所属のアレン少尉です。下士官ですみません、間もなく我が軍の幕僚たちがお迎えに上がりますのでお待ちください。あなたは第六降下猟兵連隊の司令官とお見受けしますが?」

「いかにも、私はフォン・ヴェーデマイヤー少佐。あなた方の捕虜になるのは光栄だ、フランスでもオランダでも大変苦戦を強いられたから」

そう言って少佐は紳士的に微笑んだ。腕を負傷していても、痛そうな気配は微塵も見せない。

「英語がお上手ですな」

「Danke. 戦前に大学に通って、その時に鍛えたんだ。本当のところ、外交官になりたくてね」

少佐は落ち着いているが、僕とダンヒルはライフルの銃口を下に向けたまま構えておく。後ろの四人がいつ飛びかかってきてもおかしくないからだ。

「これからあなた方をバストーニュへお連れします。それから少佐殿はフランスにある連合軍最高司令部《SHAEF》管理下の捕虜収容所に後送されるかと」

「問題ない。バストーニュへ着いた際には、私の部下たちに温かい食事を摂らせてくれないか?」

「……きっと看守が善処するでしょう」

小隊長は小さく頷くと指でエドを呼び、「スパークを連れてこい、治療をさせる」と命じた。小隊長がポケットから水筒を出し、琥珀色の液体をマグに注いで少佐の前に置いた。ブランデーの香りだ。ややあって、いくらか乱暴な足取りのスパークが小屋に入ってきて、不機嫌な横顔が僕の脇を通る。

「部下を先に頼みたい」

フォン・ヴェーデマイヤー少佐はこの状況でも威厳を失わない。スパークは無言のままヘルメットの庇に指をかけ、くるりと踵を返してドイツ兵たちの治療にあたる。

その後、しばし沈黙が流れた。

目の前に敵の将校が座っている。寒そうに背中を丸め、穏やかな表情でマグのブランデーを飲んでいるなんて、あまり現実的じゃなかった。ドイツ国防軍特有の洒落た黒襟、高級そうな布地は、僕らの軍のそれとは明らかに異なっていた。立ち居振る舞いからして、違う文化圏に生まれ、違う教育を受け、違うものを食べてきた人間に思える。

「君は学生かね？」

一瞬、僕に話しかけているとは気づかなかった。少佐に視線をひたと据えられ、慌ててしどろもどろながら返事をする。

「え、いえ。学校はもう終わって……今は父が経営している雑貨店の手伝いをしています。友達は何人か大学へ行きましたが」

しまった、緊張してつい余計なことまで話してしまった。しかし少佐は意に介してもいない様子で続く質問をした。

「この戦争が終わったら、また手伝いに戻るのか？」

質問の意味を測りかねて首を傾げた。生きて家に帰れたら、兵役前と同じ事をするのは当然だと思っていて、これまで疑問すら抱かなかったからだ。答えに窮していると少佐は穏やかな微笑みを浮かべた。

「いや、すまない。君が無事に故郷へ帰れるよう祈っているよ」

その瞳の色は薄く、瞳孔が際立って見え、荒野に吼《ほ》える狼の姿を彷彿《ほうふつ》とさせた。相手は敵だというのに妙に厳粛な気持ちにさせられ、僕は戸惑いながらも「ありがとうございます」と呟いた。

「君は？」

今度はダンヒルに声をかける。大きな体がぴくりと震え、緊張しているらしいのが傍目《はため》にもわかった。その時、視線を僕からダンヒルへと動かした少佐が、心なしか訝《いぶか》しげな表情を浮かべたように感じた。

「俺も……学生じゃありません。生きて、家族が待つ家に帰るつもりです」

すると少佐は目を一、二度瞬かせ、「Wie das Leben so spielt . . .」ふっと顔を背《そむ》け、こちらにはわからない言語で呟いた。「Werde glücklich, Junge.」

しかしそれきり少佐は僕らへの関心を失ったらしく、うつむいたきり口を開かなかった。

ふいに表が騒がしくなり、戸口からワインバーガーが顔を覗かせた。

「みなさんがお着きです、小隊長」

間もなく師団幕僚と通訳がどやどやと靴音荒く小屋に入ってきて、少佐の左手首に手錠をかけ、残る四人の捕虜と共に連行した。

背筋を伸ばし敬礼したまま成り行きを眺めていると、将校の集団に見覚えのある顔があった。ロス大尉の従卒だった小男だ。相変わらず額が出っ張っていて手足が短く、寸詰まりな印象を受ける。彼はこちらに気づくと、ほんの一瞬目を瞠《みは》り気づかないくらい小さく会《え》釈《しゃく》をした。そういえば、ロス大尉に不満を抱いていた彼は、こっそりエドに協力したのだった。左腕には憲兵隊の腕章を付けている。どうやらあの件以降異動したようだ。捕虜収容所の看守兵だろうか？　観察していると、捕虜将校に特化した任務に思える。

走り去るジープを見送って陣地へ戻った頃には、夜も白みはじめていた。

敵の少佐との接触は奇妙な体験だった。

これまで何度もドイツ兵を見たし、それどころか彼らの命を奪ってきた。反対にこちらの仲間も多く殺されている。オハラを殺したのもドイツ兵だし、奴らさえいなければフランスの野戦病院が焼けることもなく、オランダでは今もロッテたちが家族と穏やかに過ごしていたに違いない。

また〝もし〟だ。しかし〝もし〟を考えずにはいられなかった。

けれどあの少佐はわからなかった。少佐は、残酷で高慢で鼻持ちならないナチス兵のイメージと、結びつかない。彼の部下たちとずっと戦ってきたにもかかわらず。僕は彼らにライフルの照準を合わせ、彼らもこちらに銃口を向けていたにもかかわらず。

「ねえ、エド」

「何だ？」

　みんな解散し、ダンヒルもスパークも早々にタコツボに戻った。僕も眠った方がいいのはわかっているが、なぜか胸がざわついて落ち着かない。雪の上をうろついていたら、エドが戻ってきてくれたのだ。今は仲間のタコツボがない松の陰に移動しながら、エドの細い背中を見ている。

「さっきの少佐のこと、どう思う？」

　松が群生する静かな場所で立ち止まって切り出すと、エドはこちらを向き、まるで僕の後ろに明かりがあるみたいに目を細めて、アレン小隊長からもらっていた煙草を咥《くわ》えた。

「そうだな」マッチを擦り、メガネのレンズに炎が反射して揺らぐ。「想像していたよりも小柄だった、ってところかな」

　当たり障りのない答えを敢えて選んだのか、それとも本当にそう思っただけなのか、相変わらず感情が読めないのでわからない。僕は肩にかけたライフルの肩《ス》掛け帯《リング》を握り、エド以外誰にも聞こえないように声をひそめた。

「僕はさ……いい人だと思ったんだ。あの少佐を。敵なのにおかしいよね」

「いや」

　こっちは緊張しているのにすんなり答えられてしまって、僕の方が面食らう。

「おかしくないかな」

「そんなものだろう。敵味方なんて、状況が違っていれば簡単に入れ替わってしまうものだと思うぞ。味方に嫌な奴がいるように敵にも良い奴はいる」

　理屈はわかるけれど、それでは引き金を引くのに躊《ちゅう》躇《ちょ》してしまう気がした。僕らが命令されたとおりに動くのと同じく、敵も苦しみながら戦っているのだとしたら。彼らの人間性に気づきたくない。

　頭の中がぐるぐると混乱して、気持ちが悪くなりそうだ。深呼吸しようと顔を上げたら、エドがゆっくり煙草をくゆらせながら僕を真正面から見ていた。

「……どうしたの」

「お前は良い人間だ、ティム」

　思いがけなく唐突に褒められてぎょっとし、ちょうど飲み込みかけていた唾が気管に引っかかってむせる。自分で言うのもなんだが、僕は生まれてこの方ほとんど褒められたことがない。

「会話の流れからして、全然良い人間とは言えないと思うんだけど……」

今もそうだし、軽い気持ちでディエゴをおちょくって傷つけてしまったことや、かつて黒人たちにしてしまった行いを考えても、とても良い人間ではない。敵とはいえ人だって殺してる。

当のエドは紫煙で輪を作り、息を吹きかけて宙を漂わせている。からかっただけなんだろうか？　本当にこいつはよくわからない。

「お前は死んだ仲間の遺品を大切にするよな。オハラの遺髪もまだ取っておいてる」

「……よく見てるね。悪いかよ？」

「悪かないさ、お前が情に篤い証拠だろ。甘えん坊だとも言えるが」

「やっぱり悪いんじゃないか、もう」

むかついて先に行ってしまおうかと追い抜くと、エドが珍しく笑い声を立てた。

はぐらかされたようで釈然としないまま、いい加減タコツボに戻ろうかと考えていると、エドがまた低い声で話しはじめた。振り返り改めて向き合ったエドの顔は、真剣そのものだった。

「俺はこの先、もしかしたら許されない行為をするかもしれない。それは俺だけじゃなく、仲間や家族でも同じ事だが。お前がどんなに脳みそを絞ろうとも理解ができず、拒絶したいと思う行為を、俺がするかもしれない」

「何だよそれ、嫌な予告だな」

「たとえばの話だ。その時、仲間思いのお前はたぶん傷つくだろう。俺を責めたい気持ちと、庇《かば》いたい気持ちがせめぎ合って、ぼろぼろになる。そういうお前が、俺にとっては良い人間に思えるんだ」

首をひねった。まったく意味がわからないし、納得できない。どうしてこんな話を今したのかも。

煙草を吸い終わったエドは、吸い殻をぴんとはじいた。赤く小さな火が雪の上に落ちて消えた。そして「戻るか」と僕の背中を軽く叩いて、みんなのいる場所へ足を向ける。慌てて早足で追いかけると、エドがふと呟いた。

「近いうち、お前はそういう経験をするかもしれないな」

「全然わからないよ、ちゃんと説明してくれって」

僕が訊いてもエドはそれ以上答えてくれず、どんどん先へ進んで闇の中へ消えてしまった。雪面にはまっすぐに進む足跡だけが残った。


それから数日間はとても忙しくて、エドともろくに話せなかった。

いよいよ反撃の態勢が整い、次の作戦のために前進することが決定した。あれこれ準備をしたり、新しい陣地でタコツボを掘り直したりしているうちに、エドの意味深な発言も忘れてしまった。

間もなく一九四四年が終わり、一九四五年が訪れる。積雪量は更に増し、場所によっては腰まで埋まるほどだった。三日前、管理部長がジープで糧食《レーション》が詰まった木箱を運んでくれたが、それもじきに底を突きそうだった。

戦闘はますます激しくなり、仲間を何人も失った。ここは敵の八八ミリ砲の射程圏内で、マックのタコツボに着弾し、自傷などではなく本当に右腕を吹っ飛ばされて、本国に送還された。あの自惚《うぬぼ》れ屋がいなくなってしまい、少し寂しい。

敵は作戦を変えたのか、前回のように八八ミリ砲の在処《ありか》がわからず、僕らは苦戦を強いられた。中隊の人員はどんどん減っている。けれど仲間の喪失を悲しむ余裕もない。

そんな時、ディエゴ・オルテガが戦線に復帰した。

いくらか痩せたが顔色は良くなっていたし、第一小隊の面々に迎えられると笑顔を見せる。きっともう大丈夫だろう。僕はほっと胸をなで下ろした。

薄暗くなりはじめた夕刻、中隊司令部のテント近くまで出て、糧食《レーション》の在庫を保管している塹壕に入った。久しぶりにディエゴが加わって、四人全員が揃った。まだどことなくぎくしゃくしてはいるけれど、時間が経てばまた前みたいに陽気になるだろう。

そう期待しながら糧食《レーション》の箱を数えて外に出し、小隊ごとに仕分けていると、司令部の幕僚がやってきた。

「グリーンバーグ、例の件だが」

エドが呼ばれ、ひと飛びで塹壕の外へ出る。中隊長からの伝達なのだろうが、幕僚の声は大きくて内容が丸聞こえだ。あの自傷兵の件についてだった。エドの推察は正しく、H中隊内から幇助を行った人間が見つかったという。やれやれ、どんな処罰が下ることか。あの真相は第三大隊全体を巻き込んだし、人騒がせでは済まないだろう。

そう思いながら仕事をしていると、中隊幕僚がこちらに向かって言った。

「やあ、オルテガ。戻ったのか。お手柄だ、例の怪音に最初に気づいたのはお前だったな。まあ気味は悪かったろうが、おかげで万事解決した」

空気が凍った。ダンヒルも、エドでさえ顔を引きつらせている。当の幕僚だけが何も気づかない様子で屈託なく笑うと、僕らに背を向け、鼻歌を歌いながら司令部のテントまで戻ってしまった。

「……何だよ、あれ。どういう意味だ」

ディエゴは低く呻き、エドに向き合った。

ディエゴはあの怪音に触れられることを望んでいなかった。彼は奇怪な現象を恐れてはいたけれど、それ以上に自分自身を恥じていた。だからエドはディエゴの体験には金輪際触れないようにと仲間たちに箝口令《かんこうれい》を敷いたし、僕は彼に殴られた時点で、文字どおり痛感したのだ。

なのに今、彼が怪音を聞いたということが、幕僚にまで伝わっていると、本人に知られてしまった。

塹壕の縁にいたエドは、唇を引き結び、ぐっと拳を握りしめている。僕は咄嗟にディエゴとエドの間に入って止めた。

「待てよ、ちょっと聞いてくれ。色々あったんだ、それで……」

ディエゴに突き飛ばされ、僕は雪の上に尻餅をついた。

「人のことをぺらぺらぺらぺらしゃべりやがって。もううんざりなんだよ！」

血が上っているせいか、ディエゴの四角い顔はどす黒く変色していた。ダンヒルが僕の後ろに駆け寄って立ち上がらせようとしたが、その手を払った。

「また探偵ごっこかよ？　ああ？　いい迷惑なんだよ。この……ろくでなしども。俺が苦しんでいるのを見て、笑ってたんだろ。いい暇つぶしだって」

「違う！　そんなんじゃない！」

「うるせえ！」

ディエゴが僕に摑みかかり、僕もディエゴを摑んだ。それから左頰にゲンコツを叩き込まれ、僕は奴を蹴り飛ばした。とにかく何とかして話を聞かせたいのに、ディエゴは半狂乱になってとりつく島もない。

雪の上をもみくちゃになって転げ回ったその時、空が光った。

誰かに腕を引っ張られ、揉み合っていたディエゴと体が離れた。閃光が瞬く刹那、痩せた黒い影が上からこっちに飛び降りるのを見た。影はそのままディエゴへと腕を伸ばす。

音は何も聞こえなかった。キインという耳鳴りだけが脳を震わせる。指先に熱を感じ、激しい痛みが体を貫いた瞬間、すべてが真っ暗になった。


目を開けた時、雪に埋もれて眠っていたのかと思った。

でもそれにしては寒くない。むしろ暖かくて、心地いい。このままもっと眠っていたくなる。しかし寝返りを打って仰向けになった瞬間、ぎょっとして飛び起きた。

天井がある。

天井があるところで眠るなんて何日ぶりだろう。ここはバストーニュじゃないのか？　慌ててあたりを見回した。雪だと思ったのは、白いシーツだった。同じようなベッドが横にも足下にも並んでいて、男たちが横たわっている。壁際を歩いているのは、ナース・キャップをかぶった女性だ。

僕はおそるおそる自分の体を確認した。腕や、脚がなくなっていたらどうしよう？　薄い水色の病院着を着て、何本もチューブがついているけれど、両腕ともに無事だった。布団をめくってみると脚も二本ある。右手には包帯が巻いてあるが、触った限りでは指の欠損はなさそうだ。しかし枕元に置いてあった祖母のレシピ帖が、無惨に破れて黒焦げになっているのを見て、血の気が引く。

「あら、目が覚めたのね！」

久々に聞いた女性の声に驚いて横を向くと、四十歳手前くらいの看護婦が、胸にクリップボードを抱き、にっこりと笑いながら僕の横に立っていた。くるくるした栗色の巻き毛が帽子からはみだしている。

「ちょうどあなたのお仲間の方が見えてるわ。呼んできましょうね」

仲間？　誰だろう。そうだ、エドは？　ディエゴは？　ダンヒルは？　みるみるうちに記憶が蘇る。

あの時、僕らは爆撃を受けた。争っていて、音にも頭上の異変にも気づかなかった。

いや、音はしなかった。直撃だったのだ。

尻を揺らしながらドアの向こうへ消える看護婦の後ろ姿に目を瞠り、彼女が一体誰を連れてくるのか、胸を掻きむしりたくなるような気持ちで待った。

実際のところ三分も経っていなかったんだろうが、十分以上待たされた気がした。病室のドアが開き、看護婦と一緒に中へ入ってきたのは、スパークだった。

ヘルメットを脱いだスパークは、何だかいつにも増して小さくなったように見える。

紳士らしく看護婦に礼を言い、僕と目が合うと、スパークは一瞬歩みを止めかけ、それでも思い直したようにゆっくりと、こちらに近づいてきた。

その躊躇《ためら》いだけで、スパークが僕に何を告げようとしているのかわかってしまった。

「やめて……やめてくれ……」

思わずのどの奥から声が転がり出る。ひどい声だ。まるで子供じゃないか。

スパークがついに僕の横に立った。困惑したような、謝ることでもあるかのような表情だ。いつもの不機嫌な顔はどこにやったんだ、そんな悲しげな目でこっちを見ないでくれ。熱いものがどんどん溢れて溜まり、視界が塞がる。

ひんやりした手が僕の手に触れた。何か固いものが押し込められる。瞬きをして涙がこぼれ、結露を拭いた窓ガラスのように、視界がはっきりした。

それは割れてひしゃげたメガネだった。

「……死んだのはグリーンバーグだけだ。ディエゴもダンヒルも、お前も生きてる」

両目から涙が止めどなく溢れ、訊きたいことはいっぱいあるのに、声が出てきてくれない。鼻水が垂れたけど何で拭いたらいいかもわからない。それでもスパークは椅子を引っ張ってきて腰掛け、僕が何を訊きたいのか察知してくれたのか、ただこういう場面に何度も遭遇して馴れているだけなのかわからないが、色々と話してくれた。

「榴弾砲が着弾したんだ。お前はダンヒルに腕を引っ張られて助かり、咄嗟に飛び込んだグリーンバーグが突き飛ばしたおかげで、ディエゴも生き延びた。でもな、お前も相当大変だったんだぞ。脇腹に穴が空いて、処置が遅けりゃ死ぬところだった」

情けないことに、声が震えて全然言葉になってくれない。でもどうしてもエドの遺体が見たかった。あるのなら。ただの肉片になっていないのなら。するとスパークの腕が伸びて、僕の肩を強く抱いた。

「体はもうない。きれいだったけど……埋めちまったんだ。遺書は一通だけだった。お前宛てだよ」

折りたたまれた紙が手に触れた瞬間、何かが音を立てて崩れていった。眩しくて暗くて、どこかに引きずり込まれてしまいそうで、とても目を開けていられない。体が重い。助けてくれ、エド。

また〝もし〟だ。〝もし〟あの時もっと早く仕事を終えていたら、ディエゴと争いにならなければ、頭上に注意していたら、せめて君じゃなくて僕だったら。

エドワード、なぜ君が逝くんだ。

夢であるべきなのにいつまでも醒めてくれない。前のめりになって布団に顔を埋めた僕の背中を、スパークがとんとんと叩き続けている。

「あいつはバストーニュの松林の中に埋葬されたが、会いに行くのは少し難しいぞ。隊は今、ドイツに入るところだ。お前は半月以上眠っていたんだよ」

第五章　戦いの終わり

冷たい雨がマフラーをじっとりと湿らせ、首筋から体が凍えていく。縫合痕が痛み、戦闘服の上から左の脇腹をさすった。

深夜の歩哨に出ていた僕は、崩壊した民家の壁に沿って片膝をつき、ライフルの銃床《じゅうしょう》を肩に当てて、数フィート離れた先の木立に銃口を向けた。あそこに人の気配がある。目を眇《すが》めて白い息をひとつ吐くと、ふいに木陰から布きれがはためき、ドイツの軍服を着た男が現れた。暗闇にうっそりと沈み、両手を挙げている。

右手の人さし指をゆっくりと下ろして引き金を引く。鈍《にぶ》い衝撃と銃声、薬莢《やっきょう》が飛んで瓦礫《がれき》をはじく。木陰から現れたドイツ兵はぐらりとよろめくと、膝をつき、そのままうつ伏せに倒れた。

木陰にはまだふたり隠れていて「Nicht schießen! Nicht schießen!」と泣き叫びながら、両手を挙げて姿を現す。先に出たひとりの顔に照準を定めると、後ろから肩を強く掴まれた。

「もういい。あの布は白旗のつもりだったんだろう。連れて行くぞ」

しとどに降る雨の中、ダンヒルが駆け寄ってふたりのドイツ兵を捕虜にした。重たい腰を上げて肩掛け帯《スリング》を肩にかけ、ダンヒルの背中を追う。

「捕虜ふたりか、でかしたなダンヒル、コール」

中隊司令部を設置した民家の居間では、幕僚が三人とミハイロフ中隊長が揃ってテーブルにつき、ポーカーをしていた。見知らぬ金髪の若い女がふたり幕僚に寄り添っている。葉巻とアルコールのにおい。居間の隅にはソファがあり、幕僚が黒髪の女と抱き合っていた。古びた蓄音機からのんびりとして郷愁めいた歌が聞こえてくる。マレーネ・ディートリヒが歌う『リリー・マルレーン』だった。

「そうそう、コール」

踵《きびす》を返して出て行こうとすると、中隊長に声をかけられた。

「第四二六補給大隊の中隊長殿が、貴様らを捜しておいでだ。最近横流しが頻発しているのは知っているだろう。首謀者を捕えるために、粉末卵の件と同じくまた協力を要請されたいそうだ」

「……ノー、サー。申し訳ありませんが、お力にはなれませんとお伝え下さい」

二月。僕が戦線に復帰してから、十日が経った。

連合軍はバストーニュでの戦いに辛くも勝利して、ドイツ軍をベルギーから押し戻した。空軍によるドイツ国内への爆撃は激しさを増し、ブロックバスター弾の強烈な熱風や焼夷《しょうい》弾の火焔で、都市部は焼き尽くされたと聞いている。特に燃えやすい古い街は点火地点となり、周辺の集落や村々にも火の手が回ったらしい。その上、東からはソビエトの赤軍が迫り、東部戦線のドイツ兵は惨殺されているそうだ。

僕らは現在、フランスとドイツの国境のアルザス地方で、敵に追い込みをかけていた。第二大隊が村から村へ毎日のように移動し、斥候《せっこう》隊を出しては建物に潜む敵兵を引きずり出し、捕虜の数を稼いでいた。僕ら第三大隊は予備隊として連隊司令部のあるアグノーの町を守っている。

どこもかしこも廃墟だ。中世風の三角屋根は焼け落ちて格子状の骨組みが露《あら》わになり、雨ざらしの床は腐りはじめている。路肩の瓦礫から人間の黒焦げた腕が伸び、燃えずに済んだ手首から先だけが、異様に青白かった。

兵舎として接収したアパートメントに戻る途中、崩れた教会のあたりから女の悲鳴が聞こえた。続いて殴るような鈍い音とせせら笑いがし、静かになった。ダンヒルが足を止めて暗がりを見つめている。傾いだ教会のドアの前にアメリカ兵が立って見張っているのだ。そいつは裏通りのごろつきのような面《つら》をして、僕らと目が合うと右手の酒瓶をラッパ飲みした。か細いすすり泣きと動物のような喘ぎ声が漏れる闇に背を向け、僕はアパートメントの戸口をくぐった。

ちょうど仲間の第二小隊の奴らが数人、どかどかと足音をうるさく立てながら、階段から駆け下りてくるところだった。

「よう、キッド。飯を食いに行こうぜ。こいつの捕まえた女が料理上手なんだってよ」先頭のスミスがそう言って傍《かたわ》らの仲間の肩に腕を回して強く締めた。やられた方は「痛えよ」と暴れている。「お前らコックも味見したらどうだ？　なあ？」

せせら笑う古参の後ろには、むきたてのゆで卵を思わせるつるんとした顔の若い補充兵が控えていた。戸惑いを浮かべつつも笑い、何とか古参に同調しようとしている。僕は階段を上がり続け、そいつらの間に割って入った。

「どうでもいい、勝手に行けよ」

「おいおい、祖母《ばあ》ちゃんの料理以外は口にしないってか？　おい、キッドのために年増女も呼ぼうぜ」

「言ってろ」

野太い笑い声を聞き流して階段を登る。全身がだるく、砂袋を提げたように重い。すり切れてところどころ焦げたカーペットは、アンモニアと嘔吐物の臭いがする。

殺風景で狭い小部屋は、崩落で壁の一部がなく、雨粒と凍えそうな冷気がまともに入る。二段ベッドの下に横たわり、枕代わりの雑嚢《ざつのう》に頭を乗せた。けれど袋の中身がごつごつ当たって収まりが悪い。何度直して整えても、硬い感触がしつこく眠りを邪魔した。舌打ちして中身を全部ベッドにぶちまける。

「うるさいんですけど」

隣で寝転がっていたワインバーガーが文句を言うが、聞こえないふりをする。雑嚢の中にはコンビーフとスキムミルク、白インゲンの缶詰、予備にとっておいた大きな缶切り《ジョン・ウェイン》、マックから預かったままの鏡が出てきた。それから仲間たちの形見と、レンズが割れたメガネも。

メガネだけを上着の内ポケットにしまい、あとは全部ベッドの隅に押しやって雑嚢を丸め、改めて横になった。ワインバーガーはまだ起きていて、L字型ライトのTL-122-Dで手元を照らし何か書いている。

「何してるんだ」

「別に」

そうは言いつつも僕から見えないように腕で隠し、

ライトを消してしまった。長い溜息と紙をまとめるがさがさという音が聞こえる。

「……先週、ドレスデンで空爆がありましたよね」

「そうだっけ」

とぼけて仰向けになり、目をつむった。本当は知っている。ラジオのAFN放送でも、気分転換の映画上映会で流れるニュース映画でも、報道されていた。

ドレスデンはドイツ東部にある大都市で、ポーランドやチェコスロバキアとの国境近くに位置する。十八世紀の城や壮麗なオペラハウス、大聖堂などが建ち並ぶ、いかにもドイツの古都らしい街だ。そのドレスデンが十三日にイギリス空軍の爆撃によって、焦土《しょうど》と化した。

耳元でがさがさと音がするので薄目を開けると、ワインバーガーが新聞紙をこちらに寄越そうとしていた。無視しても奴はしつこく、折りたたんだ新聞を振って顔にかぶせてくる。仕方なく受け取ってL字型ライトを点けた。

いつもの星条旗新聞ではなく、イギリスの一般紙だった。一面に掲載された写真には、焼けて骨組みばかりになったドレスデンの街が写っている。でも、この写真と僕が見てきたフランスやオランダの街とどこが違うのかわからない。

「……〝無残な姿に変わった街、爆撃機《ボマー》・ハリス決断の是非〟だって？」

記事を声に出して読んでみる。続きには、今回のドレスデンの爆撃では民間人や東からの難民、十万人以上が死んだと書いてあった。防空体制の不備と古い街並みが災いして、焼夷弾の延焼が広がり、渦を巻く火災旋風に巻き込まれたという。

〝ボマー・ハリス（本名はアーサー・トラヴァース・ハリス）〟はイギリスの空軍爆撃機部隊の司令官で、これまでも様々なドイツの町や村を焼き払ってきた。アジア戦線でも、アメリカのルメイ爆撃軍司令官が日本を空襲したという。民間人への爆撃は、敵の士気を下げ、終戦を早めるために必要だと聞かされている。

「だから何だって言うんだよ。戦果があってなによりじゃないか」

「世間じゃ問題になっているそうですよ。ナチスの降伏は間近なのに、これは過剰な攻撃だと」

「そんなの戦ってもいない奴らの戯《ざ》れ言《ごと》だ」

「でも死んだのは罪もない一般人ですよ」

「罪もないだと？　独裁者を選んだのは誰だ？　軍国主義と侵略に賛同したのは誰だ？　戦争をはじめるままにさせておいたのは誰だ？」

新聞を振り上げてワインバーガーに向かって投げつけた。束紙が散らばって舞い、ひらひらと床に落ちる。

「当然の報いだ。自分たちの罪は自分たちの命で贖《あがな》うべきだ。お前は何だワインバーガー、敵に味方するのかよ。上に言って軍法会議にかけてやろうか？」

かっとなってつい声が大きくなり、ベッドの上段で眠っていた仲間のいびきが止んだ。しばらく息を整えるために黙っていると、寝言に続いて、啜《すす》るようないびきが再び聞こえてきた。

「……戦争じゃないか。一般人を殺しているのはお互い様だろ。敵を殺して何が悪い？　生き残った者が勝つ、それだけだ」

いつの間にか両手をかたく握っていて、強ばった指を難儀しながら開くと、手のひらに爪が食い込んで血の筋が浮かんでいた。ワインバーガーはベッドから腕を伸ばし散らばった新聞紙を拾い集めながら、消えそうな声で言った。

「キッド、その論理は危険なんです」

暗くて表情はわからない。けれどその声がかすかに震えているのはわかった。

「変わりましたよね。キッドだけじゃなくて、みんな」

僕が返事をする前にワインバーガーは新聞をたたんで横になり、こちらに背を向けた。

薄いマットレスからベッドの骨組みが背中に伝わる。さっきからうるさくはずみ続けている心臓が、僕をなかなか寝かせてくれない。深く息を吸って吐いて、ぎゅっと両腕を組み、胎児のように丸まった。

今度こそ目をつむって、眠りにつこうと思う。壁を打つ雨音、遠くで銃声が散発的に鳴っている。あの音に怯えなくなったのはいつからだったろう。

〝ボマー・ハリス〟の戦果を実際に見られそうだと耳にしたのは、それから半月ばかり後、三月のことだった。僕らはちょうど、アルザスを去ってフランスのムーメロン基地に戻り、正装して、観覧席にルーズベルト大統領とアイゼンハワー最高司令官を迎えた師団パレードに参加していた。

戦果といってもドレスデンではなく、軍需工場が多く建っていたルール地方に向かうらしい。昨年のオランダ戦の到達目標で、結局進攻が叶わなかった地域だ。ルール工業地帯の手前には川幅が広く流れも速いライン川があり、この要害はこれまでもナポレオン・ボナパルト以降、侵入者を許していないそうだ。ただし空からの攻撃は有効で、昨年は空軍がダムを爆撃して、一〇ヤード（約九メートル）にも及ぶ高さの水の壁が近隣の地域を水攻めにし、大勢が溺死した。その後も冬にかけて空爆が続き、ドルトムントやケルン、大学都市のボンも燃えたという。

　そしてついに三月七日、地上部隊がライン川を渡河した。敵の爆破工作に遭いつつもレマーゲン鉄橋を渡りきった第九機甲師団は、別ルートから進軍していた他の機甲師団と合流、現在はルール地方の都市、ケルンからボンまで到達している。

　噂ではなく、本当に欧州戦線の終戦が見えはじめていた。

「今回の作戦ではルール地方の北西部、ヴェーゼル近郊に降下する。英コマンド第一部隊がライン川を渡河し、ドイツ第二軍の側面を同時攻撃する」

　しかし結局出撃は中止、僕らの代わりに第一七空挺師団が参加することになった。戦況も終盤となり、他の隊にも経験を積ませたいという。

　降下がお預けになった僕らは、再び基礎訓練にとりかかった。行軍や筋力トレーニング、ライフルを解体して磨き、錆《さ》びや汚れの点検。仲間たちの顔は一様に退屈していた。戦いに出たくてうずうずしているのは僕も同じだ。

　上映会の映画は台詞を丸暗記するほど見飽きたし、娯楽といえるものは女遊びか、ダーツ、カードゲーム、それか配給される軍隊文庫くらいだった。コンドームをポケットに入れて仲間の後に続き、慰安婦たちを訪ねてみたけれど、気が滅入るばかりで楽しくはない。カードもダーツも飽きてとうとう軍隊文庫に手を出し、一文字ずつ追いながらではあるけれど、小説を読むようになった。

　戦うわけでも休暇がもらえるわけでもなく、まるで鎖につながれた犬のように基地から出られない演習続きの日々に、僕らは退屈しきっていた。おまけに、陸軍士官学校《ウェスト・ポイント》出の若い将校が経験を積んで昇級するためにやってきて、偉そうに金切り声で号令をかけるものだから、苛立つのも仕様がない。

　不満が噴出した結果、とうとう上層部も折れた。溜まっていた三ヶ月分の給料の支払いと、各中隊から抽選で一名にだけ、アメリカ本国での休暇が与えられることになった。

　隊員は正装して付近のバーに集まった。アレン少尉や下士官たちが箱の中にクジの紙を入れていくのを、僕はジンジャー・エールを飲みながら眺めた。穏やかな電球に照らされたバーは全体的に赤茶けた色合いをして、葉巻や煙草の煙で霞《かす》んでいる。

「悪いが、古参だけが対象だからな」

　にやにや笑い、新参兵を小突く古参兵も、軍規違反や問題を起こしたことが一度でもあれば対象外となる。テーブルの上のリストには幸い僕の名前もあったが、なぜかダンヒルのはなかった。G中隊に編入されたのはDデイ後だが、先遣《せんけん》部隊として参戦はしている。

「何か違反でもしたんじゃないのか？」

「心当たりはないが」

　ウイスキーのグラスを傾けていたダンヒルは、大きな手を伸ばしてリストをぐしゃりと丸めた。その横顔は暗く、どことなく怒っているような気がする。普段はあまり休暇を待望する様子は見せないのに、これほど不機嫌になるのも珍しい。

「じゃあ僕も辞退するよ。少尉のところに行ってくる」

　万が一僕が当選したら、ダンヒルはひとりだけで新米のコックの面倒をみることになる。さすがにそれは荷が重いだろうし、今は故郷の土を踏みたくない。僕はソファから立ち上がってカウンターのそばのアレン少尉のところまで歩いて行った。結局当選したのは、オランダで負傷した後に戦線復帰したアンディだった。

　通信部から手紙が届くと、耳を澄まして自分の名前が呼ばれるのを待つ。たまに声がかかれば緊張しつつ受け取るが、決まって家族からか、テレーズ・ジャクスンによるロッテとテオの近況報告だった。イギリスは混乱状態で、ドクター・ブロッコリーの夫人ともまだ連絡が取れていないという。ロッテとテオはビザが下りて渡米できるまで、彼女が暮らすサウサンプトン近郊のアパートに住まわせているらしい。

　子供たちが無事なのは嬉しいが、僕はずっと他の手紙を待っていた。ディエゴが入院しているはずの病院からの手紙だ——あの日、ディエゴは突き飛ばされたおかげで軽傷で済んだ。しかし心はもうダメだった。ひび割れをかろうじて修繕した直後に、友人を目の前で失ったディエゴは、ベッドから起き上がれなくなってしまった。あれからもう三ヶ月が経つのに、いまだに梨の礫《つぶて》だ。

また朝が来て、昼になり、演習がはじまる。

上着を腰に巻いてオリーブ色のシャツ一枚になり、グラウンドを走って汗を掻いていると、低く唸る、懐かしいエンジンの重奏が聞こえてきた。隣のダンヒルが「ああ」と呟いて上空を指さす。

春めく淡い色の青空を、C47輸送機の大群とグライダーが飛んでいく。たぶん、僕らの代わりに出撃する第一七空挺師団の連中が乗っているのだろう。いつの間にかみんなも立ち止まり、手で目庇《まびさし》をしつつ、雁《かり》の群れのごとく整然と隊列を組む翼を仰いだ。

「……いいなあ。俺も連れて行ってくれよ」

誰かのひとり言は、僕の心境そのものだった。たぶん他のみんなも大なり小なり同じ思いを抱いていただろう。あれだけ仲間を失ってもなお、戦場へ帰りたいのだ。まるでピクニックに行くのに置いてきぼりにされた子供の気分で。

輸送機の床から伝わる振動、降下サインのランプが緑に変わり、宙へ身を投げる。緊張は血液と共に全身を駆け抜け、突然すべてが、薄い膜を剥いだようにはっきりと見える。手に馴染んだ引き金の感触、呼吸すら忘れて集中し、体の隅々、毛の一本までぴんと張り詰める。

野や家々、生き物たちを焼き払う砲火は恐ろしくも壮麗で、ソドムとゴモラを焼いた神の御業《みわざ》が、目の前で再現されているような錯覚に陥った。後にどれほど惨《むご》い事態を率いようと、戦火は身震いするほど美しい。たとえこのまま死んでも、気持ちよく逝けるのではとさえ思う。

興奮はまがいものだとわかっている。しかし今や僕らの大勢が、すでに、あの喩えようもない恐怖と快感と疲労の中毒になっていた。躊躇《ためら》いも喪失のつらさも忘れられる、極度の緊張が恋しかった。

「貴様ら！　誰が休んでいいと言った！」

まだ死体すら見たことがないくせに、新任の若い教官が、髭もクマもない、つるんとした顔を真っ赤にして怒鳴っている。みんなの間にせせら笑いが泡のように広がり、互いに目配せをしながら再び走り出した。グラウンドのカーブを曲がったところで、誰かが軍靴のリズムに合わせて歌う。

「あいつは新兵　びびってた　装備は念入り　パック

締め　輸送機エンジン聞いている　でももう二度と飛べない」

『リパブリック賛歌』の替え歌で、『空挺兵賛歌』と呼ばれている。新米教官が甲高い声でまだ何か言っているけれど、戦ってもいない奴の声なんか耳に入らない。僕らはにやっと笑い、続けて合唱する。

「血まみれ　大した死に様《ざま》だ　血まみれ　大した死に様だ　血まみれ　大した死に様だ　でももう二度と飛べない」

その日、第一七空挺師団が参加した作戦は成功した。昨年九月に僕らが戦ったオランダでのマーケット・ガーデン作戦の苦闘が嘘のように、ドイツ軍の抵抗は少なく、たった三日でライン川を渡って残りの橋梁頭《きょうりょうとう》を確保、ルール地方へ入った。

連合軍は西から、そしてスターリンのソビエト軍が東から、ドイツ国内へなだれ込んだ。降伏したドイツ兵が収容所までの黒い列を作る。アメリカ軍やイギリス軍の旗があちこちの瓦礫に翻《ひるがえ》った。

ナチスはもう虫の息だ。

みんな口には出さずとも、心の中では思っていたはずだ——困ったぞ、どうやら死なずに帰還できちまいそうだ。つまり戦後の世界は自分とも関係があるということになる。

さて、どうやって生きる？　これだけ巨大な動乱が起きた後、世界はどこへ転がっていくのか？　日々の平凡な暮らしに戻っていけるのだろうか？

憎しみの渦も、飢えに苦しむ顔も、友人の死も見て、僕ら自身の手は血で汚れ、殺し尽くしておいて。


ようやく僕らがルール地方に入ったのは四月はじめのこと。それから数日後の十二日、フランクリン・ルーズベルト大統領が脳卒中で亡くなり、副大統領だったハリー・S・トルーマンが後釜についた。

破れかかったツイードのベストを着た少年が、僕の前に立った。花模様の欠けた皿を両手で包むように持ち、躊躇いがちに差し出す。翡翠《ひすい》のように透き通った緑の瞳と目が合うと、少年ははにかんでうつむいた。

ここはドイツ西部、ドルマーゲンの難民キャンプだ。ルール工業地帯をライン川沿いに南下し、デュッセルドルフとケルンの中間地点にあたる。

皿に煮込んだじゃがいもと牛肉の端切れをよそって

やると、少年はドイツ語訛《なま》りで「サンキュー」と礼を言い、折れそうなほど細い足で草むらを歩いて行った。次は黒い布で頬被りした老婆、その次は中年の婦人。婦人は以前それなりに裕福だったのか、仕立てのよいコートを着て、決して僕らの顔を見ない。

難民はほとんどが、連合軍による空襲で焼け出された民間人だ。

来る途中、連合軍による攻撃を食らい、水や炎や熱風で倒壊し、荒廃した町と村をいくつも見た。ずっと前に燃えた町は少しずつ復興が進んでいたが、この冬に焼夷弾を落とされたばかりの町では、子供や動物の、生焼けの腐乱死体がまだ残っていた。道を歩けば、斜面の下を流れる小川に上半身を突っ込んだ骸《むくろ》にいくつも出くわす。決まって蠅が飛び回り、カラスが露わになったふくらはぎをついばんでいた。崩れた軍需工場の下には大勢の女の死体が発見されたが、ほとんどがポーランドやウクライナから連れてこられた、強制労働者だったという。

撃墜された連合軍の戦闘機の残骸もいたるところにあった。傍らに横たわる兵士の亡骸《なきがら》は焼死体だけではない。ぼこぼこに殴られた合衆国兵の撲殺死体もあった。きっと墜落した後で、地元民による私刑に遭ったのだろう。G中隊の一部の連中は、どこの誰がやったのかと憤《いきどお》り、ドイツ人を見るなり手当たり次第に暴力を振るった。

ドイツ国民同士の殺し合いも至る所で起きていた。野良着姿の男がロープで吊られ、重力で恐ろしく伸びた首にはドイツ語で殴り書きした板がぶら下がっている。通訳いわく、〝総統のために戦わなかった背信者、非国民〟と書いてあるらしい。その足下の木陰には、弾痕で穴だらけになった子供と思われる小さな肉塊があり、風が吹くたび洋服らしき桃色の布がそよいだ。

「SSか狂信者たちの仕業だろう。先月ヒトラーが全国民に、突撃隊への強制入隊と焦土命令を下したそうだ。〝死なばもろとも〟ってわけさ。あの男は本物の狂った暴君だよ」

アレン小隊長が吐き捨てるように言い、煙草の吸い殻を踏みつぶした。

難民キャンプがある野原の周囲には、荷車や農業用の馬車が停まっていたが、馬はほとんど見なかった。家畜は燃えるか食べられるかしてしまったらしい。着の身着のままといった風情でスープを食べている人々は、膝を抱えて縮こまり、一様に疲れて見える。それでも混乱は少なく、彼らは毅然としていた。

「何だと、この女！　俺の仲間を侮辱しやがって！」

鋭い罵声《ばせい》に振り返ると、スミスが赤いワンピース姿の女を殴りつけていた。女の傍らには初老の男が仰向けに倒れている。白髪頭から鮮血がにじんでいた。その様子を、スミスの取り巻きたちが煙草を吸いながら眺めている。地べたにくずおれた若い女に唾を吐きかけ、スミスは立ち去った。その後を取り巻きたちが追う。

赤いワンピースの女は細い腕を伸ばし、先に倒れていた初老の男を揺さぶっている。女の鼻から鮮血が溢れて、もつれた金色の髪に滴った。そこに近づいていったのはワインバーガーだった。助け起こそうとするワインバーガーの手を、女は乱暴に撥《は》ねのけ、嗚咽《おえつ》を漏らしながら倒れた男に縋《すが》った。

「コールさん、この鍋はどうしたら？」

新米コックに声をかけられ、僕はワインバーガーに背中を向けた。

最近は難民たちが手伝ってくれるので、コックの仕事があまりない。オリーブ色のテントを張った野戦炊事場に鍋を戻しに行くと、きりりと髪を結い上げた女たちが、腕まくりをして食器類を洗っていた。裏庭には製パン中隊のかまど車が停まっており、汗みずくの隊員が焼き上がったばかりのパンを運んでいる——難民に与えるパンだ。たとえ混合小麦でも飢えた子供たちにとっては芳《かぐわ》しいのか、木の陰から作業をじっと見つめていた。

どこもかしこも混沌としている。

元の道を引き返していると、いつだったか連隊の厨《ちゅう》房《ぼう》で見た覚えのある古参のコックがふたり、両手に大きな帆布袋を持ち、あちこち視線を飛ばして警戒しながら、一軒の家に姿を消した。町外れにある焼け残った大きな邸宅で、たしか連隊幕僚の宿舎になっているはずだ。

あの様子だと、手に持っていた袋の中身はおそらく、正規に入手したものではないだろう。近頃は横流しがはびこっていた。関わっているのはコックだけじゃない。船からの荷揚げを受け持つ港湾担当官にはじまり、仕分けをするたびに良い品が抜き取られて、末端はくず品ばかりを摑まされている。

そういえば先月、死んだオハラの上官だった補給中隊長から、そんな話があった気がした。けれどもう面倒ごとはごめんだ。僕は素通りしてキャンプへ戻った。

同じ日の午後遅く、雲間から斜陽が差す野原に、十数人の影が現れた。

たまたま野に出ていた赤ら顔の農民が気づき、両腕を振り回しつつ大声を張り上げ、僕らを呼んだ。近くにいたのは僕ら第二小隊で、全員ライフルを手に駆けだした。敵の残党かと思ったのだ。

しかし予想は外れた。斜面を登ってライフルを向けると、逆光で顔が見えない人物たちは両手を挙げた。何人かはその場でうずくまったり、倒れたりしている。そして先頭の男が「撃たないでくれ、敵じゃない！」と英語で叫んだ。

人影の正体は大人の男と、明らかに未成年の青少年たち、併せて十五名だった。全員泥と垢《あか》で汚れ、緑だか茶色だか判然としない、民間人の服を着ている。しかしそんななりでも、青少年たちは雰囲気がどこか違った。全員肌の色が抜けるように白く、目つきがしっかりとして瞳の奥には意思があり、振る舞いに品がある。いかにも育ちが良さそうだ。

大人の男たちの多くは疲弊しきり、倒れたまま意識を失った者もいた。体中に傷や痣《あざ》がある。両手首に輪の痣を見つけたアレン小隊長は、「捕虜か？」と呟いた。スミスとマルティニが衛生兵と憲兵、そして中隊長を呼ぶために斜面を駆け戻る。

何が起こったのか、最初に「撃たないでくれ」と叫んだ男に事情を訊いた。

「私たちはドイツ軍の捕虜でした。私は合衆国陸軍の従軍牧師で、あそこにいるのは同じ部隊の軍医です。他にはイギリス兵とカナダ兵も。途中で出会ったウクライナ人もいますが、彼の妻は二日前に死にましたた──地雷を踏んでしまったんです」

「脱獄してきたということか？」

「いえ……混乱に乗じて逃れてきたのです。我々の収容所は看守たちの手で破壊され、大勢が撃たれるか火炎放射器で殺されました。きっと逃げる前に処分しようとしたのでしょう」

従軍牧師だと自称する男は、小柄で、レンズがほとんど割れたメガネをかけていた。年齢は四十代ほどだろうか、禿頭は日に焼け、こめかみから後頭部にかけてのみ半白の髪が生えている。かなり疲れているようだが、認識票《ドッグ・タグ》も身分証も持っていないので、これから憲兵に預けなければならないだろう。

「あの子供たちは誰だ？」

アレン少尉が親指で青少年たちを指す。所在なさげに突っ立って、駆けつけた衛生兵たちが大人の治療にあたるのを眺めている。こうして見ると、全員が似たような見た目をしていることに違和感を覚える。北欧人のように色が白く、横顔に奥行きがあり、背も高い。中には少女もいた。

「ああ……彼らはヒトラー・ユーゲントです」

確かに言われてみれば、あの容姿はアーリア人的だ。白い肌に金色の髪、後頭部は緩やかにカーブを描いている。ナチスの教育をたたき込まれた子供たちが、なぜ脱走した敵の捕虜たちと一緒に行動しているのだろう。

「何だと？　〝ヒトラーの子供たち〟か？」

スミスがサブマシンガンを肩から下ろし、構えようとする。禿頭の自称牧師は慌てて、銃口を下げるように訴えた。

「ええ、確かにそうでした。しかし殺さないでやって下さい、あの子たちはもう狂信者じゃありません。親兄弟を失い、国民突撃隊への強制入隊を拒んだのです」

僕らは互いに顔を見合わせた。アレン少尉も眉間に深く皺《しわ》を寄せ、判断しかねている様子だった。結局憲兵にすべて任せることになり、子供たちは所持品の調査をされた後、連行された。

「ところでどこから来た？」

「東部です。ベルリン近くの」

「直線距離でも三〇〇マイル（約五〇〇キロメートル）はあるぞ。まさか徒歩か？」

すると従軍牧師を名乗る男は苦笑して首を振った。

「途中で車を盗みましたが、結局歩きました。普通の道はドイツ兵がまだうろうろしていまして、車はほとんど役に立たなかったのです。でも徒歩ならば森も進めますし」

「しかしなぜわざわざここまで？　赤軍に降伏しなかったのか？」

情報では、東部戦線を破ったソ連の赤軍が、東欧からポーランドを突き進み、ついにベルリンに入ったと聞いている。少尉の質問に、男は充血した目を掻きむしってから答えた。その爪は垢と泥で真っ黒に汚れている。

「……赤軍の前に出れば殺されるからです。ユーゲントの子供たちだけじゃない、我々だって連合軍だと証明できなければやられてしまう。それも惨いやり方でね。女性はたとえ幼い少女であっても強姦される。指導者スターリンはドイツ人を殲滅《せんめつ》しろと煽っているんですよ、戦闘や飢餓で死んだ数千万の国民の代償を払わせるためだと」

「数千万？　まさか」

マルティニが肩をすくめた。そもそもスターリンという男自体が胡散《うさん》臭いのだ、彼にまつわる情報をどこまで信用したらいいものかわからない。しかし牧師を名乗る男は、ソ連や東欧の飢餓は事実だと話した。

「我々のいた収容所の隣には、ソビエト人捕虜の収容所もありました。ナチスの看守が笑っていましたよ、奴らは飢えすぎて、牢内で死者が出ても埋葬しない、食べるために取っておくんだと。しかし看守たちが逃げた後の捕虜の表情ときたら……憤怒と憎悪と飢えに満ちて、逃げ遅れた看守の頭を潰していましたよ」

ドクター・ブロッコリーは以前、この戦争は食糧をめぐる戦いだと話していた。ドイツ第三帝国を広めるための生存圏拡大。肥沃な国土を持つウクライナへ侵攻し、略奪したのは食糧事情によるものだという。

「英語が話せる赤軍兵がいましてね、レニングラードの包囲戦について話してくれました。備蓄食糧が尽きた後は街から何日もの間、食べ物が消え、配給もなく、動物はもとより人肉食も横行したそうです。生きている方が不思議な状況だとか」

男は激しく咳き込み、痰《たん》を吐いた。緑の草むらに飛んだ痰には鮮血がにじんでいる。

「軍医を呼ぼう」

アレン少尉が片手を挙げ、軍医に合図をした。歩けない者の治療にあたっている軍医はこちらになかなか気づかない。男は息を切らしながらも顎についた痰を袖口でぬぐった。

「……だから赤軍の前に出るよりは、長い距離を歩いてでもこちらに向かおうと。奴らはもうエルベ川には達している」

「あんなガキども、殺されればいいんだ」

スミスは嚙みつくように言って、土に唾を吐いた。

他の面々もどう反応したら良いのかわかりかねた表情をしている。少なくとも僕は混乱していた。スミスのように、ナチス支持者など赤軍に惨殺されればいい、当然の報いだと思いたい気持ちと、僕らを頼ってきた人間を邪険にしていいのか、という気持ちと。

ふいに、いつだったか言われた言葉を思い出した。

――その時、お前はたぶん傷つくだろう。俺を責めたい気持ちと、味方したい気持ちがせめぎ合って、ぼろぼろになる。

「おい、キッド。キャンプに戻るぞ」

スミスに肩を叩かれて我に返ると、みんな歩いて行くところだった。なかなか来ない軍医をワインバーガが呼び、アレン少尉は中隊長に報告をしている。自分で自分の両頬を叩いて気を取り直し、雑嚢を背負い直す。振り返ると、従軍牧師を名乗る男はまだ草むらに座っていて、ダンヒルが水筒の水を飲ませていた。

「ダンヒル、行こう」

しかしダンヒルはなかなか立ち上がろうとしない。男の顎に滴った水をぬぐう仕草までしている。それに、落ち着きを取り戻して顔色に赤みが差しつつある男と反対に、ダンヒルの横顔は妙に青白い。仕方なく迎えに行って肩を摑む。

「どうしたんだよ」

「……ご友人でもおられるのかな？」

「えっ？」

男の言葉に耳を疑ったが、僕ではなく、ダンヒルに話しかけているらしい。ぎこちない笑みを浮かべて割れたメガネを押しあげる。背後に立ったせいでダンヒルの表情は窺《うかが》えないけれど、返答の声は震えていた。

「開戦前に友人だった家族が、ザクセン州（ドイツ東部にあるチェコとポーランドに接する州）に住んでいます」

「ザクセン州……安全ではないでしょう。ドレスデンとライプツィヒは空襲に遭いましたし。しかし赤軍といっても色々です。山賊上がりの無法者から、秩序を重んじる農民、礼儀正しい軍人もいれば殺戮者の将校もいる。私が逃げる間際に目撃した赤軍のひとりは、若い女性を強姦した後、別の女性が路肩で死んでいるのを見て、祈りを捧げていました。不思議な連中です」

その時ワインバーガーに呼ばれた軍医と衛生兵が駆けつけて、僕も男の小鳥のように軽い体を支えるのを手伝い、担架に乗せた。

人影が救護テントへ向かって遠くなる。

「さあ、今度こそ行こうぜ」

しかしダンヒルは草むらに膝をついたままうなだれ

ている。膝を摑む手に力が入り、甲が白く、震えていた。

その様子を見て僕の頭にひとつの考えが浮かんだ。その考えは閃《ひらめ》くなり、あっという間にはっきりとした輪郭を持った。これまでの出来事が、まるでパズルのピースのように繋がる。

バストーニュで聞いたあの予告は、あいつ自身のことではなかった。ダンヒルの話をしていたんだ。


夜が来た。食事の後すぐにドルマーゲンの町へ戻り、兵舎代わりの民家に入った。ベッドはなくかび臭い絨毯に毛布を敷いただけの寝床、大の男ふたりがやっと横たわれる程度の狭い部屋だ。

燭台《しょくだい》に火を灯し、薄汚れた毛布に腰掛けると、自然に溜息が漏れる。僕は水筒に口をつけてのどを湿らせ訪問者を待った。やがて十分ほど経過した頃ドアが叩かれた。

「呼んだか、コール」

返事をしないでいると、躊躇いがちにドアがゆっくりと開き、ダンヒルの長く大きな影が床に伸びた。

「……座れよ」

はやる気持ちを抑えつつ促《うなが》したものの、僕の緊張を察したのかダンヒルはしばらく戸口に立って動かない。

「早く」

もう一度、今度はかなり苛ついて急かすと、ようやく奴はドアを閉め、のっそりした動きで部屋に入った。対面の毛布にあぐらをかくのを待ち、深く息を吸って、僕がたどり着いた結論から切り出した。

「お前、ドイツ人だろ」

蠟燭の火に照らされたダンヒルの瞳が揺れる。口を開け、いかり肩を上下させ、見ているだけでも心拍数が上がっているのはわかった。

「違う、俺は」

「否定するな」

言葉を覆いかぶせて黙らせる。

「もうわかったんだよ。紛れ込んだんだろ？　あの時、フランスで」

なぜ気づかなかったんだろう？　僕は自分で自分を殴りたかった。こいつはあんなにドイツの童話に詳しかったじゃないか。家族思いな素振りを見せる割に手紙は一通も来ていなかったし、ドイツ軍の糧食缶《レーション》の温め方も知っていた。それに見れば見るほど、散々目にしてきた敵兵に顔が似ている。確かにアメリカにはドイツ系が多いから、取り立てて気に留めなかったという言い訳もできるが、僕はもっと早く気づくべきだった。

おそらくすべては、ノルマンディーで降下した後、フランスのアンゴヴィル＝オ＝プランの教会ではじまったのだ。ふたりの衛生兵が爆撃の最中、アメリカ兵もドイツ兵も一緒に介抱したというあの夜、教会で。衛生兵たちの言葉を思い出す。

――ドイツ人は夜のうちにここから出て裏口で死んでいた。

――あれ……誰かここにいた患者を動かしたか？

オランダで出会った謎と似ている。着ていた服と坊主頭のせいで、ヤンセン氏の娘を男だと信じて疑わなかった。あれと原理は同じだったのだ。

「Dデイの対空砲火と空襲で、あのあたりはどこもかしこも混乱状態だった。蠟燭もろくに灯せない状況で視界も悪かったんだろ。お前はそこで、瀕死の重傷を負った僕らの仲間に目を付けた」

あの時は軽傷者や民間人が衛生兵を手伝っていたという。爆音が轟《とどろ》く暗闇の、大勢の負傷者が集まった中、誰かが誰かを運び出したところで、訝《いぶか》しまれることはなかった。

「そのアメリカ兵をひと気のない裏口まで連れ出し、服を交換した」

応急処置は通常、着衣のまま前だけ開いて行われる。ひとりでも脱がせやすく、また自身が負傷しているのなら、完全装備でなくとも怪しまれることはない。ヘルメットも雑嚢も武器さえも持っていなかったのは、おそらくそのせいだ。

「たぶんそいつこそ、本物のフィリップ・ダンヒルだったんだ。死んでしまったけれど」

誰が味方で誰が敵で、死んでいるか生きているかさえ区別がつきにくいこの戦火の下では、衣服で誤魔化すのが最も手っ取り早い偽装になる。とりわけ降下直後のノルマンディーでは、行方不明者や、散り散りになったまま近くの部隊に合流し、そのまま転属する事態が続出した。

奴は反論しなかった。橙《だいだい》色の蠟燭の火に浮かび上がった顔は、疲れ果て、皺が深くなったように見える。落ちくぼんだ目の周りには濃い影ができていた。ドアの外を誰かが陽気な口笛を吹きながら通り過ぎる。密かに非常事態が起きているなんて気づきもしないで。

「話せよ。お前は一体誰なんだ？」

ずっとダンヒルだと思われ、思わせてきた男は、視線を落としたまま、静かに名乗った。

「……本当の名はゾマーだ。クラウス・ゾマー。だが俺は、アメリカ人だ」

僕はかっとなって立ち上がった。

「いい加減にしろよ！　まだ白を切るつもりか！」

「違うんだ、落ち着いてくれ。頼むから……生まれ育ったのは本当に合衆国なんだ。だから英語もすらすら話せているだろう」

確かにそれはそのとおりだ。今だってこのフランケンシュタインの怪物面を殴ってやりたいが、仕方なく、奥歯を食いしばってもう一度床に腰を下ろす。ダンヒル、もといクラウス・ゾマーは大きな両手で厳《いか》つい顔を覆い、ゆっくりと撫でた。

「一九三九年のはじめまで、両親とともにノースカロライナ州で農業をしていた。だがヒトラーが政権を取った後、故郷へ戻った。祖母に呼ばれてな……いつだったかお前に話しただろう、あの厳格な祖母だ」

「タコツボで聞いた話か？」

「そうだ。俺は去年のあの六月、国防軍の第六降下猟兵連隊にいて、ノルマンディーでお前たちを迎え撃った」

「第六……？　じゃあつまりヴェーデマイヤー少佐は」

「俺の上官だ」

そうだ、確か少佐はこいつに「戦争が終わったらどうするのか」と尋ねた時、なぜか訝しげな、驚いたような表情を浮かべたのだ。無性におかしくなって笑ってしまった。僕はこいつを信じ切っていたのに。悔しくて情けなくて涙まで出てきた。

「お前、やっぱりスパイだったのか」

「違う！」

「嘘をつくなよ！」

もう何の弁解も聞きたくなかった。胸倉を摑んで揺さぶり、言葉をぶちまける。

「スパイじゃなかったら、なぜ少佐はあの場でお前はかつての部下だと暴かなかった？　裏切り者を殺さなかった？　これこそお前が任務をこなしていると思った証拠だろ」

目の前に迫った奴の瞳に僕が映る。互いに目を逸らさず、相手を睨み続けた。クラウス・ゾマーはまるで僕の方が間違っているとでも言いたげに、にやりと笑った。

「……俺がスパイだって？　このままごと野郎」

その顔からは怯えや動揺が消えている。てっきり折れるとばかり思っていた僕は面食らって、ついクラウス・ゾマーにしゃべる機会を与えてしまった。

「俺がスパイだったら、うんざりするだろうな。今日の夕飯は何だとか、糧食《レーション》が足りないとか、おやつにスポンジケーキが出たとか、探偵小説まがいの謎解きだとか……そんな程度の低い情報しか入手できないお前らと、いつまでも友達ごっこなんかしているわけがないだろう。さっさと別の仲間とつるんで、もっと有益な情報を得に行くさ」

ゾマーの大きな手のひらが僕の手首を摑む。

「思い出せよ。俺がお前ら以外とつるんでいたか？　不審な行動をとったか？　ノーだ。いつだってお前らと一緒に動いた。お前と、ディエゴ、そしてグリーンバーグと」

僕は奴の手を払い、胸倉を放した。いつの間にか額から汗がじっとりと流れ、目の横を伝い落ちる。窓の外では酔っ払いたちがわめき、調子外れの歌が遠ざかっていった。腰にぶら下げている水筒を取って一気に水を飲み干す——少し頭から血が下がったようだ。

「お前らと四六時中いたのは、合衆国側からもドイツ側からも目をつけられたくなかったからだ。コックは名誉とは無縁の日陰の仕事だろう。だからドイツの報復を恐れた俺は潜《もぐ》り込んだ」

「報復だって？」

「スパイなんかじゃない、逆さ、コール。俺は生き延びるためだけにドイツ軍から逃げた」

燭台の蠟燭が尽きかけ、クラウス・ゾマーが新しいものと交換する。太い割に器用な指がマッチを擦るところを見ながら、僕は壁にもたれかかった。

溜息が出てしまう。両手で顔をこすり、頭の中に散らばった色々なものを整理しようとした。けれど、まるでトランプの塔みたいに、組み上げた瞬間からばらばらと崩れていく。何よりも僕自身の矛盾する感情が邪魔をした。こいつを許したい気持ちと疑う気持ちが混在して、心にかかった霞《かすみ》をより濃く、深くする。

冷静になろう。ゾマーの言い分が正しいと仮定して、おかしいところはないだろうか。どこかに矛盾は、違和はあっただろうか。

「ひとつ教えてくれ。ヴェーデマイヤー少佐はなぜお前を見逃した？　寝返った裏切り者を罰する機会をなぜ放棄したんだ」

しかし奴もまたその答えを探しているのだと言った。

「正直、俺も少佐が何を考えていたのかわからない。実のところ、小隊長から声がかかった時点で腹を括《くく》っていたんだ。でも少佐は『幸運を』と呟いただけだった」

「他の負傷兵も都合良く黙っててくれたってか？」

「その理由は簡単だ。俺の顔を知っている奴は、もう誰ひとり残っていなかったからな」

ここが戦場でなければ「そんな都合のいい話があるか」と鼻であしらったかもしれない。けれど僕は奴の言い分を信じた。悪い冗談みたいに呆気なく死んでいく仲間たち――奴の淡々とした口調の裏側に、僕も今はよく知っている絶望を感じる。どこにでもあるマンホールの穴から、下を流れる黒々としたどぶ川の臭気を嗅ぎとるように。

「もういい」

僕は、こいつはスパイではないと判断することにした。

「わかったから、話を元に戻そう。教えてくれ。フランスで何があったんだ？」

「……俺はアンゴヴィル＝オ＝プランの村の近くで負傷し、隊とはぐれた。だがアメリカのふたりの衛生兵に助けられ、教会で治療を受け、生き延びた。あとはコール、お前の推理どおりだ。空襲は激しく、教会内は大混乱だった。暗くて視界も悪い。俺は咄嗟《とっさ》に隣で死んだアメリカ兵を裏口まで運び、野戦服を交換して認識票《ドッグ・タグ》を奪い、逃げた。認識票《ドッグ・タグ》は万一のために、血液型のところだけ潰しておいた」

確かにアンゴヴィル＝オ＝プランの民家でこいつの認識票《ドッグ・タグ》を見た時、一部が読めなくなっていた。夜陰に風がひょうと唸り、窓ガラスが小刻みに揺れた。

「そもそも、何で入れ替わろうとしたんだよ？」

「ドイツは負けると思ったからだ。それに捕虜になれば、生きて家族の元へ帰れるかわからない」

ゾマーはそう言って、野球のグローブほどもある大きな手のひらを、ゆっくりこすり合わせた。

「戦闘経験は浅くとも、物資が豊富な合衆国軍がヨーロッパに上陸したら、後がない。みんな認めたがらなかったが、ドイツは長い戦いで疲弊していた。フランスを奪われるのは目に見えている。だが司令部は絶対に退却するなと命じ、もし戻ったら処刑するとまで言った」

敵の話ながら僕は眉をひそめた。身勝手な敵前逃亡は処刑ものだが戦略的敗退は悪いことではない。生きながらえて態勢を整え、再び反撃に出た方がいいこともある。敗退するくらいなら死ねと強要するのは、貴重な戦力の無駄遣いになり、結局採算が合わない。

「だがヴェーデマイヤー少佐は変わった人だった。完全に包囲される前に退却するべきだという考えで、部隊に引き揚げろと命令した。でもちょうど爆撃があって俺は負傷し、みんなとはぐれた。隊の多くはカランタンで死んだよ。お前らはよく知っているだろうが」

ああ、そうか、そうなのか。僕は奇妙な縁を感じた。アンゴヴィル＝オ＝プランを後にした僕らは、ノルマンディー地方の街カランタンで、第六降下猟兵連隊をはじめとするドイツ軍と戦い、勝利した。ゾマーの仲間は僕らが殺したと言ってもいい……つまり、歯車が少しでもずれていたら、僕がこいつの息の根を止めていたかもしれず、その逆もあったかもしれないのだ。ゾマーはようやく腑に落ちたようにひとりで頷いている。

「少佐は無駄死にが嫌いだったんだ。だから俺を見逃したのかもしれない」

「でもお前はそんな上官と仲間を見捨てた、だろ？」

「そのとおりだ」

「疑いもせず仲間だと信じる僕らを、陰で嘲笑《あざわら》っていたんじゃないのか？」

「違う。俺はとても楽しかった。相応《ふさわ》しくない言葉かもしれないが……しかしお前たちといられて本当に楽しかったんだよ」

まともに顔が見られず、揺れる蠟燭の火に視線を落としたまま、袖口で濡れた頰をぬぐった。すっかり冷たくなった指に息を吐きかけ、ふと思いついて、曲げた中指の爪を前歯で何回か噛んでみる。苦くてしょっぱい味が舌先に触れた。するとゾマーがふっと笑った。

「何？」

「いや。その爪を嚙む癖、あいつが考え事をしている時の癖だ」

「ああ……そうだったね」

指を口から離し、ズボンで唾液をぬぐう。僕は、こいつがドイツ人だと知ってから、ずっと訊きたかったことを尋ねた。

「お前はヒトラーの支持者じゃなかったのか？」

ナチス――ヒムラーやハイドリヒは世界を、アーリア人などの優等人種《ユーバーメンシュ》と、ユダヤ人などの劣等人種《ウンターメンシュ》に分け、ヒトラーを絶対権力者とし、優等人種のみが平穏に生存する帝国を築こうとしていた。ゾマーが支持者ならば、人種が混合している合衆国軍を嫌悪しなかったのだろうかという、素朴な疑問があった。ゾマーは少し間を置いてから、答えた。

「祖母に呼ばれて戻った時、ドイツは確かにヒトラーに傾倒していた。正直、俺はそのことについて深く考えなかった。オーストリアやポーランドを取り戻すという党の方針に反対する理由もなかった。二十年前まではドイツの領土だったしな」

秀でた額を親指で掻きながら、躊躇いがちに、言葉を選んでいるように話す。

「実のところ、支持者でなかったと言えば嘘になる」

できれば聞きたくなかった言葉に心臓が大きく一度跳ね、またすぐに落ち着く。

「俺と両親は肩身が狭かった。アメリカ帰りの人間は英語を話すというだけで侮《あなど》られ、偏見に満ちた目で見られたんだ。祖母の口利きがなければ、外国人であることを示す印をつけさせられていただろう。しかしそれでも秘密警察《ゲシュタポ》は毎日のように訪ねてくる。ヒトラーの肖像画を掲げて、体制に従順であると示す他なかった」

ゾマーはゆっくりと両の手のひらをこすり合わせた。

「空襲警報が鳴っても、外国人は地下の防空壕へ入ることすら許されない。その辺の民家の一階や二階で震えながら、爆撃が終わるのをただ待つんだ。それで俺は、家族が無事にドイツ人用のちゃんとした防空壕へ入れるよう、軍に入隊したんだ」

静かな低い声に耳を傾けながら、僕は膝を強く抱きかかえる。少し寒い。

「一番恐ろしかったのは、周りの一般人だったよ。近隣に住んでいたユダヤ人や、少しでも体制に文句を言った者、ラジオの外国放送を聞いた者などが密告されて、ゲシュタポに連れて行かれた。中には、ただ気にくわないから、恨みを晴らしたいからというだけの理由で濡れ衣を着せられ、そのまま戻らない人もいる」

ゾマーが深々とついた溜息に、蠟燭の火が揺らぎ、灯心の焦げる音がした。

「……ユダヤ人強制居住区《ゲットー》へ連行されたユダヤ人がどうなったのか、みんな知らない。ダビデの星をつけた彼らが追い立てられるように列車に乗った後は、プロパガンダどおり、住まいを区別するだけで普通に労働していると信じていた」

何かを思い出しているかのように天井を見上げ、ゾマーはゆっくりと首を振る。

「軍に入隊する前、俺はある印刷工場で働いていた。同僚にユダヤ人が何人かいたよ。だが、ある日突然全員が姿を消してしまった。数日後、ゲットーへ入ったという手紙が工場に届いたよ。しばらくはゲットーとは郵便で繋がっていたから。しかし俺が軍に入った頃、それも途絶えてなくなった」

「……死んだのか？」

「わからない。ただ、強制労働の後に地獄が待っているという噂は流れていた。けれどそれは敵の、連合軍によるデマだと考える人が多かった。ここは法治国家なのだから、そこまで非人道的なことはやらないだろうと」

ゲットーへの強制移住については、アメリカのラジオや新聞にも情報が届いている。けれど僕らでさえその実情を知らない。膝を更に強く抱くと、内ポケットにしまっておいた何かが胸板に当たった。手を入れてつまみ上げたのは銀縁のメガネだった。

「コール、お前は疑いもせず、と言ったが、グリーンバーグはおそらく気づいていた。バストーニュへ向かう前に、一度だけ『もう子供がいると言わない方がいい』と忠告された。俺は知らなかったが、アメリカ陸軍の空挺兵の入隊条件にはそぐわないらしい」

「そうなの？　僕も知らなかったよ」

ほんの一瞬だけ、極寒のタコツボであいつが何か呟き、しかし聞きそびれたことを思い出したが、僕はかぶりを振って内ポケットにメガネをしまい直した。これ以上割れたり曲がったりしないように、気をつけなければ。

「これからどうするんだ。まだ隊に残るのか？」

「今日まではそのつもりだった。まさか赤軍の侵攻が及んでいるとは」ゾマーの口ぶりに焦りと怒りの気配がにじんだ。「妻と娘が東部に住んでいる。ドレスデンやライプツィヒと同じザクセン州……エルベ川沿いの町に。もっと早く行動すべきだったのに、空爆は逃れたとニュースで聞いていたから油断していた」

ゾマーの固く握った拳に青筋が立つ。

その時突然、ドアが激しく叩かれた。

「コール！　ダンヒル！　開けろ！」

アレン小隊長の声だ。僕は奴を、奴は僕を見る。声は落としていたつもりだが、ひょっとして聞かれていたのか？

「僕が行く」

「待ってくれ、コール」

蠟燭の火を消して立ち上がりかけた一瞬、ゾマーの太い指が僕の袖を摑んだが、すぐに離れた。振り返って頷き、大丈夫だと示してやろうとするけれど、自分自身の膝が笑っていた。前髪を後ろに撫でつけて野戦服の裾をはらい、ドアを開ける。

戸口にいたのはアレン小隊長と、スミス、そして難民キャンプに現れた、あの自称従軍牧師がいた。素早くドアを後ろ手に閉め、背筋を伸ばして敬礼をする。

「サー？」

アレン小隊長は小さく頷くと片手で僕の腕を摑み、もう一方の手の指先を閉じたドアに向け、くいくいと曲げた。

「ダンヒルもいるんだろう。連れてこい」

足の裏から脂汗がにじむのがわかる。思わず唾を飲み込んでしまったのを首を振って誤魔化す。

「いますが、腹を壊して寝ていますよ。うっかり腐ったキャベツを食べちまって」

すると廊下の奥、階段の方から軍靴の鳴り響く音がして、駆けのぼってきた憲兵がずらりと並んだ。とても悪い予感がする。僕の心臓は、まるで壊れて止まらなくなった振り子のような速度で脈打ち、ひどく息苦しい。

憲兵隊の後ろから、長身の男がゆっくりと姿を現した。目鼻立ちは整っているが、冷たい水色の瞳に、青白い顔をした男。ミハイロフ中隊長だ。悠然と葉巻をふかしながら、軽やかに言う。

「キッド、ダンヒルを連れてくるんだ。小隊長に渡せ」

視線を戻せばアレン少尉の黒い瞳が僕を睨みつけている。それでも動かないでいると、スミスの腕が急に伸びて僕を突き飛ばした。廊下に倒れてまともに額を打ちつけたが、痛がってる場合ではない。急いで立ち上がってスミスの手をドアノブから払う。

「やめろ、スミス！」

「やめるのはお前の方だ、キッド。そこからどけ」

アレン少尉の冷たい声が僕に注がれる。いつもの少尉の声とは違う、部下に対する口ぶりではない。

「ダンヒルにはスパイの疑いがかかっている。どかなければ貴様も同罪で連行するぞ」

「な……」

スパイは即刻銃殺だ。否定したいのに上手く声が出ない。一体どこから漏れたんだ？　立ち聞きか？　ふと少尉とスミスの背後にいた従軍牧師と目が合う。すると禿頭の男は顔を背《そむ》け、アレン小隊長の陰に隠れた。畜生、そういうことか。難民キャンプでゾマーが漏らした不安を、告げ口したに違いない。

「軍に刃向かうつもりか、コール」

「違います。小隊長、これは正当な措置なんですか？　ずっと隊に尽くしてきた人間より、半日前にひょっこり現れた、身分証もない男の主張を信じるんですか？」

「勘違いするな。何を信じるか決めるのは我々ではない。軍が決める。そこをどけ」

その時、ドアの向こうで物音がし、足下に落ちていた埃の塊が部屋に吸い込まれていった。

「逃げるぞ、捕まえろ！」

吼《ほ》えるように小隊長が叫び、スミスがドアを蹴破った。火の消えた暗い部屋の窓が開き、ダンヒル――いや、ゾマーが木枠に足をかけて逃げだそうとしている。考える前に僕はスミスを押しのけ、真っ先に奴の大きな体を羽交い締めにした。

「今逃げたら銃殺されるぞ、わかってんのか！」

「コール、頼む。放してくれ。娘と妻が」

窓枠にかけたゾマーの足が滑り、バランスを崩して僕もろとも床に倒れ込んだ。固い木の板で頭を打って視界に火花が散る。床を踏み鳴らす軍靴の音にはっと顔を上げると、スミスと憲兵に腕を摑まれ、ゾマーが引きずられていくところだった。落ちくぼんだ目元に光が差し、灰色の瞳がかすかに光っていた。

「待て！　畜生」

頭を打った衝撃がまだ響くが、よろめく足を叱りつけて立ち上がり、部屋を出て行こうとする上官に追いすがった。

「小隊長、これはどういうことですか！　あいつはスパイなんかじゃありません！」

しかし足を止めて振り返るアレン少尉に、僕の方が固まってしまった。いつもの、あの頼り甲斐がある猟師然とした少尉ではない。冷たい眼差しをした軍人だった。

「キッド、貴様はいつまで坊《キッド》やでいるつもりなんだ。それともつまらんコックの仕事ばかりで脳が鈍ったのか?」

「えっ」

「立場をわきまえろ、コール五等特技兵。貴様はアメリカ陸軍空挺部隊の隊員だ。軍に刃向かい、面子《メンツ》に泥を塗る兵士などいらん」

気圧され、僕は一歩後ろに下がる。けれども折れるわけにはいかなかった。

「あいつはずっと一緒に戦ってきた。少尉だって知っているでしょう、ダンヒルが頼れる兵士だったと。僕らの仲間だったと。バストーニュで爆撃に遭ったとき、あいつがいなけりゃ僕は死んでいた。それなのにスパイだって言うんですか」

「黙れ、ガキ」

アレン小隊長は鼻で笑うと煙草を咥え、スミスに火を点けさせた。

「牧師の話だけを鵜呑みにしているとでも思ったのか? 馬鹿が。ここ数日、あの男はマークされていた」

紫煙を吹き付けられてもろに吸ってしまい、むせた。たまらず腰を折って咳き込み、肺から出そうとした瞬間、突然頭皮に鋭い痛みが走って叫んだ。アレン少尉の顔が目の前に迫る。僕の髪を摑んで引きずりあげているのだ。

「あのクジ引きだよ。覚えているだろう? 休暇対象者を選定するために、事務兵が改めて調査をし直したんだ……戦況が落ち着いた今、ようやく書類が整理された。そして本物のフィリップ・ダンヒルの入隊登録書類が出てきた。あの男とはまるで違う外見のな」

やに臭い息を吹きかけられて再びむせ、頭の皮が毛根もろともむけそうだ。首を振ろうともがくけれど、少尉の力は強い。

「だからリストにあいつの名前がなかったんですか」

「そうだ。身分詐称とスパイ容疑、更に我々の同胞を殺害した疑いもかけられている。あいつは入れ替わるために本物のダンヒルを殺したのかもしれないんだからな」

そう耳元で囁かれた途端、髪から手が離れて重力が一気にかかり、強《したた》かに体を床に打ちつけた。脳が揺れて目が回り、口の中が切れて血の味がする。咄嗟に手で受け身をとっていなければ、顎を砕くか舌を嚙みちぎっているところだった。

「頭を冷やしてこい、キッド。俺はお前まで囚人にしたくないからな」

強烈な痛みで息すらできない。顎を押さえてうずくまっていると、アレン少尉がいなくなる気配がした。続いて複数の足音が近づいてきて、スミスに抱き起こされた。その背後には、ひどく動揺した表情の衛生兵がいる。スパークだ。両目を大きく瞠《みは》り、僕とスミスたちを見比べている。スミスは汚い手で僕の頬を強く摑んで意地悪く口許を歪ませた。

「ったく、ドイツ人なんかに同情するからこうなるんだ。おいスパーク、このガキに鎮静剤を投薬しろ」


地下室は暗く、ほとんど何の音もしない。時折ネズミか何かが走る音が聞こえるけれど、頭がぼうっとして確認する気も起こらなかった。

注射針で鎮静剤を打たれた後、引きずられるようにしてこの廃墟の地下室に入れられた。スミスは僕を懲罰房に押し込めながら「二十四時間の拘禁だ、ちゃんと反省しろよ」と言っていた。二十四時間？　そんなに経ったら、あいつは遠い収容所まで送られてしまう。

しかし手も足も出そうにない。

飯は抜き、雑嚢も取り上げられてしまったので所持品もなし。手元にあるのは一枚の毛布と、便器代わりのバケツだけだ。ドアには外側から鍵がかけられ、憲兵の見張りがつき、密閉空間には窓もない。脱出はほぼ不可能だろう。

四月でも夜は冷える。鎮静剤のせいで体に力が入らず、固い石床にずるずると横たわった。蠟燭もなく、ほとんど何も見えない。闇に目をこらそうとすればするほど、濃い灰色の向こうを幾重もの黒いベールが覆い、遠いものが近く、近いものが遠くなる気がした。眼球の奥が痺《しび》れるように痛む。

眠っている場合ではないのにまぶたはどんどん重くなる。脳みその裏側にもうひとりの自分がいて、眠ってしまえと足を引っ張った。

力が脱けて左腕がだらりと下がる。その時、首のあたりに何かがカチャリと音を立てて落ちた。朦朧《もうろう》としはじめながらまさぐると、それはメガネだった。

フレームやレンズ部分を指でゆっくりなぞる。視界が塞がっていても、丸いレンズのどこにひびが入り、欠けているのか、フレームのどこが歪んでいるのか、すっかりわかっていた。つるりとした表面のざらついた感触。ちょうど頬骨があたる部分についた血痕だ。

「一体どうするべきだったのかな」

掠《かす》れた声は、自分でも驚くほど空々しく響く。子供じみて頼りない、とても鍛えられた兵士のそれとは信じられない声だった。

とうとうコックは僕ひとりになってしまった。

四人で笑い合った日は遠すぎて、本当に記憶どおりなのか、それとも現実にはひとりよがりの思い過ごしだったのか、わからなくなる。

〝もし〟あの時、砲撃を食らわなかったら、今は違った状況だっただろうか。もっと上手く立ち回れたのだろうか。

もうわからない。このまま眠って、二十四時間が経ったらどうなるだろう。兵隊の本分を鑑《かんが》みれば、僕の方が間違っているのだ。ゾマーがスパイかどうかなんて、一兵卒に決められるはずがなかった。アレン少尉やスミスの言うとおり、軍に忠実な兵士になればいいのかもしれない。たとえあいつが真実を語っていたとしても、敵兵には変わりないのだから——今は戦争でここはその渦中、感情よりも優先すべき任務がある。


それに、ついこの間、僕自身がワインバーガーに言ったばかりだ。「自分たちの罪は自分たちの命で贖うべきだ」と。

固く目をつむると、意識や夢の断片が浮かんでは消え、起きているのか眠っているのかわからなくなった。

濃霧だ。いつの間にかバストーニュの白い靄《もや》が僕を取り囲み、すべてを霞ませていた。踏み出すと深い雪が軋《きし》んで沈み、また一歩進んで更に足を取られる。白い闇に包まれて、野戦服を着た自分の体も、両手さえもよく見えなかった。

誰か、いないのか。

せめて光が欲しい。道しるべがなければ、前に進めそうもない。

そう願った瞬間、上空に強烈な閃光が瞬《またた》き、目の前ではじけた。咄嗟に避けようと体を屈めた僕の手から、ずるりと何かが落ちていく。血まみれになったあいつの死体と、割れたメガネ。

「ああっ！」

飛び起きたそこは元の暗い地下室だった。自分で自分の叫び声で夢から醒《さ》めたのだ。ドアが乱暴に叩かれる。憲兵の看守だ。

「おい、何をやってる?」

「いや、どうもしない。寝ぼけただけだ」

体中から汗が噴き出し、首の後ろがぐっしょりと濡れていた。心臓がまだ早鐘を打っている。息を吸って吐いて呼吸を整え、夢の残像を頭から払う。頬を両手で挟んで叩き、しっかり目を開いた。

今度こそ助けなければ。呑気に眠っている間に、大事な奴らが死んでしまいました、心が砕けて病院に入ってしまいました、なんてもう御免だ。

それでもまだ体に力が入らず、上体を起こして壁に背中をもたれさせるだけでも、精一杯だった。何か考えなければ、また眠ってしまう。はじめに故郷や家族の姿を思い描いた。水草が生い茂る冷たい沼や、橋の向こうから風に流されて聞こえてくる黒人たちの歌、裸足《はだし》の裏には湿った土の軟らかさ、羽虫が耳元をくすぐる。

これはダメだ、かえって眠たくなってくる。

ふらつきながら立ち上がって壁に向かい、手を当てて支え、額を何度か軽く打つ。

「よし」

大きく息を吸って、僕は腹から声を出した。

「ソーセージと鶏肉を水から煮込み、軟らかくなったらいったん肉を出して、茹でたスープに刻んだ野菜を入れる。味を染みこみやすくするために、肉は手で裂いておく」

ブランズウィック・シチューのレシピだ。祖母の得意料理の。

「野菜は玉ねぎ、セロリ、じゃがいも、オクラ。水煮トマトとタイムを加えて更に煮込む。裂いた肉を入れてまた煮込む。塩胡椒《こしょう》で味を調える」

壁から手を離して肩を回し、暗い地下室をうろつく。いいぞ、このまま眠らないでいこう。僕は賢くもなければ、交渉が上手いわけでもない。銃撃も下手だから戦場の英雄にもなれないだろう。けれど覚えているレシピだけはたくさんあるんだ。

「ロースト・チキンは前日の晩から調味液漬《ブライン》けしておく。配合は塩と砂糖がそれぞれ大さじ二杯。コーンブレッドを作る時は植物油ではなく、ラードかバターで風味を出す」

地下室に自分の声が馬鹿みたいに反響している。足踏みをし、軍靴の音に合わせてリズム良く、軽快に。

「レモン・パイのフィリングは、コーンスターチと砂糖をよく混ぜ、水を加えてなめらかにする。鍋の水を沸騰させて湯煎《ゆせん》にかけ、どろっとするまで温める。それからバターと卵黄を投入」

「おい、何をぶつくさ言ってやがる?」

見張りがまたドアを叩いた。

「別に、レシピを暗唱しているだけさ。僕はコックだからね」

ここから出せとわめくでもなく、秘密の暗号を送っているでもない。だんだん頭もはっきりしてきたし自信が湧いてきた。見張りは少々間を置いて、「静かにやれよ」とだけ注意した。

お言葉に甘えて、僕はなおもレシピを唱え続けた。大麦のスープを煮て、本物の卵を溶き、P－38で豆やツナの缶を開ける。チーズをふりかけてこんがり焼き、ゆでエビにタバスコとガーリックオイルをかけた。野戦炊事車の煙のにおいがまざまざと蘇る。熱いオーブンと賑やかな話し声、スプーンで皿を叩き腹が減ったと催促する、食欲旺盛な兵士たち。ひもじかった日々を癒やす、温かなスープ。

「おい」

また見張りがドアを叩く。今度は何かと思いきや、口調がさきほどとは違って威圧的ではなく、普通の仲間に対してしゃべっているようだった。

「なあお前、チャウダーは作れるか?」

「チャウダーだって? もちろん、クラムもポテトもお手のものさ」

僕は腕を交差してストレッチしながら答えた。すると看守ははずんだ声を出した。

「本当かよ! じゃあ頼むよ、俺、ニューイングランドの出身なんだ。本物のクラム・チャウダーが懐かしくてさ……もう食い飽きたって思ってたのに、離れてみると無性に食べたくなるもんだ。ああ、キャンベル・スープはやめてくれ、缶臭くてかなわねえし」

「了解だ。玉ねぎと生のベーコンをバターで炒めて、脂がしみ出したらローリエを入れ、小麦粉を振りかける。いくらか混ざったら鍋の端っこで更に小麦粉を炒め、牛乳で溶かす。別の鍋で貝を蒸しておく。水じゃなく、白ワインで蒸してもいいね」

「ああ、貝のいいにおいがしてきそうだ。俺はハマグリが好きでさ。頼むよ、続けてくれ」

「鍋にもっと牛乳を入れて伸ばし、とろみがついたら貝を蒸した汁を入れ、じゃがいもも一緒に煮込む。最後に貝の身を刻んで投入、塩胡椒で味を調えたら、ほかほかのクラム・チャウダーのできあがり」

見張りが黙っているので、ドアにもたれかかって耳をくっつけ「どうした?」と尋ねる。ドアの細い隙間から外を覗けないか試してみたけれど、やはり何も見えなかった。すると見張りはうなり声を上げた。

「ちょっと……いいか。俺、飯を食って来たいんだ」

僕は笑いたくなった。でも口を手で押さえて堪《こら》え、平静を装う。

「いいよ。無理に出て撃たれる気はないし。おとなしくしてるよ」

「……何か持ってきてやろうか。内緒だぜ。でもお前も腹減ってるだろ」

「うん、そうだね」

もしかしたらこれはチャンスかもしれない。何かできないか、何か。そうだ、誰か呼ぼう。僕の味方を増やさなければならない。

だが、一体誰が味方になってくれる? 何しろゾマーことダンヒルはスパイ疑惑をかけられ、僕はあいつを庇《かば》おうとしたのだ。普通に考えれば、僕だけが孤立していてもおかしくない状況だろう。でも、と思いつく。そういえば、鎮静剤を打たれた割に、もう意識がはっきりしている。あの時のスパークの表情は、これまで見たことがないくらい動揺していた。

「おい、コック?」

「飯はいいよ。でもひとつ頼まれてほしい。さっきから声を張りすぎたみたいで、喘息《ぜんそく》が出そうなんだ。ネズミの毛も吸い込んじゃったみたいだし」

ここで思い切り咳をする。

「G中隊にスパークって衛生兵がいるから、呼んでくれないか? もし薬を持っていなかったら、同じ中隊のライナス・ヴァレンタイン軍曹が持っているかも。一応、声をかけてみてくれないかな」

「それならお安い御用だ。すぐ戻るから、おとなしくしていろよ」

足音が遠ざかっていくのを聞き届けて、僕はそのまずるずると床に座り込んだ。

「大丈夫、きっとあいつらなら来てくれるはずだ」

待っている間、僕は目をつむって、のどの奥までせり上がってくる胃液と不安を、体の奥へ戻すことに集中した。両手を口に当てると、鉄と血のにおいに混じって、玉ねぎとスパイスの香りがした。オハラが僕の手を「母さんみたいな手だ」と言って死んでいったのを思い出した。

スパークが乱暴にドアを叩いたのは、それから十五分ほど経ってからだった。

「……お前が喘息持ちだなんて初耳だぞ」

むすっとした不機嫌な声で囁くスパークに、「ライナスもいるか?」と尋ねた。

「ああ、律儀に伝言してくれた憲兵に感謝するんだな。相当腹を空かせていたみたいだけど。お前、何をしたんだ?」

「ちょっとね」

いつも僕を馬鹿にして苛々させるスパークの声が、今はとても温かく聞こえる。よかった、来てくれた。

「そうかよ。ついでにワインバーガーも来るって聞かないから連れてきた。どうする?」

「あいつもいてくれるなら一緒に話がしたい。時間はどのくらいある?」

「どうかな、なくはねえけど……鍵を開けるからそこをどけよ、ドアが開かないと喘息の薬が渡せねえだろうが」

「了解」

一歩後ろに下がると、橙色のまばゆい光が、暗かった地下室に一気に溢れた。

スパークの怒ったような顔の後ろから、ライナスがひょいと姿を現した。相変わらずの美男だが、頬にバストーニュで負った傷跡が残っている。イギリスに戻れたら、ドーナツ・スタンドの売り子が悲鳴を上げそうだ。

「よう、キッド。元気そうだな」

「やあライナス。実は頼みが……」

「言わなくともわかるって。どうせあいつのことで何かしたいんだろ?」

大きく頷いてみせると、スパークは深い溜息をつきながら眉間を指で揉み、一方のライナスは悪ガキみたいににやりと笑った。

「引き受けた。報酬は後できっちり請求するからな。いいか、明け方までに囚人と捕虜の移送を完了させるらしい」

「ダンヒルも行ってしまうのか?」

どこぞの移送先で処刑され、蜂の巣になったあいつの体を想像してしまい、唇を噛む。間に合わなかった……しかし落胆する僕に向かって、ライナスが人さし指を振りつつ舌を鳴らした。

「早とちりするな、キッド。今は大量移送の手配中だ、つまり古参の憲兵がみんな出払っている。ここに残っているのは新兵ばかりだよ。かえって都合が良い」

「そうか……わかった。ふたりと話したいんだ、時間はあるか？」

「稼げば作れるぜ」

「頼む」

　ライナスは片手をひょいと挙げ、軽々と階段を駆け上がっていった。残ったスパークはあたりをちらりと見回してからガスランプに火を灯し、部屋に滑り込んでドアを閉めた。

「ドアから離れろ、話を聞かれるぞ」

　ランプの明かりのおかげで、やっと自分がどこにいたのかがわかった。地下室だと思っていたものは古いワインセラーで、棚には寝かされたワイン瓶が埃をかぶり、真下には割れた酒瓶が転がっている。

「ひでえ面だな。とりあえずコーヒーを淹れてやるから飲め」

　スパークは衛生兵の肩掛け鞄を前にずらしながら床にあぐらをかき、携帯コンロとマグを出して床に並べた。確かに覚醒状態はまだ充分ではない。両のまぶたを揉んだり伸ばしたりしていると、代用コーヒーの刺激的なにおいが鼻の奥をくすぐった。

「ありがとうな、スパーク」

「……何が」

　礼を言われたのに顔をしかめるところがスパークらしい。たいして曲がってもいないのに赤十字の腕章の位置を気にして、こちらを見ようともしない。

「だから鎮静剤のことさ。注射する時、手加減してくれただろ」

　すると奴は下唇をぎゅっと噛んで、袖口で鼻の頭をこすった。

「うるせえな。コーヒーにサルファ剤を入れるぞ」

「それは勘弁だな」

「スパークさん、いますか？」

　呼びかけとノックに続き、ワインバーガーが小さく会釈《えしやく》しながら入ってきた。若いくせにしっかり者のワインバーガーらしく、四人の中で一番身なりがちゃんとしていた。麦藁《むぎわら》色の髪も梳《くしけず》って、きれいに七三に分けている。

「どうも。ライナス軍曹が上で酒盛りをはじめました。頃合いを見て降りてくるそうです」

「わかった、ありがとう」

自分でも驚くほど礼の言葉がすんなり口から出てきた。しばらく前、口論をして以来なんとなく疎遠になりろくに話もしていなかったけれど、ワインバーガーも僕とまっすぐに目を合わせて頷いてくれた。少し呆れた、でも安堵したような顔で。

「それで、どうします?」

巻き込んで悪いが、正直ほっとしていた。アレン小隊長とスミスがああいう態度を示した以上、中隊内で頼れる人間はかなり絞られてしまう。アレン少尉は部下から慕われる下士官だし、戦闘能力の高いスミスは声が大きく目立つ存在で、取り巻きも多い。

でももしかしたらこの三人――ライナス、スパーク、ワインバーガーなら、話を聞いてくれるのではないかと思った。直感だったけれど、どうやら正しかったらしい。

「今、何時だ?」

「夜中の二時過ぎ」

舌打ちが出てしまう。やっぱり移送には間に合わないだろう。指の関節を鳴らしながら、これから何ができるか考えてみる。

賄賂による買収は、僕らの給料程度では不可能だろうし、相応しい取引相手を見極めるのが難しい。次に脱獄させる方法だが、脱獄以前に僕らが収容所までたどり着くだけで一苦労だ。まず軍から抜けられない。もし勝手に抜けたら反逆罪に問われて、自動的に僕もこの先脱走兵として生きることが決定する。

「入るぞ」

ノックとほぼ同時にライナスが戻ってきた。片腕にマグや瓶を抱えたライナスは、もう一方の手で床に転がっていた椅子を器用に拾い、ドアノブの下を塞いだ。

「新米憲兵どもはライナス・ヴァレンタイン軍曹殿の計らいを喜び、楽しく酔っ払っているよ。チェルシーとラーレイばかりで時化《しけ》ていた坊やたちにラッキーストライク様も恵んでやったし」

ライナスは僕らの輪の中に入るとあぐらをかき、マグとグラスを床に並べ、ワインボトルの栓を抜いて注いだ。濃い赤紫色の雫《しずく》が床に落ちる。

「さあ、こっちも酒盛りしようぜ。万一見つかっても、楽しんでいただけだと誤魔化せるように」

三人はワインで乾杯し合い、僕はスパークが淹れてくれたコーヒーを啜った。胃のあたりが急速に温まり、ほっと息をつく。どうやらずいぶん体が冷えて強ばっていたようだけれど、おかげでかなりほぐれてきた。

僕はまず何があったのかを話した。ダンヒルが実はクラウス・ゾマーという名のドイツ兵で、アメリカ兵に成りすましていたこと、そしてミハイロフ中隊長とアレン小隊長が下した彼への処遇もかいつまんで説明した。奴を引き渡してしまったことを悔やもうとする僕を、スパークが手を振って制する。

「過ぎたことをいつまでも引きずんなよ、面倒くせえ」

「まあまあ、いいじゃないかスパーク」

ライナスがワインを啜りながら頬を緩ませる。

「さて、ひとまず明け方まで動くのは無理だ、移送がはじまって監視が厳しくなっているからな。まあ聞けよ。ダンヒル……もとい、クラウス・ゾマーは処刑されない。少なくとも今すぐにはね」

「どうして断言できる?」

スパイは即刻銃殺だ。容疑の段階では尋問や裁判を経るかもしれないが、あまり救いはない。しかしライナスの表情は暗くなかった。

「すでに終戦へ向かって舵《かじ》を切ったからさ。もう国際裁判を見据えているんだ。戦況が安定して、新聞社の取材も多く入っている。だから捕虜や囚人を闇雲《やみくも》に殺せなくなったってわけだ。連合国軍最高司令部《SHAEF》は法の下に大手を振って、解体後のナチスを裁きたいだろうしな。ただし、釈放までは時間がかかる。そもそもあいつがスパイだって線は薄いし、もっと重要な裁判が優先されるから」

「ダメだ、早く出してやらないと。赤軍にあいつの家族が殺されてしまう」

僕にも姉妹がいるし、幼い娘と聞くとどうしても小さなロッテの姿を重ねてしまう。ライナスは緑の瞳で僕をちらりと一瞥し、ポケットから煙草を抜いて他のふたりに配った。

「わかってるよ。でも焦って失敗したら水の泡だぞ。もうあいつの味方をしてやれるのは、他にいないんだからな」

「……やっぱりそうなんだ」

「クソ、やっぱチェルシーは不味《まず》いな。ラッキーストライクを残しておけばよかった」

補給品の相次ぐ盗難や横流しのせいで、末端にはうまい煙草やチョコレートが届かなくなっていた。愚痴《ぐち》と灰を一緒にこぼすライナスに、ワインバーガーがちょっと小馬鹿にしたような視線を送る。

「隊はどうなってる？　ダンヒルの件は伝わっているのか？」

「ええ。ダンヒルさんはすっかりスパイ扱いですよ。スミスの声はよく響きますからね。薄情なことです」

するとライナスはふんと鼻を鳴らし、胸ポケットから地図を出して広げた。

「そう悲観するな、まだ逆転の目はあるぜ。さっき仕入れた情報に寄ると、移送先は南ドイツ、ニュルンベルク近郊だ」

ライナスは汚れた指で、ドイツの中心部から東部にかけて、ちょうど国境線がくびれた瓶のように凹《へこ》んでいる部分を示した。僕らの現在地デュッセルドルフから東南にあるフランクフルトへ斜め右下に線を結んだ延長線上にある。ドイツを横断するくらいの距離だ。ここからかなり離れている。思わず落胆して溜息が出てしまった。

「結構遠いね」

「案ずるな、キッドよ。実は明朝俺たちも南ドイツへ出立する。鉄道網がドイツ軍に潰されて進めなかったんだが、周辺部の線路は繋がって先へ行けるようになった。遠回りにはなっちまうけれど、オランダ、ベルギー、ルクセンブルク、フランスから、ハイデルベルクを経由して、アルプス山麓《さんろく》のブッフローエに入る。ニュルンベルクまでそう遠くない」

ものすごい迂回路だ。けれど、これまではドイツの防御壁、ジークフリート線や鉄道の断裂に阻まれていたのが、ついに繋がったのだと考えると感慨深い。

「ダンヒルの家族はザクセン州の町に住んでいると言ってた」

「ライプツィヒとドレスデンがある州だな？　ならばむしろ好都合だろう。ここから歩くより、列車を使った方が早いし」

ダンヒルの移送先だというニュルンベルクはバイエルン州北部にあり、バイエルン州はザクセン州と隣接している。ニュルンベルクから北東へ向かうと、直線距離にして一八〇マイル（約三〇〇キロメートル）ほどで、ライプツィヒからエルベ川付近まで達する。遠いことは遠いし、あいつの家の正確な位置は知らないが、少なくとも、今の場所からよりは早く着けるだろう。

ライプツィヒとドレスデン。どちらも連合軍による空爆で燃やされた都市だ——頬がかっと熱くなるのを感じる。僕はついこの間、ワインバーガーに向かって、ここで死んだり焼け出されたりした人々は、「自業自得」だと言った。でもその人々の中にはクラウス・ゾマーの家族も含まれる。仲間の家族を死んでもいい奴らと口に出したも同然だ。たとえ友人の身内でなくたって人間は人間なのに。

なぜ忘れていたんだろう。

急に恥ずかしくなり、ワインバーガーをちらりと窺《うかが》った。しかし奴は僕の心情など気づいていない様子で、ライナスを見ている。

「わかりましたよ、軍曹。上層部のお歴々はベルヒテスガーデンを目指しているんじゃないですか？　だから急いで南ドイツへ向かっている」

「ご名答。ベルリンはスターリンの手に落ちかけているからな。それならばヒトラーの隠れ家〝鷲《イーグルス》の巣《・ネスト》〟を占拠しようって魂胆だ。俺としてはどんな財宝が眠っているか楽しみだけどな」

要は報酬を少しでも多く取ろうと奪い合っているのだ。しばらく黙ってやりとりを聞いていたスパークが、組んだ腕の肘あたりを指で苛々と叩いた。

「で、どうするんだ。ダンヒル……ゾマーを逃がすんだろ？　ここまで来たとはいえ、ばれたら俺たちだって立場が危ねえ。上手い方法を考えねえと」

終戦を間近に控え、軍の空気はかなり緩くなっており、規律違反が横行している。だからといって脱走幇助が発覚したら、ただではすまないだろう。

「心配するなよ、僕ひとりがやったことにすればいいんだし」

当然そうするべきだと考えていたけれど、三人はぽかんと口を開けている。一瞬の間を置いてライナスは吹き出して笑い、スパークは嘲るように目を細め、ワインバーガーは僕の肩をどついた。

「本物の馬鹿なんですか、キッド。ここまで来たんだから乗るに決まっているでしょう。古参兵を舐めないで下さいよ」

「いや、でも」

「でもはなし。そういうわけだよキッド、かっこつけんなって。ずっと生き延びてこられたんだ、今回も上手く切り抜けられるさ」

ライナスは煙草を床で揉み消すと、ぱんぱんと両手を打った。

「とはいえ、俺も心中する気はない。諸君、脳みそを絞る時間だ。大の男ひとりをどうやって収容所から出す？」

「さてね。俺には期待するなよ」

「妙案が思いつけそうな面子じゃありませんしね。せめてグリーンバーグさんが……」

　スパークに頭を小突かれ、ワインバーガーは「しまった」という顔をした。それではじめて、みんながこれまでとても気を遣ってくれていたんだと知った。気づかなかったのは、僕が自分のことで手一杯だったせいだ。

　肩から力を抜いて笑ってみせると、地下室の空気が少し柔らかくなった。本当のところ、だいぶ強がっているけれど、でも今はそれどころじゃない。やってみよう、僕らだけでも何とかできるはずだ。

　目をつむって、これまでのことを思い出してみる。たくさんの事が起こった――パラシュート集め、死んだアメリカ兵の軍服を盗んで生き延びたダンヒル、粉末卵の紛失事件と上官への反発、オランダ人夫妻の自殺と、対独協力者だった娘の死。自傷で戦線を逃れようとした兵士たち――

　ふとまぶたを開けると、あぐらをかいたまま貧乏揺すりしているスパークに目が留まった。小刻みに揺れる赤十字の腕章。その時、脳細胞が繋がった気がした。

「スパーク、その腕章ってあまってる？」

「はあ？　まあ、予備ならあるけど」

「衛生兵なんだから下剤も持っているよな？」

　身を乗り出してたたみかけると、スパークは嫌そうに眉間に皺を寄せて仰《の》け反った。

「何がしたいんだ、クソガキ。はっきり言えよ」

　僕は三人に耳をこちらに向けるように指で合図し、今考えた計画を打ち明けた。ライナスはにやつき、スパークは苦々しい顔をしている。ワインバーガーはふたりの様子を窺っていたが、ひょいと肩をすくめると「仕方ないですね」と溜息交じりに言った。

「本気かよ、ワインバーガー」

「だって他に案がありますか？　ダメで元々、僕は乗りますよ。収容先でわざわざ国防軍の制服に着替えさせるとも思えないし、空挺服のままでいるはずです」

　通常、捕虜であろうと軍規違反者であろうと囚人服は与えられない。そんなものを作る金と暇があったら、正規の軍服や下着を作った方がいいからだ。もちろん武器は没収されるが、着ている服は連れてこられた時の状態のまま、鉄条網の中に収容される。おそらく今回もそうだ。でなければこの計画は成立しない。

「ワインバーガーは一応裏をとってくれるか？」

「了解、通信部らしい仕事をしますよ。憲兵隊に郵便の受け渡しをしに行く時に、探りを入れておきます」

「ライナスは？」

「俺はいいと思うぜ。補給中隊に協力を仰げるのは確実なんだろうな？」

「うん、奴らこっちに恩があるし。まあちょっと大がかりな計画になるけど、向こうにとっても利のある話だから、飛びついてくるんじゃないかな」

「いいじゃないか、やってみろよ。もし断られたら次の案を考えればいい。逃走用の車と難民の服は調達しておいてやる。ああ、やっと退屈が紛れるな」

ほろ酔いのライナスは大きなあくびをひとつして、もう一本ワインボトルを開けた。すかさずマグを差し出すワインバーガーに、「お前本当に生意気だよなあ」と愚痴をこぼしながらも注いでやっている。ふたりは生死のかかった話し合いから酒盛りへと気分をすっかり切り替えた様子だが、スパークだけはまだ納得していないらしい。

「お前の計画はわかった。だが収容所に入る方法は？ダンヒル、つまりゾマーにどうやって伝言をするんだ。まさか自分でやるとか言うんじゃねえぞ」

それを聞いて、むしろにんまりした。誰かにこのとっておきの思いつきを聞いてもらいたかったのだ。僕はもったいぶって、ある人物を挙げた。無理なく収容所に入れて、しかも僕らに借りがある男のことを。

翌朝は晴天だった。ライナスからの情報どおり、第一〇一空挺師団は南ドイツへ移動せよと命令が下った。おかげで拘禁予定の二十四時間が経過するよりほんの少し早く、地下室のドアが開いた。僕は粛々《しゅくしゅく》と反省の弁を述べつつ、報告書にサインをする。アレン少尉はさすが手慣れているというか、目と目が合った時のその表情で、「お前が戻りたいなら受け入れるし、隊として水に流す」と告げられているのがわかった。

静かに、おとなしく、従順に。

ダンヒルとして隊に加わっていた男のことは忘れ、ナチスに代わってドイツ国内を統制する連合軍の一員として仕事をこなす——表面上は。計画を見破られて、僕らが捕まってはならないのだ。

隊員を詰め込んだ列車が、ぎしぎしと車輪を軋ませながら線路を駆けた。客室のない、ただ箱状のコンテナがあるだけの貨物列車で、まるで荷物になったような気分になる。

めいめいトランプをしたり、雑嚢に頭を乗せて眠ったり、本を読んだりして過ごす。僕は携行袋に入れっぱなしだった四つ折りの紙を出して、中を読んだ。血のしみがついた手紙の宛名は〝ティムへ〟とあり、遺書とは思えない、どうでもいいような一文がそっけなく書いてある。

オランダを通過し、ベルギーに入ったところで、誰かが声を上げた。

「おい、アルデンヌの森だぞ」

僕は遺書を丁寧にたたみ直して胸ポケットにしまい、人垣をかき分けてコンテナの壁際まで進んだ。換気のため開けっぱなしの搬入口の引き戸に、もたれかかって座る。

勢いよく目の前を通り過ぎる木立の向こうに、青々とした松林が広がっていた。ふくよかな土のにおい、つんとする松の香りを孕《はら》んだ風が吹き抜け、僕の髪を撫でていく。

あの極寒の冬の日々が嘘のように、ベルギーの森は穏やかな春の陽光を受け、柔らかな新緑に輝いていた。線路脇の斜面には黄色い花が咲き乱れ、風にそよいでいる。

眠たくなるほど穏やかな青空の下、芽吹いた葉が揺れる松林のどこかに、彼が埋まっているはずだ。

これまでは夢にさえ出てきてくれなかったのに、昨日からなぜかふいに、現れるようになった。形は様々で、メガネだったり後ろ姿だったり、普通に向かい合っておしゃべりをしたりと、断片的に登場する。ただいずれの場合も、僕は謝っていた。死なせてしまってごめん、時間を戻せるものなら巻き戻して、あの日に帰ってやり直したいと。

でも、夢は夢でしかなかった。

謝罪を受け入れてくれる微笑みも、「気にするな」と肩をすくめる仕草も、全部自分にとって都合のいい妄想だった。ライナスはバストーニュで幽霊を見ると言っていた。けれどいつまで経っても、僕の前に本物は現れてくれない。

列車は勾配をゆっくりと登り、アルデンヌの森を俯《ふ》瞰《かん》する。目を大きく開き、ぎゅっと閉じ、再び開いた。せめてこの梢の輪郭が網膜に焼きついて、死ぬまで忘れないように。

木々の根元には大勢の兵士や市民たちが眠り、ゆっくりと土に還る日を待っている。ここだけじゃない、あらゆる土地で、あらゆる人種の、あらゆる年齢の男女が、横たわり、永遠の時を過ごしている。

しばらくの間、引き戸にもたれかかったまま、春を謳歌《おうか》する外を眺めた。ふと手がくすぐったくて下を見ると、てんとう虫が留まっていた。コンテナ内の仲間たちはそれぞれ好きに過ごしていて、僕の横に座ってくれる奴は誰もいない。過ぎゆく風景に逆らうように、小鳥のつがいが軽やかに鳴きながら飛んでいく。

傷はまだ塞がらず、ずっと痛んでいる。きっと一生こうなのだろう。本当に謝れる日はいつまで待っても絶対に来ないのだ。

貨物列車を乗り継いで、連隊はブッフローエ近くのランツベルクという町に着いた。師団の連隊がすべて揃うまで、ここでひと晩過ごし態勢を整える。新しい兵舎に荷物を運んだりみんなの食事を作ったり洗濯物をクリーニング店に出したりしながら、僕は気もそぞろに声がかかるのを待った。これまでの人生で今ほど、感情を表に出さないよう努力したのははじめてだ。

待ち焦がれた瞬間は、厨房用に接収した民家の裏庭で、夕焼けを見ながらにんじんを切っている最中に訪れた。小太りの補給担当官が道の向こうから走ってくるのを見て、僕は裏口からそっと厨房に入る。間もなく補給担当官は台所に飛び込んできて、息を切らしてまくしたてた。

「収容所のコックが足りない。急ぎで手《て》隙《すき》のコックを招集しろ」

「足りないですって？　人員はすでに向かっているはずですが」

「いやはや、どうしてこんなことになったのか……第四二六補給中隊の貨物列車が引き込み線に入ってしまって、後続の身動きがとれないんだよ」

僕は湧き上がりそうになる笑みを必死で堪えた。担当官は下士官が差し出した水を一気に飲んで、汗まみれで赤くなった額をぬぐう。

「工兵隊も向かってはいるが、時間がかかりそうだ。

到着は明日になってしまうかもしれん。悪いが、何人か今だけニュルンベルクへ行ってくれ。大急ぎだ」

厨房内はざわついた。みんなそれぞれの部隊の世話で手一杯だし、ちょうど夕飯時だ。それでもぱらぱらと手が挙がっていき、僕も立候補する。

「えっ、コールさん、行くんですか？」

新米のコックふたりが悲鳴を上げた。

「まあこれも修業だと思えよ。ハプニングがあった方が成長するだろ？」

困惑しているふたりの肩を軽く叩いて、エプロンを外して適当に丸め、補給担当官の後についてトラックに乗った。ズボンのポケットには、スパークから渡された下剤を粉々に砕いて入れた小瓶が隠してある。

やるべき作業を終えて兵舎に戻ったこの日、ほとんど眠れなかった。

翌朝、朝食の配膳を終えた僕は、食堂の隅のテーブルにつきながら、あくびを噛み殺して聞き耳を立てた。今のところ仲間たちは何の変哲もない日を、普段どおり賑やかに過ごしていた。特に騒ぎは起こっていないように思える。

緊張のせいか胃が痛んで食欲も湧かなかったけれど、無理にパンを口に詰めて牛乳で飲み下す。ちょうど開いたままの戸口から、ふたりの衛生兵が入ってきた。スパークとジョストだ。

ジョストの顔は土気色で、口に手を当てて時折えづいている。しかし騒がしく朝飯を食べているみんなは気づいていないらしい。スパークはというと、珍しく上機嫌だった。

昨夜、ニュルンベルクの囚人収容所で提供された夕食は、どうやらあまり清潔でない環境で作られたか、肉が古くなっていたかしたらしい。捕虜や囚人たちは次々と腹痛を訴え、倒れていった。まあ、本当は下剤が原因だから、普通の体力の持ち主だったら今頃はもう治まってけろりとしているだろう。

「キッド、ミハイロフ中隊長が呼んでいるぜ」

ランツベルクのクリーニング店へ汚れた戦闘服やシャツを運んでいると、スミスに声をかけられた。

「困ったなあ。仕事が終わっていないんだけど」

「代わってやるから行ってこいよ。どうせまた食材が足りないとか、そんなところだろ。頼んだぜ、G中隊コック長！」

スミスの大きな平手が背中に飛んで痛かったが、笑っておく。どうやらスミスはまだ何も知らないらしい。問題は中隊長だ……あの人が一番厄介な存在だった。

中隊司令部を設置した屋敷の、磨《す》りガラスをはめ込んだ書斎のドアを開けると、ミハイロフ中隊長は書類の山に埋もれるようにして、机に向かっていた。

きっと接収したこの家の主は裕福な知識階級だったのだろう、濃いマホガニー製の本棚が壁一面に並び、本がぎっしり詰まっている。ワインバーガーに見せたら大喜びしそうだ。

従卒がドアを閉め、僕は柔らかな絨毯の感触を足裏で楽しみつつ、部屋の中央まで進み出て、敬礼した。

「コール特技兵、参上しました」

「うん、ちょっと待ってくれ。こいつにサインをするから」

ミハイロフ中隊長はこちらに目もくれず、さっさと書類を片付けていく。

少し伸びた黒髪を後ろにぴしりと撫でつけ、凛々しい眉の間には一本の深い皺が刻まれている。目元には珍しく金縁のメガネをかけていた。中隊長の傍らには、背筋をピンと伸ばした金髪の青年兵が直立し、作業を手伝っている。僕らのよれよれな野戦服と品が違う、糊《のり》のきいたオリーブ色のシャツがよく似合う。

五分ほど待っていると、中隊長はさっと体を起こして青年兵に書類の束を渡した。

「さ、済んだぞ。Erich, bring das auch noch rüber!」

驚いた。傍らにいる金髪の青年はドイツ人だった。彼は軽く会釈をすると、通り過ぎざまに僕をちらりと一瞥し、部屋から出て行った。

「いいだろう、町で見つけたのさ。その辺の事務兵よりよっぽど優秀だよ。何より身なりがきっぱり清潔なところがいい」

こともなげに言って、中隊長は銀のシガレットケースから葉巻を一本抜き、椅子に深々ともたれた。葉巻に火がつくとたちまちゴムを焼いたような臭いが立ちこめる。臭い葉巻を美味そうに吸いながら、中隊長は僕の後ろに向かって手で追い払う仕草をし、ドアの前で控えていた従卒を外へ出してしまった。

中隊長室には僕とミハイロフ大尉のふたりきりになる。僕は足を肩幅に、後ろで手を組み、休めの姿勢で待った。

「キッド、もう少しこっちへ来い」

命令どおりに書斎机の前へ出ると、中隊長はかけていたメガネを取って机上に置き、にこりと笑った。

「穏やかで良い天気だな。そう思わないか？　春めいて気分が清々しくなる」

「ええ、まったくです」

「私はこのくらいの季節が最も好きでね。木々や花々の芽吹きは、見ているだけで心が和む。よく冬を好みそうだと言われるが、とんでもない、寒いのは苦手なんだ。なぜ誤解されるのかわからんよ」

一体何の話をしているんだ？　けれど口を挟むような雰囲気ではなく、ただ黙って聞くしかない。ミハイロフ大尉は大きな窓の外を眺めながら、うっとりと目を細めている。庭木の緑が風にしなって、白い花弁が飛んだ。中隊長はようやくこちらに視線を戻し、葉巻の灰を灰皿に落とした。

「ところで昨夜、ニュルンベルクの捕虜収容所で食中毒騒ぎが起きたのを知っているかな？」

やはり来たか。後ろに組んだ手から冷たい脂汗が滲み出すのを感じつつ、とぼけた。

「はい、厨房と食堂に注意喚起のちらしが届きました。手洗い、うがい、食材の管理、煮沸消毒を忘れないようにと」

「そうだ。真夜中に防疫班が消毒薬の噴射をして、上を下への大騒ぎだったよ。連隊長がうるさくてね」

ミハイロフ中隊長はまだ笑みを崩さない。

「だが、君はあれが食中毒ではないと知っているね？」

一瞬返答に詰まったが、「そうなんですか？」と肩をすくめた。他に答えようもない。

「まあいいさ。ところで、先ほど収容者のクラウス・ゾマーが行方不明だと報告が入った。君と同じG中隊管理部だった、フィリップ・ダンヒルと名乗っていたクラウツ野郎《キャベツ野郎》だよ。所内に脱獄の形跡はなく、鉄条網も破られていない。にもかかわらず、奴は忽然と姿を消してしまった」

僕は喜びのあまり鼻の穴が膨らみそうになるのを隠すのに必死だった。何とか堪えて唾を飲み込み、できるだけ声が低くなるよう心がけて呻いてみせた。

「あの裏切り者が脱走したんですか」

するとミハイロフ大尉は破顔して立ち上がり、僕に向かって指をくいくいと曲げ、手招きした。しかし近づいたところで胸倉を掴まれて引っ張られ、咄嗟にテーブルの端を掴んで体勢を保った。すらりとした指のどこにこんな力が隠れているんだ？

「猿芝居はやめろ、つまらん。貴様が謀《たばか》ったことなど簡単にわかる」

耳元で囁かれた冷たい声音に、僕の背筋はぞっと凍りついた。淡く透きとおるような水色の瞳に、小さな黒い瞳孔が浮かんでいる。

ゾマーを逃がす計画はこうだった。

買収が現実的ではない以上、脱獄させるしか方法はないが、憲兵の監視下で穴を掘るのは危険すぎるし、また時間がかかりすぎる。それならば、何かの拍子に人目をかいくぐって脱出させるのが最も安全なのでは、という考えに落ち着いた。

人目をかいくぐる方法は、基本中の基本である変装が最も役に立つ。特に戦場はどこを向いても似たようなカーキ色ばかりだ。では誰に化けるか？　看守はダメだ、収容所に入る前に点呼がある。

そこでスパークの腕章に目を留めた。

衛生兵は憲兵よりも普通に出入りができ、戦闘では英雄になれないものの、緊急時においては将校よりも判断が優先される。ワインバーガーの探りで、ゾマーがまだ捕まったときのまま、空挺服を着ているのはわかっていた。ならばヘルメットをかぶり、赤十字の腕章をつけるだけで、衛生兵に変装できるはずだ。

誰に化けるかが決まったら、今度は不自然でない状況を作らなければならない。しかも大勢の衛生兵が呼ばれ、現場が大混乱になる程度の、大がかりな騒ぎだ。でもこれは簡単に思いついた。

集団食中毒。僕に引き起こせる騒ぎはこれしかない。収容所で提供される食事もまた、コックが現地の近くで作っている。囚人には経費のかからないものを食べさせるために、適当に薄くのばしたスープやパンなどが運ばれることが多いからだ。一食あたり一〇〇〇キロカロリー摂取できる糧食《レーション》は、もったいなくて与えられない。

この計画を実行するために、僕自身がその調理班にいる必要があった。

しかしたいてい任務に就くのは、直接兵士に糧食《レーション》を配る中隊管理部付きのコックではなく、連隊や師団の将校たちに食事を提供するような、常に後方にいて戦線に出ない、白い調理帽をかぶった本物のコックらしいコックたちだった。人が足りない場合のみ例外的に僕らが手伝う。

その例外的状況を作り出せるのは、列車で到着したばかりの昨日しかなかった。数万人規模の師団の移動は、上層部の指示に基づいた計画的なものがほとんどだ。待機先の町がぎゅうぎゅう詰めにならないよう、先にいた隊は入れ違いにどこかへ移る。

つまり僕ら一〇一空挺師団が進駐すると、これまで収容所の飯を作っていたコックも入れ替わりにいなくなり、人員に空きができる、その隙を狙うしかない。

そこで、第四二六補給中隊を利用した。というか、かねてより懸念の補給品横流しに、連隊のコックたちが荷担していることを、補給中隊の中隊長に報告したのだ。

「難民キャンプ近くの町で、古参のコックたちが盗んだ袋を運び込んでいるのを見た」と報告すると、以前から横流しの犯人を捕まえたくてうずうずしていた中隊長は、僕が進言した計画に快く乗ってくれた。そして列車での移動中、わざと引き込み線に入って後続車輛を引き止めた。

補給中隊の車輛は今回も大量の物資を運んでいた。常習犯の連隊付きコックたちは、積荷作業直後に物資を奪えるよう、あらかじめ運搬コンテナに潜んで待機していたらしい。引き込み線に入ったところで、中隊長の指示により列車が急ブレーキをかける。すっかり停車場だと勘違いしたコックたちは、盗んだ品物を詰めた袋を持ち、コンテナの引き戸を開けた。外で鬼の形相をした補給兵と、憲兵が待ち構えているとも知らずに。そしてそのまま捕まった、というわけだ。

騒ぎのおかげで巻き添えを食った他のコックたちと、連隊の幕僚も到着が遅れる事態となり、収容所用調理班の人員補充が必要となる状況を作ることができた。

薄めた大豆のスープに下剤の粉を仕込んだ瞬間、ほんの少しだけ良心が痛んだが、同時に快感もあった。牧師が背徳の罪に手を染める時って、こんな感じかもしれない。下剤入りスープの大鍋はトラックに載せられ、収容所へと運ばれていった。

以上の計画の中で、問題はひとつ。どうやってダンヒルに衛生兵の腕章を渡し、食事を口にしないよう伝えるか？

収容所は基本的に面会も差し入れも禁止だ。どうやってダンヒルの元へ運ぶかが、一番の課題だった。

中隊長の書斎で、僕はなおもミハイロフ大尉の澄んだ水色の瞳に射貫かれている。けれどここで負けてはいられない。それに覚悟は決めていた。もう絶対に後戻りはしないと。

「……残念ですが大尉、僕を捕まえるなら他にも大勢引き込んで収容所に入りますよ。僕ひとりで奴を脱走させられるはずがないでしょう？　補給中隊、憲兵、それに中隊のみんな。それらを全部補充兵で埋めるおつもりで？　やれやれ、軍法会議は大賑わいになりそうですね」

はったりだ。せいぜい捕まるのは僕と下剤を提供したスパークくらいだろう。けれど自分のやったことを上に報告し、みんなを道連れにするという脅しは有効だ。隊にとっての恥でもあり、部下の統率が取れていないと知った連隊長は怒り狂うだろう。ひとりが犯した罪を上官も含めて全員が引き受ける、軍の連帯責任体制が、まさか役に立つ日がくるとは。

ミハイロフ中隊長は優秀だ。軍人にありがちな、何でも精神や根性にすり替えて説教をするタイプでもなければ、死んだウォーカー元中隊長のように、命令や軍規を遵守するタイプでもない。アレン少尉がそうでなかったのは残念だが、僕の見誤りだ。

とにかくミハイロフ中隊長のような人間に対しては、嘘をついて無駄な悪あがきをするよりも、損得の話に持ち込んでしまった方がいい……これはライナスから教わった知恵だ。

大尉は感情を見せない。でも僕は、無表情な男には馴れているんだ。瞳から目を逸らさず、ほんの少し微笑んで、最後の一押しをする。

「サー、ヒトラーの財宝を奪いに行きましょう。もたもたしていたら、他の隊に盗られちまいますよ」

あたりはしばらく静寂に包まれた。互いの息づかいさえ聞こえてくるほどに。

すると突然、まるでにらめっこに負けた子供のように、ミハイロフ中隊長は吹き出した。そして僕の胸倉から手を離してひいひいはあはあと息を引きつらせ、こちらが面食らうほど笑った後、革張りの見事なソファに深く腰掛け、溜息をついた。

「負けたよ。お前はいつだってグリーンバーグの陰にいて、守られてばかりの子供だと思っていたが、立派に成長したもんだ。自分で考えたのか？」

「イエス、サー」

「そうか。こんな状況でなければ、よくやったと言うべきなのかもしれんな……グリーンバーグも満足してることだろう」

「ありがとうございます、サー」

　まったく予想していなかった反応に首を傾げつつ、とりあえず礼を述べておく。中隊長は笑いすぎて涙が伝った目尻を、長い指でぬぐった。

「ひとつ訊きたい。どうやってダンヒルことクラウス・ゾマーを逃がした？　いや、お前が料理に下剤か何かを仕込んで騒ぎを起こしたのはわかっている。どうせ衛生兵にでも化けさせて外に出したんだろう」

　すべて見透かされていたと知って、唾を飲み込んだ。けれど中隊長はそこについてはどうでもいいと言いたげに手を振った。

「だが計画をどうやって中のゾマーに伝えた？　囚人への手紙は禁じられているし、お前をはじめ、G中隊の面々が収容所内に入った記録もない」

　反射的にドアを見た。この会話がどこまで聞かれているかわからないからだ。頭のいいミハイロフ中隊長のことだ、白状した途端に憲兵がなだれ込んできて、後ろ手に手錠をかけられる可能性はまだ残っている。逡巡していると中隊長が頷いた。

「心配しなくてもいい。お前を疑っているのは私だけだし、今後も口外する気はない。ただ部下の真意が知りたかっただけだ……そうでなければ、食中毒に気をつけろなんて馬鹿げたちらしが配られるはずがないだろう？」

　確かにそのとおりだが、まだ不安が残る。

「ダメか？　ならばよし、ひとつ契約を交わそうじゃないか」

「契約？」

「ああ。私は軍人として致命的な弱点をひとつ抱えている。まあ一般人として暮らす分には問題ないが、この戦争を踏み台にして軍で成り上がる最中でね。暴露されたらその野望が潰《つい》えてしまう秘密を教えてやろう。その代わり、ゾマーにどうやって計画を伝えたのか教えてくれ。それでこの件は不問にする」

　中隊長に弱味や隙があるとは想像もつかない。

「交換条件ですか？　なぜそうまでして知りたいんです？」

「謎が転がっていたら、どんな状況でもひっくり返したくなるのが人情だろ。実のところ、私はこういう謎めいた話が大好きでね。あのユダヤのメガネ青年は、まるで名探偵のようだったな。粉末卵の件以外にも色色聞きたかったが、口の堅い男だったよ」

粉末卵の紛失事件で、ミハイロフ中隊長が絡んだ意味がやっとわかった気がした。案外この人は目が怖いだけで、銃後で酒でも酌み交わせば親しくなれるかもしれない。まあどちらも酒を飲まないけれど。

「……謎は自分で解くのが醍醐味なんですよ」

「生意気をほざくな、ガキ。将校には時間がないのさ」

僕らは互いに視線を合わせ、笑った。共犯者の笑みだった。

「ではこちらから話そう。私がどういう人間か、お前も知っているな？　賭博もやらず、酒も飲まない。妻子もいない。女遊びもやらない。それでも、この秘密が暴露されれば、軍隊で生きていけなくなる。お前ならもうわかるだろう？」

僕はゆっくりと頷いた。なるほど、確かにこれは、万が一上層部にばれたら解雇は必至だ。もし嘘だとしたらリスクが大きすぎる。僕が噂を流しただけで出世に影響するのは間違いなかった。

だから僕は交換条件を呑み、正直に白状した。元ロス大尉の従卒で、現在は憲兵隊の看守部に所属している小男についてと、僕の親友のメガネの話を。

理屈は、補給中隊の中隊長を利用したのと同じだ。要はこちらに恩のある人間を使って、上手く動いてもらおうとしたのだ。

僕はあの従卒の名前を今に至っても知らない。バストーニュでたまたま顔を見るまですっかり忘れていたくらいだ。けれどヴェーデマイヤー少佐を連行した憲兵隊は調べればすぐにわかる。そして憲兵隊の幕僚従卒として働いていた小男を捜し出した。

彼は、ただ形見を渡して欲しいと頼んでも、首を縦に振らなかった。ロス大尉告発の恩義はあるが、そんな人情だけでは依頼を受けられないと、言って聞かない。まあ当然ではある。僕は悩んだ結果、すべて説明した。急いでいたし他にはもう手段もコネもないからだ。手持ちのカードは出し尽くした。

すると意外にも、小男は引き受けてくれた。自分の名前を訊かないこと、所属部隊も忘れること、これで貸し借りは帳消しにすることを条件に、衛生兵の腕章と、言伝《ことづて》の信憑性を示す証拠として形見のメガネを持って、ゾマーに届けた。そして計画が伝えられた。

後は当日、衛生兵として任務に当たったスパークがゾマーを拾って外へ出し、ワインバーガーが運転する通信部隊のトラックに乗って検問所を越えた。そして郵便局の隣に停車してあった車に乗り換え、地元住民からライナスが調達した服を着せて、逃亡させた。

「コール。お前、正式に軍へ入る気はないか」

用件を終えて踵を返すと、ミハイロフ中隊長に呼び止められた。

「この戦いは間もなく終わるだろう。太平洋で日本が降伏するのも時間の問題だ。しかし、今は味方だが、ソ連とは早い内に袂《たもと》を分かつことになると思っている。スターリンは絶対に我々西側の言うなりにはならないからな。軍も気を緩められん」

中隊長は窓にもたれかかり、長い脚を組んだ。外には枝先に新緑を芽吹かせた木々が生え、小鳥が一羽留まっていた。木立は春の強い風に揺れている。眩しさに目を眇《すが》めつつ、この怜悧な上官と向かい合った。

「人間が存在している限り、戦争はなくならない。どうだ、軍に力を尽くさないか。古参が欲しい。ここまで計画を立てて実行できる人材は貴重だからな」

ひときわ強い風が吹くと、しなる枝から小鳥は飛んでいった。

「ありがたきお申し出、恐縮です、サー」

この計画を行っている間、僕の頭にはずっと親友の横顔があった。

「ですが、今回の件は僕の最初で最後の計画です。なぜなら、すべての伝手《つて》を作ったのは他でもない、エドワード・グリーンバーグだからです」

ライナスも、補給中隊の中隊長も、名のわからない従卒も、スパークやワインバーガーだって、あいつが関係を繋いだのだ。僕自身さえ、そのひとかけらに過ぎない。

「僕はあいつへの信頼を利用しただけです。あいつがいなければ、ゾマーを逃がすことなど到底できなかったでしょう」

「……そうか」

僕は足を揃えて背筋を伸ばし、中隊長に敬礼をした。

「申し訳ありません。自分の本分はやはりコックです。故郷へ帰って、この仕事を続けてみようと思います」

けれども神様はすんなり帰郷を許してはくれない。故郷へ帰るまでに、僕らはいくつかの大きな出来事と遭遇した。

ひとつは、アルプス山麓に広がるブッフローエの森の果てに見つけた、収容所の存在だった。周辺の歩哨に当たっていた部隊が異臭に気づき、鬱蒼《うっそう》と茂る木々を分け入った結果、発見された。

報告を受けた連隊長の指示に従い、第一、第二大隊と共に出動した。はじめこそトラックの荷台で陽気に歌っていた僕らだったが、到着してすぐ異常事態を察知し、言葉が出なくなった。

薄曇《うすぐも》りの空の下、開削された荒れ地に、背丈の倍ほどもある高さの、鉄条網が四角く張り巡らされていた。その内側から黒い煙が一筋、たちのぼっている。僕は思わずハンカチで鼻を塞いだ。ハンカチはずいぶん洗っていなくて汚かったけれど、この臭いに比べたら数千倍ましだ。

垢と人糞とアンモニア。そして何より、肉が腐った臭気が充満している。

「何だ、こりゃあ……」

隣でスミスが呻いた。

森と開削地の境界線で、アメリカ兵が何人も四つん這いになって嘔吐している。僕だって例外じゃない、のど元までせり上がってくる酸《す》っぱい胃液を堪えながら、ゆっくりと鉄条網に近づいていく。

敷地内部には似たような外見の建物がいくつも並んでいた。鉄条網で囲われた四隅に、見張り塔らしきコンクリート製の細長い建物が聳えている。白い楼には無骨な銃架がそれぞれ設置されていたが、ほとんどが敷地の外部ではなく、内部に向けられていた。

しかし到着した部隊の誰もが、建物や銃架ではなく、鉄条網の中を見ていた。

人がいる。大勢の人間が、色あせた縞模様のパジャマを着て、蠢《うごめ》いていた。はじめは数十人程度だったのが、後から後から増えて、今や百人以上が鉄条網のそばに近づいてきていた。

そして全員、骨と皮ばかりに痩せていた。一様に丸刈りで毛が一本たりとも生えていない。頭蓋骨が透け、眼窩《がんか》や側頭部の線までくっきりとわかる。人間はここまで痩せ衰えることができるのかと驚くほどだ。ずっと笑っている者がいて、何がおかしいのか近づいてみると、ただ唇から肉がなくなって、歯が覆えなくなっただけだった。

亡霊。いや、死人たち。生きているとはとても思えない。

張り巡らされた鉄条網を、工兵部隊が工具で開けようとしている。触れただけで即死するほど電圧の高い電流が流れていたらしい。ようやくすべてを切断し、出口が開いた。

　しかし中の人々は外へ出ようとしない。ひとりふたりはよろめきながら歩いていたけれど、多くが枯れた草の上に座り込んだまま、放心している。

「犯罪者用の収容所か？」

　アレン少尉が僕と同じようにハンカチで口許を塞ぎながら言った。

「一体どれほどの重犯罪者なんだ？」

　司令部の通訳がやってきて、ようやく彼らの正体がわかった――ユダヤ人。犯罪者はいない。僕らははじめて、これが強制移住の後に至る最終地なのだと知った。アメリカに亡命したユダヤ人や、ゾマーが言っていた噂は正しかったのだ。

「全員外へ出してやれ」

　臭いに堪えつつ、脇の下に手を入れて支えてやり、ひとりずつ外へ運ぶ。その体は恐ろしく軽く、ドルマーゲンの難民キャンプで出会った人々よりも細かった。ただ痩せているのではない。顔は浮腫《ふしゅ》で膨れ、ひどい黄疸が出ていた。

　数え切れないほどの救護車が森を抜けて、空き地のいたるところに停まり、衛生兵や軍医が駆けてきた。

　何をしたらいいのかわからず呆然としていると、第二大隊の連中が収容所の敷地から、両腕を振って叫んでいる。

「誰か、誰か来てくれ！」

　考えるよりも先に足が動いて走り寄ると、大柄な兵士がすがりつくように僕の両手を摑んだ。がっしりして立派な体つきだったが顔をぐしゃぐしゃにして泣いていた。

　誘《いざな》われるまま鉄条網をくぐり、縞模様の亡霊たちの視線を浴びながら、敷地内の奥へと進む。

　そこには巨大な石造りのかまどがあった。手前にたくさんの薪《まき》が山となって積み上がっている。しかし僕を引っ張ってきた大柄な兵士は、その場で地面にくずおれ、激しくえづいた。もうほとんど吐いてしまったらしく、固形物が出ない。他の連中もうずくまっているか、泣いているか、あらぬ方を向いているかだ。

　一体何だって言うんだ？

　しかし間近に迫ってみて、やっとわかった。

　薪だと思っていたのはすべて人間だった。

数十、いや数百の死んだ人間が積み重なっている。裸にされ、突き出た腕や足があまりにも黒ずんで細いので、木の枝に見えた。三つあるかまどの鉄扉はすべてが開き、足や頭がまだ突き出ていた。炎は今もごうごうと燃え、黒い煙を吐いている。しかしこの火焰でも火がつかないほどかまど内が詰まっているのか、突き出た体の一部は生焼けのままだ。

堪《たま》らず僕も吐いた。胃の中身を全部出しても止まらなくて、涙と鼻水まみれになり、体がどうしようもなく震える。

えづきながらふと顔を上げると、積み上がった人間薪から突き出た一本の手が、ひくり、ひくりと動いた。まだ生きている！

「衛生兵！　衛生兵！　どこだ！　スパーク！」

僕は四つん這いになったまま、ほとんど吼えるようにして泣き叫んだ。

駆けつけた衛生兵や兵士たちの手で、人間薪は一体ずつ下ろされ、解体された。中には他にもまだ息のある人がいたけれど、ほとんど間もないうちに死んでしまった。僕が見つけたユダヤ人は、大地に横たえられ、スパークが毛布で包んでいる最中に、呼吸が止まった。まだ若い青年だった。

「ほらキッド、めげてる場合じゃねえ。生きている人間を助けるぞ」

スパークに背中を叩かれ、仕方なく立ち上がってふらつきながら、何とかかまどから離れる。鉄条網の端の方でワインバーガーがひとり、足下に仕事道具の通信機を置いたまま立ち尽くしていた。

縞のパジャマを着て、枯れ枝のようになりながらも生き延びた人々は、全員ひどい飢餓状態で、立つことすらままならない。

哀れに思った兵士が自分の糧食《レーション》を与え、ユダヤ人のひとりががつがつとチョコレートを食いちぎった。しかし突然痙攣《けいれん》を起こして倒れ、体を仰け反らせながら白目をむき、やがて静かになった。脈を測った衛生兵がゆっくりと首を振る。

そこに、遅れてやってきた軍医が大声で叱責した。

「馬鹿野郎、固形物やカロリーの高い物を与えるな！　死ぬぞ！」

極度の飢餓状態にある人間に食物を与えると、急激に上昇した電解質により、心不全を起こして死に至るという。軍医は各中隊の下士官たちに指示を飛ばし、空腹に喘ぐ人々の手から、与えたばかりの食べ物を奪わせた。

「衛生兵は倒れている者から順に輸液で水分を補給しろ。コック兵、いるか？」

「はい、僕です」

前に進み出ると、他の中隊の管理部付きコックたちも次々と名乗りを上げた。

「湯を沸かし、白湯《さゆ》に塩と砂糖を微量加えてくれ。それから、薄めてのばしたコンソメスープを作るんだ。輸液も十分な数がない。食物を摂っても大丈夫そうな奴をこちらで教えるから、与えてほしい」

こんな事態になるとわかっていたら、野戦炊事車くらいは運んだのだが、予想できるはずもない。僕らコックは集まって、コンロを持っている者はコンロを、小鍋を持っている者は小鍋を、食器やマグ、マッチ、その他と、それぞれが雑嚢から提供できるものを地面に広げる。水を探しに行っていたA中隊のコックが、小太りな腹を揺すりながら息を切らせて戻ってきた。

「収容所の外に井戸がある。たぶんナチの看守が使っていたやつだ。バケツないか？」

「帆布の袋なら持ってるよ」

「一応毒がないか確認した方がいいだろう。誰か、検査キット持っている奴は？」

中隊の垣根を越えて連携しながら仕事に取りかかる。火を焚き、湯を沸かし、Kレーションに入っているコンソメキューブを溶かして、薄いスープを作った。そして比較的動ける者たちから順に、焦って一度に含まないように監視しながら、少しずつ飲ませる。皺だらけになってしまった唇をすぼめ、スプーンの端を啜る姿を見ていると、この人たちは生き延びられるのだろうか、と不安になった。けれど、淡い色のスープをひと啜りするごとに、瞳に少しずつ力が宿っていくのはわかる。

収容所の敷地は広く、同じような形の無機質な建物が数十戸並んでいた。ひとつのドアを開けると、外の臭気を濃縮したようなすさまじい異臭がして、また全員が吐いた。刺激で涙がどんどん出てくる。

はじめに見た時、ここは補給品倉庫かと思った。棚板に木箱がぎっしり詰まっているように見えたからだ。けれど棚だと思っていたものは実は何段にも重なった巨大な集合ベッドで、木箱だと思ったのは人間だった。八インチ（約二〇センチ）ほどの異常に狭い隙間に人間が寝かされ、そのまま息絶えていた。

ここよりも少し作りのいい部屋もまた、それはそれで凄惨だった。きちんと上着もズボンも身につけているし、さほど痩せてもいない。けれど頭部や腹部から血を流して死んでいる。全員左腕に、ユダヤ教の象徴であるダビデの星を描いた腕章を付けていた。

「ユダヤ人が同胞の監視をして、世話や事務処理、密告、そして虐殺の協力をしていたそうです。罪を咎《とが》められるのを恐れて自殺したのか、それとも口封じのために看守たちが殺したのか」

後で情報を得たワインバーガーが教えてくれた。

「看守をしていたSS兵は、三日ほど前に逃げたらしいですよ。去る前にできるだけ死体を処分しようとしたそうですが、数が多すぎて終わらなかったんでしょうね」

一段落ついた午後、収容所の報告を受けた師団長のテイラー将軍は、ナチス党やドイツに怒りをたぎらせ、近隣の町民にシャベル持参で収容所に来るよう命じた。

集まったランツベルクの人々は不安げに顔をしかめ、戸惑いの表情を浮かべていた。そして縞のパジャマを着た幽鬼のような姿になったユダヤ人を見て、慄《おのの》いた。


アメリカ兵に怒鳴りつけられるまま一列に並び、涙を流しつつ、嗚咽《おえつ》に震えながら、土にシャベルを突き立てて死んだユダヤ人たちを埋める穴を掘った。

迫害の対象となった民族は多い。ウクライナ人、ポーランド人、ハンガリー人。ジプシーや、同性愛者や障害者もまた、理不尽に死んでいったという。

あいつ、ゾマーは何と言っていた？

——彼らが追い立てられるように列車に乗った後は、プロパガンダどおり、住まいを区別するだけで平穏に労働していると信じていた。

——強制労働の後に地獄が待っているという噂は流れていた。けれどそれは敵の、連合軍によるデマだと考える人が多かった。ここは法治国家なのだから、そこまで非人道的なことはやらないだろうと。

あいつは今頃どうしているだろう。赤軍に捕まらず、恨みを抱いた強制労働者にも殺されずに、無事家族の元へたどり着けただろうか。それとも、手遅れだっただろうか。

いずれにせよ、もしここにいたら胸倉を摑んでぶん殴ってやっただろう。この状況を目の当たりにして何を感じるか問いただしたかった。

――ではお前らが俺たちに落とした爆弾は？
想像上のゾマーは僕の怒りに答える。
――復讐と報復に駆られて、殺戮と強姦を繰り返すソビエトの赤軍は？　お前自身はどうなんだコール、お前が橋に落書きしたチンパンジーと、ユダヤの星はどこが違う？

頬骨に冷たい雨粒がぽつりと当たって、天を仰いだ。薄曇りだった空に黒く重たげな雲が迫り、亀裂のように稲光が走った。雷鳴は遠くない。やがて雨は激しさを増し、僕らにも、墓を掘るドイツ人にも、土中に埋められゆくユダヤ人の亡骸にも等しく降り注いだ。

けれどきっと雨はすぐに止むだろう。暗澹《あんたん》とした雲の果てに、春らしい淡い青空が覗いている。

「機材を濡らすな！　手の空いている者は、撤収の準備に取りかかれ！」

ミハイロフ中隊長の指示が聞こえ、僕も手伝いに向かった。

翌日の四月三十日、ナチス総統のアドルフ・ヒトラーは自殺した。

五月、未だに武装解除せず抵抗を続けるドイツ兵と戦いながら、連合軍は更に進撃を進め、僕らはヒトラーの隠れ家があった山岳地帯、ベルヒテスガーデンに着いた。

この地は息を飲むほど美しかった。空気は清らかに澄み、鳥の声がそこかしこから聞こえる。豊かに茂った緑の森、穏やかに葉を揺らす渓谷《けいこく》にはきりりと冷たい小川が流れ、湖の水面は鏡のようにきらきら輝いた。木々の向こうには、頂《いただき》を雪で飾った荒々しい山脈が気高く聳えている。

あれほどの悲劇と苦痛をヨーロッパ中にまき散らし、多くの人々に絶望を与え続けた独裁者が、なぜこのような美しい土地を愛せたのか理解ができなかった。

重い雑嚢を背負って山道を登っていると、隣を歩いていたワインバーガーが足を止め、うっとりと溜息をついた。

「なんて素晴らしい土地だろう。まるでおとぎの国、トールキンの本に出てきそうだ」

「トールキンって何だ？」

「『ホビットの冒険』の作者ですよ。エルフが住んでる〝裂け谷〟がこんな雰囲気なんです。まあキッドは知らないでしょうけど」

　ワインバーガーがあからさまに人を小馬鹿にした口調で言うので、仕返しに尻を蹴り上げてやると、驚かされた馬みたいな悲鳴を上げた。

　今月の二日に、首都ベルリンはついに赤軍の手に落ちた。頭を失った兵隊たちは次々に降伏するか、自ら命を絶って散った。

　急勾配の山道を歩き続けていると、足下に可愛らしい花が咲いていた。白くてまるで雪の結晶のようだ。立ち止まって観察していると、ワインバーガーが後ろから覗き込んだ。

「エーデルワイスの一種ですね。時期がちょっと早いですけど、日当たりがよかったんでしょう。夏になると一斉に咲きますよ」

　ヒトラーが隠れ家にしていたケールシュタインハウス、通称鷲の巣《イーグルス・ネスト》は、切り立った崖の上に堂々と建っていた。しかし内部はというと、先に到着していた第二大隊や自由フランス軍の連中が散々略奪をした後で、めぼしい戦利品はほとんど残っていなかった。

　それでもさすがというか、ライナスは順調に金目の物を集めていて、地下のワインセラーからも高級らしい銘柄を発掘していた。

「おいおい、このご時世にシャトー・ラフィット・ロートシルトだぞ！　信じられねえ、どうやったら手に入るんだこんなもん」

　浮かれながらボトルを上着の下に隠し入れ、口笛を吹いて去って行く。後で聞いた話によると、将校に売るのはやめて、ベルヒテスガーデンに住む裕福なドイツ人医師に、モルヒネと一緒に高額で引き渡したらしい。医師の家には黒い鉤十字《ハーケンクロイツ》が飾ってあったそうだ。

　五月七日、ついにドイツが降伏した。

　フランスのランスで、アイゼンハワー総司令官と、ドイツの国防軍作戦部長ヨードル将軍が、降伏文書に署名をした。

　残るは太平洋だ。連合軍の目は頑なに戦い続ける日本へ一斉に向いた。もし出撃命令が出たら僕らも飛ぶかもしれない。

　しかし日本が降伏する前に、古参兵から少しずつ退役することが決まった。ひとり、またひとりと、戦績や階級によって貯まったポイントの高い順から、部隊を離れていく。

僕らの中ではスパークが一番はじめにいなくなった。

「ディエゴの様子を見に行く」

輸送船へ向かう汽車に乗る間際、スパークは振り返って僕に言った。ディエゴはあれ以来何の音沙汰もない。もう手紙はやめてしまおうかと思っていたが、結局諦めきれずに送り続けていた。

ズボンのポケットから一枚の紙を出し、いったん開いて中を確認する。実家の住所を書いたのだが、しばらく手紙も書いていなかったせいで、細かな番地を忘れてしまっていた。

「ごめん。とりあえず、〈コールの親切雑貨店〉って書いてくれれば届くと思うから。手紙くれよ。ディエゴのことも教えてほしいし」

差し出した紙切れを人さし指と中指で挟んで受け取ったスパークは、眩しそうに顔をしかめると、胸ポケットに押し込んだ。そしてむっつりと口を曲げながら、ぼそぼそと小声で呟いた。

「……俺の実家は開業医だが、産婦人科医なんだよ」

「えっ?」

「お前、俺の実家について知りたがっていただろうが」

確かに。僕はオランダでもスパークに尋ねたが、いつもはぐらかされてきたのだ。別れ際に教えてくれるとは、いかにもスパークらしい。

「そうか、産婦人科医か。普通じゃないか、何で渋っていたんだよ?」

「女の股ぐらばっかり見てる親父の話なんかしたくねえだろ」

「いや、ちゃんとした仕事だろうそれは……」

僕にはよくわからないが、スパークは怒ったように「クソ」と言い残すと、さっさと汽車に乗り込んでしまった。

「元気でやれよ、スパーク!」

相変わらず小さな背中に向かって大声を張り上げると、奴は振り返りもせず片手を挙げるだけで、帰還兵たちの人垣へ消えていってしまった。

七月に入ると、ほとんどの古参兵が隊を後にした。スパークの次にワインバーガーが帰り、中旬に差しかかったところで僕の番になった。

「じゃあな」

汽車まで見送りに来てくれたライナスと、窓越しに手を握り合う。たくましくて頼り甲斐のある、大きな手だ。最終的に先任軍曹まで階級が上がってしまったライナスは、まだしばらく帰れないのだと愚痴をこぼしていた。

「書類仕事ばっかりさ。もう銃を握ることもないだろうな」

ミハイロフ中隊長から軍に残るよう勧められたらしいが、もう軍隊はこりごりだと言って、謹《つつし》んで辞退したそうだ。

「手紙くれよ。スパークとワインバーガーにも住所を渡したんだ」

「了解。お前こそ、貸しがあるんだから忘れんなよ」

どちらからともなく腕を伸ばし、窓枠に手をかけたまま固く抱き合う。

汽笛が鳴り響いてゆっくりと車輪が軋みながら動き出した。少しずつ遠ざかっていく、カーキ色の仲間たちに手を振った。一度、もう一度、大きく振る。ライナス、スミス、アレン少尉、マルティニ、ジョスト。まだまだ他にも、たくさんの仲間たちに向かって。汽車はスピードを上げ、やがて姿は見えなくなった。

人間っていうのは案外、帰り道を忘れないらしい。細かな番地が思い出せなくて焦ったというのに。

切符売り場の木製の窓口の上で、丸い時計がこちこちと秒針を震わせている。最後に駅の白い壁を見たのは二年前のことだ。二年という時間は、特に町の様子を変えるほどの年月ではないらしい。

「おや、コールさんとこの坊主じゃないか！」

窓口から白髭を生やした駅長が顔を出す。

「こりゃたまげた！　いや、無事だってのは聞いてたんだがね」

目上の人間を前に右腕を反射的に挙げてしまい、慌てて下ろした。敬礼の癖がまだぬけない。駅長はそんな僕を笑うことなく、たくさん男たちがこの駅から出発したが、まだ戻ってこない奴がほとんどだと言って、肩をすくめた。

「息子が死んだって報せを聞いた床屋の奥さんがね、俺の前じゃ気丈だったのに、そこの改札口に立った途端、崩れるように座り込んじまった。あれには胸が詰まったね。お前さん、無事に帰ったんだから母ちゃんを大事にするんだよ」

僕はいたたまれなくなって、挨拶もそこそこにすぐに外へ出た。

懐かしい町には、僕と同じベージュの軍帽と制服を着た男たちがうろうろしていた。たぶんみんな帰還兵なんだろう。切符売り場の前で抱き合っている男女は、離れることなくずっとキスをしている。広場の木にもたれかかっている帰還兵は、気だるげにチューインガムを噛みながら、そばを通る女性たちを目で追っていた。

荷物を詰めた帆布袋を背負い直し、よく知った道を歩きはじめる。

見渡す景色のどこにも焦土はない。

崩れかかった家も、生焼けの死体も、梁《はり》に顔を潰されて眼球が飛び出た子供も、叫びながら妻を助けようとしている夫も、巻き添えを食って死んだ犬猫も、ここにはいない。飢えに苦しんだ挙げ句にやっと口にした食べものによって命を落とした男も。仲間の死体も、ちぎれた手足も存在しない。すべては映画の中の出来事のようだ。

いや、もしかしたら今のこの景色こそが、作り物なのかもしれない。

夢から醒めたら、またいつもの戦場に戻っていても、きっと驚かないだろう。

広場の噴水、ベンチに寝そべって無防備に眠る老人、歩道のそこらじゅうに落ちている煙草の吸い殻。こんなに吸い殻があれば、さぞ大勢の子供たちが群がってシケモクを集めただろう。でもどの子も駆け寄ったりしない。泣きながら親を捜したりしないし、僕らのチョコレートやビスケットをむさぼり食べたりもしない。

見上げればピンクのアイスクリームの巨大看板が広告塔に掲げられている。磨かれたショーウィンドウ、ネオンサイン、スカートを翻して軽やかに通り過ぎる若い女性たち。清潔な石鹼のにおいがする。そういえば、心地よいにおいを漂わせている女性も久しぶりだった。

平和だ。これこそが平和なのだ。僕らはこのために戦った。

それなのに、この虚《むな》しさは何だ？

疲労がどっと波となって押し寄せ、張り詰めていた最後の気力さえ殺《そ》がれていくようだった。めまいを踏ん張って堪え、何とか帆布袋を担ぎ直し、ひたすら家路を歩く。空いた手はポケットに突っ込んで、喧噪から顔を背けて。

〈コールの親切雑貨店〉は、最後に家を出た二年前よりも看板が少し傾いで、ピンクの文字がゆがんでいる。ショーウィンドウ越しに、姉のシンシアが戸棚に商品を並べて働いている姿が見えた。パーマをかけたばかりなのか、巻き毛がきれいに整っている。さっさと庭を突っ切って玄関を開ければいいのに、僕はなんとなく芝生の上に立ったまま、ぼうっとその様子を眺めた。すると奥から妹のケイティが歩いてきて、シンシアに向かって帳簿か何かのノートを渡した。その時、ふと顔を上げた。

ケイティはあまり感情を表に出さない子だと思っていたが、勘違いだったらしい。ドアに向かって駆けたはずみに戸棚からいくつも商品が転げ落ちた。何事かと言いたげにシンシアが大きく口を開けつつ、こちらに気づいた。さすが姉貴だ、目が合うと落ち着いた笑顔を浮かべてくれる。ケイティは玄関のドアを激しく叩きつけ、芝生を駆けて一直線に、僕の胸の中へ飛び込んできた。写真で見たよりも背が伸びて、とても抱き上げられない。僕のふたりの姉妹も少しずつ成長していた。

「ただいま」

父も母も祖母も、僕の家族は幸い全員元気だった。戦争が起こる前からひとりも欠けることなく、終戦を迎える。

母がバスタブいっぱいに張ってくれた湯に浸かりながら、深く溜息をついた。

白くて清潔なタイル。どこにも泥は溜まっていないし、湯も澄んでいた。シャワーヘッドは壊れたのか、見知らぬ新しいものに代わっていた。汚れていない石鹸、窓から差し込む夕暮れの朱が水面に揺れる。

明日も明後日も、一週間後も一年後も、もっとずっと先まで、この平穏は僕のものでいてくれるだろうか。ベルギーで榴弾を食らってできた、引きつれた傷跡は確かに左脇にある。盛り上がったまま塞がった肉のでこぼこした感触を、指先で何度もなぞって確かめた。

戦場は夢ではなかったのだ。

風呂から上がった僕を待っていたのは、祖母が腕によりをかけて作ってくれたご馳走の数々だった。ロースト・チキンには茶色く艶《つや》めくグレービーソースがたっぷりかかり、ロースト・ポークと林檎《りんご》の甘いソース、野菜フライはオクラやポテト、みずみずしいキャベツのコールスローと、エビを使ったピラフ。

「もう、お祖母ちゃんたら張り切っちゃって。あんた、疲れてるでしょ？　食べられる？」

母の気遣いに「大丈夫」と強がってみせたものの、糧食《レーション》続きで胃が小さくなっていたのか、食べきるのにだいぶ無理をした。

家族はあれこれ訊きたいことがありそうな顔をしていたが、祖母のひと睨みで開きかけた口をつぐまざるをえなかった。僕は内心感謝した。みんなには悪いけれど、胃も胸もいっぱいで、何から話したらいいかわからなかったから。

食後にコーヒーを飲んで人心地ついた。ケイティは学校の勉強があるとかで二階の自室へ戻り、しこたまビールを飲んで酔っ払った父は、カウチに寝転んでいびきをかいている。

ナプキンで口をぬぐってから席を立ち、窓際のラジオをそっと点けた。賑やかなスウィング、朗読番組、そしてニュース。太平洋の戦況を伝えている。スイッチを切ると、後ろから声をかけられた。

「ティモシー」

咄嗟に右腕を掻いたのは、反射的にライフルを探してしまったからだ。笑みを繕《つくろ》って振り返ると祖母が立っていた。白く絹のようにつやのある髪を後ろで結い上げ、背筋をしゃんと伸ばしている。それでも僕の頬に触れる手の皺は増え、静脈《じょうみゃく》が一層くっきりと浮かんでいた。

「食事を作っていて、ちゃんと言ってなかったわ。おかえり」

「うん、ただいま」

台所からシンシアと母さんの笑い声が聞こえてくる。洗い物をしていて、どちらかが冗談を言ったらしい。いつかゾマーが言ったとおり、平和な家族だ。しかし今、僕だけが切り離されている気がしてならなかった。

躊躇いは僕の内にわだかまり、恐れと不安がちりちりと心を刺す。帰ってこられた喜びは帰れなかった者たちへの罪悪感を生む。持ち帰った雑嚢の中には、死んだ仲間の遺品が入っている。オハラの遺髪やブライアンにもらったキャラメルの包み紙。美しかった戦火への憧れに鍵をかけ、仲間と離れた寂しさを感じる。

心を戦場に置いたまま、抜け殻のようになってしまった友人を思う。家族の元へ帰るために旅立った、異国の男を思う。そして、二度と手の届かない所へ行ってしまった親友を思う。彼の母親と伯父は、いつか彼の死を知るのだろうか。

ふとざらついた感触が額に触れ、はっとして顔を上げた。祖母がナプキンで僕を拭いているのだ。いつの間にかじっとりと脂汗をかいていた。

「あんたと悲しみを分かちあえる人間は、残念だけどこの家族にはいないでしょうね。でもここはあんたの帰る場所で、あんたの出発点なのよ。いつだってね」

「うん……そうだね」

「痛いのを我慢する必要もないし、痛くなくなったことに後ろめたさを感じる必要もないの、ティモシー。スープの味を含ませるのと一緒。少しずつ、焦らないこと」

祖母ちゃんはそう微笑むと立ち上がり、静かな足取りで食堂から出て行った。

その晩、僕は久しぶりに親友たちの夢を見た。といっても現実の背格好ではなく、七、八歳くらいの子供で、ただひたすら一緒に遊ぶ夢だった。

幼い僕は野原を駆け回って、小さいあいつは地面に飛行機の絵を描いている。

「エド」

その名を久しぶりに口にした。

少年は顔を上げ、こちらに手を振り返してきた。昔の話をした時、子供の頃はメガネをかけていなかったと言っていたのに、僕はよほど執着があるのか、メガネをかけさせていた。

丘の向こうからディエゴとワインバーガー、ライナスとスパーク、オハラもやってきた。みんな同じように子供だ。ディエゴはいかにもやんちゃそうで、浅黒い肌に真っ白な歯が眩しい。ライナスは相変わらず見た目が良く、スパークは気むずかしげに眉間に皺を寄せている。ワインバーガーはあまり変わっていなくて、オハラはよくしゃべる。最後にのっぽのゾマーがゆっくりした足取りで斜面を登ってきて、全員揃うと、兵隊ごっこをはじめた。

自分でこれは夢だとわかりながら見る夢は奇妙だった。長い間兵隊だったのに、懲りないなと呆れつつ、大人の僕は俯瞰して、遊びふける子供たちを眺めている。

ああ、僕はきっと一生、この痺れるように疼《うず》く傷と付き合っていくんだ。

おかしいのは、夢の中でも僕らは真っ白いパラシュートを背負っていたことだった。

それから間もなく、一九四五年八月、新しい大統領トルーマンの指示によって、アメリカ軍の爆撃機が日本の上空を飛んだ。

新開発の核兵器、原子爆弾が広島と長崎に投下された。二十万人以上もの一般市民が犠牲となり、それから一週間ほど後に、日本はついに降伏した。

これで、六年もの長きにわたって続いた、世界中を巻き込んだ史上最大の大戦は終結した。連合国側も枢軸国側も関係なく数えた死者は、六千万人を超えるという。しかしどこもかしこも荒廃し混沌としていて、きっと正確な人数は永遠にわからないだろう。

第一〇一空挺師団は十一月に解散し、再び戦争が起こるその日まで、眠りについた。

エピローグ

一九八九年、十二月。

ベルリンのフリードリヒ通りの〈マクドナルド〉でコーヒーを飲みながら、私は友を待っていた。

ショーウィンドウの外を、なめらかな車体のフォード車と、四角い車体の無骨なトラバント車が交差する。目の前の歩道を、ブルージーンズにくすんだ緑色のブルゾンを合わせた青年が右から、サングラスをかけた少女が左から颯爽《さっそう》と歩いてくる。柔らかな栗色の髪を風にそよがせ、赤いハイヒールを履いていた。

通りをもう少し先へ行けば、西ベルリンと東ベルリンを分ける検問所、チェックポイント・チャーリーが見えるはずだ。この首都と分断の象徴、ブランデンブルク門と、そして先月、市民の手によりついに崩れたベルリンの壁も。

〝キッド〟と呼ばれ、あの戦争が終わった年に二十歳になった私は、驚くべきことに、六十四歳の老人になるまで生き延びた。

大きなガラス窓に反射する己の顔は、皺《しわ》だらけで皮膚がたるみ、目や顎にいたっては幾重もの襞《ひだ》ができている。髪は量こそまだあるものの、ほとんどが白く変わってしまった。背も年々縮んでいる気がするし、歯の具合も心許《こころもと》ない。

祖母は二十年前に逝き、父も七年前に亡くなった。祖母のレシピ帖は今も、家の台所の戸棚で、静かに読まれるのを待っている。母と姉妹は相変わらず元気だ――姉は昨年夫と離婚し、今は息子と暮らしている。妹は大学の教授をまだ引退せず、毎年教え子に手を焼いているらしい。

〈コールの親切雑貨店〉は、父が具合を悪くした頃に閉店した。けれど私が経営している〈キッドの美味しい食堂〉はそこそこ繁盛して、支店を出すかどうか妻のテレーズと相談しているところだ。

自動ドアの前で、背の高いウェイトレスが片言の英語を使い、アメリカ人と思われる客に道案内をしている。ふとカウンターを見ると、厨房《ちゅうぼう》でハンバーガーを作っていた、店主らしき中年男と目が合った。陰気な顔の男はすぐに目を逸らし、仕事に戻る。もしかしたら私が、一人客なのに四人がけのテーブルに陣取っているせいかもしれない。

そろそろ時計の針も四時を回る。黄金色の夕日が石の建物の間に入り、窓という窓がまばゆく輝いた。棚引く雲は影となり、家の窓や街灯の明かりもぽつぽつ灯りはじめている。

席はあと三つ空いている。予定では間もなく、すべての椅子が埋まるはずだ。

その時ふいに自動ドアが開いて、頭頂部の禿げた小柄な老人が入ってきた。革のブルゾンに灰色のスラックスを着ている。さっと店内を見回すと窓際にいた私に気づき、片手を挙げた。

「キッド。久しぶりだな」

少々だぶついた腹を揺らしつつ片足を引きずるようにして近づき、私の向かいの椅子に腰掛ける。深く刻まれた眉間の皺と皮膚がだぶついて口角が下がっている顔は、まるで不機嫌なブルドッグだ。

「スパーク。毎回のことだが、そろそろ坊《キッド》やはやめないか」

「お前の葬式でもキッドと呼んでやるさ」

赤十字の腕章をつけ、戦場を駆け回って負傷兵の治療に当たっていたスパークは、ブルゾンの内ポケットから煙草の箱を出した。

「足が悪いのかい?」

「ああ、医者の不養生ってやつさ。動脈をちと悪くしてね」

スパークは本国へ帰った後、大学へ入り直し、家業でもあった医学の道を選んだ。その話を聞いた私は以前、嫌がっていた産婦人科の仕事に、なぜ今更就いたのか尋ねた。すると彼は「あれだけ看取ったんだ、それ以上に誕生の瞬間を見せてもらわにゃつり合わねえだろう」と答えた。

相変わらず不味《まず》そうに顔をしかめながら煙草を吸う

スパークは、灰皿に指をかけて引き寄せると、灰を落とした。

「そういえばワインバーガーがまた本を送ってきたぞ。読んだか？」

頬が緩むのを感じつつ、私は首を横に振った。「いいや、まだだ」

ワインバーガーは帰国後すぐ、精力的に原稿用紙に向かったようで、二十代の半ばには記名の小さなコラムが新聞の隅に載るようになった。コラムの枠は日を追うごとに大きくなり、そこそこ有名なライターになると、やがて一冊の本を出版した。戦場の日々を書いたノンフィクションで、戦後の愛国ムードを追い風にベストセラーとなった。次の本は鳴かず飛ばずだったものの、三冊目は第一作以上に売れ、パラマウント社と契約を結んで映画化までされた。仲間うちで最も著名な人物となった。

著名人になってからも、ワインバーガーは欠かすことなく、新作が出るたびに私やスパークたちに本を送ってくれた。二十年ほど前、長く続いたベトナム戦争にも取材へ赴《おもむ》き、辛辣な批判を書いた作品を発表した時は、ああ、あいつらしいなと思って、ほっとした。兵舎の固いベッドに潜《もぐ》り、オラドゥール゠シュル゠グラヌの虐殺や、ドレスデン空爆などについて真剣に考えていた、あの若者の面影はまだちゃんと残っているのである。

しかし、ワインバーガーのように華々しい道を歩めた例は、きわめて稀《まれ》だ。

同じ第二小隊で、単純な愛国心以上に少なからず戦争を楽しんでいた節があったスミスは、公民権運動直後に黒人青年に暴行を加え、その後は自分の妻にまで殴りかかって逮捕された。今何をしているか、どこに住んでいるかも知らない。

小隊長のアレン少尉はそのまま軍に残り、朝鮮戦争と、ベトナム戦争に従軍した。五十代に差しかかって引退を控えた一九六八年のはじめ、サイゴンの基地で給養をとっていたところ、一斉攻撃に出たベトコンの銃撃を受けて死亡した。

黒人兵のウィリアムズにばったり出くわしたのは十年ほど前、トラック運転手として働きつつ、息子たちを巣立たせたそうだ。狙撃兵だったマルティニは幼なじみと結婚して靴屋の経営をはじめ、元衛生兵のジョストは車のディーラーをしていたが、三年ほど前に癌で亡くなった。ミハイロフ中隊長は順調に師団幕僚まで出世した後、軍需産業に天下《あまくだ》ってずいぶん儲けたらしい。ベルギーで片腕を失ったマックは徐々に明るくなり、かつての仲間達とこまめに連絡を取り合って、退役軍人の集《つど》いを開催している。毎年招待状が届くが、同窓会への参加は気が引け、忙しさを理由にあまり顔を出していない。

仲間たちとの付き合いも変わった。あれほど危険に満ちた日々を共に過ごしておきながら、二度と会わなくなった者、クリスマス・カードの交換だけになった者、会いたくても会えない者もいる。しかしほんのひと握りではあるが、数年に一度は集まって懐かしみ合う、友と呼べる者も確かにいた。

かつての仲間たちを思いつつ、温《ぬる》くなったコーヒーを飲み干す。

「何か買ってきてやるよ。足が悪くちゃ面倒だろう」

まだ何も注文していないスパークにそう言ってやると、彼はどうでもよさそうに肩をすくめて、二本目の煙草に火を点けた。私は声が漏れるまま「どっこいせ」と席を立ち、カウンターでコーヒー二杯とフライドポテトを頼んだ。少し歩くだけで膝が痛むし、キッチンのコックたちの忙しない働きは、見ているだけで目が回りそうだ。

安っぽい油のにおいがする山盛りのポテトを手に、席へ戻る。揚げたてのじゃがいもを一本口に入れ、指についた塩を舐めとり、やはり自分で作るフライドポテトの方が美味《うま》いなと思う。西ベルリンにまで店舗を構えてしまえる営業力には、及びもつかないが。

五〇年代に急成長を遂げた〈マクドナルド〉のチェーン店は、飢餓にあえぐ戦後世界において、アメリカそのものに見えた。そういえばドクター・ブロッコリーもといダニロ・アンドリッチ教授はまだ存命で、じき九十歳になろうというのに、栄養食品の研究を続けているらしい。

スパークはポテトもつままずに窓の外を眺めていた。こうして街を見ているだけで、東西の差がはっきりとわかる。自由競争で産業が隆盛し、豊かになった西側。配給政策下で様々な物が一律化され、生真面目で貧しい東側。私がひとりでポテトを食べていると、スパークがぽつりと呟いた。

「どうなっちまうんだろうな、これから」

「統一されるんじゃないのかな。ベルリンだけじゃなくて、国全体が」

「ひとつの国に戻るまで四十年か……長かったな」

以前ミハイロフ中隊長が予想したとおり、ソ連のスターリンと他の連合国側は終戦後早々に決裂、赤軍は反撃の際に駐留した東欧の国々から撤収せず、そのまま自らの共産主義支配下に置いた。

かつてのナチスの牙城、敗戦国となったドイツは自国統治の権利をいったん奪われ、ふたつに分割された――我々がルール地方から攻めた西側の地域と、赤軍が進攻した東側の地域とに。首都ベルリンは中でも特殊で、東側にありながら、街の西半分はアメリカの管理下となった。乱暴に引かれた国境線により、ひとつの街に〝東と西〟が混在している。

戦後の動乱期、各国で西欧化が進む一方、共産主義政府も乱立した。静かだが黒く冷酷な睨み合いがはじまり、第三次世界大戦がいつ開戦してもおかしくない状況が続いた。何度も一触即発の事態を回避しながら、東西冷戦と呼ばれる時代は長く続いた。

フィリップ・ダンヒルと名乗っていた男、クラウス・ゾマーは東ドイツにいる。ザクセン州もまた赤軍の支配下に置かれたからだ。あの脱出劇の後、ゾマーは無事に妻と娘と再会できた。もし逃げていなかったら、ゾマーは西側、家族は東側と、離ればなれで生きる運命になっていたかもしれない。

世界は一九四五年を引きずったまま、時間だけが経過していった。若かった私たちは老い、孫すらいる年齢になった。

しかしその構図は今や崩れつつあり、新しい時代がはじまろうとしていた。ソ連の共産主義体制崩壊が近い。東側でありながら西欧化が顕著だったハンガリー政府が立ち上がり、東ベルリンの市民の亡命を助けたことが大きなきっかけだった。西側に流出していく市民を止められず、ついに先月、追い詰められた東ベルリンの指導者が、国外旅行緩和に関する政令を出した。

その発表内容はベルリンの壁の崩壊を意味した。日付が変わる前に、封鎖されていた国境の検問所がすべて開かれた。噂では、本当はそこまで認めた政令ではなかったらしいが、後の祭りだ。

壁を越えようとした数百人が射殺され、秘密警察《シュタージ》から監視された生活がついに終わる――アメリカのニュース番組はこぞってそう報道した。

私は向かいのスパークに気づかれないよう、咳払いをしては何度も尻の位置をずらした。窓の外はすっかり日が暮れ、深い藍色の街に灯る街灯の下を、人々が急ぎ足で通りすぎていく。時計の針は五時を指し、約束の時間をとうに過ぎている。落ち着かない。

「何を見ているんだい、おふたりさん」

外に気を取られている間に、すらりと背筋の伸びた老人が目の前に来ていた。豊かだった金髪は色も量も薄くなっていたが、丁寧に梳《くしけず》ってあり、相変わらず美男だった。シャツに臙脂《えんじ》のループタイ、明るい茶色のジャケットと黒のスラックスもよく似合っている。

「やあライナス。久しぶり」

三年ぶりの再会に、私は立ち上がって握手をした。美しかった瞳の緑は年々淡くなり、茶色い斑点も増えている。彼は私たちから少し遅れてアメリカへ帰還した後、故郷のシカゴには戻らず、ニューイングランド州に向かった。そして、オランダで私と一緒に看取った補給兵、オハラの実家の扉を叩いた。〈オハラズ・ドライグッド・ストア〉の現経営者はライナスだ。仲間の前ではほとんど悲しみを表に出さなかったライナスが、実際は人生を捧げてしまうほど心を痛めていたと知って、私はとても驚いた。オハラの五歳年下の従妹《いとこ》と結婚して、今ではふたりの息子と孫がひとりいる。

スパークは座って頬杖をついたまま、気だるげにライナスと握手を交わした。

「それで、どうなった？」

「問題ない。首尾は上々だよ」

ライナスが片目をつむると、スパークの頬が引きつった。ふたりを見ていると色々と思い出す。確か最初の頃スパークはライナスが苦手だったし、私もオハラがいなければライナスとここまで親しくならなかったかもしれない。

「終わったら、ワインバーガーにも電話をしよう。手配をしてくれたのはあいつだから」

「世界を股にかける大作家先生だろ、別に改めて報告する必要はないんじゃねえか」

ふんと鼻を鳴らすスパークに、ライナスは穏やかな微笑みを返し、私の隣の席に座った。そして冷えてしなしなになったフライドポテトをつまんだ時、「あ」と声を漏らした。

視線の先を追うと、開いた自動ドアから、ひとりの大男が入ってきた。

すっかり禿げあがった頭に、四角く秀でた額。薄い水色のブルゾン、ウールのスラックス姿の大男は、ライナスに気づくと、ゆっくりとした歩調でこちらに近づいてきた。

「……ダンヒル」

老いて脂気がなくなった手のひらに、久しぶりにじわりと滲み出す汗を感じた。四十四年ぶりに再会したクラウス・ゾマーは、ずいぶんやつれ、髪とともに眉毛まで抜けてしまったのか、庇《ひさし》のような額は以前より一層フランケンシュタインの怪物のようだった。

周囲に聞こえるほど深く息を吐き、ゾマーは我々に向かってぎこちなく微笑んだ。私はどうしたらいいかわからず、そのまましばし呆けてしまった。

「やあ、よく来たね。疲れたんじゃないかい?」

ライナスが静かに立ち上がり、ゾマーと握手をする。続いてスパークの手を握った後、ゾマーは私に目を向けた。

様々な感情が胸の中で渦を巻き、のどがからからに渇いた。彼を逃がした時のこと。彼に命を救われた時のこと。最初は打ち解けられず邪険に接してしまったこと。そして、この世でいちばんの親友と呼べた青年から、もう少し優しくしてやれと忠告されたこと。

ただし、ひと目見ただけで、この老人は私の知っているフィリップ・ダンヒルではないと、悟ってしまった。私が思い出の中で生かしてきたダンヒルは、この男ではない。四十四年は長すぎたのだ……張り詰めていた糸が緩み、凪《なぎ》の海のような諦めが胸に広がった。

「覚えているか? コールだ」

私は妙な軽さを感じつつ立ち上がり、握手を交わした。ゾマーはかすかに照れのような微笑みを浮かべて頷くと、スパークが引いた椅子に腰掛けた。

「……マクドナルドか。話には聞いていたが、訪れたのははじめてだ」

流《りゆう》暢《ちよう》だった英語はドイツ語訛《なま》りが強くなり、ゾマーの低い声は、時折のどに絡み、時折空気を漏らすように掠《かす》れて聞こえた。

「そりゃあそうだろう。東側が出店を許可してくれないとね」

スパークが煙草を勧め、ゾマーは一本抜くと鼻の下に当て、まぶたを閉じて息を深く吸った。

「いい香りだ。さすがアメリカの煙草だな」

我々は、クラウス・ゾマーと再会するために、休暇を取って飛行機を乗り継ぎ、西ベルリンへ来た。十年ほど前、ノンフィクション作家として名を馳せたワインバーガーは、東ドイツ当局と長く執拗《しつよう》な交渉をした結果、取材の許可を得て、ゾマーと接触した。その滞在期間中、盗聴と郵便物の検閲《けんえつ》、シュタージの監視、出国時の身体検査と、彼いわく「侮蔑のフルコース」の待遇を受け、代償にゾマー一家の生存確認と、住居を知った。ワインバーガーがここに来られなかったのは、多忙な仕事の都合ではなく、東ドイツ側に警戒されないよう用心したためだった。

そして先月、ベルリンの壁が壊され、東西の行き来が検閲なしで行われるようになった。諦めかけていた再会が実現したのは、ワインバーガーが調べた住所に手紙を送り、その後ライナスが段取りを整えたおかげだ。私はただアメリカで椅子に座って、朗報を待っていただけだ。

ゾマーは若い頃に輪をかけて無口になっていた。静かに相槌を打ちながら、かつての隊員たちの話に耳を傾ける。私たちも身の回りの出来事をかいつまんで説明した。

私は日常生活に戻れるようになった頃から、かつての婦人飛行部隊《WASP》の副操縦士、テレーズ・ジャクスンに、不釣り合いを承知で交際を申し込み、二年後に結婚した。テレーズは今も美しく、時々昔の戦友に自家用飛行機を借りて、操縦桿を握っている。私たちに血の繋がった子供はいない。結婚してすぐ、オランダで出会ったふたりの孤児、ロッテとテオを養子に迎えたのだ。そう、私たちは家族になった。

ひとしきり話し終えると、ゾマーはゆっくりと顔を上げ、尋ねた。

「ディエゴはどうなったんだ?」

私とスパークとライナスは互いに目配せをし、誰が話すか無言で譲《ゆず》り合った。結局クジを引いたのはスパークだった。彼が一番、ディエゴとの接触が多かったからだ——隊員の健康を気遣う衛生兵の性分は、戦後も抜けなかったらしい。私はというと、結局、一度しか見舞いに行かれなかった。

ディエゴは私を恨んでいなかった。なぜなら、戦時の記憶の大部分を、自《みずか》らなかったことにしてしまったからだ。私の顔を見ても、ぼんやりと首を傾げるだけの友人の姿に、つらく、いたたまれなくて、会おうとする気力がなくなった。

紙箱から煙草を一本抜くと、スパークは静かに話しはじめた。

「戦争が終わってから、少しずつ持ち直してきたようには見えた。退院した後は実家に戻ったが、すぐに他の家を借りて住みはじめた。場末の狭くて汚ねえアパートだ。だが仕事がな……奴の症状には見舞金がほとんど出ないから働かなければ食えない。しかし長続きしないんだ。土木工事、楽器演奏の仕事、キッチンの皿洗い、色々な職を転々とした」

聞いているだけでも、いつもは短気なスパークでさえ、言葉を選んでいるのがわかる。私はずいぶん前にこの話は教えてもらっていた。それにもかかわらず、できれば今、耳を塞ぎたいと思った。

「仕事を変え、住まいも変え、ひとつところには居られなくなってしまったんだな。ようやく捜し当てて再会するたび、以前よりも痩せて、顔色が悪くなっていた。みんなが心配しているから、一度退役軍人の集いにでも出ようと誘ったんだが、もうその時は体もぼろぼろだった。血尿が出ていて、末期の腎臓癌とわかった。六四年に死んだよ」

スパークが話し終えると、水を打ったように静まっていた店内の喧噪が、テレビのボリュームを上げるように大きくなった。はす向かいに座るゾマーを窺《うかが》うと、彼は小さく十字を切り、数秒間目を閉じた。

そして再びまぶたを開くと、これまでどう過ごしてきたのか、今度は自分の話をぽつぽつと語りはじめた。

我々の手で収容所から脱出した後、広がる焼け野原を突き進み、ひたすら家を目指した。そしてようやくたどり着いた町は細い煙がたちのぼり、赤軍の兵士の姿が見えた。家の中は蛻《もぬけ》の殻だった――かに思えた。

しかし地下へ通じる跳ね戸を開けると、妻と娘がいた。もう三日も食べていなかったが、生きていた。

「それから私は、家族のことだけを考えて暮らすことに決めた。もう二度と危ない橋は渡るまいと」

ドイツが東と西に分かれ、共産主義の東ドイツ政府が統治する地域に組み込まれた後も、ゾマーは抵抗せず、順応して生きた。配給された服を着て、配給された食物で食事を摂る。与えられた新しい家は、しっかり手入れをすれば住み心地も悪くなかった。

「シュタージや国家人民軍に入ることも許されない、日陰の立場だったが、仕事はあった。小さな工場の労働者だが、努力して工場長に昇進した。娘も結婚して、自分の家庭を持っている」

ゾマーの頬にも顎にも無精の痕はなく、きれいに剃られてつるりとしていた。背筋は伸び、テーブルを囲む我々の中で誰よりも、内側に静謐《せいひつ》をたたえているのが見て取れた。私はそれでようやく腑に落ちた。

数十年間、連絡もないゾマーに対し、なぜいつまで経っても亡命を試みないのかと、半ば憤《いきどお》っていた。しかしその感情は今、ゆるゆるとほつれていく。

「……これからどうする。こちら側には戻って来ないのか?」

薄々答えはわかっていたが、最後の糸を手繰るべく尋ねると、ゾマーはゆっくり首を横に振った。

「あの町に留まる。おそらく近いうちに体制はまた変わるだろう。そうなったとしても、君たちに救ってもらったこの命は、今の生活のままで終わらせたいんだ」

糸は私の手から離れ、風に乗って遠くへ流れていった。

再会した日、ゾマーは「預り物を返さないと」と言って、私に小さな紙袋をくれた。中にはひとつの古ぼけたメガネが入っていた。手入れを欠かさなかったようで、留め具や銀のつるに錆《さび》はない。ただ割れたガラスにだけは手をつけなかったらしい。ひび割れや血痕のひとつまで、しっかりと残っていた。

「君に返さなければならないとずっと思っていた」

別れ際、ゾマーと私は軽く、だが背中に腕を回して抱き合った。もう今生では会わないとわかっていた。

その予想は当たり、年が明けて春が来る頃、ゾマーは交通事故に遭ってあっけなく死んだ。四十数年間ものわだかまりは、たった一台の乗用車によってあっさりと消えてしまった。

今も、テレビに映る動乱や紛争、罪のなすりつけ合いや議論の対立を目にするたび、この先もずっと、たとえ数十年経ったところで、人間は変わりはしないのだと思い知らされる。

いつかまた大きな争いが起こるだろう。

そして焼け野原になった後、「何のために戦ったのか」と自問自答するのだろう。

私は寝室の机にもたれながら、窓の外を眺めた。雨粒がガラスを打ち、軽い音を立てている。

「父さん、シャワー空いたわ」

部屋のドアが開いて、ロッテが顔を覗かせた。もうすっかり中年だが、相変わらず利発で気が強く、髪は美しい金色をしている。ロッテの夫とテオは私の代わりに食堂の厨房を引き受けてくれ、今は後片付けに追われている時間のはずだ。テオは結婚せずに、独り身を謳歌《おうか》していた。時々、無邪気だった頃を思わせる笑顔を見せてくれる。

いつかヤンセン夫妻に会えたら、私はあなた方に頼まれたとおり、このふたりを救うことはできたと、胸を張って言えるだろうか。

「わかった、すぐに入るよ」

「うん、おやすみ。ちゃんと足の裏まで洗って寝てよ」

「大丈夫」

ドアが閉まるのを待ち、私はエドのメガネをそっと手に取った。

机の抽斗《ひきだし》には、かつての仲間たちの遺品と一緒に、彼が私にだけ残してくれた遺書がしまってある。経年ですっかりくすんだ紙には、そっけなく、こう書いてあった。

――俺のメガネなんて取っておかなくても、お前はしっかり生きていける。

仲間の死に直面するたび、私が遺品を取っていたから、きっと自分が死んだらメガネを手元に残しておくと予想したんだろう。

「……さて、私はしっかり生きていただろうかね」

私はあの青年のことをどこまで理解できていただろうか。バストーニュの凍えるタコツボで、はじめて彼の身の上話を聞いた時の、自分は友について何もわかっていなかったのだと痛感した気持ちを、今もありありと思い出せる。

時間を元に戻すことはできない。やってしまった行為は永遠に刻まれ、消えることはない。幼い頃、黒人たちを揶揄《やゆ》する落書きをしてしまった時のように、私はディエゴを傷つけ、結局許されることはなく、そしてエドの死を回避することもできなかった。敵兵も大勢殺した――一度など、降伏しているにもかかわらず、撃った。

奪った命。救った命。貶《おとし》めてしまった命。数え上げたらきりがないが、だからといって痛みが麻痺することはなかった。

――もし俺を心配してくれるなら、外の世界でがんばってくれ。もうこんなことが起こらないように。俺たちが戦場へ行かなくて済むように。

殺すのも殺されるのも怖くないと呟いたエドは、そう続けた。けれども私は微力すぎて、大きな流れに抗《あらが》うことはできない。

人間は忘れる生き物だ。やがては明らかな過《あやま》ちさえ正当化する。誰かが勝てば誰かが負け、自由のために戦う者を、別の自由のために戦う者が潰し、そうして憎しみは連鎖していく。

この世は白でも黒でもない。灰色の世界だ。この曇《どん》天《てん》のように、気まぐれに濃淡を変えてしまう、陰惨で美しく、郷愁めいた灰色が、どこまでもどこまでも覆っている。

しかし、それでもなお、私は祈らずにいられない。

私は深く溜息を吐き、エドのメガネを机の抽斗にしまって、鍵をかけた。

その晩、夢を見た。目が覚めると内容はまったく忘れてしまっていたが、胸の中には、痺《しび》れるほど甘く、愉快だがどこか苦い感情が、雨上がりに残る水たまりのように、まだ残っていた。頰に触れると涙で濡れていた。

翌朝、机の抽斗を開けてみると、しまったはずのメガネがなくなっていた。それから、家族に訊き回り、部屋中をいくら捜しても、壊れたメガネは見つかっていない。

主要参考文献ほか

『バンド・オブ・ブラザース　男たちの深い絆』スティーヴン・アンブローズ著　上ノ畑淳一訳　並木書房
『第2次世界大戦　米軍軍装ガイド』リチャード・ウィンドロー著　三島瑞穂監訳　北島護訳　並木書房
『戦場のG.I.　写真集　ヨーロッパ戦線　1941―1945』ワールドフォトプレス
『U.S.ミリタリー雑学大百科　アメリカ陸軍軍装・装備コレクション・ガイドパート2』菊月俊之著　グリーンアロー出版社
『戦争と飢餓』リジー・コリンガム著　宇丹貴代実・黒輪篤嗣訳　河出書房新社
『ノルマンディー上陸作戦　1944　上下』アントニー・ビーヴァー著　平賀秀明訳　白水社
『史上最大の作戦』コーネリアス・ライアン著　広瀬順弘訳　ハヤカワ文庫NF
『遙かなる橋』コーネリアス・ライアン著　八木勇訳　ハヤカワ文庫NF
『バルジ大作戦』ジョン・トーランド著　向後英一訳　ハヤカワ文庫NF
『最後の一〇〇日』ジョン・トーランド著　永井淳訳　ハヤカワ文庫NF
『歴史群像　第二次大戦欧州戦史シリーズ』学研パブリッシング
『アメリカの歴史5　ニューディール―ケネディの死　1933―1963年』サムエル・モリソン著　西川正身訳　集英社文庫
『シンス・イエスタデイ』F・L・アレン著　藤久ミネ訳　ちくま文庫
『アメリカ50州を読む地図』浅井信雄著　新潮社
『戦争ストレスと神経症』A・カーディナー著　中井久夫・加藤寛訳　みすず書房
『戦争における「人殺し」の心理学』デーヴ・グロスマン　安原和見訳　ちくま文庫
『ミリメシ☆ハンドブック　独立戦争からイラク戦争まで　レシピ130』J・G・リューイン&P・J・ハフ

著　武藤崇恵訳
『世界のミリメシを実食する　兵士の給食・レーション』菊月俊之著　ワールドフォトプレス
『アメリカ南部の家庭料理』アンダーソン夏代著　アノニマ・スタジオ
『ラスト・オブ・カンプフグルッペ』高橋慶史著　大日本絵画
『戦時下のベルリン　空襲と窮乏の生活1939―45』ロジャー・ムーアハウス著　高儀進訳　白水社
『ドイツを焼いた戦略爆撃1940―1945』イェルク・フリードリヒ著　香月恵理訳　みすず書房
『カブラの冬　第一次世界大戦期ドイツの飢饉と民衆』藤原辰史著　人文書院
『図解　第三帝国』森瀬繚、司史生著　新紀元社編集部編　新紀元社
『ミリタリー・ナレッジ・レポーツ　アメリカ軍空挺部隊の活躍』友清仁著　同人誌
『夜と霧』ヴィクトール・E・フランクル著　池田香代子訳　みすず書房
『ヨーロッパに架ける橋　東西冷戦とドイツ外交　上下』ティモシー・ガットン・アッシュ著　杉浦茂樹訳　みすず書房
『現代ミリタリー・ロジスティクス入門　軍事作戦を支える人・モノ・仕事』井上孝司著　潮書房光人社
『補給戦　何が勝敗を決定するのか』マーチン・ファン・クレフェルト著　佐藤佐三郎訳　中公文庫
『Fort Lee (English Edition)』Tim O'Gorman, Dr. Steve Anders　Arcadia Publishing
『The M1 Garand Rifle: Weapons of War (English Edition)』Rex Richards　Amazon service International, Inc.
『TM 10-701 M1937 FIELD RANGE』Departments of the Army and the Air Force
『TM 10-412 ARMY RECIPE 1944』Departments of the Army and the Air Force
『TM 8-220 Medical Department Soldier's Handbook』Departments of the Army and the Air Force

インターネットＷＥＢサイト

『The 101st Airborne World War II』 http://www.ww2-airborne.us/units/506/506_trp_3.html

『U. S. Army Quatermaster Museum』 http://www.qmmuseum.lee.army.mil/

『ＴＨＥ　戦闘糧食』 http://10.pro.tok2.com/~phototec/ww2Ration.htm

『アメリカ軍用糧食の歴史』 http://weapons-free.com/ration/ration_history.html

『326th Airborne Medical Company Unit History』 www.med-dept.com/unit-histories/326th-airborne-medical-company

『Normandy Then and Now The scars of Angoville-au-Plain』http://www.normandythenandnow.com/the-scars-of-angoville-au-plain/

『HyperWar : The Airborne Assalt』 www.ibiblio.org/hyperwar/USA/USA-A-UTAH

『マーケット・ガーデン作戦　ヒストリカル・ノート』 http://www.geocities.jp/gen_gyulai/market_garden.html

映像資料

『バンド・オブ・ブラザース　ＤＶＤコレクターズボックス』 ワーナー・ホーム・ビデオ

『秘録・第二次世界大戦（THE WORLD AT WAR）』 シリーズ１～26　テームズ・テレビジョン制作　ヒストリーチャンネル

『D-Day　壮絶なる戦い　前後編』 ＢＢＣ制作　ＮＨＫ－ＢＳ

『第二次世界大戦 France is Free! フランス解放への道』 ヴィジョネア株式会社

『究極の戦闘史　バルジの戦い（ULTIMATE BATTLES）』 モーニング・スター・エンターテイメント制作　ヒストリーチャンネル

『ＮＨＫスペシャル　ヨーロッパ・ピクニック計画　こうしてベルリンの壁は崩壊した』（ＮＨＫアーカイブス）

この他、多くの書籍、ＷＥＢサイト、映像作品などを参考にいたしました。また、本文中のドイツ語はマライ・メントラインさんに監修して頂き、軍事用語や合衆国陸軍、ドイツ軍のエピソードにつきましては、神島大輔さん、マイケル・スタンレー先生、そしてＭ先生から貴重なお話とご意見を賜り、参考に致しました。また、英文資料翻訳を手伝って下さった東京創元社のＩさん、最初から最後まで伴走して下さった担当編集者のＦさんに大変お世話になりました。皆さまにこの場を借りて篤く御礼申し上げます。ありがとうございました。

本作品中に誤りがありましたら、その責は著者・深緑野分にあるものです。

本作品内における連合軍の侵攻作戦は史実に基づきますが、個別の戦闘内容や町並みの描写には、作者の創作が含まれます。

第一〇一空挺師団第五〇六パラシュート歩兵連隊第三大隊は実在の組織ですが、作中に登場する主要人物はフィクションです。ただし、アンゴヴィル＝オ＝プランの教会に残っていたふたりの衛生兵は、実在のロバート・ライト、ケネス・ムーアのエピソードを元にしています。

ドイツ国防軍第六降下猟兵連隊長は、本作中ではヴェーデマイヤーとしましたが、史実ではフリードリヒ・フォン・デア・ハイテ大佐であることをお断わり致します。

第四章に登場する、八八ミリ砲発見から一〇五ミリ砲での破壊作戦は、書籍『バンド・オブ・ブラザース　男たちの深い絆』の三一八ページから三二〇ページまでを参考にしております。

本書は書き下ろし作品です。

戦場のコックたち

2015年 8 月28日　初版
2015年12月25日　6 版

著者＊＊＊深緑 野分（ふかみどり のわき）

発行者＊＊＊長谷川晋一
発行所＊＊＊株式会社東京創元社
〒162-0814　東京都新宿区新小川町 1-5
電話：(03)3268-8231(代)
振替：00160-9-1565
URL　http://www.tsogen.co.jp
Illustration＊＊＊民野宏之
Book Design＊＊＊藤田知子
DTP＊＊＊キャップス
印刷＊＊＊理想社
製本＊＊＊加藤製本

 ISBN978-4-488-02750-6　C0093